RICK YANCEY

Das unendliche Meer

GOLDMANN
Lesen erleben

Buch

Die Zeit der fünften Welle ist gekommen, und sie könnte nicht grausamer sein. Die Anderen haben bereits vier Wellen der Zerstörung über die Erde geschickt und Milliarden von Menschen vernichtet. Nur wenige haben überlebt, unter ihnen Cassie, ihr Bruder Sam und Ben. Sie alle konnten dem Lager der Anderen entkommen. Nur ihr Retter Evan Walker hat es nicht geschafft. Eine Tatsache, die Cassie Tag und Nacht beschäftigt. Sie wünscht sich so sehr, dass er lebt und sie finden wird. Doch mit jedem Tag, der vergeht, schwindet ein kleines bisschen ihrer Hoffnung. Zudem bricht auch noch ein Streit darüber aus, wie die Gruppe im Kampf gegen die Anderen weitermachen soll. Dabei wird es von Stunde zu Stunde mehr und mehr ein Kampf ums Überleben, um Vertrauen und um den kleinen Rest von Menschlichkeit, den sie noch in sich bewahren. Cassie weiß, dass sie zusammenhalten müssen, wollen sie auch nur den Hauch einer Chance haben. Doch plötzlich droht ihr Versteck nicht mehr sicher zu sein. Die fünfte Welle wird auch sie nicht verschonen …

Weitere Informationen zu Rick Yancey
sowie zu lieferbaren Titeln des Autors
finden Sie am Ende des Buches.

Rick Yancey

Das unendliche Meer

Die Fünfte Welle
Band 2

Roman

Ins Deutsche übertragen
von Thomas Bauer

GOLDMANN

Die Originalausgabe erschien 2014
unter dem Titel »The Infinite Sea« by G. P. Putnam's Sons,
Penguin Group (USA) LLC, New York.

1. Auflage
Taschenbuchausgabe Februar 2017
Wilhelm Goldmann Verlag, München,
in der Verlagsgruppe Random House GmbH

Umschlaggestaltung: UNO Werbeagentur, München
Umschlagmotiv: Penguin Group (USA) 2014
Design: Allied Integrated Marketing
Redaktion: Alexander Groß
Th · Herstellung: Str.
Druck und Einband: GGP Media GmbH, Pößneck
Printed in Germany
ISBN 978-3-442-48544-4
www.goldmann-verlag.de

Für Sandy,
die Hüterin des Unendlichen.

So grenzenlos ist meine Huld, die Liebe
So tief ja wie das Meer. Je mehr ich gebe,
Je mehr auch hab ich: Beides ist unendlich.

– William Shakespeare

Der Weizen

Es würde keine Ernte geben.

Der Frühjahrsregen weckte schlummernde Schösslinge, und aus der feuchten Erde sprossen hellgrüne Triebe und erhoben sich wie Schlafende, die sich nach einem langen Nickerchen strecken. Als der Frühling dem Sommer wich, wurden die hellgrünen Halme dunkler, verfärbten sich hell- und schließlich goldbraun. Die Tage wurden lang und heiß. Dicke schwarze Wolkentürme brachten Regen, und die braunen Stängel glänzten im fortwährenden Zwielicht, das unter dem Himmelszelt wohnte. Der Weizen wuchs, und seine reifenden Ähren beugten sich im Präriewind – ein wallender Vorhang, ein endloses wogendes Meer, das sich bis zum Horizont erstreckte.

Zur Erntezeit gab es keinen Farmer mehr, der eine Ähre vom Halm hätte pflücken, sie zwischen seinen schwieligen Händen hätte reiben und die Spreu vom Korn hätte blasen können. Es gab keinen Schnitter mehr, der das Korn hätte mähen oder die zarte Schale zwischen seinen Zähnen hätte brechen können. Der Farmer war an der Seuche gestorben, und seine Angehörigen waren in die nächste Stadt geflohen, wo sie ihr ebenfalls erlagen und sich damit unter die Milliarden Menschen reihten, die während der Dritten Welle den Tod fanden. Das alte Haus, das der Großvater des Farmers erbaut hatte, war jetzt eine verlassene Insel, umgeben von einem unendlichen Meer von Braun. Dann wurden die Tage kürzer und die Nächte kühl, und der Weizen knisterte im trockenen Wind.

Der Weizen hatte den Hagel und die Blitze der Sommergewitter überlebt, doch kein Glück der Welt konnte ihn vor der Kälte retten. Als Flüchtlinge in dem alten Haus Zuflucht suchten, war der Weizen bereits tot, erschlagen von der harten Faust eines strengen Frosts.

Fünf Männer und zwei Frauen, einander fremd am Vorabend jener letzten Anbausaison, jetzt durch das unausgesprochene Versprechen verbunden, dass der Geringste von ihnen mehr zähle als die Summe von ihnen allen.

Die Männer hielten abwechselnd Wache auf der Veranda. Untertags zeigte sich der wolkenlose Himmel in einem makellos strahlenden Blau, und die Sonne, die tief über dem Horizont hing, tauchte das matte Braun des Weizens in ein schimmerndes Gold. Die Nächte senkten sich nicht sanft über die Erde herab, sondern schienen wütend auf ihr aufzuschlagen, und das Sternenlicht verwandelte das Goldbraun des Weizens in ein glänzendes Silber.

Die mechanisierte Welt war gestorben. Erdbeben und Tsunamis hatten die Küstenregionen ausgelöscht. Die Seuche hatte Milliarden verzehrt.

Und die Männer auf der Veranda richteten den Blick auf den Weizen und fragten sich, was wohl als Nächstes kommen mochte.

Eines frühen Nachmittags sah der Mann, der gerade Wache hielt, wie sich das tote Getreidemeer teilte, und wusste, dass sich jemand näherte, dass sich jemand einen Weg durch den Weizen zu dem alten Farmhaus bahnte. Er rief die anderen im Haus, und eine der Frauen kam zu ihm auf die Veranda. Gemeinsam beobachteten sie, wie die hohen Halme in dem braunen Meer versanken, als würde die Erde selbst sie verschlucken. Wer auch immer – oder *was* auch immer – sich näherte, ragte nicht aus dem Weizen heraus. Der Mann trat von der Veranda und richtete sein Gewehr auf den Weizen. Er wartete auf dem Hof, und die Frau wartete auf der Veranda. Die Übrigen warteten im Haus und pressten ihre Gesichter an die Fensterscheiben. Niemand sagte etwas. Alle warteten darauf, dass sich der Weizenvorhang teilte.

Als es so weit war, kam ein Kind zum Vorschein, und die Stille des Wartens war gebrochen. Die Frau rannte von der Veranda und drückte den Gewehrlauf nach unten. *Er ist doch noch ein kleiner Junge. Willst du etwa ein Kind erschießen?* Und der Mann verzog das Gesicht vor Unschlüssigkeit und vor Wut darüber, dass er von allem, was er jemals als selbstverständlich betrachtet hatte, hintergangen worden war. *Woher wissen wir das?*, fragte er die Frau. *Wie können wir uns überhaupt noch bei irgendetwas sicher sein?* Der kleine Junge kam aus dem Weizen gestolpert und fiel zu Boden. Die Frau rannte zu ihm, hob ihn auf und drückte sein schmutziges Gesicht an ihre Brust, und der Mann mit dem Gewehr stellte sich ihr in den Weg. *Er friert. Wir müssen ihn ins Haus bringen.* Und der Mann spürte einen gewaltigen Druck in seiner Brust. Er war gefangen zwischen der Welt, wie sie einst gewesen war, und der Welt, wie sie geworden war, zwischen seinem einstigen Ich und seinem jetzigen Ich, und der Preis all der unausgesprochenen Versprechen lastete auf seinem Herzen. *Er ist doch noch ein kleiner Junge. Willst du etwa ein Kind erschießen?* Die Frau ging an ihm vorbei, die Stufen zur Veranda hinauf ins Haus, und der Mann senkte den Kopf wie im Gebet, dann hob er ihn, als würde er flehen. Er wartete ein paar Minuten, ob noch jemand aus dem Weizen auftauchte, da er nicht glauben wollte, dass ein Kleinkind so lange überlebt hatte, allein und wehrlos, ohne jemanden, der es beschützte. Wie konnte so etwas möglich sein?

Als der Mann das Wohnzimmer des alten Farmhauses betrat, sah er den kleinen Jungen auf dem Schoß der Frau sitzen. Sie hatte ihn in eine Decke gewickelt und ihm Wasser gebracht, kleine, von der Kälte gerötete Finger um die Tasse gelegt. Die anderen hatten sich im Zimmer versammelt, und niemand sagte ein Wort. Alle starrten das Kind voller sprachloser Verwunderung an. *Wie konnte so etwas möglich sein?* Der Junge wimmerte. Sein Blick huschte von Gesicht zu Gesicht, suchte nach etwas Vertrautem, doch alle waren Fremde für ihn, wie auch sie einander fremd gewesen waren, bevor die Welt geendet hatte. Er klagte, dass er friere und Halsschmerzen habe. Dass er ein schlimmes Aua im Rachen habe.

Die Frau, die den Jungen hielt, brachte ihn dazu, den Mund aufzumachen. Sie sah das entzündete Gewebe hinten in seinem Mund, aber nicht den hauchdünnen Draht, der in seinem Rachen eingebettet war. Sie sah weder den Draht noch die winzige Kapsel am Ende des Drahts. Als sie sich über den Jungen beugte, um ihm prüfend in den Mund zu schauen, konnte sie nicht wissen, dass die dem Kind eingepflanzte Vorrichtung darauf ausgelegt war, das Kohlendioxid in ihrem Atem zu erkennen.

Unser Atem, der Auslöser.

Unser Kind, die Waffe.

Die Explosion machte das alte Farmhaus sofort dem Erdboden gleich.

Beim Weizen dauerte es länger. Vom Farmhaus, den Nebengebäuden und dem Silo, in dem in jedem anderen Jahr die ergiebige Ernte gelagert gewesen war, blieb nichts übrig. Die trockenen, geschmeidigen Halme dagegen wurden von den Flammen verschlungen und verwandelten sich in Asche, und bei Sonnenuntergang fegte eine steife Brise aus Norden über die Prärie, hob die Asche hoch und trug sie hunderte Meilen mit sich, ehe sie wieder vom Himmel fiel wie grauer und schwarzer Schnee, um sich gleichgültig auf kargem Boden niederzulassen.

ERSTES BUCH

I. TEIL
DAS RATTENPROBLEM

1. Kapitel

Die Welt ist eine Uhr, die abläuft.

Das höre ich am Kratzen der eisigen Finger des Windes an der Fensterscheibe. Das rieche ich an dem schimmligen Teppichboden und den verrottenden Tapeten des alten Hotels. Und das fühle ich in Teacups Brust, wenn sie schläft. Das Hämmern ihres Herzens, der Rhythmus ihres Atems, warm in der bitterkalten Luft: die Uhr, die abläuft.

Auf der anderen Seite des Zimmers hält Cassie Sullivan am Fenster Wache. Mondlicht sickert durch den winzigen Spalt zwischen den Vorhängen hinter ihr, erleuchtet die gefrorenen Atemwolken, die ihr Mund ausstößt. Ihr kleiner Bruder schläft in dem Bett, das am nächsten bei ihr steht, ein winziger Klumpen unter einem Berg von Decken. Fenster, Bett und wieder zurück: Ihr Kopf dreht sich wie ein schwingendes Pendel. Die Drehbewegung ihres Kopfes, der Rhythmus ihres Atems – wie Nuggets, wie Teacups, wie meiner – markieren die Zeit auf der Uhr, die abläuft.

Ich schlüpfe aus dem Bett. Teacup stöhnt im Schlaf und vergräbt sich tiefer unter der Bettdecke. Die Kälte packt mich, schnürt mir die Brust zu, obwohl ich vollständig angezogen bin bis auf meine Stiefel und meinen Parka, den ich mir vom Fußende schnappe. Sullivan sieht mir dabei zu, wie ich die

Stiefel anziehe, wie ich meinen Rucksack und mein Gewehr aus dem Schrank hole. Ich gehe zu ihr ans Fenster, da ich das Bedürfnis habe, irgendetwas zu ihr zu sagen, bevor ich aufbreche. Womöglich werden wir uns nie wiedersehen.

»Es geht also los«, sagt sie. Ihre helle Haut leuchtet im milchigen Licht. Ihre Sommersprossen scheinen wie ein Sprühnebel über ihrer Nase und ihren Wangen zu schweben.

Ich rücke das Gewehr zurecht, das ich um die Schulter trage. »Es geht los.«

»Weißt du, Dumbo verstehe ich ja noch. Die großen Ohren. Und Nugget, weil Sam so klein ist. Teacup auch. Zombie ist mir nicht ganz klar – Ben rückt einfach nicht damit raus –, und ich nehme an, Poundcake hat was mit seiner Pummeligkeit zu tun. Aber warum Ringer?«

Ich ahne, wohin das führt. Außer bei Zombie und ihrem Bruder ist sie sich bei niemandem mehr sicher. Der Name Ringer rüttelt ihre Paranoia wach. »Ich bin ein Mensch.«

»Ja.« Sie späht durch den Spalt zwischen den Vorhängen auf den Parkplatz zwei Geschosse weiter unten, auf dem Eis schimmert. »Das hat mir schon mal jemand gesagt. Und ich Blödmann habe es ihm geglaubt.«

»In Anbetracht der Umstände war das gar nicht so blöd.«

»Tu doch nicht so, Ringer«, faucht sie mich an. »Ich weiß, dass du mir das mit Evan nicht glaubst.«

»*Dir* glaube ich schon. Seine Geschichte ergibt keinen Sinn.«

Ich gehe zur Tür, bevor sie mich zur Schnecke macht. Was Evan Walker anbelangt, bohrt man bei Cassie Sullivan besser nicht nach. Ich nehme ihr das nicht übel. Evan Walker ist der kleine Zweig, der aus der Felswand herauswächst und an dem sie sich festklammert, und seit Evan weg ist, klammert sie sich noch fester daran.

Teacup gibt keinen Mucks von sich, aber ich spüre ihren Blick; ich weiß, dass sie wach ist. Ich gehe zurück zum Bett.

»Nimm mich mit«, flüstert sie.

Ich schüttle den Kopf. Wir haben das schon hundert Mal diskutiert. »Ich bin nicht lange weg. Ein paar Tage.«

»Versprochen?«

Kommt nicht infrage, Teacup. Versprechen sind die einzige Währung, die es noch gibt. Man muss sparsam mit ihnen umgehen. Ihre Unterlippe bebt; ihre Augen werden feucht. »Hey«, sage ich leise. »Was habe ich dir gesagt, Soldat?« Ich widerstehe dem Impuls, sie zu berühren. »Was hat höchste Priorität?«

»Keine negativen Gedanken«, erwidert sie pflichtbewusst.

»Denn negative Gedanken tun was?«

»Sie machen uns weich.«

»Und was passiert, wenn wir weich werden?«

»Dann sterben wir.«

»Und wollen wir sterben?«

Sie schüttelt den Kopf. »Noch nicht.«

Ich berühre ihr Gesicht. Kühle Wange, warme Tränen. *Noch nicht.* Nachdem auf der Uhr der Menschheit keine Zeit mehr übrig ist, hat dieses kleine Mädchen vermutlich bereits die Mitte seines Lebens erreicht. Sullivan und ich, wir sind alt. Und Zombie? Der Alte der Tage.

Er wartet in der Lobby auf mich und trägt einen Skianorak über einem knallgelben Kapuzensweatshirt, beides in den Hinterlassenschaften im Hotel aufgestöbert. Zombie ist nur mit einem hauchdünnen OP-Kittel bekleidet aus Camp Haven geflüchtet. Unter seinem ungepflegten Bart trägt sein Gesicht das verräterische Scharlachrot von Fieber. Die Schusswunde, die ich ihm verpasst habe und die bei seiner Flucht aus Camp

Haven wieder aufgeplatzt ist, wurde von unserem zwölfjährigen Sanitäter verarztet und muss sich entzündet haben. Er lehnt sich gegen den Empfangstresen, presst eine Hand in die Seite und tut so, als wäre alles in Ordnung.

»Ich dachte schon, du hättest es dir anders überlegt«, sagt Zombie. Seine dunklen Augen funkeln, als würde er mich auf den Arm nehmen, aber das könnte auch am Fieber liegen.

Ich schüttle den Kopf. »Teacup.«

»Sie kommt schon klar.« Um mich zu beruhigen, lässt er sein Killerlächeln aus dem Käfig. Zombie ist sich anscheinend nicht ganz darüber im Klaren, wie unschätzbar wertvoll Versprechen sind, sonst würde er nicht so beiläufig damit herumwerfen.

»Um Teacup mache ich mir keine Sorgen. Aber du siehst richtig beschissen aus, Zombie.«

»Das liegt am Wetter. Es ist Gift für meinen Teint.« Bei der Pointe springt mich ein weiteres Lächeln an. Er beugt sich vor und versucht, mich dazu zu bringen, es zu erwidern. »Eines Tages, Private Ringer, wirst du über irgendetwas lächeln, das ich sage, und die Welt wird entzweibrechen.«

»Ich bin nicht bereit, eine solche Verantwortung zu übernehmen.«

Er lacht, und vielleicht höre ich tief in seiner Brust ein Rasseln. »Hier.« Er hält mir noch eine Broschüre über die Höhlen hin.

»Ich habe schon eine«, sage ich zu ihm.

»Nimm sie trotzdem, falls du deine verlierst.«

»Ich verliere sie schon nicht, Zombie.«

»Ich schicke Poundcake mit dir mit«, sagt er.

»Nein, das tust du nicht.«

»Ich habe das Kommando. Also tue ich es.«

»Ihr braucht Poundcake hier dringender, als ich ihn da draußen brauche.«

Er nickt. Ihm war klar, dass ich nein sagen würde, aber er konnte sich einen letzten Versuch nicht verkneifen. »Vielleicht sollten wir die Aktion abbrechen«, sagt er. »Eigentlich ist es hier doch gar nicht *so* schlecht. Etwa tausend Bettwanzen, ein paar hundert Ratten und ein paar Dutzend Leichen, aber die Aussicht ist fantastisch …«

Er macht noch immer Scherze, versucht noch immer, mir ein Lächeln zu entlocken. Er wirft einen Blick auf die Broschüre in seiner Hand. *Ganzjährig knapp fünfundzwanzig Grad!*

»Bis wir eingeschneit werden oder die Temperatur wieder sinkt. Die Situation ist unerträglich, Zombie. Wir sind schon zu lange hier.«

Ich kapiere das nicht. Wir haben die Sache bis zum Abwinken diskutiert, und jetzt fängt er wieder damit an. Manchmal wundere ich mich schon über Zombie.

»Wir müssen das Risiko eingehen, und du weißt, dass wir da nicht blindlings reinmarschieren können«, fahre ich fort. »Wahrscheinlich verstecken sich noch andere Überlebende in den Höhlen, und die sind vielleicht nicht bereit, uns den roten Teppich auszurollen – vor allem dann nicht, wenn ihnen einer von Sullivans Silencern begegnet ist.«

»Oder Rekruten wie wir«, fügt er hinzu.

»Also schaue ich mich dort um und bin in ein paar Tagen wieder zurück.«

»An dieses Versprechen erinnere ich dich.«

»Das war kein Versprechen.«

Es gibt nichts mehr zu sagen. Es gäbe noch unendlich viel zu sagen. Womöglich sehen wir uns zum letzten Mal, und er denkt offenbar dasselbe, da er sagt: »Danke, dass du mir das Leben gerettet hast.«

»Ich habe dir eine Kugel in die Seite verpasst, und du wirst vielleicht dran sterben.«

Er schüttelt den Kopf. Seine Augen funkeln vor Fieber. Seine Lippen sind grau. Warum mussten sie ihn ausgerechnet Zombie nennen? Das ist wie ein Omen. Als ich ihn das erste Mal sah, machte er Liegestütze auf den Fingerknöcheln im Kasernenhof, das Gesicht vor Wut und Schmerz verzerrt, und unter seinen Fäusten bildeten sich Blutlachen auf dem Asphalt. *Wer ist der Typ?*, fragte ich. *Er heißt Zombie. Er hat gegen die Seuche gekämpft und gewonnen*, sagten sie mir, und ich glaubte ihnen nicht. Niemand besiegt die Seuche. Die Seuche ist ein Todesurteil. Und Reznik, der Drill-Ausbilder, beugte sich über ihn und schrie ihn aus voller Kehle an, und Zombie im schlabberigen blauen Overall quälte sich über den Punkt hinaus, an dem auch nur ein einziger weiterer Liegestütz unmöglich ist. Ich weiß nicht, warum ich überrascht war, als er mir befahl, ihn anzuschießen, damit er sein uneinlösbares Versprechen an Nugget einlösen konnte. Wenn man dem Tod ins Auge sieht und der Tod als Erster blinzelt, erscheint nichts mehr unmöglich.

Nicht einmal Gedankenlesen. »Ich weiß, was du denkst«, sagt er.

»Nein. Weißt du nicht.«

»Du fragst dich, ob du mir einen Abschiedskuss geben sollst.«

»Warum tust du das?«, frage ich. »Mit mir flirten.«

Er zuckt mit den Schultern. Sein Grinsen ist schief wie sein Körper, der am Empfangstresen lehnt.

»Das ist normal. Vermisst du normal etwa nicht?«, fragt er. Sein Blick bohrt sich tief in meine Augen, immer auf der Suche nach etwas, doch ich weiß nie, wonach. »Du weißt schon, Drive-in und Kino am Samstagabend und Eis-Sandwichs und seinen Twitter-Feed checken.«

Ich schüttle den Kopf. »Ich habe nicht getwittert.«

»Facebook?«

Ich bin langsam etwas genervt. Manchmal kann ich mir nur schwer vorstellen, wie Zombie es so weit geschafft hat. Sich nach etwas zu sehnen, das wir verloren haben, ist dasselbe, wie auf etwas zu hoffen, das niemals eintreten kann. Beides endet in einer Sackgasse der Verzweiflung. »Das ist nicht wichtig«, sage ich. »Nichts davon spielt eine Rolle.«

Zombies Lachen kommt tief aus seinem Bauch. Es sprudelt an die Oberfläche wie die überhitzte Luft einer heißen Quelle, und ich bin plötzlich nicht mehr genervt. Ich weiß, dass er seinen Charme spielen lässt, und irgendwie wird die Wirkung nicht davon gedämpft, dass ich weiß, was er tut. Ein weiterer Grund, warum Zombie ein bisschen unheimlich ist.

»Schon komisch«, sagt er. »Für wie wichtig wir das alles gehalten haben. Weißt du, was wirklich eine Rolle spielt?« Er wartet auf meine Antwort. Ich habe das Gefühl, dass ich für einen Witz herhalten soll, deshalb sage ich gar nichts. »Der zweite Gong.«

Jetzt hat er mich in die Ecke gedrängt. Mir ist klar, dass Manipulation im Spiel ist, aber ich bin nicht imstande, sie zu stoppen. »Der zweite Gong?«

»Das normalste Geräusch der Welt. Und wenn all das vorbei ist, wird es wieder einen zweiten Gong geben.« Er reitet darauf herum. Vielleicht macht er sich Sorgen, dass ich es nicht kapiere. »Denk doch mal nach! Wenn der zweite Gong ertönt, ist wieder alles beim Alten. Schüler strömen in den Unterricht, hocken gelangweilt da, warten auf den Schlussgong und überlegen, was sie am Abend, am Wochenende, in den nächsten fünfzig Jahren machen sollen. Sie werden wie wir von Naturkatastrophen, Epidemien und Weltkriegen erfahren. Du weißt schon: ›Als die Außerirdischen kamen, starben sieben Milliarden Menschen‹, und dann ertönt der Gong, und alle gehen zum Mittagessen und beklagen sich über die pampigen Kroketten. So in etwa: ›Boah, sieben Milliarden Menschen, das ist ganz schön viel. Echt traurig. Isst du alle deine Kroketten?‹ *Das* ist normal. *Das* ist es, was eine Rolle spielt.«

Also doch kein Witz. »Pampige Kroketten?«

»Okay, gut. Das ergibt alles keinen Sinn. Ich bin ein Idiot.«

Er lächelt. Sein ungepflegter Bart lässt seine Zähne sehr weiß wirken, und weil er es angesprochen hat, überlege ich tatsächlich, ob ich ihn küssen soll und ob die Bartstoppeln an seiner Oberlippe kitzeln würden.

Ich verdränge den Gedanken. Versprechen sind unschätzbar wertvoll, und ein Kuss ist auch eine Art Versprechen.

—— 2. Kapitel ——

Ungetrübt durchdringt das Sternenlicht die Schwärze und taucht den Highway in ein Perlweiß. Das vertrocknete Gras leuchtet; die kahlen Bäume schimmern. Abgesehen vom Wind, der über das öde Land fegt, herrscht auf der Welt winterliche Stille.

Ich kauere mich neben einer liegen gebliebenen Geländelimousine hin, um einen letzten Blick zurück zum Hotel zu werfen: ein nichtssagendes zweigeschossiges weißes Rechteck inmitten einer Ansammlung anderer nichtssagender weißer Rechtecke. Nur vier Meilen von dem riesigen Krater entfernt, wo sich einst Camp Haven befand, haben wir es zu Ehren des Architekten dieses riesigen Kraters »Walker Hotel« getauft. Sullivan hat uns gesagt, das Hotel sei der vereinbarte Treffpunkt von ihr und Evan. Ich war der Meinung, dass es sich zu nah am Schauplatz des Verbrechens befindet, zu schwierig zu verteidigen ist und dass Evan Walker sowieso tot ist: Zu einem Treffen gehören immer zwei, erinnerte ich Zombie. Ich wurde überstimmt. Wenn Walker tatsächlich einer von ihnen war, hatte er vielleicht eine Möglichkeit gefunden, um zu überleben.

»Wie denn?«, fragte ich.

»Es gab dort Rettungskapseln«, erwiderte Sullivan.

»Und?«

Ihre Augenbrauen zogen sich zusammen. Sie holte tief Luft. »*Und* … er könnte sich in einer davon gerettet haben.«

Ich sah sie an. Sie erwiderte meinen Blick. Keine von uns beiden sagte etwas. Dann sagte Zombie: »Na ja, wir müssen *irgendwo* Zuflucht suchen, Ringer.« Zu diesem Zeitpunkt hatte er die Broschüre über die Höhlen noch nicht gefunden. »Und im Zweifelsfall sollten wir zu seinen Gunsten entscheiden.«

»In welchem Zweifelsfall?«, fragte ich.

»Dass er derjenige ist, der er zu sein behauptet.« Zombie warf Sullivan einen Blick zu, die mich noch immer wütend anstarrte. »Dass er sein Versprechen einlöst.«

»Er hat versprochen, mich zu finden«, erklärte sie.

»Ich habe das Frachtflugzeug gesehen«, sagte ich. »Rettungskapsel habe ich keine gesehen.«

Sullivan errötete unter ihren Sommersprossen. »Nur weil du keine gesehen hast …«

Ich drehte mich zu Zombie. »Das ergibt keinen Sinn. Ein Wesen, das uns tausend Jahre voraus ist, richtet sich gegen seinesgleichen – wozu?«

»In das ›wozu‹ bin ich nicht eingeweiht worden«, erwiderte Zombie mit einem halbherzigen Lächeln.

»Seine ganze Geschichte klingt komisch«, sagte ich. »Reines Bewusstsein, das sich in einem menschlichen Körper einnistet – wenn sie keinen Körper brauchen, dann brauchen sie auch keinen Planeten.«

»Vielleicht brauchen sie den Planeten ja für irgendwas anderes.« Zombie gab sich alle Mühe.

»Wofür denn? Um Vieh zu züchten? Um Urlaub zu machen?« Irgendetwas anderes ließ mir keine Ruhe, und eine quengelnde kleine Stimme sagte: *Irgendwas ist hier faul.* Doch ich konnte nicht genau sagen, worum es sich dabei handelte. Jedes Mal, wenn ich ihm nachjagte, huschte es davon.

»Wir hatten keine Zeit, um alle Details zu besprechen«, fauchte Sullivan. »Ich habe mich darauf konzentriert, meinen kleinen Bruder aus einem Vernichtungslager zu befreien.«

Ich ließ die Sache auf sich beruhen. Ihr Kopf erweckte den Anschein, als würde er jeden Moment explodieren.

Genau diesen Kopf erkenne ich jetzt bei meinem letzten Blick zurück, als Silhouette hinter einem Fenster im Obergeschoss des Hotels, und das ist schlecht, richtig schlecht: Sie gibt ein einfaches Ziel für einen Scharfschützen ab. Der nächste Silencer, dem Sullivan begegnet, ist womöglich nicht so liebestoll wie der erste.

Ich ducke mich in dem schmalen Waldstreifen, der an die Straße grenzt. Die steif gefrorenen Überreste des Herbstes knirschen unter meinen Füßen. Laub, das zu Fäusten geballt scheint, Müll und von Aasfressern verstreute menschliche Knochen. Der kalte Wind riecht leicht nach Rauch. Die Welt wird noch hundert Jahre brennen. Feuer wird alles verschlingen, was wir aus Holz und Plastik, Gummi und Stoff geschaffen haben, dann werden Wasser und Wind und die Zeit Stein und Stahl zu Staub zermahlen. Ist es nicht verwunderlich, dass wir uns von außerirdischen Bomben in Brand gesteckte Städte und Todesstrahlen vorgestellt hatten, wo sie in Wirklichkeit nur Mutter Natur und Zeit brauchten?

Und Sullivan zufolge menschliche Körper, obwohl sie – ebenfalls Sullivan zufolge – eigentlich gar keine menschlichen Körper brauchen.

Eine virtuelle Existenz benötigt keinen realen Planeten.

Als ich das zum ersten Mal sagte, wollte mir Sullivan nicht zuhören, und Zombie tat so, als spiele es keine Rolle. Aus welchem Grund auch immer behauptete er, im Endeffekt würden sie uns alle tot sehen wollen. Alles andere sei nur Getöse.

Mag sein. Aber ich glaube es nicht.

Wegen der Ratten.

Ich habe vergessen, Zombie von den Ratten zu erzählen.

3. Kapitel

Bei Sonnenaufgang erreiche ich den südlichen Stadtrand von Urbana. Die halbe Strecke, genau im Zeitplan.

Aus dem Norden sind Wolken angerollt; die Sonne klettert unter das Himmelszelt und taucht seine Unterseite in ein schillerndes Bordeauxrot. Ich verkrieche mich bis zum Anbruch der Dunkelheit zwischen den Bäumen, dann mache ich mich auf den Weg über die freien Felder im Westen der Stadt und bete, dass sich die Wolkendecke noch eine Weile hält, zumindest so lange, bis ich den Highway auf der anderen Seite gefunden habe. Urbana zu umgehen bedeutet einen Umweg von ein paar Meilen, doch das Einzige, was noch riskanter ist, als eine Stadt tagsüber zu durchqueren, ist, es bei Nacht zu versuchen.

Und alles dreht sich nur ums Risiko.

Vom gefrorenen Boden steigt Nebel auf. Es herrscht bittere Kälte. Sie presst mir die Wangen zusammen, lässt meine Brust bei jedem Atemzug schmerzen. Ich spürte die uralte Sehnsucht nach einem Feuer, die tief in meine Gene eingebettet ist. Feuer zu zähmen war unser erster großer Fortschritt: Feuer schützte uns, hielt uns warm, formte unser Gehirn um, weil wir damit unsere Ernährung von Nüssen und Beeren auf proteinhaltiges Fleisch umstellen konnten. Jetzt ist Feuer eine weitere Waffe im Arsenal unseres Feindes. Da tiefer Winter angebrochen ist, stecken wir zwischen zwei untragbaren Risiken fest: zu erfrieren oder den Feind auf unsere Position aufmerksam zu machen.

Ich sitze mit dem Rücken an einen Baum gelehnt da und hole die Broschüre hervor. *Ohios farbenfrohste Höhlen!* Zombie hat recht. Ohne Unterschlupf werden wir nicht bis zum Frühling überleben, und die Höhlen sind unsere beste – vielleicht unsere einzige – Chance. Vielleicht wurden sie vom Feind eingenommen oder zerstört. Vielleicht wurden sie von Überlebenden besetzt, die auf Fremde bei Sichtkontakt schießen. Doch mit jedem weiteren Tag, den wir in diesem Hotel bleiben, verzehnfacht sich das Risiko.

Wir haben keine Alternative, wenn es mit den Höhlen nicht klappt. Keine Zuflucht, kein Versteck, und die Vorstellung zu kämpfen ist schlichtweg lächerlich. Die Uhr läuft ab.

Als ich Zombie darauf hingewiesen habe, meinte er, ich würde mir zu viele Gedanken machen. Er lächelte. Dann hörte er auf zu lächeln und sagte: »Lass sie nicht in deinen Kopf rein.« Als wäre das Ganze ein Football-Match, und ich bräuchte in der Halbzeitpause aufmunternde Worte. *Vergiss einfach, dass es sechsundfünfzig zu null steht. Spiel für deinen Stolz!* In Momenten wie diesem würde ich ihn am liebsten ohrfeigen – nicht dass eine Ohrfeige wirklich etwas ändern würde, aber ich würde mich besser fühlen.

Die Brise schläft ein. Eine erwartungsvolle Stille liegt in der Luft, die Ruhe vor dem Sturm. Falls es schneit, sitzen wir in der Falle. Ich hier im Wald, Zombie im Hotel. Ich bin immer noch etwa zwanzig Meilen von den Höhlen entfernt – soll ich mich bei Tag auf die freien Felder wagen, oder soll ich darauf hoffen, dass der Schnee noch mindestens bis Einbruch der Dunkelheit ausbleibt?

Zurück zu dem *R*-Wort. Alles dreht sich nur um das Risiko. Nicht nur um unseres. Auch um ihres: beim Einnisten in menschliche Körper, beim Bau von Vernichtungslagern, bei der Ausbildung von Kindern zur Vollendung des Völkermords, alles wahnsinnig riskant, wahnwitzig riskant. Wie Evan Walker: widersprüchlich, unlogisch und einfach nur verdammt *seltsam*. Die ersten Attacken waren brutal in ihrer Effizienz und löschten achtundneunzig Prozent von uns aus, und selbst die Vierte Welle ergab einen gewissen Sinn: Es ist schwierig, mit vereinten Kräften Widerstand zu leisten, wenn man einander nicht vertrauen kann. Doch danach gerät ihre brillante Strategie langsam ins Wanken. Zehntausend Jahre, um die Auslöschung der Menschheit auf der Erde zu planen, und *das* ist das Beste, was ihnen einfällt? Seit Teacup und der Nacht der Ratten geht mir diese Frage immer und immer wieder durch den Kopf.

Tiefer im Wald, hinter mir und zu meiner Linken, durchbricht ein leises Stöhnen die Stille. Ich erkenne das Geräusch sofort; seit sie gekommen sind, habe ich es tausend Mal gehört.

In den Anfangstagen war es fast allgegenwärtig, ein stetiges Hintergrundgeräusch wie das Brummen des Verkehrs auf einem stark befahrenen Highway: das Geräusch eines Menschen, der Schmerzen leidet.

Ich hole das Okular aus meinem Rucksack und platziere die Linse gewissenhaft vor meinem linken Auge. Bedächtig. Ohne Panik. Panik schaltet Neuronen ab. Ich stehe auf, kontrolliere den Verschluss an meinem Gewehr und husche zwischen den Bäumen hindurch zu dem Geräusch, wobei ich die Umgebung nach dem verräterischen grünen Leuchten eines »Befallenen« absuche. Nebel umhüllt die Bäume; die Welt ist in Weiß getüncht. Meine Schritte donnern auf dem gefrorenen Boden. Jeder meiner Atemzüge gleicht einem Überschallknall.

Der zarte weiße Vorhang teilt sich, und zwanzig Meter entfernt sehe ich eine Gestalt zusammengesunken unter einem Baum sitzen, den Kopf zurückgelehnt, die Hände in den Schoß gepresst. Ihr Kopf leuchtet in meinem Okular nicht auf, was bedeutet, dass es sich nicht um eine Zivilperson handelt; er gehört der Fünften Welle an.

Ich ziele mit meinem Gewehr auf seinen Kopf. »Deine Hände! Zeig mir deine Hände!«

Sein Mund steht offen. Seine leeren Augen betrachten den Himmel durch kahle Äste, auf denen Eis glitzert. Ich nähere mich ihm. Ein Gewehr, das identisch ist mit meinem, liegt neben ihm auf dem Boden. Er greift nicht danach.

»Wo ist der Rest deiner Einheit?«, frage ich. Er antwortet nicht.

Ich lasse meine Waffe sinken. Wie dumm von mir. Bei dieser Kälte würde ich seinen Atem sehen, und er atmet nicht. Bei dem Stöhnen, das ich gehört habe, muss es sich um seinen letzten Atemzug gehandelt haben. Ich drehe mich langsam einmal um die eigene Achse, halte die Luft an, sehe aber nichts außer Bäumen und Nebel, höre nichts außer meinem eigenen Blut, das in meinen Ohren rauscht. Dann steige ich über den Leichnam, wobei ich mich zwinge, nichts zu überhasten, alles zur Kenntnis zu nehmen. Keine Panik. Panik tötet.

Das gleiche Gewehr wie meines. Der gleiche Kampfanzug. Und neben ihm liegt ein Okular auf dem Boden. Er gehört zweifellos zur Fünften Welle.

Ich studiere sein Gesicht. Irgendwie kommt er mir bekannt vor. Ich schätze ihn auf zwölf oder dreizehn, ungefähr so alt wie Dumbo. Ich knie mich neben ihn und presse die Finger an seinen Hals. Kein Puls. Ich öffne seine Jacke und ziehe sein blutdurchtränktes Shirt nach oben, um mir die Wunde anzusehen. Er wurde von einer einzigen großkalibrigen Patrone in den Bauch getroffen.

Von einem Schuss, den ich nicht gehört habe. Entweder liegt er schon eine ganze Weile hier, oder der Schütze benutzt einen Schalldämpfer.

Silencer.

Sullivan zufolge hat Evan Walker eine ganze Einheit ausgelöscht, nachts, verletzt und im Alleingang, sozusagen als Aufwärmübung für die Sprengung einer ganzen militärischen Einrichtung. Damals konnte ich Cassies Geschichte kaum glauben. Jetzt habe ich einen toten Soldaten vor mir. Ohne seine Einheit. Und ich bin allein mit der Stille im Wald und dem milchig-weißen Nebelschleier.

Mit einem Mal erscheint das Ganze nicht mehr so weit hergeholt.

Schnell denken. Nicht in Panik geraten. Wie beim Schach. Die Chancen abwägen. Das Risiko ausloten.

Ich habe zwei Optionen: Mich nicht von der Stelle rühren, bis irgendwas passiert oder die Dunkelheit anbricht. Oder aus dem Wald verschwinden, und zwar schnell. Derjenige, der ihn getötet hat, könnte meilenweit weg sein oder hinter dem nächsten Baum kauern und darauf warten, dass er freie Schusslinie hat.

Die Möglichkeiten vervielfachen sich. Wo sind die anderen Mitglieder seiner Einheit? Tot? Machen sie Jagd auf die Person, die ihn erschossen hat? Was ist, wenn es sich bei der Person, die ihn erschossen hat, um einen Rekruten-Kameraden handelt, der die Dorothy gemacht hat? Vergiss seine Einheit. Was ist, wenn Verstärkung eintrifft?

Ich zücke mein Messer. Seit ich ihn gefunden habe, sind fünf Minuten vergangen. Wenn jemand wüsste, dass ich hier bin, wäre ich bereits tot. Ich werde warten, bis es dunkel ist, muss mich aber darauf gefasst machen, dass ein weiterer Brecher der Fünften Welle auf mich zugerollt kommt.

Ich taste seinen Nacken ab, bis ich die winzige Erhebung unter der Narbe finde. *Ruhe bewahren. Das ist wie Schach. Zug und Gegenzug.*

Ich schneide langsam an der Narbe entlang und pule die Kapsel mit der Messerspitze heraus, auf der sie von einem Tropfen Blut gehalten wird. *Damit wir immer wissen, wo du dich aufhältst. Damit wir dafür sorgen können, dass du in Sicherheit bist.*

Risiko. Das Risiko, in einem Okular aufzuleuchten. Das entgegengesetzte Risiko, dass mir der Feind mit einem Knopfdruck das Gehirn verschmort.

Die Kapsel in ihrem Bett aus Blut. Die schreckliche Stille des Waldes, die beißende Kälte und der Nebel, der sich zwischen Ästen windet wie sich verschränkende Finger. Und in meinem Kopf Zombies Stimme: *Du machst dir zu viele Gedanken.*

Ich stecke mir die Kapsel zwischen Wange und Zahnfleisch. Bescheuert. Ich hätte sie vorher abwischen sollen. Ich schmecke das Blut des Jungen.

4. Kapitel

Ich bin nicht allein.

Ich kann ihn weder sehen noch hören, aber ich spüre ihn. Das Gefühl, beobachtet zu werden, verursacht auf jedem Quadratzentimeter meines Körpers ein Prickeln. Ein inzwischen unangenehm vertrautes Gefühl, das vom allerersten Moment an vorhanden war. Allein die Tatsache, dass das Mutterschiff während der ersten zehn Tage lautlos in der Umlaufbahn schwebte, sorgte für Risse im menschlichen Gebäude. Für eine andere Art von viraler Seuche: Unsicherheit, Angst, Panik. Verstopfte Highways, verlassene Flughafen, überfüllte Notaufnahmen, Verwaltungsstillstand, Ausgangssperre, Lebensmittel- und Treibstoffengpässe, Kriegsrecht an manchen Orten, Gesetzlosigkeit an anderen. Die Gazelle schnuppert. Die schreckliche Stille vor dem Angriff. Nach zehn Jahrtausenden wussten wir wieder, wie es sich anfühlt, Beute zu sein.

In den Bäumen tummeln sich Krähen. Glänzende schwarze Köpfe, leere schwarze Augen. Ihre buckeligen Silhouetten erinnern mich an kleine alte Männer auf Parkbänken. Zu hunderten hocken sie in den Bäumen und hüpfen auf dem Boden herum. Ich werfe einen Blick auf den Toten neben mir, dessen Augen genauso leer und unergründlich sind wie die der Krähen. Ich weiß, warum die Vögel hier sind. Sie haben Hunger.

Ich auch, deshalb krame ich meinen Plastikbeutel mit Trockenfleisch und erst vor kurzem abgelaufenen Gummibärchen hervor. Essen stellt ebenfalls ein Risiko dar, weil ich dazu den Peilsender aus dem Mund nehmen muss, aber ich muss wachsam bleiben, und um wachsam bleiben zu können, brauche ich Nahrung. Die Krähen beobachten mich, neigen ihre Köpfe, als würden sie angestrengt versuchen, mich kauen zu hören. *Ihr Fettsäcke. Wie hungrig könnt ihr schon sein?* Die Angriffe haben ihnen Millionen Tonnen Fleisch geliefert. Auf dem Höhepunkt der Seuche verdunkelten sie in riesigen Schwärmen den Himmel, deren Schatten über die schwelende Landschaft rasten. Krähen und andere Aasvögel schlossen den Kreis der Dritten Welle. Sie ernährten sich von infizierten Leichen, dann brachten sie das Virus zu anderen Futterplätzen.

Ich könnte mich auch täuschen. Vielleicht sind wir doch allein, der tote Junge und ich. Je mehr Sekunden verstreichen, desto sicherer fühle ich mich. Falls mich jemand beobachtet, hat er nur aus einem Grund noch nicht geschossen: Er wartet, ob noch mehr bescheuerte Kinder »Soldat, zeig dich« spielen.

Ich beende mein Frühstück und stecke mir die Kapsel wieder in den Mund. Die Minuten kriechen dahin. Mit am verstörendsten an der Invasion ist – abgesehen davon, dass man mit ansehen musste, wie alle, die man kannte und mochte, auf entsetzliche Art und Weise starben –, wie sich die Zeit verlangsamt hat, seit sich die Ereignisse überschlagen. Zehntausend Jahre, um die Zivilisation aufzubauen, zehn Monate, um sie zu zerstören, und jeder Tag dauerte zehn Minuten länger als der vorangegangene, und die Nächte dauerten zehnmal so lang wie die Tage. Das Einzige, was noch unerträglicher war als die Langeweile dieser Stunden, war der Schrecken der Erkenntnis, dass sie jeden Moment enden könnten.

Vormittag: Der Nebel hebt sich, und es beginnt in Flocken zu schneien, die kleiner sind als die Augen der Krähen. Kein Lufthauch ist zu spüren. Der Wald ist in ein traumähnliches, glänzend weißes Leuchten getaucht. Solange es nicht stärker schneit, kann ich bis Anbruch der Dunkelheit ausharren.

Vorausgesetzt, ich schlafe nicht ein. Ich habe seit mehr als zwanzig Stunden nicht mehr geschlafen, und mir ist warm, und ich fühle mich behaglich und leicht benommen.

In der hauchzarten Stille verstärkt sich meine Paranoia. Mein Kopf ist in seinem Fadenkreuz perfekt zentriert. Er sitzt hoch oben in einem Baum; er lauert regungslos wie ein Löwe im Gestrüpp. Ich bin ihm ein Rätsel. Eigentlich sollte ich in Panik geraten. Deshalb feuert er nicht, sondern wartet ab, wie sich die Lage entwickelt. Es muss irgendeinen Grund dafür geben, warum ich hier draußen einer Leiche Gesellschaft leiste.

Aber ich gerate nicht in Panik. Ich nehme nicht Reißaus wie eine verängstigte Gazelle. Ich bin mehr als die Summe meiner Ängste.

Angst wird sie nicht besiegen. Nicht Angst oder Glaube, Hoffnung oder Liebe, sondern Wut.

Ihr könnt mich mal, hat Sullivan zu Vosch gesagt. Das ist der einzige Teil ihrer Geschichte, der mich beeindruckt hat. Sie hat nicht geweint. Sie hat nicht gebetet. Sie hat nicht gefleht.

Sie hat geglaubt, es wäre vorbei, und wenn es vorbei ist, wenn auf der Uhr die letzte Sekunde abläuft, ist zum Weinen, Beten und Flehen keine Zeit mehr.

»Ihr könnt mich mal«, flüstere ich. Nachdem ich die Worte ausgesprochen habe, fühle ich mich besser. Ich sage sie noch einmal. Lauter. Meine Stimme trägt weit in der Winterluft.

Ein Flattern schwarzer Flügel tief im Wald zu meiner Rechten, das gereizte Krächzen der Krähen, und durch mein Okular funkelt ein winziger grüner Punkt in dem Braun und Weiß.

Hab ich dich gefunden.

Der Schuss wird schwierig. Schwierig, aber nicht unmöglich. Ich hatte noch nie in meinem Leben mit einer Schusswaffe hantiert, bevor der Feind mich in meinem Versteck auf dem Rastplatz in der Nähe von Cincinnati fand, mich in sein Camp brachte und mir ein Gewehr in die Hand drückte. Der Drill-Ausbilder fragte sich daraufhin laut, ob der Führungsstab womöglich jemanden in die Einheit eingeschleust hatte. Sechs Monate später schoss ich dem Mann eine Kugel ins Herz.

Ich besitze eine Begabung.

Das leuchtend grüne Licht nähert sich. Vielleicht weiß er, dass ich ihn entdeckt habe, doch das spielt keine Rolle. Ich streichle das glatte Metall des Abzugs und beobachte durch mein Okular, wie der Lichtklecks größer wird. Vielleicht denkt er, er wäre außer Reichweite, oder er möchte sich in eine bessere Schussposition bringen.

Spielt keine Rolle.

Vielleicht handelt es sich gar nicht um einen von Sullivans lautlosen Todesschützen. Vielleicht handelt es sich nur um einen armen verirrten Überlebenden, der auf Rettung hofft.

Spielt keine Rolle. Inzwischen spielt nur noch eines eine Rolle.

Das Risiko.

5. Kapitel

Im Hotel erzählte mir Sullivan, dass sie hinter einem Bierkühlregal einen Soldaten erschossen hat und wie schlecht sie sich anschließend fühlte.

»Es war gar keine Pistole«, versuchte sie zu erklären. »Es war ein Kruzifix.«

»Warum ist das wichtig?«, fragte ich. »Es hätte auch eine Puppe oder eine Tüte Nüsse mit Schokoglasur sein können. Was hattest du schon für eine Wahl?«

»Keine. Das ist ja genau mein Punkt.«

Ich schüttelte den Kopf. »Manchmal ist man eben zur falschen Zeit am falschen Ort, und was passiert, ist niemandes Schuld. Man möchte sich einfach schlecht fühlen, damit man sich besser fühlt.«

»Sich schlecht fühlen, damit man sich besser fühlt?« Unter ihren Sommersprossen breitete sich eine tiefe, wütende Röte aus. »Das ergibt überhaupt keinen Sinn.«

»›Ich habe einen Unschuldigen getötet, aber seht mal, was für ein schlechtes Gewissen ich deswegen habe‹«, erklärte ich. »Der Typ ist trotzdem tot.«

Sie starrte mich lange an. »Tja, ich verstehe, warum Vosch dich im Team haben wollte.«

Der grüne Klecks, bei dem es sich um seinen Kopf handelt, schlängelt sich zwischen den Bäumen hindurch und kommt auf mich zu, und jetzt erkenne ich durch die trägen Schneeflocken das Funkeln eines Gewehrs. Ich bin mir ziemlich sicher, dass es kein Kruzifix ist.

Ich drücke mein Gewehr an mich und lehne den Kopf gegen

den Baum, als würde ich dösen oder die Schneeflocken betrachten, die zwischen den kahlen Ästen schweben – eine Löwin im hohen Gras.

Fünfzig Meter entfernt. Die Mündungsgeschwindigkeit eines M16 beträgt knapp tausend Meter pro Sekunde. Das bedeutet, ihm bleibt noch ungefähr eine Zwanzigstelsekunde auf Erden.

Hoffentlich nutzt er sie sinnvoll.

Ich schwenke mein Gewehr, straffe die Schultern und feuere die Kugel ab, die den Kreis vollendet.

Die Krähenschar stiebt von den Bäumen auf, ein Chaos aus schwarzen Flügeln und heiseren, wütenden Schreien. Der grüne Lichtball fällt zu Boden und erhebt sich nicht mehr.

Ich warte. Besser abwarten, was als Nächstes passiert. Fünf Minuten. Zehn. Keine Bewegung. Kein Geräusch. Nichts außer der tosenden Stille des Schnees. Ohne die Gesellschaft der Vögel fühlt sich der Wald sehr leer an. Mit dem Rücken gegen den Baum gepresst rutsche ich nach oben, dann halte ich mich ein paar weitere Minuten still. Jetzt sehe ich wieder das grüne Leuchten, auf dem Boden, regungslos. Ich steige über die Leiche des toten Rekruten. Gefrorenes Laub knirscht unter meinen Stiefeln.

Jeder Schritt misst die Zeit, die abläuft. Auf halbem Weg zu meinem Opfer wird mir bewusst, was ich getan habe.

Teacup liegt zu einer Kugel zusammengerollt neben einem umgestürzten Baum, ihr Gesicht mit Krümeln der Blätter vom letzten Jahr bedeckt.

Hinter einer Reihe leerer Bierkühlregale presste sich ein sterbender Mann ein blutiges Kruzifix an die Brust. Seine Killerin hatte keine andere Wahl. Sie ließen ihr keine andere Wahl. Wegen des Risikos. Für die Killerin. Für sie.

Ich knie mich neben sie. Ihre Augen sind vor Schmerz geweitet. Sie streckt Hände nach mir aus, die im grauen Licht purpurfarben wirken.

»Teacup?«, flüstere ich. »Teacup, was machst du denn hier? Wo ist Zombie?«

Ich suche den Wald ab, kann aber weder ihn noch jemand anderen hören oder sehen. Ihre Brust hebt sich, und schäumendes Blut sprudelt ihr über die Lippen. Sie ist drauf und dran zu ersticken. Ich drücke ihr Gesicht vorsichtig zum Boden, um ihr den Mund frei zu machen.

Sie muss mich fluchen gehört haben. So hat sie mich gefunden, anhand meiner Stimme.

Teacup schreit. Das Geräusch durchschneidet die Stille, prallt von den Bäumen ab. *Inakzeptabel.* Ich presse meine Hand fest auf ihre blutigen Lippen und befehle ihr, still zu sein. Ich weiß nicht, wer den Jungen erschossen hat, den ich gefunden habe, doch wer auch immer es war, er kann nicht weit sein. Wenn ihn das Geräusch meines Gewehrs nicht zurückkehren lässt, um nachzusehen, wird ihr Schreien es tun.

Verdammt, sei still. Sei still. Was hast du hier draußen zu suchen, verdammt? Dich so an mich ranzuschleichen, du kleines Miststück. Dumm, dumm, dumm, dumm.

Zähne schaben verzweifelt an meiner Handfläche. Winzige Finger suchen mein Gesicht. Meine Wangen mit ihrem Blut bemalt. Mit meiner freien Hand reiße ich ihr die Jacke auf. Ich muss die Wunde zusammenpressen, sonst verblutet sie.

Ich packe den Kragen ihres Hemds, reiße den Stoff nach unten und entblöße ihren Oberkörper. Dann knülle ich den Stofffetzen zusammen und presse ihn auf das blutende Einschussloch unmittelbar unter ihrem Brustkorb. Meine Berührung lässt sie zusammenzucken, und sie stößt ein ersticktes Schluchzen aus.

»Was habe ich dir gesagt, Soldat?«, flüstere ich. »Was hat höchste Priorität?«

Glatte Lippen gleiten über meine Handfläche. Kein Wort kommt heraus.

»Keine negativen Gedanken«, sage ich ihr. »Keine negativen Gedanken. Keine negativen Gedanken. Denn negative Gedanken machen uns weich. Sie machen uns weich. Weich. Und wir dürfen nicht weich werden. Das dürfen wir nicht. Was passiert, wenn wir weich werden?«

Im Wald wimmelt es von bedrohlichen Schatten. Tief zwischen den Bäumen ertönt ein knackendes Geräusch. Ein Stiefel, der auf den gefrorenen Boden tritt? Oder ein eisverkrusteter Zweig, der zerbricht? Wir könnten von hundert Feinden umzingelt sein. Oder von keinem.

Ich gehe blitzschnell unsere Optionen durch. Viele sind es nicht. Und sie sind alle mies.

Erste Option: Wir bleiben. Die Frage ist, wozu. Was aus der Einheit des toten Rekruten geworden ist, ist ungeklärt. Wo sich derjenige befindet, der den Jungen getötet hat, ist ebenfalls ungeklärt. Und Teacup hat ohne medizinische Hilfe keine Überlebenschance. Ihr bleiben nicht Stunden, sondern Minuten.

Zweite Option: Wir hauen ab. Die Frage ist, *wohin*. Zum Hotel? Teacup würde verbluten, bevor wir dort ankämen, außerdem ist sie womöglich aus gutem Grund von dort verschwunden. Zu den Höhlen? Wir können nicht riskieren, Urbana zu durchqueren, was bedeutet, dass wir einen Umweg über freie Felder machen müssten. Das würde einen Fußmarsch, der an einem vermutlich ebenfalls unsicheren Ort endet, um etliche Stunden verlängern.

Bleibt noch eine dritte Option. Die unvorstellbare. Und die einzige, die einen Sinn ergibt.

Es schneit stärker, das Grau wird dunkler. Ich lege ihr eine Hand an die Wange und presse die andere auf die Wunde, weiß jedoch, dass es hoffnungslos ist. Meine Kugel hat sich durch ihren Bauch gebohrt; die Verletzung ist verheerend.

Teacup wird sterben.

Ich sollte sie zurücklassen. Und zwar sofort.

Aber ich tue es nicht. Ich kann nicht. Wie ich an dem Abend, an dem Camp Haven in die Luft flog, zu Zombie gesagt habe: In der Minute, in der wir beschließen, dass eine Person keine Rolle spielt, haben sie gewonnen, und jetzt sind meine Worte die Kette, die mich an sie fesseln.

Ich halte sie in der fürchterlichen Stille des verschneiten Waldes in den Armen.

6. Kapitel

Ich lege sie vorsichtig auf dem Waldboden ab. Ihr Gesicht, aus dem sämtliche Farbe gewichen ist, wirkt kaum dunkler als der Schnee. Ihr Mund steht offen, ihre Augenlider flattern. Sie hat das Bewusstsein verloren. Ich glaube nicht, dass sie jemals wieder zu sich kommen wird.

Meine Hände zittern. Ich gebe mir alle Mühe, die Fassung zu bewahren. Ich bin stinksauer auf sie, auf mich selbst, auf die sieben Milliarden unlösbaren Dilemmas, für die ihre Ankunft gesorgt hat, auf die Lügen und auf die unerträglichen Ungereimtheiten und auf all die lächerlichen, hoffnungslosen und dummen unausgesprochenen Versprechen, die gebrochen wurden, seit sie hier sind.

Nicht weich werden. Denk an das, was wichtig ist, hier und jetzt; darin bist du gut.

Ich beschließe zu warten. Es kann nicht mehr lange dauern. Vielleicht wird die Weichheit in mir nach ihrem Tod verschwinden, vielleicht werde ich dann wieder klar denken können. Jede ereignislose Minute bedeutet, dass mir noch Zeit bleibt.

Doch die Welt ist eine Uhr, die abläuft, und es gibt keine ereignislosen Minuten mehr.

Einen Augenblick nachdem ich beschlossen habe, bei ihr zu bleiben, zerschmettert das schlagende Dröhnen von Rotoren die Stille. Das Helikoptergeräusch bricht den Bann. Zu erkennen, was eine Rolle spielt: vom Schießen abgesehen meine größte Stärke.

Ich darf nicht zulassen, dass ihnen Teacup lebend in die Hände fällt.

Wenn sie ihnen in die Hände fällt, gelingt es ihnen vielleicht, sie am Leben zu erhalten. Und wenn sie sie am Leben erhalten, wird sie an das Wonderland-Programm angeschlossen. Es besteht die minimale Chance, dass Zombie sich noch im Hotel und in Sicherheit befindet. Die Chance, dass Teacup nicht vor irgendetwas geflüchtet ist, sondern sich nur davongeschlichen hat, um mich zu suchen. Ein Ausflug von einem von uns hinunter in den Kaninchenbau, und wir sind alle dem Untergang geweiht.

Ich ziehe meine Pistole aus dem Halfter.

In der Minute, in der wir beschließen … Ich wünschte, ich hätte noch eine Minute. Ich wünschte, ich hätte noch dreißig Sekunden. Dreißig Sekunden wären eine Lebenszeit. Eine Minute wäre eine Ewigkeit.

Ich ziele mit der Pistole auf ihren Kopf und hebe das Gesicht zum grauen Himmel. Schneeflocken lassen sich auf meiner Haut nieder, wo sie einen Moment zittern, ehe sie schmelzen.

Sullivan hatte ihren Kruzifix-Soldaten, und jetzt habe ich meinen.

Nein. Ich bin der Soldat. Teacup ist das Kreuz.

7. Kapitel

Dann spüre ich ihn: denjenigen, der tief zwischen den Bäumen steht, regungslos, und mich beobachtet. Ich sehe hin, und dann entdecke ich ihn, einen helleren menschlichen Schatten zwischen den dunklen Baumstämmen. Einen Moment lang rührt sich keiner von uns beiden von der Stelle. Ich weiß – ohne zu verstehen, warum –, dass er derjenige ist, der den Jungen und die anderen aus dessen Einheit erschossen hat. Und ich weiß, dass es sich bei dem Schützen nicht um einen Rekruten handeln kann. Sein Kopf leuchtet grün in meinem Okular auf.

Schneeflocken wirbeln umher, die Kälte ist erdrückend. Ich blinzle, und der Schatten ist verschwunden. Falls der Schatten überhaupt jemals da war.

Ich verliere die Fassung. Zu viele Variablen. Zu hohes Risiko. Ich zittere unkontrolliert und frage mich, ob sie mich letzten Endes doch gebrochen haben; nach dem Tsunami, der mir mein Zuhause genommen hat, der Seuche, die mir meine Familie genommen hat, dem Vernichtungslager, das mir die Hoffnung genommen hat, dem unschuldigen kleinen Mädchen, das meine Kugel genommen hat, bin ich fertig, kaputt, erledigt. Bestand daran jemals ein Zweifel, war es jemals eine Frage von *ob* oder immer eine Frage von *wann*?

Die Helikopter nähern sich schnell. Ich muss zu Ende bringen, was ich mit Teacup begonnen habe, oder ich werde ihr bald dort Gesellschaft leisten, wo sie liegt.

Ich richte den Lauf meiner Pistole auf das blasse, engelhafte Gesicht zu meinen Füßen, auf mein Opfer, mein Kreuz.

Und das Dröhnen der nahenden Black-Hawk-Helikopter lässt meine Gedanken wie das leise quiekende Wimmern eines sterbenden Nagetiers erscheinen.

Wie die Ratten, nicht wahr, Cup? Genau wie die Ratten.

—— 8. Kapitel ——

In dem alten Hotel wimmelte es von Ungeziefer. Die Kälte hatte die Kakerlaken ausgerottet, aber andere Schädlinge hatten überlebt, vor allem Bettwanzen und Teppichkäfer. Und die waren hungrig. Schon nach einem Tag waren wir alle mit Bissen übersät. Der Keller, wo während der Seuche Leichen gelagert worden waren, gehörte den Fliegen. Bis wir eincheckten, verendeten allerdings die meisten von ihnen. Als wir am ersten Tag in den Keller gingen, lagen dort unzählige tote Fliegen herum, deren schwarze Hüllen unter unseren Füßen knirschten. Das war gleichzeitig der letzte Tag, an dem wir dort hinuntergingen.

Das ganze Hotel stank nach Verwesung, und ich sagte Zombie, dass das Öffnen der Fenster helfen würde, den Geruch zu vertreiben und einen Teil des Ungeziefers zu töten. Er meinte, er würde sich lieber beißen lassen und würgen, als zu erfrieren. Dabei lächelte er, um mich in seinem unwiderstehlichen Charme zu baden. *Entspann dich, Ringer. Das ist nur ein weiterer Tag in der außerirdischen Wildnis.*

Teacup störten das Ungeziefer und der Gestank nicht. Die Ratten waren es, die sie in den Wahnsinn trieben. Diese hatten sich in die Wände genagt, und ihr Kauen und Scharren hielt Teacup (und damit auch mich) nachts wach. Sie wälzte sich hin und her, jammerte und klagte und steigerte sich hinein, da praktisch alle unsere Gedanken über die Situation an einem schlechten Ort endeten. In dem vergeblichen Versuch, sie abzulenken, fing ich an, ihr Schach beizubringen, wobei ich ein Handtuch als Schachbrett und Münzen als Figuren benutzte.

»Schach ist ein bescheuertes Spiel für bescheuerte Leute«, ließ sie mich wissen.

»Nein, es ist sehr demokratisch«, erwiderte ich. »Schlaue Leute spielen es ebenfalls.«

Teacup verdrehte die Augen. »Du möchtest doch nur spielen, damit du mich besiegen kannst.«

»Nein, ich möchte spielen, weil ich es vermisse.«

Ihre Kinnlade klappte herunter. »*Das* vermisst du?«

Ich breitete das Handtuch auf dem Bett aus und brachte die Münzen in Position. »Entscheide nicht, ob dir was gefällt oder nicht, bevor du es ausprobiert hast.« Als ich angefangen habe, war ich ungefähr in ihrem Alter. Das wunderschöne hölzerne Schachbrett auf einem Ständer im Arbeitszimmer meines Vaters. Die schimmernden Elfenbeinfiguren. Der strenge König. Die hochmütige Dame. Der edle Springer. Der ergebene Läufer. Und das Spiel selbst, die Art und Weise, wie jede einzelne Figur ihre individuelle Stärke zu dem Ganzen beitrug. Es war simpel. Es war komplex. Es war wild; es war elegant. Es war ein Tanz; es war ein Krieg. Es war endlich und unendlich. Es war wie das Leben.

»Pennys sind Bauern«, erklärte ich ihr. »Fünf-Cent-Stücke sind Türme, Zehn-Cent-Stücke sind Springer und Läufer, Vierteldollars sind Könige und Damen.«

Sie schüttelte den Kopf. Ringer ist eine Idiotin. »Wie können Zehn-Cent-Stücke und Vierteldollars beides sein?«

»Kopf: Springer und Könige. Zahl: Läufer und Damen.«

Die Kühle des Elfenbeins. Die Art und Weise, wie die mit Filz beklebte Unterseite der Figuren über das polierte Holz glitt wie ein geflüsterter Donnerschlag. Das Gesicht meines Vaters über das Brett gebeugt, hager und unrasiert, rotäugig und schmallippig, von Schatten überzogen. Der unangenehm süßliche Geruch von Alkohol und Finger, die trommelten wie die Flügel eines Kolibris.

Man nennt es das Spiel der Könige, Marika. Möchtest du es lernen?

»Es ist das Spiel von Königen«, sagte ich zu Teacup.

»Tja, ich bin aber kein König.« Sie verschränkte die Arme. Mir so *überlegen.* »Ich mag Dame.«

»Dann wirst du Schach lieben. Schach ist wie Dame auf Steroiden.«

Mein Vater, der mit seinen abgebrochenen Fingernägeln auf der Tischplatte trommelte. Die Ratten, die in den Wänden scharrten.

»So bewegt sich der Läufer, Teacup.«

So bewegt sich der Springer, Marika.

Sie steckte sich einen alten Kaugummi in den Mund und kaute wütend, als dessen trockene Bruchstücke zerbröselten. Pfefferminzatem. Whiskeyatem. *Scharr, scharr, klopf, klopf.*

»Gib dem Spiel eine Chance«, flehte ich sie an. »Es wird dir bestimmt gefallen. Das verspreche ich dir.«

Sie packte eine Ecke des Handtuchs. »Das halte ich davon.« Ich hatte es kommen sehen, zuckte aber trotzdem zusammen, als sie das Handtuch wegriss und die Münzen durch die Luft flogen. Ein Fünf-Cent-Stück prallte ihr gegen die Stirn, und sie blinzelte nicht einmal.

»Ha!«, schrie Teacup. »Ich nehme an, das bedeutet schachmatt, du Schlampe!«

Ich reagierte, ohne nachzudenken, und ohrfeigte sie. »Nenn mich nie wieder so. *Nie wieder.*«

Die Kälte machte die Ohrfeige noch schmerzhafter. Ihre Unterlippe schob sich nach vorn, und ihre Augen füllten sich mit Tränen, doch sie weinte nicht.

»Ich hasse dich«, sagte sie.

»Ist mir egal.«

»Nein, ich hasse dich, Ringer. Ich hasse dich wie die verdammte Pest.«

»Fluchen macht dich nicht erwachsen, weißt du?«

»Dann bin ich eben ein Baby. Scheiße, Scheiße, Scheiße! Fuck, Fuck, Fuck!« Sie fasste sich an die Wange. Stoppte sich selbst. »Ich brauche nicht auf dich zu hören. Du bist nicht meine Mutter oder meine Schwester oder *irgendwer.*«

»Warum hängst du dann an mir wie eine Klette, seit wir das Camp verlassen haben?«

Jetzt löste sich doch eine Träne, ein einzelner Tropfen, der an ihrer scharlachroten Wange hinunterlief. Sie war unglaublich blass und dünn, ihre Haut lumineszierend wie die Schachfiguren meines Vaters. Ich war überrascht, dass meine Ohrfeige sie nicht in tausend Stücke hatte zerspringen lassen. Da ich nicht wusste, was ich sagen oder wie ich das Gesagte ungesagt machen sollte, sagte ich gar nichts. Stattdessen legte ich ihr eine Hand aufs Knie. Sie schob meine Hand weg.

»Ich will meine Pistole wiederhaben«, sagte sie.

»Wozu willst du deine Pistole wiederhaben?«

»Damit ich dich erschießen kann.«

»Dann bekommst du deine Pistole ganz bestimmt nicht zurück.«

»Kann ich sie zurückhaben, damit ich alle Ratten erschießen kann?«

Ich seufzte. »Dafür haben wir nicht genug Munition.«

»Dann vergiften wir sie.«

»Womit denn?«

Sie zuckte mit den Schultern. »Okay, dann stecken wir eben das ganze Hotel in Brand und verbrennen sie alle!«

»Das ist eine super Idee, allerdings leben wir zufällig auch hier.«

»Dann werden sie gewinnen. Gegen uns. Ein Haufen Ratten.«

Ich schüttelte den Kopf. Ich konnte ihr nicht folgen. »Gewinnen? Wie denn?«

Ihre Augen weiteten sich ungläubig. Ringer, die Idiotin. »Hör ihnen doch mal zu! Sie *fressen* das Hotel. Und wir werden hier bald nicht mehr leben, weil es kein *Hier* mehr geben wird, wo wir leben könnten.«

»Das kann man nicht gewinnen nennen«, widersprach ich. »Dann hätten sie auch kein Zuhause mehr.«

»Das sind *Ratten,* Ringer. Die können nicht so weit vorausdenken.«

Das gilt nicht nur für Ratten, dachte ich an jenem Abend, nachdem sie schließlich neben mir eingeschlafen war. Ich lauschte ihnen in den Wänden, ihrem Kauen, Kratzen, Kreischen. Letzten Endes würden das Wetter, Insekten und die Zeit das alte Hotel zum Einsturz bringen. In hundert Jahren würde nur noch das Fundament übrig sein. In tausend gar nichts mehr. Weder hier noch sonst irgendwo. Es würde sein, als hätten wir niemals existiert. Wer benötigt schon Bomben, wie sie in Camp Haven zum Einsatz kamen, wenn man bloß die Elemente auf uns loszulassen braucht?

Teacup lag eng an mich geschmiegt da. Selbst unter Bergen von Decken war die Kälte unerbittlich. Winter: eine Welle, die sie sich nicht einfallen lassen mussten. Die Kälte würde tausende weitere Opfer fordern.

Nichts von dem, was geschieht, ist unwichtig, Marika, sagte mein Vater während einer unserer Schachstunden zu mir. *Jeder Zug ist von Bedeutung. Meisterhaftigkeit beruht darauf, jedes einzelne Mal zu verstehen, wie groß die Bedeutung ist.*

Es nagte an mir. Das Rattenproblem. Nicht Teacups Problem. Nicht das Problem *mit* Ratten. Das *Ratten*problem.

9. Kapitel

Durch die in Weiß gekleideten kahlen Äste sehe ich, wie sich die Helikopter nähern, drei schwarze Punkte vor dem grauen Hintergrund. Mir bleiben noch Sekunden.

Optionen:

Teacup töten und es mit drei Black-Hawk-Helikoptern aufnehmen, die mit Hellfire-Raketen ausgerüstet sind.

Es ihnen überlassen, Teacup zu töten – oder schlimmer, sie zu retten.

Eine letzte Option: Uns beide töten. Eine Kugel für sie. Eine Kugel für mich.

Ich weiß nicht, ob mit Zombie alles in Ordnung ist. Ich weiß nicht, was – wenn überhaupt etwas – Teacup aus dem Hotel getrieben hat. Was ich allerdings weiß, ist, dass unser Tod womöglich seine einzige Chance ist zu überleben.

Ich versuche, mich zu überwinden abzudrücken. Wenn es mir gelingt, den ersten Schuss abzufeuern, wird mir der zweite viel leichter fallen. Ich rede mir ein, dass es zu spät ist – zu spät für sie und zu spät für mich. Der Tod lässt sich ohnehin nicht umgehen. Ist das nicht die Lektion, die sie uns seit Monaten einbläuen? Man kann sich nicht vor ihm verstecken, man kann nicht vor ihm davonlaufen. Wenn man den Tod einen Tag hinhält, findet er einen garantiert am nächsten.

In ein Nest aus Schnee geschmiegt sieht sie wunderschön aus, beinahe unecht. Ihr dunkles Haar schimmert wie Onyx, ihr Gesichtsausdruck hat im Schlaf den unbeschreiblichen Gleichmut einer antiken Statue.

Mir ist bewusst, dass uns beide zu töten die einzige Option ist und für die meisten Personen das geringste Risiko bedeutet. Und ich denke wieder an Ratten und daran, wie ich manchmal gemeinsam mit Teacup, um endlose Stunden herumzubringen, unseren Feldzug gegen das Ungeziefer plante – Kriegslisten und Taktik, Angriffswellen, jede davon lächerlicher als die vorangegangene –, bis sie in hysterisches Gelächter ausbrach und ich ihr denselben Vortrag hielt, den ich Zombie auf dem Schießplatz gehalten hatte, denselben Vortrag, der mich jetzt einholt: dass Angst den Killer an sein Opfer bindet und die Kugel die beiden wie ein Silberfaden miteinander verknüpft. Jetzt bin ich der Killer *und* das Opfer, ein völlig anderer Kreis, und mein Mund ist genauso trocken wie die Luft und mein Herz genauso kalt. Die Temperatur von wahrer Wut ist der absolute Nullpunkt, und meine ist tiefer als der Ozean, weiter als das Universum.

Also ist es nicht Hoffnung, die mich meine Pistole wieder in das Halfter stecken lässt. Es ist nicht Vertrauen, und es ist ganz sicher nicht Liebe.

Es ist Wut.

Wut und die Tatsache, dass ich immer noch das Implantat eines toten Rekruten zwischen Wange und Zahnfleisch habe.

10. Kapitel

Ich hebe sie hoch. Ihr Kopf fällt gegen meine Schulter. Wir laufen zwischen den Bäumen hindurch. Über uns dröhnt ein Black Hawk. Die anderen beiden Helikopter haben sich aufgeteilt, einer ist nach Osten abgedreht, einer nach Westen, um sämtliche Fluchtwege abzuschneiden. Die dünnen Äste weit oben biegen sich. Schnee peitscht mir von der Seite ins Gesicht. Teacup wiegt nichts; ich könnte ebenso gut ein Bündel abgelegter Klamotten tragen.

Wir verlassen den Wald, als gerade einer der Black Hawks von Norden angebraust kommt. Sein Luftstoß fegt mir mit zyklonalem Zorn durchs Haar. Der Helikopter schwebt über uns, und jetzt stehen wir regungslos mitten auf einer Straße. Schluss mit Rennen. Schluss.

Ich lege Teacup auf dem Asphalt ab. Der Helikopter ist so nah, dass ich das schwarze Visier des Piloten und die offene Tür zum Frachtraum und die dicht gedrängten Körper darin sehen kann, und ich weiß, dass ich mich in einem halben Dutzend Fadenkreuze befinde, ich und das kleine Mädchen zu meinen Füßen. Und jede Sekunde, die verstreicht, bedeutet, dass ich diese Sekunde überlebt habe, und mit jeder Sekunde wächst die Wahrscheinlichkeit, dass ich auch die nächste überleben werde. Vielleicht ist es noch nicht zu spät, nicht für mich, nicht für sie, noch nicht

Ich leuchte nicht auf in ihren Okularen. Ich bin eine von ihnen. Ich muss eine von ihnen sein, nicht wahr?

Ich schwinge mein Gewehr von der Schulter und lasse den Finger durch den Abzugsbügel gleiten.

— II. TEIL —
ZERRISSEN

— 11. Kapitel —

Von dem Moment an, als ich gerade laufen konnte, fragte mich mein Vater immer: *Cassie, möchtest du fliegen?* Und meine Arme schossen in die Höhe. *Machst du Witze, Dad? Klar möchte ich fliegen!*

Und er packte mich dann immer an der Taille und warf mich in die Luft. Mein Kopf kippte nach hinten, und ich schoss wie eine Rakete in den Himmel. Für einen Augenblick, der tausend Jahre andauerte, fühlte es sich so an, als würde ich bis zu den Sternen fliegen. Ich schrie, mein Schreien eine Mischung aus Freude und Angst wie bei einer Achterbahnfahrt, während meine Hände versuchten, sich an Wolken zu klammern.

Flieg, Cassie, flieg!

Mein Bruder kannte dieses Gefühl ebenfalls. Besser als ich, weil die Erinnerung frischer war. Selbst nach der Ankunft schleuderte ihn Daddy noch in die Umlaufbahn. Ich habe ihn sogar noch in Camp Ashpit dabei beobachtet, nur wenige Tage bevor Vosch auftauchte und ihn im Dreck ermordete.

Sam, mein Junge, möchtest du fliegen? Dabei senkte sich seine Stimmlage von Bariton zu Bass wie bei einem Schausteller aus vergangenen Zeiten, wenngleich die Fahrt, die er anpries, umsonst war – und unbezahlbar. Dad, die Startrampe. Dad, die

Landezone. Dad, das Halteseil, das Sams und mich davor bewahrte, ins Nichts der Tiefen des Alls geschleudert zu werden, inzwischen selbst ein Nichts.

Ich wartete darauf, dass Sam fragte. Das ist der einfachste Weg, um schreckliche Nachrichten zu überbringen. Und auch der armseligste. Er fragte allerdings nicht. Er sagte es mir.

»Daddy ist tot.«

Ein winziger Klumpen unter einem Berg von Decken, seine braunen Augen groß und leer wie die des Teddybären, den er sich an die Wange presste. *Teddybären sind was für Babys,* sagte er mir in der ersten Nacht im Höllenhotel. *Ich bin jetzt ein Soldat.*

Eingegraben im Bett neben seinem liegt noch ein winziger ernster Soldat und starrt mich an, eine Siebenjährige, die Teacup genannt wird. Diejenige mit dem bezaubernden Babypuppengesicht und den ruhelosen Augen, die sich ihr Bett nicht mit einem Stofftier teilt; sie schläft mit einem Gewehr.

Willkommen im nachmenschlichen Zeitalter.

»Oh, Sam.« Ich verließ meinen Posten am Fenster und setzte mich neben den Kokon aus Decken, in den er eingewickelt war. »Sammy, ich wusste nicht, wie …«

Er verpasste mir mit einer geballten, apfelgroßen Faust einen Schlag auf die Wange, den ich nicht kommen sah. Vor meinen Augen explodierten helle Sterne. Einen Moment lang befürchtete ich, er könnte meine Netzhaut gelöst haben.

Okay. Ich rieb mir die Wange. *Das habe ich verdient.*

»Warum hast du ihn sterben lassen?«, wollte er von mir wissen. Er weinte nicht, und er schrie nicht. Seine Stimme war tief und grimmig und kochte vor Wut. »Du hättest doch auf ihn aufpassen sollen.«

»Ich habe ihn nicht sterben lassen, Sams.«

Mein Vater, der blutend durch den Dreck kroch – *Wohin willst du, Dad?* –, und Vosch, der vor ihm stand und ihm voller Genugtuung dabei zusah wie ein sadistisches Kind einer Fliege, nachdem es ihr die Flügel ausgerissen hat.

Teacup von ihrem Bett: »Schlag sie noch mal.«

Sam fauchte sie an: »Du hältst den Mund.«

»Es war nicht meine Schuld«, flüsterte ich, den Arm um den Teddybären geschlungen.

»Er war weich«, sagte Teacup. »Das passiert eben, wenn man …«

Binnen zwei Sekunden befand sich Sam auf ihr. Dann flogen Fäuste und Knie und Füße, und Staub wirbelte von den Bettdecken auf, und *Mein Gott, in dem Bett liegt ein Gewehr!*, und ich stieß Teacup weg, schloss die Arme um Sam und drückte ihn fest an meine Brust, während er um sich schlug und strampelte, spuckte und mit den Zähnen knirschte, während Teacup ihn lautstark beschimpfte und versprach, ihn zu töten wie einen Hund, wenn er sie jemals wieder anfassen sollte. Dann flog die Tür auf, und Ben stürmte in seinem lächerlichen gelben Kapuzensweatshirt in den Raum.

»Schon okay!«, rief ich über das Geschrei hinweg. »Alles unter Kontrolle!«

»Cup! Nugget! Haltet euch zurück!«

Beide Kinder verstummten in dem Augenblick, in dem Ben den Befehl brüllte, als wäre ein Schalter umgelegt worden Sam erschlaffte. Teacup ließ sich gegen das Kopfende fallen und verschränkte die Arme vor der Brust.

»Sie hat angefangen.« Sam zog einen Schmollmund.

»Ich hatte mir gerade überlegt, ob ich nicht ein großes rotes *X* aufs Dach malen soll«, sagte Ben. Er steckte seine Pistole ins Halfter. »Danke, dass ihr mir die Arbeit erspart habt, Leute.«

Er grinste mich an. »Vielleicht sollte sich Teacup in meinem Zimmer einquartieren, bis Ringer zurückkommt.«

»Gut!«, sagte Teacup. Sie sprang aus dem Bett, marschierte zur Tür, machte auf dem Absatz kehrt, ging zurück zum Bett, schnappte sich das Gewehr und riss an Bens Handgelenk. »Gehen wir, Zombie.«

»Gleich«, sagte er sanft. »Dumbo schiebt gerade Wache. Nimm sein Bett.«

»Ab jetzt mein Bett.« Sie konnte sich eine letzte spitze Bemerkung nicht verkneifen: »A-Löcher.«

»*Du* bist das A-Loch!«, schrie ihr Sammy hinterher. Die Tür schlug auf die schnelle, heftige Art und Weise zu, die Hoteltüren eigen ist. »A-Loch!«

Ben sah mich an, die rechte Augenbraue hochgezogen. »Was ist denn mit deinem Gesicht passiert?«

»Nichts.«

»Ich habe sie geschlagen«, sagte Sammy.

»Du hast sie geschlagen?«

»Weil sie meinen Daddy hat sterben lassen.«

Jetzt gingen Sams Nerven mit ihm durch. Er ließ nicht die Fäuste fliegen, sondern seinen Tränen freien Lauf, und ehe ich michs versah, kniete Ben, und mein kleiner Bruder weinte in seinen Armen, und Ben sagte: »Hey, schon okay, Soldat. Alles wird gut.« Streichelte den Bürstenhaarschnitt, an den ich mich immer noch nicht gewöhnt hatte – ohne seinen Haarschopf war Sammy einfach nicht Sammy –, und wiederholte immer wieder den bescheuerten Camp-Namen: *Nugget, Nugget.* Ich wusste, es hätte mich nicht stören sollen, aber es störte mich, dass alle einen Spitznamen hatten außer mir. Mir hätte *Defiance,* »Trotz«, gefallen.

Ben hob ihn hoch und setzte ihn auf dem Bett ab. Dann hob

er Bär vom Fußboden auf und legte ihn aufs Kopfkissen. Sam stieß ihn hinunter. Ben hob ihn wieder auf.

»Möchtest du Teddy wirklich ausmustern?«, fragte er.

»Er heißt nicht Teddy.«

»Gefreiter Bär«, versuchte es Ben.

»Nur Bär, und ich will ihn nie wieder sehen!« Sam zog sich ruckartig die Bettdecke über den Kopf. »Und jetzt haut ab! Alle. Haut. Einfach. Ab!«

Ich ging einen Schritt auf ihn zu. Ben schüttelte den Kopf und deutete mit einem Nicken auf die Tür. Ich folgte ihm aus dem Zimmer. Beim Fenster am Ende des Korridors türmte sich ein großer Schatten auf: der korpulente, stille Junge namens Poundcake, dessen Schweigsamkeit nicht in die unheimliche Kategorie fiel, sondern eher an die tiefe Stille eines Bergsees erinnerte. Ben lehnte sich an die Wand und drückte Bär an seine Brust. Er schwitzte trotz der eisigen Temperaturen. Wenn Ben nach einer Rangelei mit zwei Kindern erschöpft war, hatte er ein Problem, was bedeutete, dass wir alle ein Problem hatten.

»Er wusste nicht, dass euer Dad tot ist?«, fragte er.

Ich schüttelte den Kopf. »Er wusste es, und er wusste es nicht. Eins von diesen Dingen.«

»Ja.« Ben seufzte. »Diese Dinge.«

Zwischen uns kehrte eine bleierne Stille von der Größe von Newark ein. Ben streichelte geistesabwesend Bärs Kopf wie ein alter Mann beim Zeitunglesen seine Katze.

»Ich sollte zu ihm gehen«, sagte ich.

Ben machte einen Schritt zur Seite, vor die Tür, und versperrte mir den Weg. »Vielleicht solltest du das lieber nicht tun.«

»Vielleicht solltest du deine Nase nicht …«

»Es ist nicht der erste Mensch in seinem Leben, der gestorben ist. Er wird schon damit fertig.«

»Wow. Das war krass.« *Wir sprechen hier von jemandem, der auch mein Vater war, Zombie-Boy.*

»Du weißt schon, wie ich es gemeint habe.«

»Warum sagen das eigentlich alle, nachdem sie irgendwas total Grausames gesagt haben?« Ich schwieg einen Moment und fügte dann hinzu: »Ich weiß zufällig, wie es ist, ganz allein mit dem Tod ›fertigwerden‹ zu müssen. Nur man selbst und die große Leere, wo früher mal alles war. Es wäre schön gewesen, wirklich, wirklich schön, jemanden bei mir gehabt zu haben …«

»Hey«, sagte Ben sanft. »Hey, Cassie, ich habe nicht …«

»Nein, du hast nicht. Du hast wirklich nicht.« *Zombie.* Weil er keine Gefühle hatte? Weil er in seinem Inneren tot war wie ein Zombie? In Camp Ashpit gab es auch solche Leute. *Schlurfer* nannte ich sie, Säcke voller Staub in Menschengestalt. In ihnen war irgendetwas Unersetzliches zerbröckelt. Zu viel Verlust. Zu viel Schmerz. Schlurfende Murmler mit leerem Blick und offenem Mund. War Ben das? War Ben ein Schlurfer? Warum hatte er dann alles riskiert, um Sam zu retten?

»Wo auch immer du warst«, sagte Ben langsam, »waren wir auch.«

Die Worte schmerzten. Weil sie wahr waren und weil jemand anders praktisch dasselbe zu mir gesagt hatte: *Du bist nicht die Einzige, die alles verloren hat.* Dieser Jemand hatte den ultimativen Verlust hinnehmen müssen. Und alles mir zuliebe, der Idiotin, die schon wieder daran erinnert werden musste, dass sie nicht die Einzige war. Das Leben ist voller kleiner Ironien, aber es hat auch Pockennarben, von denen manche so groß sind wie dieser riesige Felsen in Australien.

Zeit, um das Thema zu wechseln. »Ist Ringer schon weg?«

Ben nickte. *Streichel, streichel.* Der Teddybär ging mir auf die Nerven. Ich riss ihn aus seinen Armen.

»Ich wollte ihr eigentlich Poundcake mitschicken«, sagte er und lachte leise. »Ringer.« Ich fragte mich, ob ihm bewusst war, wie er ihren Namen sagte. Leise wie ein Gebet.

»Du weißt, dass wir keinen Plan B haben, wenn sie nicht zurückkommt.«

»Sie wird zurückkommen«, sagte er bestimmt.

»Warum bist du da so sicher?«

»Weil wir keinen Plan B haben.« Jetzt ein breites, ungezähmtes Lächeln, und es ist verwirrend, dieses alte Lächeln, das Klassenzimmer, Korridore und gelbe Schulbusse erleuchtete, auf seinem neuen, von Krankheit, Kugeln und Hunger gezeichneten Gesicht zu sehen. Als würde man in einer fremden Stadt um die Ecke biegen und jemandem über den Weg laufen, den man kennt.

»Das ist ein Zirkelschluss«, stellte ich fest.

»Weißt du, manche fühlen sich vielleicht bedroht, wenn sie von Leuten umgeben sind, die schlauer sind als sie. Ich fühle mich dadurch nur sicherer.«

Er drückte meinen Arm und humpelte zu seinem Zimmer auf der anderen Seite des Korridors. Dann waren nur noch der Teddybär und der dickliche Junge am Ende des Korridors da und die geschlossene Tür und ich vor der geschlossenen Tür. Ich holte tief Luft und betrat das Zimmer. Setzte mich neben den Berg Decken. Ich sah ihn nicht, wusste aber, dass er da war. Er sah mich nicht, wusste aber, dass ich da war.

»Wie ist er denn gestorben?« Gedämpfte Stimme aus dem Verborgenen.

»Er wurde erschossen.«

»Hast du's gesehen?«

»Ja.«

Unser Vater auf dem Boden kriechend, die Finger in die Erde gekrallt.

»Und wer hat ihn erschossen?«

»Vosch.« Ich schloss die Augen. Schlechte Idee. Die Dunkelheit stellte die Szene scharf.

»Wo warst du, als er ihn erschossen hat?«

»Ich habe mich versteckt.«

Ich streckte die Hand aus, um die Bettdecke wegzuziehen, doch ich brachte es einfach nicht fertig. *Überall, wo du warst.* Im Wald, irgendwo neben einem leeren Highway, verkroch sich ein Mädchen in seinem Schlafsack und sah seinen Vater immer und immer wieder sterben. Damals versteckt, jetzt versteckt, ihn immer und immer wieder sterben sehend.

»Hat er gekämpft?«

»Ja, Sam. Er hat hart gekämpft. Er hat mir das Leben gerettet.«

»Aber du hast dich versteckt.«

»Ja.« Ich presste Bär an meinen Bauch.

»Wie ein großer fetter Angsthase.«

»Das stimmt nicht«, flüsterte ich. »So war es nicht.«

Er schleuderte die Bettdecke zur Seite und setzte sich ruckartig auf. Ich erkannte ihn nicht. Ich hatte diesen Jungen noch nie gesehen. Sein Gesicht war hässlich und vor Wut und Hass verzerrt.

»Ich bringe ihn um. Ich schieße ihm in den Kopf!«

Ich lächelte. Oder versuchte es zumindest. »Tut mir leid, Sams. Darauf habe ich das Vorrecht.«

Wir sahen einander an, und die Zeit fiel in sich zusammen, die Zeit, die wir in Blut verloren hatten, und die Zeit, die wir in Blut erworben hatten, die Zeit, als ich nur die herrische große Schwester gewesen war und er nur der lästige kleine Bruder, die Zeit, in der ich der Grund gewesen war, für den es sich lohnte zu leben, und er der Grund, für den es sich lohnte zu sterben, und dann brach er in meinen Armen zusammen, der Teddybär zwischen uns eingeklemmt wie wir zwischen der Davor-Zeit und der Danach-Zeit.

Ich legte mich neben ihn, und wir sagten gemeinsam sein Gebet: *Müde bin ich, geh zur Ruh …* Und dann erzählte ich ihm, wie Dad gestorben war. Wie er einem der Bösen eine Pistole entwendet und im Alleingang zwölf Silencer eliminiert hatte. Wie er Vosch die Stirn geboten und ihm gesagt hatte: *Sie können unsere Körper vernichten, aber niemals unseren Willen brechen.* Wie er sich geopfert hatte, damit ich entkommen und Sam vor der bösen galaktischen Meute retten konnte. Damit Sam eines Tages die bunt gemischten Überreste der Menschheit zusammentrommeln und die Welt retten konnte. Damit seine Erinnerung an die letzten Momente seines Vaters nicht einen gebrochenen Mann zeigt, der blutend im Dreck kriecht.

Als er eingeschlafen war, schlüpfte ich aus dem Bett und kehrte an meinen Posten am Fenster zurück. Ein Streifen Parkplatz, ein baufälliges Lokal (»Mittwochs *All You Can Eat!*«) und ein Stück grauer Highway verloren sich in der Finsternis. Auf der Erde war es dunkel und still wie zu den Zeiten, bevor wir auftauchten, um sie mit Lärm und Licht zu füllen. Etwas geht zu Ende. Etwas Neues beginnt. Das war die Dazwischen-Zeit. Die Pause.

Auf dem Highway, neben einer Geländelimousine, die in den begrünten Mittelstreifen gefahren war, wurde das Sternenlicht von der unverwechselbaren Form eines Gewehrlaufs reflektiert, und für einen Augenblick blieb mein Herz stehen. Der Schatten, der das Gewehr hielt, huschte in den Wald, und ich sah das Schimmern von pechschwarzem Haar, glänzend und schnurgerade, und wusste, dass es sich bei dem Schatten um Ringer handelte.

Ringer und ich hatten einen schlechten Start, und von da an ging es mit unserem Verhältnis nur bergab. Sie begegnete allem, was ich sagte, mit eisiger Verachtung, als würde ich lügen oder wäre bescheuert oder einfach nur verrückt. Vor allem dann, wenn das Gespräch auf Evan Walker kam. *Bist du sicher? Das ergibt doch überhaupt keinen Sinn. Wie kann er denn gleichzeitig Mensch und Außerirdischer sein?* Je heißer ich lief, desto kälter wurde sie, bis wir uns gegenseitig aufhoben wie die beiden Seiten einer chemischen Gleichung. Wie $E=mc^2$, die Äquivalenz von Masse und Energie, die heftige Explosionen möglich macht.

Unsere Abschiedsworte waren ein Paradebeispiel.

»Weißt du, Dumbo verstehe ich ja noch. Die großen Ohren. Und Nugget, weil Sam so klein ist. Teacup auch. Zombie ist mir nicht ganz klar – Ben rückt einfach nicht damit raus –, und ich nehme an, Poundcake hat was mit seiner Pummeligkeit zu tun. Aber warum Ringer?«

Ihre Antwort bestand aus einem eisigen Starren.

»Ich fühle mich ein bisschen ausgegrenzt. Weißt du, das einzige Bandenmitglied ohne Spitznamen.«

»Kampfnamen«, korrigierte sie mich.

Ich sah sie kurz an. »Lass mich raten: Stipendium, Schachclub, Matheteam, Klassenbeste? Und du spielst ein Instrument, vielleicht Geige oder Cello, irgendwas mit Saiten. Dein Dad hat im Silicon Valley gearbeitet, und deine Mom war College-Professorin, wahrscheinlich für Physik oder Chemie.«

Ein paar tausend Jahre lang sagte sie gar nichts. Dann sagte sie: »Noch was?«

Ich wusste, ich sollte besser aufhören. Aber ich war jetzt in Fahrt, und wenn ich erst einmal in Fahrt bin, dann bin ich richtig in Fahrt. Typisch Sullivan. »Du bist das älteste … nein, du bist Einzelkind. Dein Dad ist Buddhist, aber deine Mom ist Atheistin. Du konntest schon mit zehn Monaten laufen. Aufgewachsen bist du bei deiner Großmutter, weil deine Eltern die ganze Zeit gearbeitet haben. Sie hat dir Tai-Chi beigebracht. Du hast nie mit Puppen gespielt. Du sprichst drei Sprachen. Eine davon ist Französisch. Du warst in der Olympiaauswahl. Turnen. Als du einmal nur eine Zwei nach Hause gebracht hast, haben dir deine Eltern deinen Chemiekasten weggenommen und dich eine Woche lang in deinem Zimmer eingesperrt, in der du das Gesamtwerk von William Shakespeare gelesen hast.« Sie schüttelte den Kopf. »Okay, nicht die Komödien. Du hast den Humor einfach nicht verstanden.«

»Perfekt«, sagte sie. »Echt erstaunlich.« Ihre Stimme war so flach und dünn wie ein Stück Alufolie frisch von der Rolle. »Darf ich es mal bei dir versuchen?«

Ich versteifte mich ein wenig und wappnete mich. »*Versuchen* darfst du es.«

»Du warst schon immer befangen, was dein Aussehen anbelangt. Das gilt vor allem für dein Haar. Dicht gefolgt von deinen Sommersprossen. Dir fehlt es an sozialer Kompetenz, deshalb liest du viel und führst seit der fünften Klasse Tagebuch. Du hattest nur eine enge Freundin, und eure Beziehung beruhte auf gegenseitiger Abhängigkeit, das heißt, du bist jedes Mal, wenn ihr euch gestritten habt, in eine tiefe Depression verfallen. Du warst immer auf deinen Daddy fixiert, standest deiner Mutter nie besonders nahe, weil sie dir immer das Gefühl gab, dass nichts von dem, was du getan hast, gut genug war. Dass sie hübscher war als du, hat auch nicht gerade geholfen. Als sie starb, hattest du Schuldgefühle, weil du sie insgeheim gehasst hast und insgeheim erleichtert warst, dass sie tot war. Du bist sturköpfig und impulsiv und ein bisschen überdreht, deshalb haben dich deine Eltern für irgendwas angemeldet, das deine Koordination und Konzentration verbessern sollte, wie Ballett oder Karate. Wahrscheinlich Karate. Soll ich weitermachen?«

Tja, was sollte ich tun? Ich sah nur zwei Möglichkeiten: zu lachen oder ihr mit der Faust ins Gesicht zu schlagen. Okay, drei: zu lachen, ihr mit der Faust ins Gesicht zu schlagen oder ihr stoisches Starren zu erwidern. Ich entschied mich für Nummer drei.

Schlechte Idee.

»Okay«, sagte Ringer. »Du bist nicht burschikos, und du bist nicht mädchenhaft. Du befindest dich in der Grauzone dazwischen. Weil du ein Zwischending bist, hast du insgeheim immer diejenigen beneidet, die das nicht waren, aber den Großteil deiner Verbitterung hast du dir für die hübschen Mädchen aufgespart. Du hast ab und zu für jemanden geschwärmt, hattest aber noch nie einen festen Freund. Du gibst vor, Jungs zu hassen, die du magst, und Jungs zu mögen, die du hasst. Jedes Mal, wenn sich jemand in deiner Nähe aufhält, der hübscher oder schlauer ist als du oder dir auf irgendeine andere Weise überlegen ist, wirst du wütend und sarkastisch, weil du dadurch daran erinnert wirst, wie gewöhnlich du dich fühlst. Weiter?«

Darauf ich mit winziger Stimme: »Klar. Nur zu.«

»Bevor Evan Walker aufgetaucht ist, hattest du noch nicht mal mit einem Jungen Händchen gehalten, außer bei Ausflügen in der Grundschule. Evan war nett und anspruchslos und, als zusätzlicher Bonus, fast zu schön, um wahr zu sein. Er machte sich zu einer leeren Leinwand, die du mit deiner Sehnsucht nach der perfekten Beziehung mit dem perfekten Typen bemalen konntest, der deine Angst lindern würde, indem er dir niemals wehtut. Er gab dir all das, von dem du glaubtest, dass alle hübschen Mädchen es bekämen, aber du selbst nie, deshalb ging es bei deiner Beziehung mit ihm – oder deiner *Vorstellung* von ihm – vor allem um Rache.«

Ich biss mir auf die Unterlippe. Meine Augen brannten. Ich ballte die Hände so fest zu Fäusten, dass sich meine Fingernägel in die Handflächen bohrten. Warum, oh, warum hatte ich mich nicht für Möglichkeit zwei entschieden?

Sie sagte: »Du möchtest, dass ich aufhöre.« Nicht als Frage formuliert.

Ich hob das Kinn. *Und* Trotz *soll mein Kampfname sein!* »Was ist meine Lieblingsfarbe?«

»Grün.«

»Falsch. Gelb«, log ich.

Sie zuckte mit den Schultern. Sie wusste, dass ich log. Ringer: das menschliche Wonderland-Programm.

»Aber im Ernst, warum ›Ringer‹?« So ist es gut. Dränge sie zurück in die Defensive. Na ja, eigentlich war sie nie in der Defensive. Das war ich.

»Ich bin ein Mensch«, sagte sie.

»Ja.« Ich spähte durch den Spalt zwischen den Vorhängen auf den Parkplatz zwei Stockwerke tiefer. Warum tat ich das? Glaubte ich wirklich, ich würde ihn dort stehen und zu mir hoch lächeln sehen, den alten Stalker? *Siehst du? Ich habe doch gesagt, ich finde dich.* »Das hat mir schon mal jemand gesagt. Und ich Blödmann habe ihm geglaubt.«

»In Anbetracht der Umstände war das gar nicht so blöd.«

Oh, war sie jetzt auf einmal freundlich? War sie jetzt auf einmal nachsichtig mit mir? Ich war mir nicht sicher, was schlimmer war: die eisige Jungfer Ringer oder die barmherzige Königin Ringer.

»Tu doch nicht so«, fauchte ich. »Ich weiß, dass du mir das mit Evan nicht glaubst.«

»*Dir* glaube ich schon. Seine Geschichte ergibt keinen Sinn.« Dann ging sie aus dem Zimmer. Einfach so. Mittendrin, bevor irgendetwas beigelegt war. Wer, abgesehen von jeder jemals geborenen männlichen Person, *tut* so etwas?

Eine virtuelle Existenz benötigt keinen realen Planeten …

Wer war Evan Walker? Ich richtete den Blick vom Highway auf meinen kleinen Bruder und dann wieder zurück. Wer warst du, Evan Walker?

Es war dumm von mir gewesen, ihm zu vertrauen, aber ich war verletzt und allein (*allein* wie in »der letzte Mensch im ganzen verdammten Universum« oder so, dachte ich zumindest) und völlig durch den Wind, da ich bereits einen unschuldigen Menschen getötet hatte, und *dieser* Mensch, dieser Evan Walker beendete mein Leben nicht, als er die Gelegenheit dazu hatte; er rettete mir das Leben. Deshalb ignorierte ich die Alarmglocken, als sie läuteten. Außerdem schadete (half?) es nicht, dass er unglaublich niedlich und genauso unglaublich davon besessen war, mir das Gefühl zu vermitteln, ich sei ihm wichtiger als er sich selbst, indem er mich badete und fütterte und mir beibrachte, wie man tötet, und mir sagte, ich sei das Einzige, was er noch habe, wofür es sich lohne zu sterben, und dann all das bewies, indem er für mich starb.

Er hatte als Evan begonnen, war dreizehn Jahre später aufgewacht und hatte festgestellt, dass er jemand anders war. Dann war er wieder aufgewacht, erzählte er mir, als er sich durch meine Augen sah. Er fand sich in mir, und dann fand ich ihn in mir, und ich war in ihm, und zwischen uns war kein Raum. Er fing damit an, mir all das zu sagen, was ich hören wollte, und endete damit, mir die Dinge zu sagen, die ich wissen musste: dass die Menschen selbst die wichtigste Waffe zum Auslöschen der menschlichen Mitläufer waren. Und dass Vosch und Konsorten bei der Fünften Welle den Stecker ziehen würden, sobald die letzten »Befallenen« tot waren. Säuberung vollendet. Hausputz erledigt, dem Einzug steht nichts mehr im Weg.

Als ich Ben und Ringer all das erzählte – ohne den Teil, dass Evan in mir war, was für Parish ein bisschen zu nuanciert gewesen wäre –, löste das jede Menge argwöhnisches Starren und vielsagende Blicke aus, von denen ich ausgeschlossen war.

»Einer der Anderen war in dich *verliebt?*«, fragte Ringer, als ich fertig war. »Ist das nicht ungefähr so, als würde sich einer von uns in eine Kakerlake verlieben?«

»Oder in eine Eintagsfliege«, konterte ich. »Vielleicht stehen sie ja auf Insekten.«

Wir hatten uns in Bens Zimmer versammelt. In unserer ersten Nacht im Walker Hotel, wie Ringer es getauft hatte – in erster Linie, um mir auf die Nerven zu gehen, glaube ich.

»Was hat er dir denn noch erzählt?«, wollte Ben wissen. Er lag ausgestreckt auf dem Bett. Vier Meilen von Camp Haven bis zum Hotel, und er sah aus, als wäre er gerade einen Marathon gesprintet. Dumbo, der Junge, der mich und Sam wieder zusammengeflickt hatte, wollte sich nicht festlegen, als ich mich bei ihm nach Ben erkundigte. Wollte nicht sagen, ob sich sein Zustand verbessern würde. Wollte nicht sagen, ob sich sein Zustand verschlechtern würde. Allerdings war Dumbo erst zwölf. »Fähigkeiten? Schwachen?«

»Sie besitzen keinen Körper mehr«, sagte ich. »Evan hat mir

erklärt, dass sie die Reise nur auf diese Weise machen konnten. Einige wurden downgeloadet – er, Vosch, die anderen Silencer –, andere befinden sich noch im Mutterschiff und warten, bis wir weg sind.«

Ben rieb sich mit dem Handrücken den Mund. »Die Camps wurden errichtet, um die besten Kandidaten für eine Gehirnwäsche herauszufiltern …«

»Und um diejenigen loszuwerden, die ungeeignet waren«, führte ich seinen Satz zu Ende. »Nachdem die Fünfte Welle ins Rollen gebracht worden war, brauchten sie sich nur noch zurückzulehnen und von den bescheuerten Menschen die Drecksarbeit erledigen zu lassen.«

Ringer saß am Fenster, still wie ein Schatten.

»Aber warum benutzen sie uns überhaupt?«, fragte sich Ben. »Warum downloaden sie nicht einfach genug von ihren Soldaten in menschliche Körper, um uns auszurotten?«

»Vielleicht gibt es nicht genug von ihnen«, mutmaßte ich. »Oder vielleicht stellte das Auslösen der Fünften Welle für sie das geringste Risiko dar.«

»Welches Risiko?«, fragte Schatten-Ringer und brach damit ihr Schweigen.

Ich beschloss, sie zu ignorieren. Aus vielen verschiedenen Gründen, von denen der wichtigste der war, dass man sich mit Ringer auf eigene Gefahr einließ. Sie konnte einen mit einem einzigen Wort demütigen.

»Du warst doch da«, erinnerte ich Ben. »Du hast Vosch gehört. Sie beobachten uns schon seit Jahrhunderten. Aber Evan hat bewiesen, dass selbst nach jahrtausendlanger Planung was schiefgehen kann. Ich glaube, sie sind nie auf die Idee gekommen, dass sie tatsächlich zu uns *werden* könnten, wenn sie zu uns werden.«

»Stimmt«, sagte Ben. »Also, wie können wir uns das zunutze machen?«

»Gar nicht«, erwiderte Ringer. »Nichts von dem, was Sullivan uns erzählt hat, hilft uns, es sei denn, diese Evan-Person hat die Explosion irgendwie überlebt und kann die Lücken füllen.«

Ben schüttelte den Kopf. »Nichts kann das überlebt haben.«

»Es gab Rettungskapseln«, sagte ich und klammerte mich an denselben Strohhalm, nach dem ich immer wieder griff, seit er sich verabschiedet hatte.

»Tatsächlich?« Ringer klang nicht so, als würde sie mir glauben. »Warum hat er dich dann nicht in eine reingesetzt?«

Ich sagte zu ihr: »Hör mal, wahrscheinlich sollte ich das nicht zu jemandem sagen, der eine halbautomatische Waffe in Händen hält, aber du gehst mir langsam echt auf die Nerven.«

Sie tat überrascht. »Warum denn?«

»Wir müssen das in den Griff bekommen«, sagte Ben in scharfem Tonfall und schnitt meine Antwort ab, was gut war: Ringer hielt tatsächlich ein M16 in Händen, und Ben hatte mir erzählt, dass sie der beste Schütze im ganzen Camp gewesen war. »Wie lautet der Plan? Warten wir, ob Evan auftaucht, oder hauen wir ab? Und wenn wir abhauen, wohin?« Seine Wangen glühten vor Fieber, und seine Augen glänzten. »Hat dir Evan noch irgendwas erzählt, das uns helfen könnte? Was haben sie mit den Städten vor?«

»Die werden sie nicht in die Luft jagen«, sagte Ringer. Sie wartete nicht ab, bis ich antwortete. Dann wartete sie nicht ab, bis ich fragte, woher zum Teufel sie das wissen wollte. »Wenn das der Plan gewesen wäre, hätten sie die Städte als Allererstes in die Luft gejagt. Über die Hälfte der Erdbevölkerung hat in städtischen Regionen gelebt.«

»Dann haben sie also vor, sie zu benutzen«, sagte Ben. »Weil sie menschliche Körper benutzen?«

»Wir können uns nicht in einer Stadt verstecken, Zombie«, sagte Ringer. »In keiner Stadt.«

»Warum denn nicht?«

»Weil dort zu viele Gefahren lauern: Feuer, Abwasser, Krankheiten durch all die verwesenden Leichen, andere Überlebende, die inzwischen sicher wissen, dass sie menschliche Körper benutzen. Wenn wir so lange wie möglich am Leben bleiben wollen, müssen wir in Bewegung bleiben. Bleib in Bewegung und bleib so lange wie möglich allein.«

Meine Güte. Wo hatte ich *diese* Regel schon mal gehört? Mein Kopf fühlte sich leicht an. Mein Knie machte mich fertig. Der Knieschuss durch einen Silencer. *Meinen* Silencer. *Ich finde dich schon, Cassie. Finde ich dich nicht immer?* Dieses Mal nicht, Evan. Das kann ich mir nicht vorstellen. Ich setzte mich neben Ben aufs Bett.

»Sie hat recht«, sagte ich zu ihm. »Länger als ein paar Tage an einem Ort zu bleiben ist keine gute Idee.«

»Zusammenzubleiben auch nicht.«

Ringers Worte hingen in der eisigen Luft. Neben mir versteifte sich Ben. Ich schloss die Augen. Diese Regel hatte ich ebenfalls schon gehört: *Trau niemandem.*

»Kommt nicht infrage, Ringer«, sagte Ben.

»Ich nehme Teacup und Poundcake. Du nimmst die Übrigen. Unsere Chancen verdoppeln sich.«

»Warum da aufhören?«, fragte ich sie. »Warum trennen wir uns nicht alle? Dann vervierfachen sich unsere Chancen.«

»Sie versiebenfachen sich«, korrigierte sie mich.

»Tja, ich bin zwar kein Mathegenie«, sagte Ben, »aber ich habe den Eindruck, dass es ihrer Strategie entgegenkommt, wenn wir uns trennen. Erst isolieren, dann eliminieren.« Er sah Ringer fest an. »Mir persönlich gefällt die Vorstellung, dass mir jemand den Rücken freihält.«

Dann drückte er sich vom Bett hoch und schwankte einen Moment lang. Ringer befahl ihm, sich wieder hinzulegen. Er ignorierte sie.

»Wir können hier nicht bleiben, aber wir wissen auch nicht, wohin wir sollen. Von hier aus kommt man nirgendwohin, also, wohin gehen wir?«, fragte er.

»Nach Süden«, sagte Ringer. »So weit wie möglich nach Süden.« Sie sah zum Fenster hinaus. Ich verstand: Einmal ausgiebiger Schneefall, und man war gefangen, bis es wieder taute. Folglich begab man sich am besten an irgendeinen Ort, an dem es nicht schneite.

»Texas?«, schlug Ben vor.

»Mexiko«, entgegnete Ringer. »Oder Mittelamerika, sobald der Wasserpegel zurückgeht. Im Regenwald kann man sich jahrelang verstecken.«

»Das gefällt mir«, sagte Ben. »Zurück zur Natur. Es gibt nur einen kleinen Haken.« Er breitete die Hände aus. »Wir haben keine Reisepässe.«

Er sah sie an und hielt die Geste, als wartete er auf irgendetwas. Ringer erwiderte seinen Blick emotionslos. Ben ließ die Hände mit einem Achselzucken sinken.

»Das meinst du doch wohl nicht ernst«, sagte ich. Langsam wurde das Ganze lächerlich. »Mittelamerika? Mitten im Winter, zu Fuß, mit einem verletzten Ben und zwei kleinen Kindern? Mit viel Glück würden wir es bis Kentucky schaffen.«

»Immer noch besser, als hier rumzuhängen und zu warten, bis dein außerirdischer Prinz auftaucht.«

Das brachte das Fass zum Überlaufen. Mir war egal, dass sie

ein M16 in Händen hielt. Ich packte eine Handvoll von ihrem seidigen Haar und war drauf und dran, sie zum Fenster hinauszuschleudern. Ben sah es kommen und trat zwischen uns.

»Wir sitzen hier alle im selben Boot, Sullivan. Also reißen wir uns zusammen, okay?« Er drehte sich zu Ringer. »Du hast recht. Wahrscheinlich hat er es nicht geschafft, aber wir geben Evan die Chance, sein Versprechen einzulösen. Ich bin sowieso nicht in der Verfassung, um auf Reisen zu gehen.«

»Ich bin nicht zu dir und Nugget zurückgekommen, damit wir beim großen Abschlachten in der ersten Reihe sitzen, Zombie«, sagte Ringer. »Tu, was du für richtig hältst, aber wenn es mir zu heiß wird, mache ich mich vom Acker.«

Ich sagte zu Ben: »Das nenne ich Teamgeist.«

»Anscheinend hast du vergessen, wer dir das Leben gerettet hat«, sagte Ringer.

»Ach, leck mich doch.«

»Jetzt reicht's!«, dröhnte Ben in seinem besten Quarterback-»Ich habe hier das Sagen«-Tonfall. »Ich weiß nicht, wie wir aus diesem heillosen Durcheinander wieder rauskommen, aber ich weiß, *dass es so nicht funktioniert.* Hört auf mit diesem Mist, ihr beiden. Das ist ein Befehl.«

Er ließ sich wieder aufs Bett fallen, schnappte nach Luft und presste eine Hand in die Seite. Ringer machte sich auf die Suche nach Dumbo, sodass Ben und ich zum ersten Mal seit unserer Wiedervereinigung im tiefsten Inneren von Camp Haven miteinander allein waren.

»Schon komisch«, sagte Ben. »Nachdem neunundneunzig Prozent von uns tot sind, möchte man meinen, die restlichen zwei Prozent würden besser miteinander auskommen.«

Ähm, du meinst wohl das eine Prozent, Parish. Ich wollte ihn gerade darauf hinweisen, doch dann sah ich ihn grinsen, während er darauf wartete, dass ich seine Rechnung korrigierte, da er wusste, es wäre für mich beinahe unmöglich zu widerstehen. Er spielte mit dem Klischee der dümmlichen Sportskanone, wie jemand in Sammys Alter mit Straßenmalkreide spielte: mit breiten, unbeholfenen Strichen.

»Sie ist ein Psycho«, sagte ich. »Im Ernst, irgendwas stimmt nicht mit ihr. Man sieht ihr in die Augen und schaut ins Leere.«

Er schüttelte den Kopf. »Ich glaube, da drin gibt's eine ganze Menge zu entdecken. Es ist nur … sehr tief verborgen.«

Er zuckte zusammen, die Hand in der Tasche seines grauenhaften Kapuzensweatshirts, als würde er Napoleon imitieren, und drückte auf die Schusswunde, die Ringer ihm verpasst hatte. Eine Wunde, um die er gebeten hatte. Eine Wunde, um die er gebeten hatte, damit er alles riskieren konnte, um meinen kleinen Bruder zu retten. Eine Wunde, die ihn jetzt womöglich das Leben kosten würde.

»Das ist einfach unmöglich«, flüsterte ich.

»Natürlich ist es möglich«, erwiderte er und legte seine Hand auf meine.

Ich schüttelte den Kopf. Er verstand nicht. Ich sprach nicht von uns. Der Schatten ihrer Ankunft fiel auf uns, und wir verloren in der vollkommenen Finsternis dieses Schattens etwas Entscheidendes aus den Augen. Dass wir es nicht sahen, bedeutete allerdings nicht, dass es nicht da war. Mein Vater, der mir in Lippensprache sagte: *Lauf weg!*, als er selbst dazu nicht in der Lage war. Evan, der mich aus dem Bauch des Ungeheuers zerrte, ehe er sich ihm stellte. Ben, der sich in den Rachen der Hölle stürzte, um ihnen Sam zu entreißen. Einiges – nun ja, wahrscheinlich nur eines – war von dem Schatten unversehrt geblieben. Verwirrend. Unermüdlich. Unbezwingbar.

Sie können uns töten, bis keiner mehr von uns übrig ist,

aber sie können nicht töten – können *niemals* töten –, was in uns überdauert.

Cassie. Möchtest du fliegen?

Ja, Daddy. Ich möchte fliegen.

12. Kapitel

Der silberfarbene Highway, der sich in der Finsternis verlor. Die Schwärze, die vom entfesselten Sternenlicht versengt wurde. Die blätterlosen Bäume, die ihre Äste hoben wie auf frischer Tat ertappte Diebe ihre Arme. Der Atem meines Bruders, der in der eiskalten Luft gefror, während er schlief. Die Fensterscheibe, die beschlug, als ich atmete. Und hinter der beschlagenen Fensterscheibe, neben dem silberfarbenen Highway im sengenden Sternenlicht, eine winzige Gestalt, die zwischen den erhobenen Armen der Bäume hindurchhuschte.

Oh, Mist.

Ich stürmte durchs Zimmer und stürzte in den Korridor hinaus, wo Poundcake herumwirbelte, sein Gewehr im Anschlag – *Entspann dich, Dickerchen* –, dann platzte ich in Bens Zimmer, wo Dumbo am Fensterbrett lehnte und Ben ausgestreckt auf dem Bett bei der Tür lag. Dumbo richtete sich auf. Ben setzte sich auf. Und ich regte mich auf: »*Wo ist Teacup?*«

Dumbo deutete auf das Bett neben dem von Ben. »Vor deiner Nase.« Er sah mich mit einem »Jetzt ist die durchgeknallte Tussi völlig abgedreht«-Blick an.

Ich ging zu dem Bett und fegte den Berg Decken weg. Ben fluchte, und Dumbo lief rot an und wich zur Wand zurück.

»Ich schwöre bei Gott, dass sie gerade noch da war!«

»Ich habe sie gesehen«, sagte ich zu Ben. »Draußen …«

»Draußen?« Er wuchtete die Beine seitlich aus dem Bett und stöhnte dabei vor Anstrengung.

»Auf dem Highway.«

Dann begriff er. »Ringer. Sie folgt Ringer.« Er schlug mit der Handfläche auf die Matratze. »Verdammt!«

»Ich gehe«, sagte Dumbo.

Ben hob die Hand. »Poundcake!«, rief er. Man konnte den korpulenten Jungen kommen hören. Der Fußboden protestierte gegen seinen Anmarsch. Er streckte den Kopf ins Zimmer, und Ben sagte: »Teacup ist weg. Sie ist Ringer hinterhergelaufen. Geh, schnapp dir ihren kleinen Hintern und bring ihn hierher, damit ich ihn ihr verdreschen kann.«

Poundcake trampelte von dannen, und der Fußboden sagte: *Besten Dank!*

Ben schnallte sich sein Halfter um, und ich fragte: »Was soll das werden?«

»Ich übernehme Poundcakes Posten, bis er mit dem kleinen Miststück zurück ist. Du bleibst bei Nugget. Ich meine Sam. Wie auch immer. Wir müssen uns einen Namen aussuchen und dabei bleiben.«

Seine Finger zitterten. Fieber. Furcht. Von beidem ein bisschen.

Dumbos Mund ging auf und wieder zu, doch es kam kein Ton heraus. Ben nahm das zur Kenntnis. »Rühr dich, Bo. Nicht deine Schuld.«

»Ich übernehme den Korridor«, sagte Dumbo. »Du bleibst hier, Sarge. Du solltest gar nicht auf den Beinen sein.«

Dann eilte er aus dem Zimmer, bevor Ben ihn aufhalten konnte. Ben, der mich jetzt mit fiebrig funkelnden Augen ansah. »Ich glaube, das habe ich dir noch gar nicht erzählt«, sagte er. »Nachdem wir in Dayton abtrünnig geworden waren, hat Vosch zwei Einheiten ausgesandt, um uns zur Strecke zu bringen. Falls sie noch im Einsatz waren, als das Camp in die Luft geflogen ist …«

Er führte seinen Gedanken nicht zu Ende. Entweder glaubte er, das sei nicht nötig, oder er konnte es nicht. Er erhob sich. Taumelte. Ich ging zu ihm, und er legte mir ohne Scham den Arm um die Schulter. Es gibt keine Möglichkeit, das nett zu formulieren: Ben Parish roch krank. Säuerlich nach Infektion und nach altem Schweiß. Mir kam zum ersten Mal, seit ich wusste, dass er keine Leiche war, der Gedanke, dass er womöglich bald eine sein würde.

»Leg dich wieder ins Bett«, sagte ich zu ihm. Er schüttelte den Kopf, dann löste sich der Griff seiner Hand an meiner Schulter, und er kippte nach hinten, schlug mit dem Gesäß auf der Kante der Matratze auf und rutschte zu Boden.

»Mir ist schwindlig«, sagte er. »Geh und hol Nugget hier zu uns rein.«

»Sam. Können wir uns auf Sam einigen?« Jedes Mal, wenn ich *Nugget* hörte, dachte ich an den Drive-in-Schalter bei McDonald's und an heiße Pommes, an Erdbeer-Banane-Smoothies und an McCafé-Frappé-Mochas mit Schlagsahne und Schokostreuseln.

Ben lächelte. Und dieses strahlende Lächeln auf seinem ausgemergelten Gesicht brach mir das Herz. »Wir können uns darauf einigen«, sagte er.

Sam seufzte nur ganz leise, als ich ihn aus dem Bett holte und in Bens Zimmer trug. Ich legte ihn in Teacups verlassenes Bett, deckte ihn zu und strich ihm mit dem Handrücken über die Wange, eine alte Gewohnheit, die noch aus den Zeiten der Seuche stammte. Ben saß noch immer auf dem Fußboden, den

Kopf im Nacken, und starrte an die Decke. Als ich zu ihm gehen wollte, winkte er mich weg.

»Das Fenster«, keuchte er. »Jetzt sind wir auf einer Seite blind. Vielen Dank, Teacup.«

»Warum ist sie wohl einfach so …«

»Seit Dayton hängt sie wie eine Klette an Ringer.«

»Ich habe die beiden immer nur streiten sehen.« Ich dachte an die Auseinandersetzung beim Schach, an die Münze, die Teacup am Kopf traf, und an *Ich hasse dich wie die verdammte Pest*.

Ben kicherte. »Der Grat ist schmal.«

Ich warf einen Blick hinunter auf den Parkplatz. Der Asphalt glänzte wie Onyx. *Sie hängt an ihr wie eine Klette.* Ich dachte an Evan, wie er hinter Türen und um Ecken lauerte. Ich dachte an das eine Unversehrte, an das, was überdauert, und ich dachte darüber nach, dass das Einzige, was die Kraft besaß, uns zu retten, auch die Kraft besaß, uns zu vernichten.

»Du solltest echt nicht auf dem Boden rumsitzen«, rügte ich ihn. »Auf dem Bett ist es wärmer.«

»Die Hälfte von der Hälfte von der Hälfte von einem Grad, stimmt's? Nicht der Rede wert, Sullivan. Im Vergleich zur Seuche ist das wie ein Schnupfen.«

»Du hattest die Seuche?«

»Oh ja. Im Flüchtlingscamp außerhalb von Wright-Patterson. Nachdem sie die Basis übernommen hatten, haben sie mich reingeholt, mit Virostatika vollgepumpt und mir dann ein Gewehr in die Hand gedrückt und mir gesagt, ich solle losziehen und ein paar Leute umlegen. Was ist mit dir?«

Ein Kruzifix, umklammert von einer blutigen Hand. *Entweder erledigst du mich, oder du hilfst mir.* Der Soldat hinter dem Bierkuhlregal war der Erste. Nein. Der Erste war der

Typ, der Crisco in der Aschegrube erschossen hatte. Das macht zwei, und dann waren da noch die Silencer: derjenige, den ich erschoss, unmittelbar bevor ich Sam fand, und derjenige, unmittelbar bevor Evan mich fand. Also vier. Vergaß ich jemanden? Die Leichen häufen sich an, und man verliert den Überblick. *Mein Gott, man verliert den Überblick.*

»Ich habe Leute getötet«, sagte ich leise.

»Ich meinte die Seuche.«

»Nein. Meine Mom …«

»Und was ist mit deinem Dad?«

»Andere Art von Seuche«, sagte ich. Er warf mir über die Schulter einen Blick zu. »Vosch. Vosch hat ihn ermordet.«

Ich erzählte ihm von Camp Ashpit. Von den Humvees und den großen Pritschenwagen voller Soldaten. Vom surrealen Auftauchen der Schulbusse. *Nur die Kinder. Platz ist nur für die Kleinen.* Von der Versammlung der Übrigen in den Kasernen und wie Dad mich mit meinem ersten Opfer auf die Suche nach Crisco schickte. Dann Dad auf dem Boden im Dreck und Vosch, der vor ihm aufragte, während ich mich im Wald versteckte und Dad mir in Lippensprache zurief: *Lauf weg!*

»Komisch, dass sie dich nicht in einen Bus gesetzt haben«, sagte Ben. »Wenn der Sinn der Sache war, eine Armee gehirngewaschener Jugendlicher aufzubauen.«

»Ich habe hauptsächlich kleine Kinder gesehen, in Sams Alter, manche sogar noch jünger.«

»Im Camp haben sie alle unter fünf aussortiert und im Bunker untergebracht …«

Ich nickte. »Ich habe sie gesehen.« Im Schutzraum, ihre Gesichter zu mir nach oben gerichtet, als ich auf der Suche nach Sam war.

»Weshalb man sich fragt, warum sie sie behalten«, sagte Ben. »Es sei denn, Vosch rechnet mit einem sehr langen Krieg.« So, wie er es sagte, klang es, als zweifle er daran, dass das der Grund war. Er trommelte mit den Fingern auf der Matratze. »Was ist mit Teacup los, verdammt? Die beiden sollten längst zurück sein.«

»Ich gehe mal nachsehen«, sagte ich.

»Einen Teufel wirst du tun. Das wird langsam echt zum reinsten Horrorfilm. Einer nach dem anderen wird um die Ecke gebracht. Wir warten noch fünf Minuten.«

Wir verstummten und lauschten. Doch es war nur das Flüstern des Windes durch das schlecht schließende Fenster zu hören und der stetige Unterton der Ratten, die in den Wänden scharrten. Teacup war von ihnen besessen. Ich hatte sie und Ringer stundenlang ihren Tod planen hören. Ringer, die in ihrem nervig-belehrenden Tonfall erklärte, dass die Population außer Kontrolle geraten sei: In dem Hotel gebe es mehr Ratten, als wir Munition besäßen.

»Ratten«, sagte Ben, als habe er meine Gedanken gelesen. »Ratten, Ratten, Ratten. Hunderte von Ratten. Tausende von Ratten. Inzwischen gibt es mehr Ratten als Menschen. Planet der Ratten.« Er lachte heiser. Vielleicht befand er sich im Delirium. »Weißt du, was mir wahnsinnig auf den Wecker geht? Dass Vosch uns gesagt hat, sie würden uns bereits seit Jahrhunderten ausspähen. Wie soll das denn möglich sein? Na ja, ich verstehe schon, dass es *möglich* ist, aber ich verstehe nicht, warum sie uns nicht schon *damals* angegriffen haben. Wie viele Menschen gab es auf der Erde, als wir noch Pyramiden errichteten? Warum sollte man warten, bis sich sieben Milliarden von uns über sämtliche Kontinente ausgebreitet hatten und etwas fortschrittlichere Technologie besaßen als Speere und Keulen? Weil man die Herausforderung liebt? Man rottet das Ungeziefer in seinem neuen Haus doch nicht erst dann aus, wenn das Ungeziefer in der Überzahl ist. Was ist mit Evan? Hat er dazu irgendwas gesagt?«

Ich räusperte mich. »Er hat gesagt, sie seien sich nicht einig, ob sie uns ausrotten sollen.«

»Ha. Vielleicht haben sie ja sechstausend Jahre darüber diskutiert. Haben gezögert, bis irgendjemand gesagt hat: ›Ach, was soll's, erledigen wir die Mistkerle doch einfach.‹«

»Keine Ahnung. Ich habe keine Antworten.« Ich fühlte mich ein wenig in die Defensive gedrängt. Als hätte ich über alles Bescheid wissen müssen, nur weil ich Evan kannte.

»Womöglich hat Vosch gelogen«, mutmaßte Ben. »Vielleicht, um in unsere Köpfe zu gelangen, um uns zu manipulieren. Mich hat er von Anfang an manipuliert.« Er sah mich an, blickte aber rasch wieder weg. »Ich sollte das eigentlich nicht zugeben, aber ich habe den Typen vergöttert. Ich dachte, er wäre ...« Er drehte die Hand in der Luft, als er nach den richtigen Worten suchte. »... der Beste von uns.«

Seine Schultern begannen zu zittern. Zuerst dachte ich, es läge am Fieber, und dann dachte ich, es könnte auch an etwas anderem liegen, deshalb verließ ich meinen Posten am Fenster und ging zu ihm.

Für Jungs ist ein Zusammenbruch Privatsache. Zeig dich niemals weinend, denn das bedeutet, dass du schwach bist, dass du weich bist, ein Baby, ein Waschlappen. Nicht sehr männlich und der ganze Quatsch. Den Ben Parish vor der Ankunft hätte ich mir niemals vor irgendjemand anderem weinend vorstellen können, den Typen, der alles hatte, den Jungen, der von allen anderen Jungs bewundert wurde, denjenigen, der Herzen brach und dem selbst das Herz nie gebrochen wurde.

Ich setzte mich neben ihn. Ich berührte ihn nicht. Ich sagte nichts. Er war, wo er war, und ich war, wo ich war.

»Tut mir leid«, sagte er.

Ich schüttelte den Kopf. »Braucht es nicht.«

Er wischte sich mit dem Handrücken über eine Wange, dann über die andere. »Weißt du, was er mir gesagt hat? Na ja, eher versprochen hat? Er hat mir versprochen, mich zu leeren und mich dann mit Hass aufzufüllen. Aber dieses Versprechen hat er gebrochen. Er hat mich nicht mit Hass gefüllt. Er hat mich mit Hoffnung gefüllt.«

Ich verstand. Im Schutzraum, wo eine Milliarde nach oben gerichtete Gesichter die Unendlichkeit bevölkerten, und die Blicke, die den meinen suchten, und die Frage in diesen Blicken, zu schrecklich, um in Worte gefasst zu werden: *Werde ich überleben?* Alles hängt zusammen. Die Anderen verstanden das, verstanden es besser als die meisten von uns. Ohne Glaube keine Hoffnung, ohne Hoffnung kein Glaube, ohne Vertrauen keine Liebe, ohne Liebe kein Vertrauen. Wenn man eines davon wegnimmt, stürzt das gesamte menschliche Kartenhaus in sich zusammen.

Es war, als habe Vosch gewollt, dass Ben die Wahrheit herausfand. Als habe er ihn die Hoffnungslosigkeit der Hoffnung lehren wollen. Und was konnte der Sinn und Zweck *davon* sein? Wenn es ihre Absicht war, uns auszulöschen, warum löschten sie uns dann nicht einfach aus? Es musste ein Dutzend Möglichkeiten geben, wie sie uns im Handumdrehen hätten auslöschen können, aber sie dehnten es auf fünf Wellen eskalierenden Horrors aus. *Warum?*

Bis jetzt hatte ich immer geglaubt, die Anderen empfänden uns gegenüber nichts außer Verachtung, vielleicht gemischt mit etwas Ekel, so wie wir gegenüber Ratten und Kakerlaken und Bettwanzen oder anderen unangenehmen niedrigeren Lebensformen empfinden. *Nehmt es nicht persönlich, Menschen, aber ihr müsst verschwinden.* Mir war nie in den Sinn gekommen, dass es ganz und gar persönlich sein könnte. Dass es ihnen nicht genügt, uns einfach nur zu töten.

»Sie hassen uns«, sagte ich genauso zu mir selbst wie zu ihm. Ben sah mich erschrocken an. Und ich erwiderte beunruhigt seinen Blick. »Eine andere Erklärung gibt es nicht.«

»Sie hassen uns nicht, Cassie«, erwiderte er in sanftem Tonfall, wie man mit einem verängstigten kleinen Kind spricht. »Wir haben einfach das, was sie wollen.«

»Nein.« Jetzt waren meine Wangen tränenfeucht. Für die Fünfte Welle gab es eine Erklärung, und nur eine. Jeder andere mögliche Grund war absurd.

»Hier geht es nicht darum, uns den Planeten zu entreißen, Ben. Es geht darum, *uns* zu zerreißen.«

13. Kapitel

»Jetzt reicht's«, sagte Ben. »Die Zeit ist um.«

Dann richtete er sich auf, doch er kam nicht sehr weit. Auf halbem Weg auf die Beine fiel er hart auf sein Hinterteil. Ich legte ihm eine Hand auf die Schulter.

»Ich gehe.«

Er schlug sich mit der Handfläche auf den Oberschenkel. »Das darf ich nicht zulassen«, murmelte er, als ich die Tür aufmachte und den Kopf in den Korridor streckte. Was durfte er nicht zulassen? Teacup und Poundcake zu verlieren? Uns alle einen nach dem anderen zu verlieren? Den Kampf gegen seine Verletzungen zu verlieren? Oder den Krieg als solchen zu verlieren?

Der Korridor war leer.

Zuerst Teacup. Dann Poundcake. Jetzt Dumbo. Wir verschwanden schneller als Camper in einem Slasher-Film.

»Dumbo!«, rief ich leise. Der lächerliche Name hallte in der kalten, abgestandenen Luft wider. In Gedanken spielte ich im Eiltempo die Möglichkeiten durch. Von der unwahrscheinlichsten zur wahrscheinlichsten: Jemand hatte ihn still und heimlich unschädlich gemacht und seine Leiche versteckt; er war gefangen genommen worden; er hatte etwas gesehen oder gehört und war dem nachgegangen; er hatte pinkeln müssen.

Ich blieb ein paar Sekunden in der Türöffnung stehen, falls sich die letzte Möglichkeit als wahr herausstellen sollte. Als der Korridor leer blieb, ging ich zurück ins Zimmer. Ben stand aufrecht da und prüfte das Magazin seines M16.

»Sag jetzt nicht, dass ich raten soll«, sagte er. »Vergiss es. Ich brauche gar nicht zu raten.«

»Bleib hier bei Sam. Ich gehe.«

Er kam auf mich zugeschlurft und blieb ein paar Zentimeter vor meiner Nase stehen. »Tut mir leid, Sullivan. Er ist dein Bruder.«

Ich versteifte mich. Im Zimmer war es eiskalt; mein Blut war noch kälter. Sein Tonfall war hart, flach, ohne irgendeine Emotion. *Zombie. Warum nennen sie dich Zombie, Ben?*

Dann lächelte er ein sehr echtes, sehr Ben-Parish-mäßiges Lächeln. »Die Leute da draußen – das sind alles meine Brüder.«

Er schob sich an mir vorbei und stolperte zur Tür. Die Situation eskalierte schnell von irrsinnig gefährlich zu gefährlich irrsinnig. Ich sah keine andere Möglichkeit: Ich kletterte über Bens Bett und packte Sam an den Schultern. Schüttelte ihn fest. Er wachte mit einem leisen Schrei auf. Ich presste ihm die Hand auf den Mund, um den Laut zu ersticken.

»Sams! Hör mir zu! Irgendwas stimmt nicht.« Ich zog die Luger aus dem Halfter und drückte sie ihm in seine kleinen Hände. Seine Augen weiteten sich vor Angst und vor etwas, das beunruhigend an Freude erinnerte. »Ben und ich müssen nachsehen gehen. Schieb den Riegel vor – du weißt doch, was ein Riegel ist?« Ein Nicken mit großen Augen. »Und stell einen Stuhl unter die Türklinke. Schau durch das kleine Loch. Lass niemanden …« Musste ich wirklich alles erklären? »Hör mal, Sams, das ist wichtig, sehr wichtig. Sehr, sehr wichtig. Weißt du, wie wir die Guten von den Bösen unterscheiden? Die Bösen schießen auf uns.« Die beste Lektion, die mich mein Vater jemals gelehrt hatte. Ich küsste Sam auf den Scheitel und ließ ihn allein.

Die Tür fiel hinter mir ins Schloss. Ich hörte, wie der Riegel vorgeschoben wurde. *Braver Junge.* Ben befand sich in der Mitte des Korridors und gab mir ein Zeichen, dass ich zu ihm kommen sollte. Dann presste er mir seine fiebrig heißen Lippen ans Ohr.

»Wir kontrollieren die Zimmer, dann gehen wir runter.«

Wir arbeiteten zusammen. Ich ging voraus, während Ben mir Deckung gab. Im Walker Hotel gab es die Politik der offenen Tür: Jedes Schloss war irgendwann kaputtgegangen, als Überlebende hier während der Wellen Zuflucht gesucht hatten. Hilfreich war außerdem, dass sich das Hotel perfekt für Familien eignete, die haushalten mussten. Die Zimmer hatten ungefähr die Größe von Barbies Traumhaus. Dreißig Sekunden, um eines davon zu kontrollieren. Vier Minuten, um alle zu überprüfen.

Wieder im Korridor, presste mir Ben abermals die Lippen ans Ohr.

»Der Schacht.«

Er ließ sich vor den Aufzugstüren auf ein Knie fallen und signalisierte mir, dass ich die Tür zum Treppenhaus ins Visier nehmen sollte, dann zückte er sein Fünfundzwanzig-Zentimeter-Kampfmesser und schob die Klinge in den Spalt. *Ah,* dachte ich. *Der alte »Versteck dich im Aufzug«-Trick!* Warum hatte ich dann die Treppe im Visier? Ben drückte die Tür auf und winkte mich zu sich.

Ich sah rostige Seile und eine Menge Staub und roch, was ich für eine tote Ratte hielt. Ich hoffte, dass es sich um eine tote Ratte handelte. Er deutete auf die Finsternis, die sich unten sammelte, und dann verstand ich: Wir waren nicht hier, um den Schacht zu überprüfen, sondern um ihn zu benutzen.

»Ich kontrolliere die Treppe«, hauchte er mir ins Ohr. »Du bleibst im Aufzug. Warte auf mein Zeichen.«

Er stemmte den Fuß gegen die eine Türhälfte und lehnte sich mit dem Rücken gegen die andere, um sie aufzuhalten. Tätschelte die winzige Fläche zwischen seiner Hüfte und der Kante. Sagte in Lippensprache: *Los geht's.* Ich kletterte vorsichtig über seine Beine, platzierte mein Hinterteil auf der Fläche und ließ meine Beine über die Kante hängen. Es hatte den Anschein, als wäre das Dach des Aufzugs zwanzig Meilen unter mir. Ben lächelte beruhigend: *Keine Sorge, Sullivan. Ich lasse dich schon nicht fallen.*

Ich rutschte zentimeterweise vor, bis mein Hinterteil in der Luft baumelte. Fehlanzeige, so würde es nicht funktionieren. Ich schwang mich wieder auf die Kante, dann manövrierte ich mich auf die Knie. Ben packte mich am Handgelenk und gab mir mit seiner freien Hand das Daumen-hoch-Zeichen. Ich ging auf Knien die Schachtwand hinunter und hielt mich dabei an der Kante fest, bis meine Arme ganz ausgestreckt waren. *Okay, Cassie. Jetzt wird es Zeit loszulassen. Ben hält dich fest. Ja, Dummerchen, und Ben ist verwundet und ungefähr so kräftig wie ein Dreijähriger. Wenn du loslässt, wird ihn dein Gewicht mitreißen, und ihr werdet beide in die Tiefe stürzen. Er wird auf dir landen und dir das Genick brechen und anschließend langsam auf deinem gelähmten Körper verbluten …*

Ach, was zum Geier.

Ich ließ los. Ich hörte Ben leise stöhnen, er ließ mich aber nicht fallen und stürzte auch nicht auf mich. Er beugte sich in der Hüfte vor, als er mich hinunterließ, bis ich die Silhouette seines Kopfes in der Öffnung sah, sein Gesicht in Schatten gehüllt. Meine Zehen streiften das Dach des Aufzugs. Ich gab ihm das Daumen-hoch-Zeichen, war mir allerdings nicht sicher, ob er es sehen konnte. Drei Sekunden. Vier. Dann ließ er los.

Ich sank auf die Knie und tastete nach der Wartungsklappe. Ein wenig Fett, ein wenig Schmutz und eine Menge fettiger Schmutz.

Bevor es Strom gab, wurde Helligkeit in Lichtstärke gemessen. Die Helligkeit dort unten betrug etwa die Hälfte der Hälfte eines Lichts.

Dann schlossen sich über mir die Türen, und die Lichtstärke fiel auf null.

Danke, Parish. Du hättest wenigstens warten können, bis ich die Klappe gefunden habe.

Und als ich die Klappe fand, klemmte sie, war vermutlich festgerostet. Ich griff nach meiner Luger, weil ich die Idee hatte, das Kolbenende als Hammer zu benutzen, doch dann fiel mir wieder ein, dass ich meine halbautomatische Pistole einem Fünfjährigen anvertraut hatte. Stattdessen zog ich mein Kampfmesser aus seinem Knöchelhalfter und verpasste der Klappe mit dem Griff drei feste Hiebe. Das Metall kreischte.

Ein sehr lautes Kreischen. *So viel zu unserem Vorsatz, kein Aufsehen zu erregen.* Aber der Riegel gab nach. Ich zog die Klappe auf, was ein weiteres lautes Kreischen zur Folge hatte, das dieses Mal von dem rostigen Scharnier verursacht wurde. *Na ja, klar, für* dich *ist das richtig laut, schließlich kniest du genau daneben. Außerhalb des Schachts war vermutlich nur ein mäuseartiges Quiek-Quiek zu hören. Werd nicht paranoid!* Mein Vater benutzte immer eine Redewendung über Paranoia. Ich fand sie nie besonders lustig, vor allem nicht, nachdem ich sie zweitausend Mal gehört hatte: *Ich bin nur deshalb paranoid, weil alle gegen mich sind.* Nur ein Scherz, dachte ich immer. Kein Omen.

Ich sprang in die absolute Finsternis der Aufzugskabine. *Warte auf mein Zeichen.* Welches Zeichen? Ben hatte versäumt, darauf einzugehen. Ich presste das Ohr an den Spalt zwischen den kalten Stahltüren und hielt den Atem an. Zählte bis zehn. Holte Luft. Zählte noch einmal bis zehn. Holte Luft. Nachdem ich fünf Mal bis zehn gezählt und vier Mal Luft geholt und nichts gehört hatte, wurde ich langsam ein bisschen nervös. Was ging da draußen vor sich? Wo war Ben? Wo war Dumbo? Aus unserer kleinen Gruppe wurde eine Person nach der anderen herausgerissen. Dass wir uns getrennt hatten, war ein großer Fehler gewesen, aber wir hatten jedes Mal keine andere Wahl gehabt. Wir wurden an die Wand gespielt. Jemand ließ das Ganze lächerlich einfach aussehen.

Oder mehrere Jemande: *Nachdem wir in Dayton abtrünnig geworden waren, hat Vosch zwei Einheiten ausgesandt, um uns zur Strecke zu bringen.*

Das war es. Das musste es sein. Eine oder womöglich beide Einheiten hatten unser Versteck ausfindig gemacht. Wir hatten zu lange hier ausgeharrt.

Richtig, und warum hast du so lange ausgeharrt, Cassie »Trotz« Sullivan? Ach ja, weil dir ein toter Typ versprochen hat, dich zu finden. Also hast du die Augen geschlossen und bist von den Klippen ins Leere gesprungen, und jetzt bist du geschockt, dass unten keine dicke, fette Matratze liegt? Selber schuld. Was auch immer jetzt geschieht – du bist dafür verantwortlich.

Die Aufzugskabine war nicht groß, doch im Stockdunkeln wirkte sie so groß wie ein Footballstadion. Ich stand in einer riesigen unterirdischen Fallgrube, ohne Licht, ohne ein Geräusch, in einer leblosen, lichtlosen Leere, wie festgewurzelt, gelähmt von Angst und Zweifeln. Wohl wissend – ohne zu verstehen, woher ich es wusste –, dass Bens Zeichen nicht mehr kommen würde. Wohl verstehend – ohne zu wissen, warum ich es verstand –, dass Ben auch nicht mehr kommen würde.

Man weiß nie, wann einem die Wahrheit bewusst wird. Man kann sich den Zeitpunkt nicht aussuchen. Der Zeitpunkt sucht einen aus. Ich hatte tagelang Zeit gehabt, um der Wahrheit ins Gesicht zu sehen, die mir jetzt in diesem kalten schwarzen Raum ins Gesicht sah, doch ich hatte mich geweigert. Ich wollte ihr nicht gegenübertreten. Deshalb hatte die Wahrheit beschlossen, zu mir zu kommen.

Als er mich in unserer letzten gemeinsamen Nacht berührte, gab es keinen Raum zwischen uns, keinen Punkt, an dem er endete und ich begann, und jetzt gab es keinen Raum zwischen mir und der Finsternis der Fallgrube. Er versprach, mich zu finden. *Finde ich dich nicht immer?* Und ich glaubte ihm. Nachdem ich allem misstraut hatte, was er von dem Moment an sagte, als wir uns begegneten, glaubte ich zum ersten Mal an die letzten Worte, die er sprach.

Ich presste das Gesicht gegen die kalten Stahltüren und hatte das Gefühl zu fallen, Meilen über Meilen leere Luft unter mir. Ich würde niemals aufhören zu fallen. *Du bist eine Eintagsfliege. Hier für einen Tag und dann wieder weg.* Nein. Ich bin immer noch hier, Evan. Du bist derjenige, der weg ist.

»Du wusstest von dem Augenblick an, als wir das Farmhaus verließen, was geschehen würde«, flüsterte ich in die Leere. »Du wusstest, dass du sterben würdest. Und du bist trotzdem gegangen.«

Ich konnte mich nicht mehr aufrecht halten. Mir blieb nichts anderes übrig, als auf die Knie zu sinken. Fallen. Fallen. Ich würde niemals aufhören zu fallen.

Lass los, Cassie. Lass los.

»Loslassen? Ich falle. Ich falle, Evan.«

Aber ich wusste, was er meinte.

Ich würde ihn niemals loslassen. Nicht wirklich. Ich sagte mir tausend Mal am Tag, dass er unmöglich überlebt haben konnte. Redete mir ein, dass es sinnlos, gefährlich, verrückt, selbstmörderisch war, dass wir uns in dieser Absteige verkrochen. Doch ich klammerte mich an sein Versprechen, denn wenn ich sein Versprechen losgelassen hätte, hätte ich *ihn* losgelassen.

»Ich hasse dich, Evan Walker«, flüsterte ich in die Leere.

Aus dem Inneren der Leere – und aus der Leere im Inneren – Schweigen.

Kann nicht zurückgehen. Kann nicht nach vorne gehen. Kann nicht festhalten. Kann nicht loslassen. Kann nicht, kann nicht, kann nicht, kann nicht. Was kannst *du überhaupt? Was kannst du* überhaupt?

Ich hob das Gesicht. *Okay. Das kann ich.*

Ich stand auf. *Das auch.*

Ich straffte die Schultern und schob die Fingerspitzen in den Spalt, wo sich die beiden Türhälften trafen.

Ich gehe jetzt raus, sagte ich der stillen Tiefe. *Ich lasse los.*

Ich drückte die Türhälften auseinander. Licht flutete die Leere, verschlang auch den letzten kleinen Schatten.

—— 14. Kapitel ——

Ich betrat die Lobby, unsere schöne neue Welt als Mikrokosmos. Zersplittertes Glas. In den Ecken Berge von Müll wie Herbstlaub, das der Wind dorthin geweht hatte. Tote Insekten auf dem Rücken, die Beine eingerollt. Bitterkalt. So ruhig, dass außer dem eigenen Atem kein Geräusch zu hören war: Nachdem das Summen verschwunden war, war Stille eingekehrt.

Keine Spur von Ben. Zwischen der ersten Etage und der Treppe musste ihm irgendetwas zugestoßen sein, und zwar nichts Gutes. Ich ging vorsichtig zur Treppenhaustür und kämpfte gegen den Instinkt an, die Beine in die Hand zu nehmen und zurück zu Sam zu laufen, bevor er verschwand wie Ben, wie Dumbo, wie Poundcake und Teacup, wie neunundneunzig Komma neun Prozent aller Menschen auf der Erde.

Müll, der unter meinen Stiefeln knirschte. Kalte Luft, die mir das Gesicht und die Hände verbrannte. Meine Hände, die das Gewehr hielten, und meine Augen, die im schwachen Sternenlicht, das nach der völligen Finsternis im Aufzug scheinwerfergrell blendete, kaum blinzelten.

Langsam. Langsam. Keine Fehler.

Treppenhaustür. Ich hielt die Metallklinke eine gute halbe Minute lang in der Hand, das Ohr gegen das Holz gepresst, hörte jedoch nichts außer dem Pochen meines Herzens. Dann drückte ich die Klinke langsam herunter und zog die Tür ein Stück auf, bis ein Spalt entstand, der gerade breit genug war, dass ich hindurchspähen konnte. Völlig dunkel. Völlig geräuschlos. *Verdammt, Parish. Wo zum Teufel steckst du?*

Der einzige Weg führte nach oben. Ich schlüpfte ins Treppenhaus. *Klack:* Die Tür schloss sich hinter mir. Wieder in Dunkelheit getaucht, doch dieses Mal war ich entschlossen, sie draußen zu lassen, wo sie hingehörte.

Der herbe Geruch des Todes hing in der modrigen Luft. Eine Ratte, redete ich mir ein. Oder ein Waschbär oder irgendein anderes Waldlebewesen, das sich hier herein verirrt hatte. Mein Stiefel trat auf etwas Matschiges. Winzige Knochen knirschten. Ich schabte die pampigen Überreste an der Kante einer Stufe ab; schließlich wollte ich nicht ausrutschen, die Treppe hinunterstürzen, mir das Genick brechen und hilflos daliegen, bis mich irgendjemand fand und mir eine Kugel in den Kopf jagte. Das wäre schlecht gewesen.

Ich erreichte den winzigen Treppenabsatz – *noch eine Treppe, tief Luft holen, fast da* –, und dann ertönte ein Schuss, gefolgt von einem zweiten, dann einem dritten, dann von einem Trommelfeuer, als derjenige, der schoss, das ganze Magazin leerte. Ich hastete die restlichen Stufen hinauf, stürmte durch die Tür und rannte den Korridor entlang auf das Zimmer zu, dem jetzt die Tür fehlte, das Zimmer, in dem sich mein kleiner Bruder befand, und ich blieb mit der Schuhspitze an etwas hängen – an etwas Weichem, das ich bei meinem irrwitzigen Spurt zu Sam übersehen hatte –, flog durch die Luft und landete mit brutaler Wucht auf dem dünnen Teppichboden, sprang wieder auf, warf einen Blick zurück und sah Ben Parish leblos daliegen, die Arme ausgestreckt, ein dunkler feuchter Fleck, der durch sein lächerliches gelbes Kapuzensweatshirt sickerte, und dann schrie Sam, und *Ich bin nicht zu spät, nicht zu spät,* und *Hier komme ich, du Mistkerl, hier komme ich,* und im Zimmer türmte sich ein großer Schatten über der winzigen Gestalt auf, deren winziger Finger vergeblich am Abzug der leeren Pistole riss.

Ich feuerte. Der Schatten wirbelte zu mir herum, dann warf er sich nach vorn und griff nach mir.

Ich ließ den Fuß auf den Hals des Schattens hinuntersausen und presste ihm die Mündung des Gewehrs gegen den Hinterkopf.

»Entschuldigung«, keuchte ich; mir war die Luft ausgegangen. »Sie haben sich im Zimmer geirrt.«

III. TEIL
DER LETZTE STERN

15. Kapitel

Als Kind träumte er von Eulen.

An diesen Traum hatte er seit Jahren nicht mehr gedacht. Jetzt, als ihm sein Leben entglitt, kam die Erinnerung zurück.

Die Erinnerung war nicht angenehm.

Der Vogel hockte auf dem Fenstersims und starrte mit leuchtend gelben Augen in sein Zimmer. Die Augen blinzelten langsam, rhythmisch; abgesehen davon hielt sich die Eule völlig still.

Wenn er die Eule dabei beobachtete, wie sie ihn beobachtete, war er vor Angst wie gelähmt, ohne zu wissen, warum, und nicht in der Lage, seine Mutter zu rufen. Und anschließend verspürte er Übelkeit, fühlte sich angewidert, schwindelig, fiebrig und hatte noch tagelang das nervöse, beunruhigende Gefühl, beobachtet zu werden.

Als er dreizehn wurde, hörten die Träume auf. Er war erwacht; es war nicht mehr nötig, die Wahrheit zu vertuschen. Wenn die Zeit kam, würde sein erwachtes Ich die Begabungen benötigen, die er von der »Eule« bekommen hatte. Er verstand die Aufgabe der Träume, da ihm seine Aufgabe offenbart worden war.

Bereite vor. Ebne den Weg.

Bei der Eule hatte es sich um eine Lüge gehandelt, um die

empfindliche Psyche seines Wirts zu schützen. Nachdem er erwacht war, nahm eine andere Lüge ihren Platz ein: sein Leben. Sein Menschsein war eine Lüge, eine Maske wie der Traum von Eulen in der Dunkelheit.

Jetzt lag er im Sterben. Und die Lüge starb mit ihm.

Er empfand keinen Schmerz. Die bittere Kälte spürte er nicht. Sein Körper schien in einem warmen, unendlichen Meer zu treiben. Die Alarmsignale seiner Nerven an die Schmerzzentren in seinem Gehirn waren abgeschaltet worden. Diese sanfte, schmerzfreie Transformation seines menschlichen Körpers in die Vergessenheit stellte die letzte Gabe dar.

Und dann, nachdem das letzte menschliche Wesen tot war: Wiedergeburt.

Ein neuer menschlicher Körper, unbelastet von der Erinnerung an sein Menschsein. Er würde sich nicht an die vergangenen achtzehn Jahre erinnern. Diese Erinnerungen und die damit verknüpften Empfindungen wären für immer verloren – und es gab nichts, was man gegen die Qualen hätte tun können, die mit diesem Wissen einhergingen.

Verloren. Alles verloren.

Die Erinnerung an ihr Gesicht. *Verloren.* Die Zeit mit ihr. *Verloren.* Der Krieg, den derjenige, der er war, dem, der er vorgab zu sein, erklärt hatte. *Verloren.*

In der Stille des in Winter gehüllten Waldes, in einem unendlichen Meer treibend, streckte er die Hand nach ihr aus, und sie entglitt ihm.

Er war sich der Folgen bewusst. Er war sich ihnen von Anfang an bewusst gewesen. Dass er sie im Schnee gefangen gefunden und zu sich nach Hause getragen und gesund gepflegt hatte, würde er mit dem Tod bezahlen müssen. Tugenden sind jetzt Laster, und der Tod ist der Preis für Liebe. Nicht der Tod seines Körpers. Sein Körper war eine Lüge. Der wahre Tod. Der Tod seines Menschseins. Der Tod seiner Seele.

Im Wald, in der eisigen Kälte, auf der Oberfläche eines unendlichen Meeres, wo er ihren Namen flüsterte, wo er dem Wind die Erinnerung an sie anvertraute, in der Umarmung der stumm wachenden Bäume und in der Obhut der loyalen Sterne, ihrer Namenspatronin, rein und unvergänglich, das unermessliche Universum in ihr enthalten:

Cassiopeia.

16. Kapitel

Er erwachte mit Schmerzen.

Blendenden Schmerzen im Kopf, in der Brust, in den Händen, im Fußgelenk. Seine Haut stand in Flammen. Er fühlte sich, als sei er in kochendes Wasser getaucht worden.

Über ihm saß ein Vogel auf einem Ast, eine Krähe, die ihn mit majestätischer Gleichgültigkeit betrachtete. Die Welt gehörte jetzt den Krähen, dachte er. Bei allen Übrigen handelte es sich um Eindringlinge.

Zwischen den kahlen Ästen über ihm Rauch: ein Lagerfeuer. Und der Geruch von Fleisch, das in einer Pfanne brutzelte.

Er saß an einen Baum gelehnt da, zugedeckt mit einer schweren Wolldecke, mit einem zusammengerollten Winterparka als Kopfkissen. Als er den Kopf langsam ein paar Zentimeter anhob, wurde ihm sofort bewusst, dass schon die geringste Bewegung eine sehr schlechte Idee war.

Eine große Frau erschien in seinem Blickfeld, die einen Armvoll Holz trug, dann verschwand sie kurzzeitig von der Bildfläche, während sie das Feuer fütterte.

»Guten Morgen.« Ihre Stimme war tief, singend und kam ihm irgendwie bekannt vor.

Sie setzte sich neben ihn, zog die Knie an die Brust und schlang ihre langen Arme um ihre Beine. Ihr Gesicht kam ihm ebenfalls bekannt vor. Hellhäutig, blond, nordische Züge – wie eine Wikingerprinzessin.

»Ich kenne dich«, flüsterte er. Sein Rachen brannte. Sie hielt ihm die Öffnung ihrer Feldflasche an seine wunden Lippen, und er trank lange.

»Das ist gut«, sagte sie. »Du hast letzte Nacht Unsinn geredet. Ich habe mir schon Sorgen gemacht, dass du was Ernsteres als eine Gehirnerschütterung hast.«

Sie stand auf und verschwand abermals aus dem Blickfeld. Als sie zurückkam, hielt sie eine Bratpfanne in der Hand. Sie setzte sich neben ihn und stellte die Pfanne zwischen sie beide auf den Boden. Dann betrachtete sie ihn mit derselben überheblichen Gleichgültigkeit wie die Krähe.

»Ich habe keinen Hunger«, sagte er.

»Du musst etwas essen.« Keine Bitte. Eine Feststellung. »Frisches Kaninchen. Ich habe Eintopf gemacht.«

»Wie schlimm ist es?«

»Nicht schlimm. Ich bin eine gute Köchin.«

Er schüttelte den Kopf und rang sich ein Lächeln ab. Sie wusste, was er meinte.

»Es ist ziemlich schlimm«, sagte sie. »Sechzehn Knochenbrüche, Schädelfraktur, Verbrennungen zweiten Grades fast am ganzen Körper. Deine Haare sind allerdings verschont geblieben. Deine Haare hast du noch. Das ist die gute Nachricht.«

Die Frau tauchte einen Löffel in den Eintopf, führte den Löffel an ihre Lippen, blies vorsichtig und fuhr mit der Zunge langsam am Rand entlang.

»Und wie lautet die schlechte Nachricht?«, fragte er.

»Du hast dir den Knöchel gebrochen. Ziemlich übel. Das wird eine Weile dauern. Der Rest …« Sie zuckte mit den Schultern, schlürfte den Eintopf, spitzte die Lippen. »Salz fehlt.«

Er sah ihr zu, als sie ihren Rucksack auf der Suche nach Salz durchwühlte. »Grace«, sagte er leise. »Dein Name ist Grace.«

»Einer meiner Namen«, entgegnete die Frau. Dann nannte sie ihren wirklichen Namen, den sie schon seit zehntausend Jahren trug. »Wenn ich ehrlich bin, gefällt mir Grace besser. Das ist viel einfacher auszusprechen!«

Sie rührte den Eintopf um. Bot ihm einen Löffel davon an. Er presste die Lippen zusammen. Der Gedanke an Essen … Sie zuckte mit den Schultern und aß noch einen Löffel. »Ich habe das für Trümmer von der Explosion gehalten«, fuhr sie fort. »Ich hätte nie damit gerechnet, eine der Rettungskapseln zu finden – geschweige denn, mit dir darin. Was ist mit dem Leitsystem passiert? Hast du es ausgeschaltet?«

Er dachte genau nach, ehe er antwortete. »Funktionsstörung.«

»Funktionsstörung?«

»Funktionsstörung«, wiederholte er lauter. Sein Rachen stand in Flammen. Sie hielt die Feldflasche für ihn, während er trank.

»Nicht zu viel«, warnte sie ihn. »Sonst wird dir schlecht.«

Wasser lief ihm am Kinn hinunter. Sie wischte es weg.

»Die Basis wurde kompromittiert«, sagte er.

Sie schien überrascht zu sein. »Wie denn?«

Er schüttelte den Kopf. »Da bin ich mir nicht sicher.«

»Warum warst du überhaupt dort? Das ist das Merkwürdige.«

»Ich bin jemandem hineingefolgt.« Die Sache lief nicht gut.

Für jemanden, dessen gesamtes Leben eine Lüge war, ging ihm Lügen nicht leicht von der Hand. Er wusste, dass Grace nicht zögern würde, seinen derzeitigen Körper zu eliminieren, wenn sie den Verdacht hätte, er könnte ebenfalls von der »Kompromittierung« betroffen sein. Sie waren sich alle darüber im Klaren, welches Risiko es bedeutete, unter den menschlichen Deckmantel zu schlüpfen. Wer sich mit einer menschlichen Psyche einen Körper teilte, lief Gefahr, menschliche Untugenden anzunehmen – und auch menschliche Tugenden. Und weitaus gefährlicher als Habgier, Wollust und Neid oder irgendetwas davon – oder irgendetwas anderes – war Liebe.

»Du … bist jemandem gefolgt? Einem Menschen?«

»Ich hatte keine andere Wahl.« Zumindest das entsprach der Wahrheit.

»Die Basis wurde kompromittiert. Durch einen *Menschen.*« Sie schüttelte ungläubig den Kopf. »Und du hast deine Patrouille abgebrochen, um einzuschreiten.«

Er schloss die Augen. Vielleicht würde sie denken, er habe das Bewusstsein verloren. Der Geruch des Eintopfs ließ seinen Magen rumoren.

»Sehr merkwürdig«, sagte Grace. »Kompromittierung stellte immer eine Gefahr dar, allerdings aus dem *Inneren* des Verarbeitungszentrums. Wie konnte ein Mensch aus deinem Zuständigkeitsbereich von der Säuberung wissen?«

Sich schlafend zu stellen funktionierte nicht. Er öffnete die Augen. Die Krähe hatte sich nicht von der Stelle gerührt. Der Vogel starrte ihn an, und er erinnerte sich an die Eule auf dem Fenstersims und an den kleinen Jungen im Bett und an die Angst. »Ich bin nicht sicher, ob sie davon wusste.«

»Sie?«

»Ja. Es war eine … eine Frau.«

»Cassiopeia.«

Er sah sie scharf an, konnte sich nicht beherrschen. »Woher kennst du …?«

»Ich habe in den vergangenen drei Tagen viel gehört.«

»Drei Tage?«

Sein Herz schlug schneller. Er musste fragen. Aber durfte er das tun? Wenn er sie fragte, würde sie womöglich noch argwöhnischer werden, als sie es ohnehin schon war. Es wäre töricht gewesen zu fragen. Deshalb sagte er: »Vielleicht ist es ihr gelungen zu entkommen.«

Grace lächelte. »Tja, wenn es ihr gelungen ist, werden wir sie bestimmt finden.«

Er atmete langsam aus. Grace hatte keinen Grund zu lügen. Wenn sie Cassie gefunden hätte, dann hätte sie sie getötet und keine Skrupel gehabt, es ihm zu erzählen. Dass Grace sie nicht gefunden hatte, war jedoch kein Beweis dafür, dass sie noch am Leben war: Es war trotzdem möglich, dass Cassie nicht überlebt hatte.

Grace griff in ihren Rucksack und holte eine Tube Salbe hervor. »Für deine Verbrennungen«, erklärte sie. Sie zog vorsichtig die Decke nach unten und setzte seinen nackten Körper der eiskalten Luft aus. Über ihnen neigte die Krähe ihren glänzend schwarzen Kopf und beobachtete.

Die Salbe war kalt. Ihre Hände waren warm. Grace hatte ihn aus dem Feuer geholt; er hatte Cassie aus dem Eis geholt. Er hatte sie durch das wogende Meer von Weiß zu dem alten Farmhaus getragen, wo er ihr die Bekleidung ausgezogen und ihren frierenden Körper in warmes Wasser getaucht hatte. So wie Grace' Hände, glitschig vor Salbe, auf seinem Körper umherwanderten, hatten sich seine Finger durch Cassies dichtes, eisverkrustetes Haar gearbeitet. Er hatte die Kugel entfernt, während sie im Wasser lag, das von ihrem Blut rosa verfärbt war. Die Kugel, die für ihr Herz bestimmt gewesen war. Seine Kugel. Und nachdem er sie aus dem Wasser gehoben und die Wunde verbunden hatte, hatte er sie zum Bett seiner Schwester getragen und den Blick abgewandt, als er ihr den Bademantel seiner Schwester anzog; Cassie hätte sich geschämt, wenn ihr bewusst gewesen wäre, dass er sie unbekleidet gesehen hatte.

Grace fixierte ihn mit ihrem Blick. Sein Blick fixierte den Teddybären auf dem Kopfkissen. Er zog die Bettdecke bis unter Cassies Kinn. Grace zog die Decke bis unter seines.

Du wirst überleben, sagte er Cassie. Eher ein Gebet als ein Versprechen.

»Du wirst überleben«, sagte ihm Grace.

Du musst überleben, sagte er zu Cassie. »Ich muss«, sagte er zu Grace.

Wie sie den Kopf neigte, als sie ihn ansah: wie die Krähe auf dem Baum, wie die Eule auf dem Fenstersims.

»Das müssen wir alle«, entgegnete Grace mit einem langsamen Nicken. »Deshalb sind wir hier.«

Sie beugte sich vor und küsste ihn sanft auf die Wange. Warmer Atem, kühle Lippen und ein leichter Geruch nach verbranntem Holz. Ihre Lippen glitten von seiner Wange zu seinem Mund. Er drehte den Kopf.

»Woher kennst du ihren Namen?«, flüsterte sie ihm ins Ohr. »Cassiopeia. Woher kennst du Cassiopeia?«

»Ich habe ihr Lager gefunden. Verlassen. Sie hat Tagebuch geführt …«

»Ah. Und daher wusstest du, dass sie vorhatte, die Basis zu stürmen?«

»Ja.«

»Nun, dann ergibt ja alles einen Sinn. Hat sie in ihrem Tagebuch auch geschrieben, *warum* sie die Basis stürmen wollte?«

»Ihr Bruder … wurde aus einem Flüchtlingslager nach Wright-Patterson gebracht … Sie ist geflohen …«

»Bemerkenswert. Dann überwindet sie unsere Verteidigung und zerstört eine ganze Kommandozentrale. Das ist noch bemerkenswerter. Es grenzt ans Unglaubliche.«

Sie nahm den Topf, schleuderte den Inhalt ins Gebüsch und erhob sich. Sie ragte über ihm auf, ein über einen Meter achtzig großer blonder Koloss. Ihre Wangen waren gerötet, vielleicht von der Kälte, vielleicht von dem Kuss.

»Ruh dich aus«, sagte sie. »Du bist jetzt wieder reisefähig. Wir machen uns heute Abend auf den Weg.«

»Wohin?«, erkundigte sich Evan Walker.

Sie lächelte. »Zu mir.«

17. Kapitel

Bei Sonnenuntergang löschte Grace das Feuer, schwang sich ihren Rucksack und ihr Gewehr über die Schulter und hob Evan für den Sechzehn-Meilen-Fußmarsch zu ihrem Stützpunkt am südlichen Stadtrand von Urbana vom Boden auf. Sie wollte dem Highway folgen, um schneller voranzukommen. In dieser Phase des Spiels war das nur mit einem geringen Risiko verbunden: Sie hatte seit Wochen keinen Menschen mehr zu Gesicht bekommen. Diejenigen, die sie nicht getötet hatte, waren von einem der Busse mitgenommen worden oder hatten Zuflucht vor dem Wintereinbruch gesucht. Das war die Dazwischenzeit. Noch ein Jahr, vielleicht auch zwei, ganz sicher aber nicht mehr als fünf, dann würde es keinen Grund mehr für Heimlichkeit geben, weil es dann keine Beute mehr geben würde, an die man sich anpirschen konnte.

Die Temperatur sank mit der Sonne. Wolkenfetzen rasten über den indigoblauen Himmel, getrieben von einem Nordwind, der mit ihrem Pony spielte und ausgelassen den Kragen ihrer Jacke hin und her klappen ließ. Die ersten Sterne zeigten sich, der Mond ging auf, und die Straße vor ihnen schimmerte, ein silberfarbenes Band, das sich über den schwarzen Hintergrund aus toten Feldern, leeren Grundstücken und den ausgeweideten Hülsen längst verlassener Häuser schlängelte.

Sie machte einmal Halt, um sich auszuruhen und etwas zu trinken und um Evans Verbrennungen noch einmal mit Salbe einzureiben.

»Irgendwas ist anders an dir«, stellte sie nachdenklich fest. »Ich kann es bloß nicht in Worte fassen.« Und fasste ihn überall an.

»Ich hatte kein leichtes Erwachen«, sagte er. »Das weißt du.«

Sie brummte leise. »Du bist ein Grübler, Evan, und ein sehr schlechter Verlierer.« Sie wickelte ihn wieder in die Decke ein. Fuhr ihm mit ihren langen Fingern durchs Haar. Sah ihm tief in die Augen. »Du verschweigst mir irgendwas.«

Er erwiderte nichts.

»Ich habe es gespürt«, sagte sie. »In der ersten Nacht, als ich dich aus den Trümmern gezerrt habe. Da ist ein …« Sie suchte nach den passenden Worten. »Ein verborgenes Zimmer, das es früher nicht gab.«

Seine Stimme klang in seinen Ohren hohl, leer wie der Wind. »Nichts ist verborgen.«

Grace lachte. »Du hättest niemals integriert werden sollen, Evan Walker. Du empfindest viel zu viel für sie, um einer von ihnen zu sein.«

Sie hob ihn mit einer Leichtigkeit hoch wie eine Mutter ihr neugeborenes Kind. Dann richtete sie den Blick in den Himmel und keuchte. »Ich sehe sie! Cassiopeia, die Königin der Nacht.« Sie presste die Wange gegen seinen Scheitel. »Unsere Jagd ist vorbei, Evan.«

18. Kapitel

Bei Grace' Stützpunkt handelte es sich um ein altes eingeschossiges Holzhaus neben dem Highway 68, genau in der Mitte des ihr zugeteilten, sechs Quadratmeilen großen Patrouille-Sektors. Abgesehen davon, dass sie die zersplitterten Fenster verbarrikadiert und die Außentüren repariert hatte, befand sich das Haus noch in demselben Zustand, in dem sie es gefunden hatte. Familienporträts an den Wänden, unhandliche Erbstücke und Andenken, kaputte Möbel und offene Schubladen und tausend Teile aus dem Leben der Bewohner, die Plünderer für wertlos erachtet hatten und die in allen Zimmern verstreut waren. Grace hatte sich nicht die Mühe gemacht, die Unordnung zu beseitigen. Wenn der Frühling anbrach und die Fünfte Welle ausrollte, würde sie nicht mehr hier sein.

Sie trug Evan in das zweite Schlafzimmer im hinteren Bereich des Hauses, das ehemalige Kinderzimmer mit hellblauen Tapeten, auf dem Fußboden verstreutem Spielzeug und einem Sonnensystem-Mobile, das deprimiert von der Decke hing, und legte ihn in eines der beiden Betten. Ein Kind hatte seine Initialen in das Kopfende geritzt: *K. M.* Kevin? Kyle? Der winzige Raum roch nach Seuche. Im Zimmer herrschte nicht viel Licht – Grace hatte auch hier das Fenster verbarrikadiert –, doch Evans Augen waren wesentlich schärfer als die eines gewöhnlichen Menschen, und er sah die dunklen Blutspritzer, die während des Todeskampfs von jemandem an die blauen Wände gelangt waren.

Sie ging aus dem Zimmer und kehrte ein paar Minuten später mit Salbe und einer Verbandsrolle zurück. Beim Verbinden der Verbrennungen beeilte sie sich, als habe sie dringend noch etwas anderes zu erledigen. Keiner von beiden sagte etwas, bis sie fertig war.

»Brauchst du irgendetwas?«, erkundigte sich Grace. »Was zu essen? Musst du auf die Toilette?«

»Kleidung.«

Sie schüttelte den Kopf. »Keine gute Idee. Eine Woche für die Verbrennungen. Zwei, vielleicht sogar drei für den Knöchel.«

Ich habe keine drei Wochen. Selbst drei Tage sind zu lang.

Zum ersten Mal kam ihm der Gedanke, dass es womöglich nötig war, Grace zu neutralisieren.

Sie berührte seine Wange. »Ruf mich, wenn du irgendwas brauchst. Den Knöchel nicht belasten. Ich muss ein paar Vorräte beschaffen; ich habe nicht mit Gesellschaft gerechnet.«

»Wie lange wirst du weg sein?«

»Nicht länger als ein paar Stunden. Versuch zu schlafen.«

»Ich brauche eine Waffe.«

»Evan, im Umkreis von hundert Meilen ist niemand.« Sie lächelte. »Oh. Du machst dir Sorgen wegen der Saboteurin.«

Er nickte. »Ganz genau.«

Sie drückte ihm ihre Pistole in die Hand. »Erschieß mich nicht.«

Er umschlang den Griff mit den Fingern. »Tue ich schon nicht.«

»Ich klopfe vorher an.«

Er nickte erneut. »Das wäre eine gute Idee.«

Sie hielt an der Tür inne. »Wir haben unsere Drohnen verloren, als die Basis zerstört wurde.«

»Ich weiß.«

»Das bedeutet, dass wir beide vom Radar verschwunden sind. Falls einem von uns etwas zustoßen sollte – oder uns beiden …«

»Spielt das denn jetzt noch eine Rolle? Es ist doch fast vorbei.«

Grace nickte nachdenklich. »Denkst du, wir werden sie vermissen?«

»Die Menschen?« Er fragte sich, ob sie einen Scherz gemacht hatte. Er hatte das bei ihr noch nie erlebt; zu scherzen entsprach nicht ihrem Naturell.

»Nicht die da draußen.« Sie deutete auf jenseits der Wände, auf die Außenwelt. »Die hier drin.« Die Hand auf ihrer Brust.

»Man kann nicht vermissen, woran man sich nicht erinnert«, sagte er.

»Oh, ich glaube, ich werde ihre Erinnerungen behalten«, entgegnete Grace. »Sie war ein glückliches kleines Mädchen.«

»Dann wird es nichts zu vermissen geben, oder?«

Sie verschränkte die Arme vor der Brust. Zuerst hatte sie gehen wollen, und jetzt blieb sie doch. Warum ging sie nicht?

»Ich werde nicht alle behalten«, sagte sie und meinte damit die Erinnerungen. »Nur die guten.«

»Das war von Anfang an meine Sorge, Grace: Je länger wir Mensch spielen, desto menschlicher werden wir.«

Sie sah ihn fragend an und sagte für einen sehr langen, sehr unangenehmen Moment gar nichts.

»Wer spielt hier Mensch?«, fragte sie schließlich.

19. Kapitel

Er wartete, bis ihre Schritte verklangen. Wind pfiff durch die Spalten zwischen dem Sperrholz und den Fensterrahmen; sonst hörte er nichts. Wie sein Sehvermögen war auch sein Gehör außerordentlich gut. Hätte Grace auf der Veranda gesessen und ihr Haar gekämmt, hätte er es gehört.

Zuerst die Pistole. Er zog das Magazin heraus. Genau wie er vermutet hatte: keine Munition. Er hatte den Eindruck gehabt, dass die Pistole zu leicht war. Evan gestattete sich ein leises Lachen. Die Ironie war einfach zu viel des Guten. Ihre ursprüngliche Mission hatte nicht gelautet zu töten, sondern Misstrauen unter den Überlebenden zu säen und sie wie verängstigte Schafe zu Schlachthäusern wie Wright-Patterson zu treiben. Was geschieht, wenn die Säer von Misstrauen dessen Schnitter werden? *Schnitter?* Er unterdrückte ein hysterisches Kichern.

Er holte tief Luft. Das würde wehtun. Er setzte sich auf. Der Raum drehte sich. Er schloss die Augen. Nein. Das machte es noch schlimmer. Er öffnete die Augen wieder und zwang sich, aufrecht sitzen zu bleiben. Sein Körper war zur Vorbereitung auf sein Erwachen gestärkt worden. Das war die Wahrheit, die sich hinter dem Traum von der Eule verbarg. Die Deckerinnerung hinderte ihn, dieses Geheimnis zu sehen, und damit auch, sich daran zu erinnern: Während er und Grace und zehntausende Kinder wie sie nachts geschlafen hatten, waren Geschenke geliefert worden. Geschenke, die sie in den folgenden Jahren brauchen würden. Geschenke, die ihre Körper in fein abgestimmte Waffen verwandeln würden, da die Planer der Invasion eine einfache Tatsache begriffen hatten: Wohin der Körper ging, folgte der Verstand.

Verleiht man jemandem die Macht der Götter, wird er genauso gleichgültig wie die Götter.

Der Schmerz ließ nach. Das Schwindelgefühl legte sich. Er schob die Beine über die Bettkante. Er musste seinen Knöchel testen. Der Knöchel war alles entscheidend. Die anderen Verletzungen waren ernst, aber unbedeutend; mit ihnen würde er schon zurechtkommen. Als er vorsichtig seinen Fußballen belastete, schoss ein stechender Schmerz sein Bein hinauf. Er fiel keuchend auf den Rücken. Über ihm waren staubige Planeten in der Umlaufbahn einer verbeulten Sonne erstarrt.

Er setzte sich erneut auf und wartete, bis er wieder einen klaren Kopf hatte. An dem Schmerz führte kein Weg vorbei. Er musste einen Weg durch ihn hindurch finden.

Er ließ sich vorsichtig auf den Boden sinken, wobei er sein Gewicht an der Bettkante abstützte. Dann zwang er sich, eine Ruhepause einzulegen. Kein Grund zur Eile. Falls Grace zurückkam, konnte er sagen, er sei aus dem Bett gefallen. Langsam, Zentimeter um Zentimeter, rutschte er auf seinem Hinterteil über den Teppich, bis er flach auf dem Rücken lag und das Sonnensystem hinter einem Schauer weiß glühender Sternschnuppen sah, die durch sein Blickfeld regneten. Obwohl es im Zimmer eiskalt war, schwitzte er heftig. War außer Atem. Hatte Herzrasen. Stand seine Haut in Flammen. Er konzentrierte sich auf das Mobile, auf das Blassblau der Erde, auf das Dunkelrot des Mars. Der Schmerz kam in Wellen; er trieb jetzt in einer anderen Art von Meer.

Der Lattenrost des Bettes war festgenagelt und wurde vom Gewicht des schweren Bettgestells und der Matratze niedergedrückt. Egal. Er zwängte sich in den engen Raum darunter, wobei Insektenkadaver unter seinem Gewicht knirschten, und er sah ein Spielzeugauto, das auf dem Dach lag, und die verdrehten Gliedmaßen einer Actionfigur aus der Zeit, als Helden die Tagträume von Kindern bevölkerten. Er brach eine Latte mit drei harten Schlägen mit der Handkante heraus, robbte auf demselben Weg zurück, auf dem er gekommen war, und lockerte das andere Ende. Dabei landete Staub in seinem Mund. Er hustete und schickte damit eine weitere Flutwelle des Schmerzes über seine Brust und seine Seite hinunter, bis sie sich wie eine Anakonda auf seinem Bauch einrollte.

Zehn Minuten später betrachtete er abermals das Sonnensystem und machte sich Sorgen, dass Grace ihn ohnmächtig und mit einer an seine Brust gedrückten Holzlatte vorfinden könnte. Das wäre womöglich etwas schwieriger zu erklären.

Die Welt drehte sich. Die Planeten rührten sich nicht von der Stelle.

Da ist ein verborgenes Zimmer … Er war über die Schwelle zu diesem Zimmer getreten, in dem ein simples Versprechen tausend Riegel vorschob: *Ich finde dich.* Dieses Versprechen stellte wie alle Versprechen seine eigenen moralischen Grundsätze auf. Um es zu halten, würde er ein Meer von Blut durchqueren müssen.

Die Welt befreit. Die Planeten gefesselt.

20. Kapitel

Die Nacht war bereits angebrochen, als Grace zurückkam, und ihre Ankunft wurde vom Leuchten einer Lampe draußen im Flur angekündigt. Sie stellte die Lampe auf den Nachttisch. Das Licht warf Schatten, die ihr Gesicht verhüllten. Er protestierte nicht, als sie die Bettdecke zurückzog, die Verbände abwickelte, die seine Wunden bedeckten, und seinen Körper der eiskalten Luft aussetzte.

»Hast du mich vermisst, Evan?«, fragte sie im Flüsterton, wobei ihre von der Salbe glitschigen Fingerspitzen über seine Haut glitten. »Ich meine nicht heute. Wie alt waren wir damals? Fünfzehn?«

»Sechzehn«, entgegnete er.

»Hm. Du hast mich gefragt, ob ich Angst vor der Zukunft hätte. Erinnerst du dich?«

»Ja.«

»So eine … menschliche Frage.«

Die Finger einer Hand massierten ihn, während die Finger der anderen langsam ihre Bluse aufknöpften.

»Nicht so sehr wie die andere Frage, die ich dir gestellt habe.«

Sie neigte forschend den Kopf. Ihr Haar fiel ihr über die Schulter. Ihr Gesicht verlor sich im Schatten, und ihre Bluse teilte sich wie ein Vorhang.

»Wie lautete die?«, fragte sie flüsternd.

»Ob du nicht seit sehr langer Zeit unbeschreiblich einsam gewesen wärst.«

Die Kühle ihrer Finger. Die Hitze seines versengten Fleisches.

»Dein Herz schlägt sehr schnell«, raunte sie.

Sie richtete sich auf. Er schloss die Augen. *Um des Versprechens willen.* Unmittelbar außerhalb des Lichtkreises stieg Grace aus ihrer Hose, die Ringe um ihre Knöchel bildete. Er sah nicht hin.

»So einsam auch wieder nicht«, sagte Grace, wobei ihr Atem sein Ohr streichelte. »In diesen Körpern eingesperrt zu sein hat durchaus auch Vorteile.«

Um des Versprechens willen. Und Cassies, der Insel, auf die er zuschwamm und die sich aus einem mit Blut gefüllten Meer erhob.

»So einsam auch wieder nicht, Evan«, sagte Grace. Sie berührte seine Lippen mit ihren Fingern, seinen Hals mit ihren Lippen.

Er hatte keine Wahl. Sein Versprechen bot keine. Grace würde ihn niemals gehen lassen; sie würde nicht zögern, ihn zu töten, falls er es versuchte. Er konnte weder vor ihr weglaufen, noch konnte er sich vor ihr verstecken. *Keine Wahl.*

Er öffnete die Augen, hob die rechte Hand und fuhr ihr mit den Fingern durchs Haar. Seine linke Hand rutschte unter das Kissen. Über ihnen sah er die einsame, ihres Nachwuchses beraubte Sonne im Licht der Lampe leuchten. Er dachte, Grace würde womöglich bemerken, dass die Planeten fehlten. Er rechnete damit, dass sie ihn fragen würde, weshalb er sie entfernt hatte, aber es waren nicht die Planeten, die er brauchte.

Es war der Draht.

Doch Grace hatte es nicht bemerkt. Sie war mit ihren Gedanken woanders. »Berühr mich, Evan«, flüsterte sie.

Er rollte sich energisch nach rechts und schlug ihr mit dem linken Unterarm gegen den Kiefer. Sie taumelte rückwärts, während er sich aus dem Bett erhob und ihr die Schulter in den Bauch rammte. Sie vergrub ihre Fingernägel tief in den Verbrennungen an seinem Rücken und riss. Das Zimmer wurde für einen Moment schwarz, doch er brauchte nichts zu sehen – er brauchte nur nahe zu sein.

Vielleicht hatte sie die provisorische Garrotte aus abgebrochenem Holz und Mobile-Draht in seinen Händen gesehen, vielleicht hatte sie auch nur Glück, doch ihre Hand schloss sich um den Draht und drückte dagegen, als er ihn festzog. Er versetzte ihr mit seinem unversehrten Knöchel einen Schlag gegen das Bein und brachte sie zu Fall, dann folgte er ihrem Körper zum Boden und rammte ihr beim Aufprall das Knie in die Lendenwirbel.

Keine Wahl.

Er brachte seine gesamte verbliebene Kraft auf, um den Draht zu spannen, bis dieser durch ihre Handfläche schnitt und auf Knochen traf.

Sie versuchte, ihn abzuwerfen. Er holte mit dem rechten Knie aus und rammte es ihr gegen den Kopf. Fest. *Fester.* Er roch Blut. Seines. Ihres.

Das Zimmer drehte sich.

Evan Walker ließ nicht locker, während er tief in Blut versank, seinem, ihrem.

21. Kapitel

Als es vollbracht war, kroch er zurück zum Bett und zog die gelockerte Latte heraus. Für eine Krücke war sie etwas zu lang – er musste sie in einem ungünstigen Winkel halten –, doch sie würde ihren Zweck erfüllen. Er humpelte in das andere Zimmer, wo er Männerbekleidung fand: Jeans, ein kariertes Hemd, einen handgestrickten Pullover und eine Lederjacke, auf deren Rücken der Name des Bowlingteams ihres Besitzers prangte, *The Urbana Pinheads.* Der Stoff rieb und kratzte auf seiner wunden Haut und machte jede Bewegung zu einer Studie in Schmerz. Dann schlurfte er ins Wohnzimmer, wo er Grace' Rucksack und ihr Gewehr fand. Er schwang sich beides über die Schulter.

Stunden später, als er sich in dem nestartigen Metallgewirr einer Massenkarambolage von acht Autos auf dem Highway

68 ausruhte, öffnete er den Rucksack, um eine Bestandsaufnahme zu machen, und fand darin Dutzende mit schwarzem Filzstift beschriftete Plastiktüten, von denen jede abgeschnittenes menschliches Haar enthielt. Zunächst war er ratlos. Um wessen Haar handelte es sich, und warum befand es sich in Tüten, die allesamt ordentlich mit einem Datum versehen waren? Dann begriff er: Grace hatte Trophäen von ihren Tötungen aufbewahrt.

Wohin der Körper ging, folgte der Verstand.

Er fabrizierte aus zwei Metallbruchstücken und dem Rest der Verbandsrolle eine Schiene für sein Fußgelenk. Dann trank er ein paar Schlucke Wasser. Sein Körper sehnte sich nach Schlaf, doch er würde nicht mehr schlafen, bis er sein Versprechen eingelöst hatte. Er hob das Gesicht zu den winzigen Punkten reinen Lichts, die über ihm in der grenzenlosen Dunkelheit verankert waren. *Finde ich dich nicht immer?*

Dann explodierte plötzlich ein Scheinwerfer des Autos neben ihm in einem Schauer aus pulverisiertem Glas und Plastik. Er tauchte unter das nächste Fahrzeug und zog das Gewehr hinter sich nach.

Grace. Es musste sie sein. Grace war am Leben.

Er war zu früh aufgebrochen. Hatte zu viel vorausgesetzt, zu viel gehofft. Und jetzt war er gefangen, festgenagelt ohne Ausweg, und in diesem Moment wurde Evan bewusst, dass Versprechen manchmal auf vollkommen unerwartete Weise eingelöst werden können: Cassie hatte er gefunden, indem er zu ihr geworden war.

Verletzt, unter einem Auto gefangen, unfähig davonzulaufen, einem gesichtslosen, gnadenlosen Jäger ausgeliefert, einem Silencer, der darauf programmiert war, den menschlichen Lärm auszulöschen.

22. Kapitel

Er begegnete Grace – *fand sie* wäre zutreffender – in dem Sommer, in dem sie beide sechzehn wurden, auf dem Hamilton-County-Jahrmarkt. Evan wartete mit seiner kleinen Schwester Val, die seit ihrer Ankunft am frühen Morgen darauf bestand, den weißen Tiger zu sehen, vor dem Zelt des exotischen Streichelzoos. Es war August. Die Warteschlange war lang. Val war müde und mürrisch und klebrig vor Schweiß. Evan hatte sie immer wieder vertröstet, weil er sich eigentlich keine Tiere in Gefangenschaft ansehen wollte. Wenn er ihnen in die Augen blickte, sah irgendetwas in ihren Augen zu ihm zurück.

Er entdeckte Grace zuerst, die mit einem tropfenden Stück Wassermelone in der Hand neben einem Strauben-Verkaufswagen stand. Blondes Haar, das ihr den halben Rücken hinunterreichte, kühle, beinahe arktische Gesichtszüge, vor allem ihre eisblauen Augen und ihr zynisch verzogener Mund, der vom Saft der Melone glänzte. Als sie sich zu ihm drehte, sah er schnell weg und blickte seiner kleinen Schwester ins Gesicht, die weniger als zwei Jahre später tot sein sollte. Eine Tatsache, die er mit sich herumtrug, weggesperrt in einem anderen verborgenen Zimmer. Manchmal war es schwierig, das Wissen abzuschütteln, dass es sich bei jedem Gesicht, das er sah, um das Gesicht einer zukünftigen Leiche handelte. Seine Welt war mit lebenden Toten bevölkert.

»Was ist?«, fragte Val.

Er schüttelte den Kopf. *Nichts.* Er holte tief Luft und warf abermals einen Blick in Richtung Verkaufswagen. Das große blonde Mädchen war verschwunden.

Im Zelt, hinter einem Stahlgeflechtzaun, atmete der Tiger

schwer in der Hitze. Ganz vorne drängten sich kleine Kinder. Hinter ihnen klickten Fotoapparate und Smartphones. Der Tiger reagierte auf all die Aufmerksamkeit mit majestätischer Gleichgültigkeit.

»Wunderschön«, raunte eine heisere Stimme Evan ins Ohr. Er drehte sich nicht um. Er wusste, ohne hinzusehen, es handelte sich um das Mädchen mit dem langen blonden Haar und den Lippen, auf denen Wassermelonensaft glänzte. Im Zelt war es brechend voll; ihr nackter Arm streifte seinen.

»Und traurig«, sagte Evan.

»Nein«, widersprach Grace. »Er könnte in zwei Sekunden durch diesen Zaun preschen. Könnte in drei einem Kind den Kopf abreißen. Er hat sich dafür *entschieden*, da drin zu sein. Das ist das Wunderschöne.«

Evan sah sie an. Aus der Nähe waren ihre Augen noch beeindruckender. Sie bohrten sich in die seinen, und einen kurzen Moment später, in dem er weiche Knie bekam, *wusste* er, welches Wesen sich in Grace' Körper verbarg.

»Wir sollten uns unterhalten«, flüsterte Grace.

23. Kapitel

Bei Anbruch der Dämmerung wurde die Beleuchtung des Riesenrads eingeschaltet und die blecherne Musik lauter gedreht. Die Menschenmenge drängte sich in der Mittelgasse: abgeschnittene Jeans und Flipflops und der Geruch von Sonnencreme mit Kokosnussduft. Das Watscheln von Männern mit dicken Bäuchen und John-Deere-Schildmützen, mit schwieligen Händen und an Gürtelschlaufen befestigten Portemonnaies, die ihre Gesäßtaschen ausbeulten. Er übergab Val ihrer Mutter, dann machte er sich auf den Weg zum Riesenrad, um dort nervös auf Grace zu warten. Sie tauchte mit einem großen Stofftier aus der Menge auf: einem weißen Königstiger, dessen hellblaue Plastikaugen nur unwesentlich dunkler waren als ihre.

»Ich bin Evan«, sagte er.

»Ich bin Grace.«

Sie betrachteten das Riesenrad, das sich vor dem violetten Himmel drehte.

»Glaubst du, wir werden sie vermissen, wenn sie mal nicht mehr da sind?«, fragte er.

»Ich nicht.« Sie rümpfte die Nase. »Ihr Geruch ist schrecklich. Ich kann mich daran einfach nicht gewöhnen.«

»Du bist die Erste, die mir begegnet ist, seit …«

Sie nickte. »Das ist bei mir genauso. Denkst du, das ist Zufall?«

»Nein.«

»Eigentlich wollte ich gar nicht herkommen, aber als ich heute Morgen aufgewacht bin, hat mir eine kleine Stimme gesagt: *Geh.* Hast du sie auch gehört?«

Er nickte. »Ja.«

»Gut.« Sie klang erleichtert. »Ich frage mich schon seit drei Jahren, ob ich verrückt bin.«

»Das bist du nicht.«

»Fragst du dich nie?«

»Nicht mehr.«

Sie lächelte schelmisch. »Möchtest du ein bisschen spazieren gehen?«

Sie flanierten hinüber zu dem verlassenen Ausstellungsgelände und setzten sich auf die unüberdachte Tribüne. Die ersten Sterne tauchten auf. Die Nacht war warm, die Luft feucht. Grace trug Shorts und eine ärmellose weiße Bluse mit Spitzenkragen. Während Evan dicht neben ihr saß, roch er Lakritz.

»Das ist sie«, sagte er und deutete mit einem Nicken auf den leeren Viehpferch mit seinem geschundenen Boden voller Sägemehl und Dung.

»Was?«

»Die Zukunft.«

Sie lachte, als hätte er einen Scherz gemacht. »Die Welt endet. Die Welt endet, und die Welt beginnt aufs Neue. So war es schon immer.«

»Hast du nie Angst vor dem, was kommt? Nie?«

»Nie.« Sie umarmte den Stofftiger auf ihrem Schoß. Ihre Augen schienen immer die Farbe von dem anzunehmen, was sie gerade betrachtete. Jetzt, als sie hinauf in den dunkler werdenden Himmel blickte, hatten ihre Augen ein unergründliches Schwarz.

Sie unterhielten sich ein paar Minuten lang in ihrer Muttersprache, doch das erwies sich als schwierig, und sie gaben bald auf. Zu viele Worte waren unaussprechlich. Er stellte fest, dass sie anschließend viel ruhiger war, und ihm wurde bewusst, dass es nicht die Zukunft war, die ihr Angst machte; es war die Vergangenheit: die Tatsache, dass sie das Wesen in ihrem Körper fürchtete, war das Hirngespinst des zerrütteten Verstands eines jungen menschlichen Mädchens. Evan kennenzulernen bestätigte ihr ihre Existenz.

»Du bist nicht allein«, sagte er zu ihr. Als er den Blick senkte, entdeckte er ihre Hand in seiner. Eine Hand für ihn, die andere für den Tiger.

»Das war immer das Schlimmste«, stimmte sie ihm zu. »Das Gefühl zu haben, die einzige Person im ganzen Universum zu sein. Dass alles *hier* ist« – sie berührte ihre Brust – »und nirgendwo sonst.«

Jahre später sollte er etwas ganz Ähnliches im Tagebuch einer anderen Sechzehnjährigen lesen – derjenigen, die er fand und verlor, fand und dann wieder verlor:

Manchmal denke ich, dass ich womöglich der letzte Mensch auf Erden bin.

24. Kapitel

Der Unterboden des Autos an seinem Rücken. Der kalte Asphalt an seiner Wange. Das nutzlose Gewehr in seinen Händen. Er war gefangen.

Grace hatte mehrere Optionen. Er hatte zwei.

Nein. Falls überhaupt noch Hoffnung für ihn bestand, sein Versprechen einlösen zu können, hatte er nur eine:

Cassies Wahl.

Sie hatte ebenfalls ein Versprechen gegeben: ein aussichtsloses, selbstmörderisches Versprechen an den einzigen Menschen auf Erden, der ihr noch am Herzen lag – der ihr mehr am Herzen lag als ihr eigenes Leben. Sie war an jenem Tag aufgestanden, um dem gesichtslosen Jäger entgegenzutreten, da ihr Tod im Vergleich zum Tod dieses Versprechens nichts bedeutete. Falls überhaupt noch Hoffnung bestand, lag sie in den aussichtslosen Versprechen der Liebe.

Er kroch nach vorn, unter der vorderen Stoßstange hindurch ins Freie, und dann – wie Cassie Sullivan – richtete sich Evan Walker auf.

Er spannte sich an, wartete auf den finalen Schuss. Als sich Cassie an jenem wolkenlosen Nachmittag aufrichtete, hatte ihr Silencer bereits das Weite gesucht. Er glaubte nicht, dass Grace das Weite suchen würde. Grace würde vollenden, was sie begonnen hatte.

Doch das Ende kam nicht. Keine Kugel, die ihn zum Schweigen brachte und Grace und ihn wie ein Silberfaden verknüpfte. Er wusste, sie war da. Wusste, sie konnte ihn gebeugt vor dem Auto stehen sehen. Und ihm wurde klar, dass man der Vergangenheit nicht entkommen, dass man den unvermeidlichen Konsequenzen nicht ausweichen konnte: Cassies schreckliche Angst, ihre Unsicherheit und ihr Schmerz gehörten jetzt ihm.

Über ihm die Sterne. Vor ihm die Straße, die im Licht der Sterne schimmerte. Der feste Griff der eiskalten Luft und der medizinische Geruch der Salbe, die Grace auf seinen Verbrennungen verteilt hatte. *Dein Herz schlägt sehr schnell.*

Sie wird dich schon nicht töten, sagte er sich. *Das ist nicht das Ziel. Wenn sie dich töten wollte, hätte sie dich mit ihrem Schuss nicht verfehlt.*

Es gab nur eine Antwort: Grace hatte vor, ihm zu folgen. Er war ihr ein Rätsel, und ihm zu folgen war der Weg, um dieses Rätsel zu lösen. Er war der Falle entkommen, um nur noch tiefer in der Grube zu versinken. Sein Versprechen zu halten hatte jetzt nichts mehr mit Loyalität zu tun; es handelte sich um Verrat.

Er konnte nicht vor ihr davonlaufen, nicht mit seinem kaputten Fußgelenk. Er konnte nicht vernünftig mit ihr reden – er konnte kaum noch seine eigenen Argumente in Worte fassen. Er konnte einfach abwarten. An Ort und Stelle verharren, nichts tun … und riskieren, dass Cassie von Soldaten der Fünften Welle entdeckt wurde oder das Hotel verließ, bevor seine Pattsituation mit Grace endete. Er konnte eine Konfrontation erzwingen, doch er war schon einmal gescheitert und würde aller Wahrscheinlichkeit nach wieder scheitern. Er war zu schwach, zu schwer verletzt. Er brauchte Zeit, um zu genesen, und er hatte keine Zeit.

Er lehnte sich gegen die Motorhaube des Wagens und blickte hinauf in den Himmel voller Sterne, nicht von menschengemachten Lichtern beeinträchtigt, von Verschmutzung reingeschrubbt. Dieselben Sterne, die schon auf die Erde schienen, bevor die Menschheit auf ihr wandelte. Seit Milliarden Jahren dieselben Sterne, und was bedeutete Zeit schon für sie?

»Eintagsfliege«, flüsterte Evan. »Eintagsfliege.«

Er schulterte sein Gewehr und schlängelte sich durch die Autowracks zu dem Rucksack mit Vorräten, den er sich über die andere Schulter schwang. Die provisorische Krücke klemmte er sich unter den Arm. Er würde nur langsam vorankommen, qualvoll langsam, doch Grace wäre gezwungen, sich zu entscheiden, ob sie ihn gehen ließ oder ihm folgte und das ihr zugeteilte Territorium in einem Moment verließ, wo das den ausgeklügelten Zeitplan völlig durcheinanderbringen konnte. Er würde einen Kurs einschlagen, der am Hotel vorbei und nach Norden zur nächstgelegenen Basis führte. Nach Norden, wohin der Feind geflüchtet war und wo er sich wieder verschanzt hatte und auf den Frühling wartete, um den letzten, abschließenden Angriff zu starten.

Dort lag die Hoffnung – dort hatte von Anfang an alle Hoffnung gelegen: auf den Schultern der gehirngewaschenen Kindersoldaten der Fünften Welle.

25. Kapitel

Später am Abend des Tages, an dem Evan und Grace sich kennenlernten, gingen sie unter den Lichtern, die die Dunkelheit zurückdrängten, die Mittelgasse entlang, schlängelten sich durch die Menge, vorbei am Ringwurf und am Luftballon-

Darts und am Basketball-Freiwurf. Aus Lautsprechern, die an den Lichtmasten montiert waren, dröhnte Musik. Untermalt wurde die Musik vom Blubbern von tausend Unterhaltungen wie von einer Unterströmung, und auch das Fließen der Menge erinnerte an einen Fluss, wirbelnd und strudelnd, reißend hier, träge dort. Groß und geschmeidig und auffallend gut aussehend zogen Evan und Grace die Blicke von Passanten auf sich, was ihm unangenehm war. Er hatte Menschenansammlungen noch nie gemocht und bevorzugte die Einsamkeit der Wälder und Felder auf der Farm seiner Familie, eine Neigung, die ihm gute Dienste leisten würde, wenn die Zeit für die Säuberung kam.

Zeit. Über ihnen die Sterne, die sich drehten wie die Lichtpunkte am Riesenrad, das den Jahrmarkt überragte, wenn auch zu langsam, als dass das menschliche Auge es hätte wahrnehmen können, die Zeiger der allgemeingültigen Uhr, die ablief, die schon von Beginn an ablief, und die Gesichter, die vorbeizogen und die Zeit markierten, ihre Gefangenen wie die Sterne selbst. Evan und Grace waren nicht ihre Gefangenen. Sie hatten das Unbezwingbare bezwungen, hatten das Unwiderlegbare widerlegt. Der letzte Stern würde erlöschen, das Universum selbst würde sterben, doch sie würden bis in alle Ewigkeit andauern.

»Woran denkst du?«, fragte sie.

»›Die Menschen wollen sich von meinem Geist nicht mehr strafen lassen, denn sie sind Fleisch.‹«

»Was?« Sie lächelte.

»Das ist aus der Bibel.«

Sie nahm den Stofftiger in die andere Hand, um seine nehmen zu können. »Sei doch nicht so morbid. Das ist ein wunderschöner Abend, und wir werden uns erst wiedersehen, wenn alles vorbei ist. Dein Problem ist, dass du nicht weißt, wie man für den Moment lebt.«

Sie führte ihn aus dem Gedränge in die Dunkelheit zwischen zwei Zelten, wo sie ihn küsste und ihren Körper fest an seinen presste. Dabei öffnete sich irgendetwas in ihm. Sie drang in ihn ein, und die schreckliche Einsamkeit, die er seit seinem Erwachen gespürt hatte, ließ nach.

Als Grace sich wieder von ihm löste, waren ihre Wangen gerötet, und in ihren Augen brannte ein blasses Feuer. »Ich denke manchmal darüber nach. Die erste Tötung. Wie sie sein wird.«

Er nickte. »Ich denke auch darüber nach. Vor allem aber denke ich an die letzte.«

26. Kapitel

Er verließ den Highway, ging über freie Felder, überquerte einsame schmale Landstraßen, legte eine Pause ein, um seine Feldflasche mit Wasser aus einem eiskalten Bach zu füllen, und orientierte sich dabei wie seine Vorfahren am Polarstern. Seine Verletzungen zwangen ihn, sich häufig auszuruhen, und jedes Mal sah er Grace in der Ferne. Sie machte sich nicht die Mühe, sich zu verstecken. Sie wollte ihm zeigen, dass sie da war, unmittelbar außerhalb der Reichweite seines Gewehrs. Bei Sonnenaufgang hatte er den Highway 68 erreicht, die Hauptverkehrsader, die Huber Heights und Urbana miteinander verband. In einem kleinen Wald neben der Straße sammelte er Holz für ein Lagerfeuer. Seine Hände zitterten. Er fühlte sich fiebrig und machte sich Sorgen, dass sich seine Verbrennungen womöglich infiziert hatten. Seine Körperfunktionen waren verbessert worden, doch auch ein aufgewerteter Körper gelangte irgendwann an einen Kipppunkt, an dem es kein Zurück mehr gab. Sein Fußgelenk war auf das Doppelte seiner normalen Größe angeschwollen, und die Wunde pochte bei jedem Schlag seines Herzens. Er beschloss, hier einen Tag zu verbringen, vielleicht auch zwei und das Feuer am Brennen zu halten.

Ein Signalfeuer, um sie in die Falle zu locken. Falls sie da draußen waren. Falls sie sich locken ließen.

Vor ihm die Straße. Hinter ihm der Wald. Er würde auf freiem Gelände bleiben. Grace würde sich weiterhin im Wald halten. Sie würde mit ihm warten. Außerhalb des ihr zugeteilten Territoriums, voll bei der Sache und ohne einen Weg zurück.

Er wärmte sich am Feuer. Grace machte kein Feuer. Für ihn Licht und Wärme. Für sie Dunkelheit und Kälte. Er schlüpfte aus seiner Jacke, zog seinen Pullover aus, streifte sein Shirt ab. Die Verbrennungen verschorften bereits, hatten jedoch fürchterlich zu jucken begonnen. Um sich abzulenken, schnitzte er sich aus einem Ast, den er aus dem Wald geholt hatte, eine neue Krücke.

Er fragte sich, ob Grace das Risiko eingehen würde zu schlafen. Sie wusste, dass er mit jeder Stunde, die verstrich, kräftiger wurde und dass mit jeder Stunde, die sie es hinauszögerte, ihre Erfolgschancen schwanden.

Er sah sie am zweiten Tag mitten am Nachmittag, ein Schatten unter Schatten, als er noch mehr Holz für sein Feuer sammelte. Etwa fünfzig Meter entfernt zwischen den Bäumen, mit einem Hochleistungs-Scharfschützengewehr bewaffnet, einen blutigen Verband um die Hand gewickelt, einen anderen um den Hals. In der unter null Grad kalten Luft schien ihre Stimme bis ins Unendliche zu tragen.

»Warum hast du mich nicht erledigt, Evan?«

Zunächst antwortete er nicht. Er fuhr fort, Anzündholz für

das Leuchtfeuer zu sammeln. Dann sagte er: »Ich dachte, das hätte ich.«

»Nein. Das konntest du nicht gedacht haben.«

»Vielleicht habe ich das Morden satt.«

»Was soll das heißen?«

Er schüttelte den Kopf. »Das würdest du nicht verstehen.«

»Wer ist Cassiopeia?«

Er richtete sich zu voller Größe auf. Unter der eisengrauen Wolkendecke war das Licht zwischen den Bäumen schwach. Trotzdem sah er den zynischen Zug um ihre Lippen und das blassblaue Feuer in ihren Augen.

»Diejenige, die aufstand, als jeder andere unten geblieben wäre«, sagte Evan. »Diejenige, an die ich unablässig denken musste, noch bevor ich sie überhaupt kennenlernte. Die Letzte, Grace. Der letzte Mensch auf Erden.«

Sie sagte lange Zeit nichts. Er verharrte. Sie verharrte.

»Du bist in einen Menschen verliebt.« Ihre Stimme war voller Verwunderung. Und dann das Offensichtliche: »Das ist nicht möglich.«

»Früher dachten wir dasselbe über Unsterblichkeit.«

»Das ist so, als würde sich einer von ihnen in eine Meeresschnecke verlieben.« Sie lächelte jetzt. »Du bist wahnsinnig. Du bist verrückt geworden.«

»Ja.«

Er kehrte ihr den Rücken zu, lud eine Kugel ein. Schließlich war er wahnsinnig, und Wahnsinn war selbst eine Rüstung.

»Das kann es nicht sein!«, schrie sie ihm hinterher. »Warum sagst du mir nicht, was wirklich los ist?«

Er blieb stehen. Das Anzündholz fiel prasselnd auf den gefrorenen Boden. Seine Krücke kippte seitlich um. Er drehte den Kopf, ohne sich selbst umzudrehen.

»Geh in Deckung, Grace«, sagte er leise.

Ihr Finger zuckte am Abzug. Normalen menschlichen Augen wäre das womöglich entgangen. Evans Augen entging es nicht. »Oder was?«, wollte sie wissen. »Oder du greifst mich wieder an?«

Er schüttelte den Kopf. »Ich greife dich nicht an, Grace. Sie tun es.«

Sie sah ihn mit zur Seite geneigtem Kopf an wie der Vogel, als er in ihrem Lager aufwachte.

»Sie sind hier«, sagte Evan.

Die erste Kugel traf sie in den Oberschenkel. Sie taumelte rückwärts, hielt sich aber auf den Beinen. Der nächste Schuss schlug in ihrer linken Schulter ein, und ihr entglitt das Gewehr. Der dritte Schuss, der höchstwahrscheinlich von einem zweiten Schützen stammte, verfehlte seinen Kopf nur um Millimeter und explodierte in dem Baum unmittelbar neben ihm.

Grace warf sich auf den Boden.

Evan rannte.

27. Kapitel

Rannte war übertrieben. Es handelte sich eher um ein hektisches Hoppeln, bei dem er mit seinem verletzten Bein weit ausholte, um den Großteil seines Gewichts auf sein unversehrtes zu verlagern, und jedes Mal, wenn er mit der Ferse den Boden berührte, explodierten vor seinen Augen grelle Feuerräder. Vorbei an dem schwelenden Lagerfeuer, dem Signalfeuer, das zwei Tage lang gebrannt hatte, das Schild, das er in den Wald gehängt hatte: *Hier sind wir!* Er hob im Laufen das Gewehr vom Boden auf, obwohl er nicht die Absicht hatte, seine

Stellung zu verteidigen. Grace würde ihren Beschuss auf sich ziehen – den einer Patrouille von mindestens zwei Rekruten, vielleicht auch mehr. Er hoffte, mehr. Mehr würden Grace eine Weile beschäftigen.

Wie weit? Zehn Meilen? Zwanzig? Er würde dieses Tempo nicht halten können, doch solange er in Bewegung blieb, sollte er am nächsten Tag in der Morgendämmerung in der Nähe des Hotels sein.

Er hörte das Feuergefecht hinter sich. Sporadisches Knallen, kein durchgehendes Gewehrfeuer, was bedeutete, dass Grace methodisch vorging. Die Soldaten trugen vermutlich ihre Okulare, was ihre Chancen ein wenig verbesserte. Nicht viel, aber ein wenig.

Er gab jegliche Heimlichtuerei auf und setzte seinen Weg auf dem Highway fort, wobei er in der Mitte der Fahrbahn dahingaloppierte, eine einsame Gestalt unter der unermesslichen Weite des bleiernen Himmels. Ein Schwarm von tausend Krähen, unterwegs nach Norden, wogte und kreiste über ihm. Er kämpfte sich voran, vor Schmerz stöhnend, jeder Schritt eine Lektion, jedes humpelnde Auftreten eine Erinnerung. Seine Temperatur stieg sprunghaft an, seine Lunge brannte, sein Herz hämmerte in seiner Brust. Die Reibung seiner Bekleidung riss den empfindlichen Wundschorf auf, und bald fing er an zu bluten. Blut klebte ihm sein Hemd an den Rücken, durchtränkte seine Jeans. Ihm war bewusst, dass er es auf die Spitze trieb. Das System, das ihm installiert worden war, um sein Leben jenseits allen menschlichen Durchhaltevermögens aufrechtzuerhalten, konnte abstürzen.

Er brach zusammen, als die Sonne das Himmelsgewölbe durchbrach, ein zeitlupenartiges, stolperndes Fallen, bei dem er mit der Schulter zuerst aufprallte und dann zum Straßenrand rollte, wo er mit weit ausgebreiteten Armen flach auf dem Rücken liegen blieb, taub von der Taille abwärts, unkontrolliert zitternd, brennend heiß in der bitterkalten Luft. Dunkelheit rollte über das Gesicht der Erde, und Evan Walker stürzte in die lichtlose Tiefe zu einem verborgenen Zimmer, das im Licht tanzte, und ihr Gesicht war die Quelle dieses Lichts, und er hatte keine Erklärung dafür, wie ihr Gesicht die Finsternis erleuchtete. *Du bist wahnsinnig. Du bist verrückt geworden.* Den Eindruck hatte er auch gehabt. Er hatte darum gekämpft, sie am Leben zu halten, während er sie jede Nacht allein gelassen hatte, um alle Übrigen zu töten. Warum sollte man weiterleben, wenn die Welt selbst untergeht? Sie erleuchtete die Lichtlosigkeit: ihr Leben eine Lampe, der letzte Stern in einem sterbenden Universum.

Ich bin die Menschheit, hatte sie geschrieben. Egozentrisch, stur, sentimental, kindisch, eitel. *Ich bin die Menschheit.* Zynisch, naiv, liebenswürdig, weich wie eine Daune, hart wie Wolframstahl.

Er muss aufstehen. Wenn er es nicht schafft, wird das Licht ausgehen. Die Welt wird von der erdrückenden Dunkelheit verschlungen werden. Doch die Gesamtheit der Atmosphäre drückte ihn zu Boden und hielt ihn unten, fünf Quadrillionen Tonnen knochenbrechende Kraft.

Das System war abgestürzt. Über seine Grenzen beansprucht, hatte die außerirdische Technologie abgeschaltet, die ihm im Alter von dreizehn Jahren in seinem menschlichen Körper installiert worden war. Jetzt gab es nichts mehr, was ihn hätte aufrechterhalten oder schützen können. Verbrannt und gebrochen unterschied sich sein menschlicher Körper nicht von seiner früheren Beute. Zerbrechlich. Zart. Verletzlich. Allein.

Er war keiner von ihnen. Er war ganz und gar einer von ihnen. Durch und durch anders. Vollkommen menschlich.

Er rollte sich auf die Seite. Sein Rücken verkrampfte sich. Blut strömte in seinen Mund. Er spuckte es aus.

Auf den Bauch. Dann auf die Knie. Dann auf die Hände. Seine Ellbogen bebten, seine Handgelenke drohten unter seinem eigenen Gewicht einzuknicken. Egozentrisch, stur, sentimental, kindisch, eitel. *Ich bin die Menschheit.* Zynisch, naiv, liebenswürdig, weich wie eine Daune, hart wie Wolframstahl.

Ich bin die Menschheit.

Er kroch.

Ich bin die Menschheit.

Er brach zusammen.

Ich bin die Menschheit.

Er richtete sich auf.

28. Kapitel

Eine Lebenszeit später beobachtete Evan aus seinem Versteck unter der Highway-Überführung, wie das dunkelhaarige Mädchen über den Hotelparkplatz sprintete, die Autobahnauffahrt überquerte, auf dem Highway 68 ein paar hundert Meter Richtung Norden trottete und dann neben einer Geländelimousine stehen blieb, um einen Blick zurück zu dem Gebäude zu werfen. Er folgte ihrem Blick zu einem Fenster im ersten Obergeschoss, hinter dem ein Schatten vorbeihuschte und dann wieder verschwunden war.

Eintagsfliege.

Das dunkelhaarige Mädchen verschwand in dem Wald, der an den Highway grenzte. Warum sie aufgebrochen war und wohin sie ging, ließ sich nicht beurteilen. Vielleicht teilte sich die Gruppe auf – was ihre Überlebenschancen etwas verbessern würde –, vielleicht begab sie sich aber auch auf die Suche nach einem sichereren Versteck, in dem sie den Winter aussitzen konnten. Was auch immer der Grund war, er hatte das Gefühl, dass er sie gerade noch rechtzeitig gefunden hatte.

Das dunkelhaarige Mädchen war allein gewesen, was bedeutete, dass sich noch mindestens vier im Gebäude befanden: diejenigen, die er an den Fenstern hatte stehen sehen. Er wusste nicht, ob überhaupt jemand von ihnen die Explosion überlebt hatte. Er war sich nicht einmal sicher, ob es sich bei dem Schatten im Fenster um Cassie gehandelt hatte. Nicht dass das eine Rolle gespielt hätte. Er hatte ein Versprechen gegeben. Er musste hineingehen.

Allerdings konnte er sich nicht offen nähern. Zu viele Unbekannte machten die Situation noch komplizierter. Was war, wenn es sich nicht um Cassie, sondern um eine Einheit von Fünfte-Welle-Soldaten handelte, die keine Anlaufstelle mehr hatten, seit die Basis in die Luft geflogen war – wie die Einheit, die er Grace' Obhut anvertraut hatte? In diesem Fall wäre er tot, noch bevor er fünf Schritte gemacht hatte. Das Risiko war jedoch fast genauso hoch, wenn es sich tatsächlich um Cassie und eine Gruppe anderer Überlebender handelte: Womöglich würden sie ihn erschießen, bevor ihnen überhaupt bewusst wurde, wer er war.

Jetzt hineinzugehen barg seine eigenen Risiken. Er wusste nicht, wie viele Personen sich im Gebäude aufhielten. Wusste nicht, ob er es mit zwei, geschweige denn mit vier schwer bewaffneten, schießwütigen Jugendlichen aufnehmen konnte, die mit Adrenalin aufgeputscht und bereit waren, alles abzuknallen, was sich bewegte. Das System, das seinen Körper aufwertete, war abgestürzt. *Ich bin durch und durch Mensch,* hatte er zu Cassie gesagt. Jetzt war das buchstäblich wahr.

Er war noch immer damit beschäftigt, seine Optionen abzuwägen, als plötzlich eine winzige Gestalt auf dem Parkplatz auftauchte. Ein Kind, das einen Kampfanzug der Fünften Welle trug. Nicht Sam – Sam war mit dem weißen Overall der Minderjährigen und neu Abgefertigten bekleidet gewesen –, aber ebenfalls jung. Sechs oder sieben, vermutete er. Das Kind schlug denselben Weg ein wie das dunkelhaarige Mädchen und blieb sogar bei derselben Geländelimousine stehen, um einen Blick zurück zum Hotel zu werfen. Dieses Mal sah er keinen Schatten hinter der Fensterscheibe; wer auch immer dort gestanden hatte, war verschwunden.

Das machte zwei. Verließen sie das Hotel etwa einer nach dem anderen? Aus taktischer Sicht ergab das durchaus einen Sinn. Sollte er dann womöglich einfach warten, bis Cassie herauskam, anstatt sein Leben aufs Spiel zu setzen, indem er hineinging?

Und über ihm drehten sich die Sterne, markierten die Zeit, die ablief.

Er setzte dazu an aufzustehen, dann sank er wieder zurück. Noch jemand verließ das Hotel, der viel größer war als das Kind zuvor, ein korpulenter Jugendlicher mit einem großen Kopf, der ein Gewehr bei sich trug. Damit waren es drei, und bei keinem von ihnen handelte es sich um Cassie oder um Sam oder um Cassies Freund von der Highschool – wie hieß er noch? Ken? Mit jedem Abgang nahm die Wahrscheinlichkeit zu, dass Cassie dieser Gruppe nicht angehörte. Sollte er es überhaupt riskieren, in das Gebäude zu gehen?

Sein Instinkt sagte ihm: *Geh.* Keine Antworten, keine Waffen und kaum noch Kraft. Sein Instinkt war alles, was er noch hatte.

Er machte sich auf den Weg.

29. Kapitel

Mehr als fünf Jahre hatte er sich auf die Gaben verlassen, die dafür sorgten, dass er Menschen in fast jeder Hinsicht überlegen war. Gehör. Sehvermögen. Reflexe. Beweglichkeit. Kraft. Diese Gaben hatten ihn verdorben. Er hatte vergessen, wie sich »normal« anfühlte.

Jetzt bekam er einen Crashkurs.

Er schlüpfte durch ein zersplittertes Fenster in ein Zimmer im Erdgeschoss. Humpelte zur Tür und presste das Ohr dagegen, hörte außer dem Hämmern seines Herzens allerdings nichts. Drückte die Tür auf, schlüpfte in den Korridor, lauschte, wartete vergeblich darauf, dass sich seine Augen an die Dunkelheit gewöhnten. Den Korridor entlang und in die Lobby. Sein eigener Atem, der in der bitterkalten Luft gefror, ansonsten Stille. Das Erdgeschoss war allem Anschein nach verlassen. Er wusste, dass oben jemand an dem kleinen Korridorfenster stand; er hatte einen Blick von ihm erhascht, als er sich den Weg ins Gebäude bahnte.

Treppenhaus. Zwei Treppen. Als er den zweiten Treppenabsatz erreichte, war ihm schwindelig vor Schmerz, und er war außer Atem wegen der Anstrengung. Er schmeckte Blut. Es gab kein Licht. Er war in völliger Finsternis gefangen.

Falls sich nur eine Person auf der anderen Seite der Tür befand, blieben ihm ein paar Sekunden. Mehr als eine Person, dann war er tot. Sein Instinkt sagte ihm: *Warte.*

Er ging.

Im Korridor auf der anderen Seite der Tür befand sich ein kleiner Junge mit außerordentlich großen Ohren, dessen Mund voller Verwunderung aufklappte, kurz bevor Evan ihn in den Würgegriff nahm, indem er ihm den Unterarm fest gegen die Halsschlagader drückte und ihm damit die Blutzufuhr zum Gehirn abschnitt. Er zerrte seine zappelnde Beute zurück in die Dunkelheit des Treppenhauses. Der Junge erschlaffte, bevor die Tür wieder ins Schloss fiel.

Evan wartete ein paar Sekunden auf der anderen Seite. Der Korridor war leer gewesen, der Fang schnell und verhältnismäßig leise. Womöglich würde es eine Weile dauern, bis die anderen – falls es überhaupt andere gab – bemerkten, dass ihr Wachposten verschwunden war. Er zerrte den bewusstlosen Jungen die Treppe hinunter und verstaute ihn in dem schmalen Raum zwischen Treppe und Wand. Ging wieder nach oben. Machte die Tür einen Spalt auf. In der Mitte des Korridors wurde eine andere Tür geöffnet, und zwei schemenhafte Gestalten tauchten auf. Er beobachtete, wie die beiden den Korridor durchquerten und ein anderes Zimmer betraten. Einen Augenblick später tauchten sie erneut auf und gingen zu einer anderen Tür.

Sie kontrollierten jedes Zimmer. Als Nächstes wäre das Treppenhaus an der Reihe. Oder der Aufzug; den Aufzug hatte er ganz vergessen. Würden sie im Schacht hinunterklettern und die Treppe von unten nehmen?

Nein. Wenn sie nur zu zweit sind, werden sie sich trennen. Einer wird die Treppe nehmen, der andere den Schacht, dann werden sie sich in der Lobby treffen.

Er beobachtete, wie sie aus dem letzten Zimmer kamen und zum Aufzug gingen, wo einer die Tür aufhielt, während der andere in den Schacht kletterte und aus dem Blickfeld verschwand. Derjenige, der dablieb, hatte Probleme, auf den Beinen zu bleiben, hielt sich den Bauch und stöhnte leise vor Anstrengung, als er auf Evan zuhumpelte und dabei sein Gewicht auf eine Seite verlagerte.

Evan wartete. Sechs Meter. Drei. Anderthalb. Der andere hielt in der rechten Hand sein Gewehr und mit der linken seinen Bauch. Evan stand auf der anderen Seite der Tür und lächelte. *Ben. Nicht Ken. Ben.*

Hab ich dich gefunden.

Zu gefährlich, darauf zu vertrauen, dass Ben ihn erkennen und nicht auf der Stelle erschießen würde. Er stürmte durch die Tür und rammte Ben die Faust, so fest er konnte, in dessen verwundeten Bauch. Der Hieb sorgte dafür, dass Ben keine Luft mehr bekam, doch er weigerte sich, zu Boden zu gehen. Während er rückwärts taumelte, riss er sein Gewehr hoch. Evan stieß es beiseite und verpasste ihm noch einen Hieb an dieselbe Stelle, und dieses Mal ging Ben zu Boden und fiel vor Evans Füßen auf die Knie. Sein Kopf kippte nach hinten. Ihre Blicke trafen sich.

»Ich wusste, du bist nicht echt«, keuchte Ben.

»Wo ist Cassie?«

Er kniete sich hin, packte zwei Handvoll von dem gelben Kapuzensweatshirt, das Ben anhatte, und zog dessen Gesicht zu seinem heran.

»Wo ist Cassie?«

Wenn er sein altes Selbst gewesen wäre, wenn das System nicht abgestürzt wäre, hätte er den Schemen der Klinge gesehen, als sie sich näherte, hätte das leise Pfeifen gehört, mit dem sie die Luft durchschnitt. Stattdessen war er sich des Messers erst bewusst, als Ben es in seinem Oberschenkel vergrub.

Er fiel nach hinten und riss Ben mit. Schleuderte ihn zur Seite, als dieser das Messer wieder herauszog. Evan rammte sein Knie auf Bens Handgelenk, um die Bedrohung auszuschalten, und presste beide Hände fest auf Bens Gesicht, sodass dessen Nase und Mund abgedeckt waren. Zeit verstrich. Unter ihm schlug und trat Ben um sich, drehte den Kopf hin und her und streckte seine freie Hand nach dem Gewehr aus, das keine drei Zentimeter von seinen Fingerspitzen entfernt lag, und die Zeit fror ein.

Dann rührte sich Ben nicht mehr, und Evan ließ von ihm ab und schnappte nach Luft. Er war blut- und schweißüberströmt und hatte das Gefühl, als würde sein Körper in Flammen aufgehen. Allerdings hatte er keine Zeit, um sich zu erholen: Am anderen Ende des Korridors, hinter einer Tür, die einen Spalt offen stand, drehte sich ein kleines, herzförmiges Gesicht in seine Richtung.

Sam.

Er rappelte sich auf, verlor das Gleichgewicht, prallte gegen die Wand, fiel hin. Wieder auf den Beinen, war er inzwischen überzeugt davon, dass es sich bei der Person, die im Schacht verschwunden war, um Cassie handelte, doch er musste sich zuerst um Sam kümmern; allerdings hatte dieser die Tür zugeschlagen und schrie jetzt dahinter Obszönitäten, und dann, als Evan die Hand auf die Türklinke legte, eröffnete er das Feuer.

Evan warf sich gegen die Wand neben der Tür, während Sam das Magazin leerte. Als die Pause kam, zögerte er nicht. Sam musste außer Gefecht gesetzt werden, ehe er nachladen konnte.

Evan hatte die Wahl: die Tür mit dem verletzten Fuß einzutreten oder sich mit seinem ganzen Gewicht gegen sie zu lehnen, während er mit dem anderen Fuß dagegen trat. Keine der beiden Optionen war gut. Er entschied sich dafür, mit dem verletzten Fuß zu treten, da er es nicht riskieren konnte, die Balance zu verlieren.

Drei feste, scharfe Tritte. Drei Tritte, die Schmerzen auslösten, wie er sie noch nie gespürt hatte. Doch das Schloss gab mit einem lauten Krachen nach, und die Tür schlug auf der anderen Seite gegen die Wand. Er fiel ins Zimmer und sah Cassies Bruder zum Fenster krabbeln, und irgendwie gelang es Evan, auf den Beinen zu bleiben, irgendetwas hielt ihn oben und trieb ihn zu dem Kind, die Hand ausgestreckt: *Ich bin hier, erinnerst du dich an mich? Ich habe dich schon einmal gerettet. Ich werde dich wieder retten …*

Und dann eröffnete hinter ihm die Letzte, der letzte Stern, diejenige, die er durch ein unendliches Meer von Weiß getragen hatte, das Einzige, was er jemals gefunden hatte, für das es sich lohnte zu sterben, das Feuer.

Und die Kugel verband sie, als sie mit dem Knochen verschmolz, verknüpfte sie wie ein Silberfaden miteinander.

— IV. TEIL —
MILLIONEN

30. Kapitel

Der Junge hörte im Sommer der Seuche auf zu sprechen.

Sein Vater war verschwunden. Ihr Kerzenvorrat ging zur Neige, und er brach eines Morgens auf, um Nachschub zu beschaffen. Er kam nie zurück.

Seine Mutter war krank. Ihr Kopf schmerzte. Ihr tat alles weh. Sogar ihre Zähne taten ihr weh, sagte sie ihm. Nachts war es am schlimmsten. Ihr Fieber stieg rasant an. Ihr Magen konnte nichts bei sich behalten. Am nächsten Morgen ging es ihr jedes Mal wieder besser. Vielleicht komme ich drüber hinweg, sagte sie. Sie weigerte sich, ins Krankenhaus zu gehen. Sie hatten Geschichten gehört über die Krankenhäuser, die Ambulanzen und die Notunterkünfte, schreckliche Geschichten.

Eine Familie nach der anderen floh aus der Wohngegend. Die Plünderungen wurden immer schlimmer, und nachts streiften Banden durch die Straßen. Ein Nachbar, der zwei Häuser weiter wohnte, wurde mit einem Kopfschuss getötet, weil er sich weigerte, das Trinkwasser seiner Familie mit anderen zu teilen. Hin und wieder erschien ein Fremder in der Nachbarschaft und erzählte Geschichten von Erdbeben und hundertfünfzig Meter hohen Wasserwänden, die das Land nach Osten bis Las Vegas überfluteten. Tausende Tote. Millionen.

Als seine Mutter so schwach war, dass sie nicht mehr aus dem Bett aufstehen konnte, übernahm er die Verantwortung für das Baby. Sie nannten seinen kleinen Bruder »das Baby«, obwohl er eigentlich schon fast drei war. Bring ihn nicht in meine Nähe, warnte ihn seine Mutter. Sonst steckt er sich an. Das Baby machte nicht allzu viel Arbeit. Der Junge schlief viel. Er spielte nur wenig. Er war noch ein kleines Kind; er hatte keine Ahnung. Manchmal fragte er, wo sein Daddy sei oder was mit seiner Mommy los sei. Meistens fragte er jedoch nach etwas zu essen.

Ihre Nahrungsmittel gingen langsam zur Neige, doch seine Mutter ließ ihn nicht gehen. Das ist zu gefährlich. Du wirst dich verirren. Du wirst entführt werden. Du wirst erschossen werden. Er diskutierte oft mit ihr. Er war acht und sehr groß für sein Alter, seit seinem sechsten Lebensjahr ein Opfer von Spott auf dem Schulhof und grausamen Beleidigungen. Er war zäh. Er konnte selbst auf sich aufpassen. Doch sie wollte ihn nicht gehen lassen. Ich kann nichts bei mir behalten, und dir kann es sowieso nicht schaden, wenn du ein bisschen abnimmst. Sie meinte es nicht böse; sie versuchte, witzig zu sein. Er konnte allerdings nicht darüber lachen.

Dann hatten sie nur noch eine Konservendose Suppe und eine Packung alte Cracker übrig. Er erhitzte die Suppe im offenen Kamin über einem Feuer, das er mit Bruchstücken kaputter Möbel und den alten Jagdzeitschriften seines Vaters fütterte. Das Baby aß sämtliche Cracker, wollte aber nichts von der Suppe haben. Es wollte mit Käse überbackene Makkaroni. Wir haben keine mit Käse überbackenen Makkaroni. Wir haben Suppe und Cracker, und das ist alles. Das Baby weinte, wälzte sich vor dem offenen Kamin auf dem Fußboden und schrie nach mit Käse überbackenen Makkaroni.

Er brachte seiner Mutter einen Teller Suppe. Sie hatte hohes Fieber. In der Nacht zuvor hatte sie angefangen, eine klumpige schwarze Masse zu erbrechen, bei der es sich um ihre Magenschleimhaut gemischt mit Blut handelte, wenngleich er das damals noch nicht wusste. Als er das Zimmer betrat, sah sie ihn mit leerem, ausdruckslosem Blick an, dem apathischen Starren des Roten Todes.

Was hast du dir denn dabei gedacht? Ich kann das nicht essen. Nimm das wieder mit.

Er nahm die Suppe wieder mit und aß sie am Spülbecken in der Küche im Stehen, während sich sein kleiner Bruder auf dem Fußboden wälzte und schrie und seine Mutter immer tiefer in die Stumpfsinnigkeit versank, als sich das Virus in ihrem Gehirn ausbreitete. In den letzten Stunden würde seine Mutter verschwinden. Ihre Persönlichkeit, ihr Gedächtnis, *wer* sie war, all das würde vor ihrem Körper aufgeben. Er aß die lauwarme Suppe und schleckte anschließend den Teller aus. Am nächsten Morgen würde er sich auf die Suche machen müssen. Sie hatten nichts mehr zu essen. Er würde seinem kleinen Bruder einbläuen, unter allen Umständen im Haus zu bleiben, und er würde nicht zurückkommen, bevor er etwas zu essen für sie gefunden hatte.

Am nächsten Morgen stahl er sich davon. Er suchte in verlassenen Lebensmittelläden und Minimärkten. Er suchte in geplünderten Restaurants und Fastfood-Lokalen. Er suchte in Müllcontainern, die nach verfaulenden Esswaren stanken und vor aufgerissenen Müllbeuteln überquollen, in denen vor seinen Händen schon viele andere gewühlt hatten. Bis zum Spätnachmittag fand er nur einen essbaren Happen: einen kleinen Kuchen, der ungefähr die Größe seines Handtellers hatte und noch in seiner Plastikverpackung eingeschweißt unter einem leeren Regal in einer Tankstelle lag. Es wurde spät; die Sonne ging unter. Er beschloss, nach Hause zu gehen und am nächsten Morgen erneut loszuziehen. Vielleicht gab es ja noch mehr Kuchen und andere Nahrungsmittel, die jemand versteckt oder verloren hatte, und er musste einfach nur genauer suchen.

Als er zu Hause ankam, stand die Eingangstür offen. Er erinnerte sich, sie hinter sich zugemacht zu haben, daher wusste er, dass irgendetwas nicht stimmte. Er rannte ins Haus. Er rief nach dem Baby. Er ging von Zimmer zu Zimmer. Er sah unter Betten und in Schränken nach und in den Autos, die kalt und nutzlos in der Garage standen. Seine Mutter rief ihn zu sich ins Zimmer. Wo war er gewesen? Das Baby hatte nicht aufgehört, nach ihm zu schreien. Er fragte seine Mutter, wo das Baby sei, und sie fuhr ihn an: Hörst du es denn nicht?

Doch er hörte nichts.

Er ging nach draußen und rief den Namen des Babys. Er sah im Garten nach, ging zum Haus der Nachbarn und klopfte laut an die Tür. Er klopfte an jede Tür in der Straße. Niemand öffnete. Entweder hatten die Menschen in den Häusern zu große Angst, um herauszukommen, oder sie waren krank oder tot oder einfach weg. Er ging mehrere Querstraßen weit in eine Richtung, dann einige weitere in die andere, wobei er immer wieder den Namen seines Bruders rief, bis er heiser war. Eine alte Frau kam wankend auf ihre Veranda und schrie ihn an, er solle verschwinden; sie hatte eine Pistole in der Hand. Er ging nach Hause.

Das Baby war verschwunden. Er beschloss, seiner Mutter nichts davon zu erzählen. Was hätte sie getan? Er wollte nicht, dass sie ihn für einen schlechten Menschen hielt, weil er gegangen war. Er hätte seinen kleinen Bruder mitnehmen sollen, hatte jedoch geglaubt, zu Hause sei es sicherer. Dein Zuhause ist der sicherste Ort auf Erden.

In der Nacht rief ihn seine Mutter zu sich. Wo ist mein Baby? Er sagte ihr, das Baby schliefe. Es war die bislang schlimmste Nacht. Blutiges Gewebe bedeckte das Bett. Blutiges Gewebe war auf dem Nachttisch verteilt, lag überall auf dem Fußboden.

Bring mir mein Baby.

Du steckst ihn vielleicht an.

Sie verfluchte ihn. Sie sagte ihm, er solle zur Hölle fahren. Sie spuckte ihn mit blutigem Schleim an. Er stand in der Türöffnung, und seine Hände fummelten nervös in seinen Taschen herum, wobei die Kuchenverpackung knisterte, da das Plastik von der Hitze kaputt war.

Wo warst du?

Nach Essen suchen.

Sie würgte. Nimm dieses Wort nicht in den Mund!

Sah ihn mit hellroten, blutunterlaufenen Augen an.

Warum hast du nach Essen gesucht? Du brauchst nichts zu essen. Du bist das widerlichste Stück Schweinefett, das ich je gesehen habe. Du könntest allein von deinem Bauchfett bis zum Winter überleben.

Er sagte nichts. Er wusste, dass die Seuche sprach, nicht seine Mutter. Seine Mutter liebte ihn. Als die Hänseleien in der Schule immer schlimmer wurden, war sie zum Direktor gegangen und hatte damit gedroht, eine Schadenersatzklage anzustrengen, wenn das Tyrannisieren nicht aufhörte.

Was ist das für ein Lärm? Was ist das für ein schrecklicher Lärm?

Er sagte ihr, dass er nichts höre. Sie wurde daraufhin sehr wütend. Sie fing wieder an zu fluchen, und blutiger Speichel sprenkelte das Kopfende des Betts.

Der Lärm kommt von dir. Womit spielst du da in deiner Hosentasche?

Ihm blieb nichts anderes übrig. Er musste ihn ihr zeigen. Er holte den Kuchen hervor, und sie schrie ihn an, er solle ihn wieder verschwinden lassen und nie wieder herausnehmen. Kein Wunder, dass er so fett war. Kein Wunder, dass sein kleiner Bruder am Verhungern war, während er Kuchen und Süßigkeiten und alle mit Käse überbackenen Makkaroni aß. Was für ein Monster war er eigentlich, dass er alle mit Käse überbackenen Makkaroni seines kleinen Bruders aß?

Er versuchte, sich zu verteidigen. Doch jedes Mal, wenn er anfing zu sprechen, schrie sie ihn an, er solle den Mund halten, den Mund halten, den Mund HALTEN. Seine Stimme mache sie krank. *Er* mache sie krank. Er sei schuld. Er habe ihrem Ehemann etwas angetan, und er habe seinem kleinen Bruder etwas angetan, und er habe *ihr* etwas angetan, habe sie krank gemacht, sie vergiftet, er *vergifte* sie.

Und jedes Mal, wenn er etwas erwidern wollte, schrie sie ihn an. Halt den Mund, halt den Mund, halt den MUND.

Zwei Tage später starb sie.

Er wickelte ihren Leichnam in ein sauberes Bettlaken und trug ihn in den Garten. Dann übergoss er ihn mit Spiritus und zündete ihn an. Er verbrannte nicht nur den Leichnam seiner Mutter, sondern auch das gesamte Bettzeug. Anschließend wartete er noch eine Woche darauf, dass sein kleiner Bruder nach Hause kam, was dieser jedoch nicht tat. Er suchte nach ihm – und nach etwas zu essen. Etwas zu essen fand er, seinen Bruder nicht. Er hörte auf, nach ihm zu rufen. Er hörte ganz auf zu sprechen. Er hielt den Mund.

Sechs Wochen später ging er einen Highway entlang, der mit liegen gebliebenen Fahrzeugen übersät war, als er in der Ferne schwarzen Rauch sah und ein paar Minuten später die Quelle dieses Rauchs, einen gelben Schulbus voller Kinder. In dem Bus waren auch Soldaten, die ihn nach seinem Namen fragten und sich erkundigten, woher er komme und wie alt er sei, und später erinnerte er sich, wie er vor Nervosität die Hände in die Hosentaschen gesteckt und den alten Kuchen gefunden hatte, der sich noch immer in seiner Verpackung befand.

Du Stück Schweinefett. Überlebst bis zum Winter von deinem Bauchfett.

Was ist denn los, Kleiner? Kannst du nicht sprechen?

Seinem Drillausbilder kam zu Ohren, dass er mit nichts außer seinen Klamotten und einem Stück Kuchen in der Hosentasche ins Camp gekommen war. Bevor der Drillausbilder diese Geschichte erfuhr, nannte er ihn Fatboy. Nachdem der Drillausbilder die Geschichte erfahren hatte, nannte er ihn Poundcake, »Rührkuchen«.

Ich mag dich, Poundcake. Mir gefällt, dass du ein geborener Schütze bist. Ich wette, du bist mit einer Knarre in der einen Hand und einem Donut in der anderen aus deiner Mama rausgeflutscht. Mir gefällt, dass du aussiehst wie Elmer Fudd und das verdammte Herz von Mufasa hast. Und mir gefällt *besonders*, dass du nicht sprichst. Niemand weiß, woher du kommst, wo du warst, was du denkst, wie du dich fühlst. Verdammt, ich weiß es nicht, und es ist mir auch scheißegal, und dir sollte es das auch sein. Du bist ein verschwiegener, eiskalter Killer aus dem Herz der Finsternis mit einem passenden Herzen, nicht wahr, Gefreiter Poundcake?

Das war er nicht.

Noch nicht.

— V. TEIL —
DER PREIS

—— 31. Kapitel ——

Das Erste, was ich tun wollte, wenn er aufwachte, war, ihn zu töten.

Wenn er überhaupt aufwachte.

Dumbo war sich nicht sicher, ob es dazu kommen würde. »Es hat ihn ziemlich übel erwischt«, sagte er zu mir, nachdem wir ihn ausgezogen hatten und Dumbo einen genaueren Blick auf seine Verletzungen werfen konnte. Stichwunde an einem Bein, Schusswunde am anderen, überall Verbrennungen, Knochenbrüche, hohes Fieber mit Schüttelfrost – obwohl wir Evan mit einem Berg von Bettzeug zudeckten, zitterte er noch immer so heftig, dass es aussah, als würde das Bett vibrieren.

»Eine Sepsis«, murmelte Dumbo. Er bemerkte, dass ich ihn wortlos anstarrte, und fügte hinzu: »Wenn die Infektion in den Blutkreislauf gelangt.«

»Was machen wir mit ihm?«, fragte ich.

»Antibiotika.«

»Die wir nicht haben.«

Ich setzte mich auf das andere Bett. Sam rutschte zum Fußende und umklammerte noch immer die leere Pistole. Er weigerte sich, sie aus der Hand zu geben. Ben lehnte an der Wand, sein Gewehr in den Armen, und beäugte Evan argwöhnisch, als wäre er sich sicher, dass Evan jeden Moment aus dem

Bett springen und einen neuen Versuch unternehmen würde, uns alle zu töten.

»Er hatte keine andere Wahl«, sagte ich zu Ben. »Wie hätte er in der Dunkelheit einfach hereinspazieren sollen, ohne dass jemand auf ihn schießt?«

»Ich möchte wissen, wo Poundcake und Teacup sind«, sagte Ben mit zusammengebissenen Zähnen.

Dumbo forderte ihn auf, sich hinzusetzen. Er hatte die Verbände neu angebracht, doch Ben hatte eine Menge Blut verloren.

Ben winkte ab. Er humpelte zu Evan ans Bett und verpasste ihm mit dem Handrücken eine Ohrfeige. »Wach auf!« *Klatsch.* »Wach auf, du Mistkerl!«

Ich sprang vom Bett und packte Bens Handgelenk, bevor er Evan noch einmal ohrfeigen konnte. »Ben, das wird nichts …«

»Gut.« Er riss seinen Arm weg und taumelte zur Tür. »Dann suche ich sie eben selber.«

»Zombie!«, rief Sam. Er sprang auf und lief zu ihm. »Ich komme mit!«

»Schluss jetzt, ihr beiden«, fauchte ich. »Niemand geht irgendwohin, bevor wir …«

»Was, Cassie?«, schrie Ben. »Bevor wir was?«

Mein Mund ging auf, aber es kamen keine Worte heraus. Sam zog an Bens Arm: *Komm schon, Zombie!* Mein fünfjähriger Bruder, der mit einer leeren Pistole herumfuchtelte, das nenne ich eine Metapher.

»Ben, hör mir zu. Hörst du mir zu? Wenn du jetzt da rausgehst …«

»Ich gehe jetzt da raus …«

»… verlieren wir dich womöglich auch noch!« Ich übertönte ihn einfach. »Du weißt nicht, was da draußen passiert ist.

Wahrscheinlich hat Evan sie genauso außer Gefecht gesetzt wie dich und Dumbo. Vielleicht aber auch nicht. Vielleicht sind sie in diesem Moment auf dem Weg hierher, und hinauszugehen ist ein bescheuertes Risiko …«

»Halt mir keine Vorträge über bescheuerte Risiken. Ich weiß alles über …«

Ben schwankte. Sämtliche Farbe wich aus seinem Gesicht, und er sank auf ein Knie, während Sam vergeblich versuchte, ihn am Ärmel festzuhalten. Dumbo und ich zogen ihn wieder auf die Beine und führten ihn zu dem leeren Bett, wo er nach hinten kippte, uns verfluchte und Evan Walker verfluchte und die ganze beschissene Situation im Allgemeinen verfluchte. Dumbo sah mich an wie ein Reh im Scheinwerferlicht, als wollte er sagen: *Du hast die Antworten, richtig? Du weißt, was zu tun ist, richtig?*

Falsch.

32 Kapitel

Ich hob Dumbos Gewehr auf und drückte es ihm gegen die Brust.

»Wir sind blind«, sagte ich zu ihm. »Treppenhaus, beide Korridorfenster, die Zimmer nach Osten, die Zimmer nach Westen, bleib in Bewegung und halt die Augen offen. Ich bleibe hier bei den Alphamännchen und versuche, sie daran zu hindern, sich gegenseitig umzubringen.«

Dumbo nickte, als hätte er verstanden, rührte sich jedoch nicht von der Stelle. Ich legte ihm die Hände auf die Schultern und sah ihm fest in seine unsteten Augen. »Setz dich in Bewegung, Dumbo. Verstanden? Setz dich in Bewegung.«

Er wackelte mit dem Kopf auf und ab wie ein menschlicher »PEZ«-Pfefferminzbonbonspender und trottete aus dem Zimmer. Wegzugehen war das Letzte, wonach ihm war, doch wir befanden uns schon seit langem an diesem Punkt, dem Punkt, an dem wir das Letzte taten, wonach uns war.

Hinter mir knurrte Ben: »Warum hast du ihm nicht in den Kopf geschossen? Warum ins Knie?«

»Ausgleichende Gerechtigkeit«, murmelte ich. Ich setzte mich neben Evan und sah seine Augen hinter den Lidern zittern. Er war tot gewesen. Ich hatte mich verabschiedet. Jetzt war er wieder lebendig, und ich war womöglich nicht in der Lage, hallo zu sagen. *Wir sind nur etwa vier Meilen von Camp Haven entfernt, Evan. Warum hast du so lange gebraucht?*

»Wir können hier nicht bleiben«, verkündete Ben. »Es war eine schlechte Idee, Ringer vorauszuschicken. Ich habe gleich gesagt, wir sollten uns nicht trennen. Morgen früh verschwinden wir von hier.«

»Und wie machen wir das?«, fragte ich. »Du bist verletzt. Evan ist …«

»Hier geht es nicht um ihn«, fiel mir Ben ins Wort. »Na ja, dir wahrscheinlich schon …«

»Er ist der Grund, warum du noch am Leben bist und rumzicken kannst, Parish.«

»Ich zicke nicht rum.«

»Doch, das tust du. Du zickst rum wie eine Junior-Schönheitskönigin.«

Sammy lachte. Ich konnte mich nicht erinnern, meinen Bruder seit dem Tod unserer Mutter lachen gehört zu haben. Es erschreckte mich, als hätte ich mitten in der Wüste einen See entdeckt.

»Cassie hat dich eine Zicke genannt«, informierte Sam Ben für den Fall, dass es ihm entgangen war.

Ben ignorierte ihn. »Wir haben hier auf ihn gewartet, und jetzt sitzen wir hier wegen ihm fest. Mach, was du willst, Sullivan. Ich haue morgen früh von hier ab.«

»Ich auch!«, sagte Sams.

Ben erhob sich, lehnte sich einen Moment lang seitlich ans Bett, um wieder zu Atem zu kommen, dann humpelte er zur Tür. Sam ging ihm hinterher, und ich versuchte nicht, sie aufzuhalten. Welchen Sinn hätte das gehabt? Ben machte die Tür einen Spalt auf und rief Dumbo leise zu, er solle nicht auf ihn schießen – er komme heraus, um zu helfen. Dann waren Evan und ich allein.

Ich setzte mich auf das Bett, von dem Ben soeben aufgestanden war. Es war noch warm von seinem Körper. Ich nahm Sammys Teddybären und zog ihn auf meinen Schoß.

»Hörst du mich?«, fragte ich – Evan, nicht den Teddybären. »Ich nehme an, jetzt sind wir quitt, hm? Du schießt mir ins Knie; ich schieße dir ins Knie. Du siehst mich splitternackt; ich sehe dich splitternackt. Du betest für mich; ich …«

Das Zimmer fing an zu verschwimmen. Ich nahm Bär und schlug Evan mit ihm gegen die Brust.

»Und was war das für eine lächerliche Jacke, die du da anhattest? Die *Pinheads*, die ›Holzköpfe‹, das kommt in etwa hin. Das trifft es.« Ich schlug ihn noch einmal. »Holzkopf.« Noch einmal. »Holzkopf.« Noch einmal. »Holzkopf.« Noch einmal. »Und jetzt machst du einfach einen Abgang? Jetzt?«

Seine Lippen bewegten sich, und langsam kam ein Wort heraus wie Luft, die aus einem Reifen entweicht.

»Eintagsfliege.«

33. Kapitel

Seine Augen öffneten sich. Als ich mich daran erinnerte, dass ich über ihre warme, geschmolzene Schokoladigkeit geschrieben hatte, sagte irgendetwas in mir: *Oje.* Warum hatte er diese Weiche-Knie-Wirkung auf mich? Das war gar nicht meine Art. Warum hatte ich mich von ihm küssen und verhätscheln und ihn mit einer Jammermiene hinter mir herlaufen lassen wie einen kleinen, verzweifelten, verirrten außerirdischen Welpen? Wer war dieser Typ? Aus welcher verzerrten Version der Realität war er in meine eigene verzerrte Version der Realität versetzt worden? Nichts von alledem passte. Nichts von alledem ergab einen Sinn. Dass er sich in mich verliebt hatte, mochte dasselbe sein, als hätte ich mich in eine Kakerlake verliebt, aber wie nennt man meine Reaktion auf ihn? Wie nennt man die?

»Wenn du nicht am Sterben wärst, würde ich dir sagen, du sollst dich zum Teufel scheren.«

»Ich bin nicht am Sterben, Cassie.« Flatterige Augenlider. Verschwitztes Gesicht. Zittrige Stimme.

»Okay, dann scher dich zum Teufel. Du hast mich sitzen lassen, Evan. In der Dunkelheit, einfach so, und dann hast du den Boden unter meinen Füßen in die Luft gejagt. Du hättest uns alle töten können. Du hast mich genau in dem Moment im Stich gelassen, als …«

»Ich bin zurückgekommen.« Er streckte die Hand aus.

»Fass mich nicht an.« *Keine von deinen unheimlichen Vulkanier-Gedankenschmelze-Tricks.*

»Ich habe mein Versprechen gehalten«, flüsterte er.

Tja, welche abfällige Retourkutsche fiel mir darauf ein? Ein

Versprechen hatte mich überhaupt erst zu ihm geführt. Einmal mehr war ich überwältigt, wie seltsam es war, dass er sich dort befand, wo ich mich befunden hatte, und ich mich dort befand, wo er sich befunden hatte. Sein Versprechen für meines. Meine Kugel für seine. Bis hin zum gegenseitigen Nackt-Ausziehen, weil es keine andere Wahl gibt; im Zeitalter der Anderen an Schamgefühl festzuhalten ist ungefähr so, als würde man eine Ziege opfern, damit es regnet.

»Du hättest beinahe eine Kugel in den Kopf bekommen, Idiot«, sagte ich zu ihm. »Warum bist du denn nicht auf die Idee gekommen, einfach die Treppe hinaufzurufen: ›Hey, ich bin's! Nicht schießen!‹?«

Er schüttelte den Kopf. »Zu riskant.«

»Oh, stimmt. Viel riskanter, als zu riskieren, dass dir der Kopf weggeblasen wird. Wo ist Teacup? Wo ist Poundcake?«

Er schüttelte abermals den Kopf. *Wer?*

»Das kleine Mädchen, das den Highway entlanggelaufen ist. Der korpulente Junge, der ihm hinterhergerannt ist. Du musst die beiden gesehen haben.«

Jetzt nickte er. »Nach Norden.«

»Na ja, ich weiß, in welche Richtung sie gelaufen sind ...«

»Geh ihnen nicht hinterher.«

Das ließ mich innehalten. »Wie meinst du das?«

»Zu gefährlich.«

»Es ist überall gefährlich, Evan.«

Seine Augen sanken in die Höhlen zurück. Er verlor langsam das Bewusstsein. »Grace ist dort.«

»Was hast du gesagt? Grace? Wie in ›Amazing Grace‹ oder was? Was soll das heißen, ›Grace ist dort‹?«

»Grace«, murmelte er, und dann verlor er das Bewusstsein.

34. Kapitel

Ich blieb bis zur Morgendämmerung bei ihm. Saß an seinem Bett, wie er in dem alten Farmhaus an meinem Bett gesessen hatte. Er hatte mich gegen meinen Willen an diesen Ort gebracht, und dann hatte mein Wille ihn hierhergebracht, und vielleicht bedeutete das, dass wir uns auf gewisse Weise gegenseitig anerkannten. Oder uns etwas schuldig waren. So oder so, keine Schuld kann jemals ganz zurückgezahlt werden, zumindest nicht diejenigen, die wirklich von Bedeutung sind. *Du hast mich gerettet,* hatte er gesagt, und damals verstand ich nicht, wovor ich ihn gerettet hatte. Das war, bevor er mir verriet, wer er in Wirklichkeit war, und anschließend dachte ich, er hätte damit gemeint, dass ich ihn vor dem Massenmord an der Menschheit gerettet hätte. Jetzt dachte ich, er hatte nicht gemeint, dass ich ihn vor etwas gerettet hätte, sondern *für* etwas. Das Komplizierte daran, das Unbeantwortbare, das, was mir eine Riesenangst einjagte, war, worum es sich bei diesem Etwas handeln mochte.

Er stöhnte im Schlaf. Seine Finger krallten sich in die Bettdecke. Im Delirium. *Das kenne ich nur zu gut, Evan.* Ich nahm seine Hand. Verbrannt und verschrammt und gebrochen, und ich hatte mich gefragt, warum er so lange gebraucht hatte, um mich zu finden. Er musste hierhergekrochen sein. Seine Hand war heiß; auf seinem Gesicht glänzte Schweiß. Mir kam zum ersten Mal in den Sinn, dass Evan Walker womöglich sterben würde – und das, kurz nachdem er von den Toten auferstanden war.

»Du wirst überleben«, sagte ich zu ihm. »Du musst überleben. Versprich mir das, Evan. Versprich es mir.«

Ich schweifte ein wenig ab. Versuchte, es nicht zu tun. Konnte es mir nicht verkneifen:

»Das vollendet den Kreis, dann sind wir fertig, du und ich. Du hast auf mich geschossen, und ich habe überlebt. Ich habe auf dich geschossen, und du überlebst. Siehst du? So funktioniert das. Da kannst du jeden fragen. Dazu kommt noch die Tatsache, dass du ein zehn Jahrhunderte altes Überwesen bist, das dazu bestimmt ist, uns bedauernswerte Menschen vor dem intergalaktischen Schwarm zu retten. Das ist deine Aufgabe. Wozu du geboren wurdest. Oder gezüchtet. Was auch immer. Weißt du, was Pläne zur Eroberung der Welt anbelangt, ist eurer ziemlich mies. Jetzt ist fast schon ein Jahr rum, und wir sind immer noch hier, und wer liegt mit Sabber am Kinn wie ein Käfer flach auf dem Rücken?«

Er hatte tatsächlich ein bisschen Sabber am Kinn. Ich tupfte ihn mit einer Ecke der Decke ab.

Die Tür ging auf, und der dicke alte Poundcake betrat den Raum. Dann Dumbo, der von einem großen Ohr zum anderen großen Ohr grinste, dann Ben und zuletzt Sam. »Zuletzt« wie in »kein Teacup«.

»Wie geht's ihm?«, erkundigte sich Ben.

»Am Verschmoren«, entgegnete ich. »Im Delirium. Er labert dauernd was von *grace*, ›Gnade‹.«

Ben runzelte die Stirn. »Wie in ›Amazing Grace‹?«

»Vielleicht im Sinn von ›Tischgebet‹ vor dem Essen«, schlug Dumbo vor. »Er ist wahrscheinlich am Verhungern.«

Poundcake trampelte zum Fenster und starrte hinunter auf den vereisten Parkplatz. Ich beobachtete, wie er in I-Aah-Manier durchs Zimmer stapfte und sich dann zu Ben umdrehte.

»Was ist passiert?«, fragte ich.

»Damit rückt er nicht raus.«

»Dann bring ihn dazu, dass er damit rausrückt. Du bist doch der Sergeant, oder?«

»Ich glaube nicht, dass er dazu in der Lage ist.«

»Also, Teacup ist verschwunden, und wir wissen nicht, wohin und warum.«

»Sie hat Ringer eingeholt«, vermutete Dumbo. »Und Ringer hat beschlossen, sie mit zu den Höhlen zu nehmen, anstatt Zeit damit zu verschwenden, sie zurückzubringen.«

Ich deutete mit einem Nicken auf Poundcake. »Wo war er?«

»Hab ihn draußen gefunden«, entgegnete Ben.

»Wobei?«

»Er … hing nur rum.«

»Hing nur rum? Tatsächlich? Habt ihr euch jemals gefragt, für welches Team Poundcake eigentlich spielt?«

Ben schüttelte erschöpft den Kopf. »Sullivan, fang nicht wieder …«

»Im Ernst. Dieses Stumm-Getue könnte nur *Getue* sein. Bewahrt einen davor, unangenehme Fragen beantworten zu müssen. Außerdem ergibt es eine Menge Sinn, in jede gehirngewaschene Einheit einen von den eigenen Leuten einzuschleusen, falls jemandem plötzlich klar …«

»Genau, und vor Poundcake war es Ringer.« Ben platzte der Kragen. »Als Nächstes ist es dann Dumbo. Oder ich. Während der Typ, der zugegeben hat, der Feind zu sein, hier vor uns liegt und deine Hand hält.«

»Genau genommen halte ich *seine* Hand. Und er ist nicht der Feind, Parish. Ich dachte, das hätten wir bereits durchgekaut.«

»Woher wollen wir wissen, dass er Teacup nicht getötet hat? Oder Ringer? Woher wollen wir das wissen?«

»Oh, mein Gott, sieh ihn dir doch mal an. Er könnte nicht mal einer … einer …« Ich überlegte, wem er mit seiner verbliebenen Kraft etwas zuleide hätte tun können, doch das Einzige, was meinem hungrigen, an Schlafmangel leidenden Gehirn einfiel, war *Eintagsfliege,* was eine richtig, richtig schlechte Wortwahl gewesen wäre. Wie ein ungewolltes Omen, falls ein Omen ungewollt sein kann.

Ben drehte sich abrupt zu Dumbo um, der zusammenzuckte. Ich glaube, er zog es vor, wenn sich Bens Zorn gegen irgendjemand anderen richtete. »Wird er überleben?«

Dumbo schüttelte den Kopf, wobei die Spitzen seiner Ohren leuchtend pinkfarben anliefen. »Es hat ihn ziemlich schlimm erwischt.«

»Das war meine Frage. Wie schlimm? Wie lange noch, bis er reisefähig ist?«

»So schnell noch nicht.«

»Verdammt, Dumbo, wann?«

»In zwei Wochen? Einem Monat? Sein Fußgelenk ist gebrochen, aber das ist gar nicht mal das Schlimmste. Die Infektion, und dann besteht noch das Risiko von Gangrän …«

»Ein Monat? Ein Monat!« Ben lachte humorlos. »Er stürmt diesen Laden, setzt euch außer Gefecht, prügelt mich windelweich, und ein paar Stunden später kann er sich einen Monat lang nicht bewegen!«

»Dann geh doch!«, schrie ich ihn quer durchs Zimmer an. »Geht doch alle. Lasst mich mit ihm allein, wir kommen dann so bald wie möglich nach.«

Bens Mund, der offen gestanden hatte, klappte zu. Sam wich nicht von Bens Bein und hatte einen winzigen Finger in der Gürtelschlaufe seines großen Kumpels eingehakt. Irgendetwas in meinem Herzen gab bei dem Anblick nach. Ben hatte mir erzählt, dass mein kleiner Bruder im Camp »Zombies Hund« genannt wurde, weil er immer treu an seiner Seite war.

Dumbo nickte. »Klingt sinnvoll für mich, Sarge.«

»Wir hatten einen Plan«, sagte Ben. Seine Lippen bewegten sich kaum. »Und an diesen Plan halten wir uns. Wenn Ringer bis morgen um diese Zeit nicht zurück ist, machen wir uns aus dem Staub.« Er starrte mich wütend an. »Wir alle.« Er deutete mit einem Nicken auf Poundcake und Dumbo. »Die beiden können deinen Freund tragen, wenn er getragen werden muss.« Ben drehte sich um, stieß gegen die Wand, prallte von ihr ab und torkelte durch die Tür in den Korridor.

Dumbo ging hinter ihm her. »Sarge, wohin …?«

»Ins Bett, Dumbo, ins Bett! Ich muss mich hinlegen, sonst kippe ich um. Übernimm du die erste Wache. Nugget – Sam – wie auch immer du heißt –, was hast du vor?«

»Ich komme mit dir mit.«

»Bleib bei deiner Schwester. Warte. Du hast recht. Sie hat alle Hände voll zu tun – im wahrsten Sinne des Wortes. Poundcake! Sullivan hält Wache. Mach du ein Nickerchen, du stummer Dickwanst …«

Seine Stimme verklang. Dumbo kam zurück an den Fuß von Evans Bett.

»Der Sergeant ist erledigt«, erklärte er, als hätte er es mir erklären müssen. »Normalerweise ist er ziemlich cool.«

»Ich auch«, sagte ich. »Ich bin sonst eher der entspannte Typ. Keine Sorge.«

Dumbo machte keine Anstalten zu gehen. Er sah mich an, und seine Wangen waren genauso leuchtend rot wie seine Ohren. »Ist er tatsächlich dein Freund?«

»Wer? Nein, Dumbo. Er ist nur ein Typ, den ich mal kennengelernt habe, als er versucht hat, mich umzubringen.«

»Oh. Gut.« Er wirkte erleichtert. »Er ist nämlich wie Vosch, weißt du?«

»Er ist überhaupt nicht wie Vosch.«

»Ich meine, er ist einer von ihnen.« Er senkte die Stimme, als teile er ein dunkles Geheimnis. »Zombie sagt, sie sind keine winzigen Wanzen in unserem Gehirn, sondern haben sich in uns runtergeladen wie ein Computervirus oder so.«

»Ja. So was in der Art.«

»Echt seltsam.«

»Tja, ich nehme an, sie hätten sich auch in Hauskatzen downloaden können, aber wenn sie diesen Weg eingeschlagen hätten, wäre unsere Ausrottung zeitintensiver geworden.«

»Nur um ein oder zwei Monate«, sagte Dumbo, und ich lachte.

Mein Lachen überraschte mich genauso, wie mich das von Sammy überrascht hatte. Wenn man Menschen ihrer Menschlichkeit berauben wollte, dachte ich, wäre es ein guter Anfang, ihr Lachen abzuschaffen. Ich war nie besonders gut in Geschichte, war mir aber ziemlich sicher, dass Mistkerle wie Hitler nicht viel gelacht haben.

»Ich kapiere das immer noch nicht«, fuhr er fort. »Warum einer von ihnen auf unserer Seite sein sollte.«

»Ich bin mir nicht sicher, ob er die Antwort auf diese Frage selbst ganz versteht.«

Dumbo nickte, straffte die Schultern, holte tief Luft. Er war völlig erschöpft. Wie wir alle.

Ich rief ihm leise zu, als er hinausgehen wollte: »Dumbo.« Bens Frage, unbeantwortet. »Wird er durchkommen?«

Er sagte lange Zeit nichts. »Wenn ich ein Außerirdischer wäre und mir nach Belieben einen Körper aussuchen könnte«, erklärte er schließlich, »würde ich einen richtig kräftigen nehmen. Und dann, nur um sicherzugehen, dass ich den Krieg überlebe, würde ich mich, keine Ahnung, gegen sämtliche Viren und Bakterien auf der Erde immun machen. Oder zumindest resistent. Weißt du, so wie man seinen Hund gegen Tollwut impfen lässt.«

Ich lächelte. »Du bist ziemlich schlau, weißt du das, Dumbo?«

Er lief rot an. »Den Spitznamen habe ich wegen meiner Ohren.«

Er ging. Ich hatte das ungute Gefühl, beobachtet zu werden. Weil ich beobachtet wurde: Poundcake starrte mich von seinem Posten am Fenster an.

»Und du?«, sagte ich. »Wie lautet deine Geschichte? Warum sprichst du nicht?«

Er drehte sich weg, und sein Atem ließ die Fensterscheibe beschlagen.

35. Kapitel

»Cassie! Cassie, wach auf!«

Ich setzte mich ruckartig auf. Ich hatte mich neben Evan zusammengerollt, meinen Kopf an seinen gedrückt, meine Hand in seiner, und wie zum Teufel war das passiert? Sam stand neben dem Bett und zog an meinem Arm.

»Steh auf, Sullivan!«

»Nenn mich nicht so, Sams«, murmelte ich. Das Licht im Zimmer schwand; es war Spätnachmittag. Ich hatte den ganzen Tag geschlafen. »Was …?«

Er legte einen Finger an die Lippen und deutete mit einem anderen an die Zimmerdecke. *Hör doch.*

Ich hörte es: das unverwechselbare Geräusch eines Helikopter-Rotors – leise, aber immer lauter werdend. Ich sprang aus dem Bett, schnappte mir mein Gewehr und folgte Sam in den

Korridor, wo sich Poundcake und Dumbo um Ben drängten, der wie früher als Quarterback in die Hocke gegangen war und Spielanweisungen gab.

»Ist womöglich nur eine Patrouille«, flüsterte er. »Die es gar nicht auf uns abgesehen hat. Als das Camp in die Luft flog, waren zwei Einheiten unterwegs. Vielleicht handelt es sich um eine Rettungsmission.«

»Sie werden unsere Signaturen erfassen«, sagte Dumbo panisch. »Wir sind erledigt, Sarge.«

»Nicht unbedingt«, erwiderte Ben hoffnungsfroh. Er hatte einen Teil seines Charismas zurückgewonnen. »Hörst du? Wird bereits leiser …«

Das bildete er sich nicht ein: Das Geräusch wurde tatsächlich leiser. Man musste den Atem anhalten, um es zu hören. Wir verharrten zehn Minuten im Korridor, bis das Geräusch ganz verschwunden war. Dann warteten wir noch einmal zehn Minuten, und es kehrte nicht zurück.

Ben blies die Wangen auf. »Ich glaube, die Luft ist rein …«

»Für wie lange?«, wollte Dumbo wissen. »Wir sollten heute Nacht nicht hierbleiben, Sarge. Ich finde, wir sollten uns gleich auf den Weg zu den Höhlen machen.«

»Und riskieren, dass wir Ringer auf ihrem Rückweg verpassen?« Ben schüttelte den Kopf. »Oder dass der Helikopter zurückkommt, während wir ohne Deckung sind? Nein, Dumbo. Wir halten uns an den Plan.« Er stemmte sich hoch. Sein Blick fiel auf mein Gesicht. »Wie geht's Buzz Lightyear? Keine Veränderung?«

»Er heißt Evan, und nein. Keine Veränderung.«

Ben lächelte. Ich weiß nicht, vielleicht machte ihn unmittelbare Gefahr irgendwie lebendiger – aus demselben Grund, aus dem Zombies Fleischfresser sind und nur ein Gericht auf der

Speisekarte haben. Von untoten Vegetariern hat man noch nie gehört. Was ist die Herausforderung daran, über einen Teller Spargel herzufallen?

Sams kicherte. »Zombie hat deinen Freund als Space Ranger bezeichnet.«

»Er ist kein Space Ranger. Und warum behaupten alle, er wäre mein Freund?«

Bens Lächeln wurde breiter. »Er ist nicht dein Freund? Aber er hat dich doch geküsst …«

»So richtig?«, fragte Dumbo.

»Und ob. Zwei Mal. Das habe ich gesehen.«

»Mit Zunge?«

»Igitt.« Sammy verzog den Mund zu einer Saure-Zitronen-Schnute.

»Ich habe eine Pistole«, verkündete ich nur halb im Scherz.

»Zunge habe ich keine gesehen«, sagte Ben.

»Möchtest du?« Ich streckte ihm die Zunge raus. Dumbo lachte. Sogar Poundcake lächelte.

In diesem Moment tauchte das Mädchen auf, trat vom Treppenhaus in den Korridor, und dann wurde alles sehr schnell sehr seltsam.

36. Kapitel

Ein zerrissenes, mit Schlamm (oder es hätte auch Blut sein können) beflecktes »Hello Kitty«-T-Shirt. Shorts, die vielleicht einmal hellbraun gewesen und zu einem schmutzigen Weiß ausgeblichen waren. Schmuddelige Flipflops, an deren Riemen noch ein paar widerspenstige Kristallsteine hingen. Ein schmales, koboldhaftes Gesicht, das von riesigen Augen dominiert wurde und von einer Unmenge dunklem, verheddertem Haar gekrönt war. Und jung, etwa in Sammys Alter, wenngleich sie so dürr war, dass ihr Gesicht aussah wie das einer kleinen alten Dame.

Niemand sagte etwas. Wir waren geschockt. Sie am anderen Ende des Korridors stehen zu sehen, mit klappernden Zähnen und in der eisigen Kälte zitternden Knien, war ein weiterer Camp-Ashpit-»ein gelber Schulbus hält, obwohl nie wieder Schule sein wird«-Moment: etwas, das es einfach nicht geben konnte.

Dann flüsterte Sammy: »Megan?«

Und Ben sagte: »Wer zum Teufel ist Megan?«, womit er ziemlich genau das aussprach, was wir alle dachten.

Sam rannte los, bevor ihn irgendjemand festhalten konnte. Blieb auf halbem Weg zu ihr stehen. Das kleine Mädchen rührte sich nicht von der Stelle. Blinzelte nicht einmal. Seine Augen schienen im schwindenden Licht zu leuchten, hell und vogelartig wie die einer verschrumpelten Eule.

Sam wandte sich zu uns um und sagte: »Megan!«, als würde er nur auf das Offensichtliche hinweisen. »Das ist Megan, Zombie! Sie saß mit mir im Bus.« Er drehte sich wieder zu ihr. »Hi, Megan.« Beiläufig, als träfen sie sich am Klettergerüst, um miteinander zu spielen.

»Poundcake«, sagte Ben leise. »Überprüf das Treppenhaus. Dumbo, sieh an den Fenstern nach. Anschließend kontrolliert ihr gemeinsam das Erdgeschoss. Sie kann unmöglich allein sein.«

Sie begann zu sprechen, und ihre Stimme klang wie ein schrilles, kratziges Jaulen, das mich an das Geräusch von Fingernägeln erinnerte, die über eine Tafel schabten.

»Ich habe Halsweh.«

Ihre großen Augen rollten in ihrem Kopf zurück. Ihre Knie knickten ein. Sam rannte zu ihr, doch er kam zu spät: Sie ging zu Boden und schlug mit der Stirn hart auf dem dünnen Teppich auf. Ben und ich eilten hin, und er bückte sich, um sie aufzuheben. Ich schob ihn weg.

»Du sollst nichts heben«, schimpfte ich.

»Sie *wiegt* doch nichts«, protestierte er.

Ich hob sie auf. Er hatte beinahe recht: Megan wog kaum mehr als eine Packung Mehl; Haut und Knochen und Haare und Zähne, und das war es mehr oder weniger. Ich trug sie in Evans Zimmer, legte sie in das leere Bett und schichtete sechs Lagen Decken über ihren bebenden kleinen Körper. Dann bat ich Sam, mein Gewehr aus dem Korridor zu holen.

»Sullivan«, sagte Ben von der Tür. »Da stimmt was nicht.«

Ich nickte. Noch geringer als die Wahrscheinlichkeit, dass sie rein zufällig in dieses Hotel spaziert war, war die Wahrscheinlichkeit, dass sie bei diesem Wetter in ihrem Sommer-Outfit überlebt hatte. Ben und ich hatten den gleichen Gedanken: Zwanzig Minuten nachdem wir den Helikopter gehört hatten, tauchte Little Miss Megan auf unserer Türschwelle auf.

Sie war nicht zufällig hier hereinspaziert. Sie war abgeliefert worden.

»Sie wissen, dass wir hier sind«, sagte ich.

»Doch anstatt Brandbomben auf das Gebäude zu werfen, setzen sie sie ab. Warum?«

Sam kam mit meinem Gewehr zurück. Er sagte: »Das ist Megan. Wir haben uns im Bus auf dem Weg nach Camp Haven kennengelernt, Cassie.«

»Die Welt ist klein, hm?« Ich schob ihn vom Bett weg in Richtung Ben. »Irgendeine Idee?«

Er rieb sich das Kinn. Ich rieb mir den Nacken. Uns beiden

gingen zu viele Gedanken durch den Kopf. Ich starrte ihn an, während er sich das Kinn rieb, und er starrte mich an, während ich mir den Nacken rieb, und dann sagte er: »Peilsender. Sie haben ihr eine Kapsel implantiert.«

Natürlich. Das musste der Grund sein, weshalb Ben das Kommando hatte. Er war der Mann mit den Ideen. Ich massierte Megans bleistiftdünnen Nacken und tastete nach der verräterischen Beule. Nichts. Ich sah Ben an und schüttelte den Kopf.

»Sie wissen, dass wir dort nachsehen würden«, sagte er ungeduldig. »Nimm sie unter die Lupe, Sullivan. Sam, du kommst mit mir.«

»Warum darf ich nicht bleiben?«, jammerte er. Schließlich war er soeben mit einer lange verloren geglaubten Freundin wiedervereint worden.

»Möchtest du etwa ein nacktes Mädchen sehen?« Ben schnitt eine Grimasse. »Igitt.«

Ben schob Sam zur Tür hinaus und ging aus dem Zimmer. Ich rieb mir mit den Fingerknöcheln die Augen. Verdammt. Gottverdammt. Ich zog die Decken zum Fußende des Bettes und gab ihren ausgelaugten Körper dem sterbenden Licht eines Winterabends preis. Übersät mit Schorf und Blutergüssen, offenen Wunden und Schichten von Schmutz und Dreck, von der schrecklichen Grausamkeit der Gleichgültigkeit und der schrecklichen Gleichgültigkeit der Grausamkeit bis auf Haut und Knochen reduziert, war sie eine von uns, und sie war wir alle. Sie war das Meisterwerk der Anderen, ihr Glanzstück, die Vergangenheit und die Zukunft der Menschheit, was sie bereits getan hatten und was sie noch zu tun versprachen, und ich weinte. Ich weinte für Megan, und ich weinte für mich, und ich weinte für meinen Bruder, und ich weinte für all diejenigen, die zu dumm oder zu glücklos waren, um bereits tot zu sein.

Krieg dich wieder ein, Sullivan. Wir sind hier, dann sind wir wieder weg, und das war auch schon so, bevor sie aufgetaucht sind. Das war schon immer so. Die Anderen haben den Tod nicht erfunden; sie haben ihn nur perfektioniert. Haben dem Tod ein Gesicht gegeben, um ihn uns vor die Nase zu halten, da sie wissen, dass das der einzige Weg ist, um uns zu vernichten. Es wird nicht auf irgendeinem Kontinent oder Ozean enden, nicht auf einem Berg oder einer Ebene, nicht in einem Dschungel oder einer Wüste. Es wird dort enden, wo es begonnen hat, wo es von Anfang an war, auf dem Schlachtfeld des letzten schlagenden menschlichen Herzens.

Ich zog ihr die verdreckte, abgetragene Sommerbekleidung aus. Ich breitete ihre Arme und Beine aus wie in der Da-Vinci-Zeichnung von dem nackten Typen in dem Kasten, der sich in einem Kreis befindet. Ich zwang mich, mir Zeit zu lassen, methodisch vorzugehen, an ihrem Kopf zu beginnen und mich an ihrem Körper nach unten vorzuarbeiten. Ich flüsterte ihr zu: »Tut mir leid, tut mir leid«, während ich drückte, knetete, untersuchte.

Ich war nicht mehr traurig. Ich stellte mir vor, wie Voschs Finger auf den Knopf drückte, der das Gehirn meines fünfjährigen Bruders verschmoren lassen würde, und ich war so scharf darauf, sein Blut zu schmecken, dass mir das Wasser im Mund zusammenlief.

Du behauptest, du weißt, was wir denken? Dann weißt du ja, was ich tun werde. Ich werde dir mit einer Pinzette das Gesicht wegreißen. Ich werde dir mit einer Nähnadel das Herz herausreißen. Ich werde dich mit sieben Milliarden winzigen Schnitten ausbluten lassen, einen für jeden von uns.

Das ist der Preis. Das kostet es dich. Mach dich auf was gefasst, denn wenn du uns Menschen die Menschlichkeit nimmst, hast du es mit Menschen ohne Menschlichkeit zu tun.

Mit anderen Worten: Du bekommst, wofür du bezahlst, du Scheißkerl.

—— 37. Kapitel ——

Ich rief Ben ins Zimmer.

»Nichts«, sagte ich zu ihm. »Und ich habe … überall nachgesehen.«

»Was ist mit ihrem Rachen?«, fragte Ben leise. Er hörte die verbliebene Wut in meiner Stimme. Ihm war bewusst, dass er mit einer Verrückten sprach und Vorsicht walten lassen musste. »Kurz bevor sie ohnmächtig wurde, sagte sie, sie habe Halsweh.«

Ich nickte. »Ich habe nachgesehen. Sie trägt keine Kapsel in sich, Ben.«

»Bist du dir ganz sicher? ›Ich habe Halsweh‹ ist eine sehr merkwürdige Aussage für ein frierendes, unterernährtes Kind in dem Augenblick, in dem es auftaucht.«

Er schlich zum Bett hinüber, ich weiß nicht, vielleicht weil er Angst hatte, ich könnte mich in einem Moment unangebrachten Zorns auf ihn stürzen. Nicht dass *das* jemals passiert wäre. Er drückte ihr sanft eine Hand auf die Stirn, während er ihr mit der anderen den Mund öffnete. Ging mit den Augen nah hin. »Schwer, was zu sehen«, murmelte er.

»Deshalb habe ich auch die hier benutzt«, sagte ich und drückte ihm die Stiftleuchte in die Hand, die Sams im Camp bekommen hatte.

Er leuchtete ihr damit in den Hals. »Ziemlich rot«, stellte er fest.

»Genau. Deshalb hat sie auch gesagt, sie hat Halsweh.«

Ben kratzte seine Bartstoppeln und zerbrach sich den Kopf. »Nicht ›Helft mir‹ oder ›Mir ist kalt‹ oder vielleicht sogar ›Widerstand ist zwecklos‹. Nur ›Ich habe Halsweh‹.«

Ich verschränkte die Arme vor der Brust. »›Widerstand ist zwecklos‹? Tatsächlich?«

Sam stand in der Türöffnung herum. Große braune Untertassen-Augen. »Ist alles okay mit ihr, Cassie?«, fragte er.

»Sie lebt«, erwiderte ich.

»Sie hat ihn verschluckt!«, stieß Ben hervor. Der Mann mit den Ideen. »Du hast ihn nicht gefunden, weil er sich in ihrem Magen befindet!«

»Diese Peilsender haben die Größe eines Reiskorns«, erinnerte ich ihn. »Warum sollte sie vom Verschlucken Halsweh bekommen?«

»Ich habe nicht behauptet, dass sie von dem Ding Halsweh hat. Ihr Hals hat nichts damit zu tun.«

»Warum beunruhigt es dich dann so, dass er wund ist?«

»Ich werde dir sagen, was mich beunruhigt, Sullivan.« Er gab sich größte Mühe, ruhig zu bleiben, da schließlich irgendjemand ruhig bleiben musste. »Die Tatsache, dass sie aus heiterem Himmel aufgetaucht ist, kann eine Menge bedeuten, aber nichts davon verheißt Gutes. Genau genommen, kann es nur was Ungutes verheißen. Was sehr Ungutes, das noch unguter wird, weil wir den Grund nicht kennen, warum sie hierhergeschickt wurde.«

»›Unguter‹?«

»Ha, ha. Der dämliche Sportler, der die englische Hochsprache nicht beherrscht. Ich schwöre bei Gott, dass der Nächste, der meine Grammatik korrigiert, eins in die Fresse bekommt.«

Ich seufzte. Meine Wut sickerte aus mir heraus und ließ einen hohlen, blutleeren, menschenförmigen Klumpen zurück.

Ben sah Megan einen langen Moment an. »Wir müssen sie aufwecken«, beschloss er.

Dann drängten Dumbo und Poundcake ins Zimmer. »Erzähl mir nichts«, sagte Ben überflüssigerweise zu Poundcake. »Ihr seid nicht findig geworden.«

»Nein, wir sind nicht fündig geworden«, korrigierte ihn Dumbo.

Ben schlug ihm nicht ins Gesicht. Aber er streckte die Hand aus. »Gib mir deine Feldflasche.« Er schraubte den Deckel ab und hielt sie über Megans Stirn. Ein Tropfen Wasser hing eine Ewigkeit zitternd am Rand.

Bevor diese Ewigkeit endete, ertönte hinter uns eine krächzende Stimme. »An deiner Stelle würde ich das nicht tun.«

Evan Walker war wach.

38. Kapitel

Alle erstarrten. Selbst der Wassertropfen, der am Rand der Feldflasche immer weiter anschwoll, hielt sich still. Evan beobachtete uns von seinem Bett aus mit roten, fiebrigen Augen und wartete darauf, dass jemand die naheliegende Frage stellte, was Ben schließlich tat: »Warum nicht?«

»Sie auf diese Weise aufzuwecken könnte dazu führen, dass sie ganz tief Luft holt, und das wäre schlecht.«

Ben drehte sich zu ihm um. Das Wasser tröpfelte auf den Teppichboden. »Wovon in aller Welt sprichst du?«

Evan schluckte und schnitt vor Anstrengung eine Grimasse. Sein Gesicht war genauso weiß wie der Kopfkissenbezug darunter. »Ihr wurde etwas implantiert – aber kein Peilsender.«

Ben presste die Lippen zu einer harten weißen Linie zusammen. Er begriff vor dem Rest von uns und fuhr Dumbo und Poundcake an: »Raus. Sullivan, du und Sam ebenfalls.«

»Ich gehe nirgendwohin«, entgegnete ich.

»Solltest du aber«, sagte Evan. »Ich weiß nicht, wie genau sie kalibriert ist.«

»Wie genau was worauf kalibriert ist?«, verlangte ich zu erfahren.

»Die Brandbombe auf CO_2.« Er wandte den Blick ab. Die nächsten Worte fielen ihm schwer. »Auf unseren Atem, Cassie.«

Inzwischen hatten alle verstanden. Allerdings besteht ein Unterschied zwischen Verstehen und Akzeptieren. Die Vorstellung war inakzeptabel. Nach allem, was wir erlebt hatten, gab es noch immer Orte, an die sich unsere Gedanken einfach nicht begeben wollten.

»Geht jetzt nach unten, und zwar alle«, fauchte Ben.

Evan schüttelte den Kopf. »Das ist nicht weit genug. Ihr solltet das Gebäude verlassen.«

Ben packte mit einer Hand Dumbos Arm und mit der anderen Poundcakes und stieß die beiden Richtung Tür. Sam war in den Eingang zum Badezimmer zurückgewichen, seine winzige Faust gegen den Mund gepresst.

»Außerdem sollte jemand das Fenster aufmachen«, keuchte Evan.

Ich schob Sam in den Korridor, dann eilte ich zum Fenster und drückte fest gegen den Rahmen, der jedoch nicht nachgab, da er vermutlich festgefroren war. Ben schob mich aus dem

Weg und schlug mit seinem Gewehrkolben die Fensterscheibe ein. Eiskalte Luft strömte ins Zimmer. Ben marschierte zurück zu Evans Bett und musterte ihn kurz, ehe er eine Handvoll von seinem Haar packte und ihn nach vorn riss.

»Du Scheißkerl …«

»Ben!« Ich legte ihm eine Hand auf den Arm. »Lass ihn los. Er hat nicht …«

»Oh, stimmt. Das hatte ich vergessen. Er ist ein guter böser Außerirdischer.« Er ließ los. Evan kippte zurück; er hatte nicht die Kraft, um sich aufrecht zu halten. Dann schlug Ben vor, er solle etwas mit sich selbst machen, was anatomisch unmöglich war.

Evan warf mir einen Blick zu. »In ihrem Hals. Es hängt unmittelbar über der Epiglottis.«

»Sie ist eine Bombe«, sagte Ben, und seine Stimme bebte vor Wut und Fassungslosigkeit. »Sie haben ein Kind genommen und einen Sprengsatz aus ihm gemacht.«

»Können wir ihn entfernen?«, fragte ich.

Evan schüttelte den Kopf. »Wie denn?«

»Das war genau ihre Frage, Vollidiot«, blaffte Ben.

»Der Sprengsatz ist mit einem CO_2-Detektor verbunden, der ihr in den Hals eingesetzt wurde. Wenn die Verbindung gekappt wird, detoniert er.«

»Das beantwortet meine Frage nicht«, stellte ich fest. »Können wir ihn entfernen, ohne uns in die Umlaufbahn zu befördern?«

»Machbar wäre es …«

»Machbar. *Machbar.*« Ben lachte sein seltsames, schluckaufartiges Lachen. Ich machte mir Sorgen, dass er drauf und dran war, den sprichwörtlichen Verstand zu verlieren.

»Evan«, sagte ich so leise und ruhig, wie ich konnte. »Können wir es machen, ohne …« Ich war nicht in der Lage, es auszusprechen, und Evan zwang mich auch nicht dazu.

»Die Wahrscheinlichkeit, dass er nicht detoniert, ist wesentlich höher, wenn ihr es tut.«

»Es machen, ohne … was?« Ben hatte Schwierigkeiten, uns zu folgen. Nicht seine Schuld. Er ruderte noch immer mit den Armen an dem unvorstellbaren Ort wie ein armer Schwimmer, der von einer starken Strömung erfasst wurde.

»Sie vorher zu töten«, erklärte Evan.

39. Kapitel

Ben und ich beriefen die neueste »Oje, wir sind geliefert«-Planungsbesprechung im Korridor ein. Ben befahl allen anderen, über den Parkplatz zu gehen und sich in dem Restaurant zu verstecken, bis er Entwarnung gab – oder das Hotel in die Luft flog. Sam weigerte sich. Ben wurde streng. Sam fing an zu weinen und schmollte. Ben erinnerte ihn daran, dass er ein Soldat war und dass ein guter Soldat Befehle ausführte. Außerdem, wer würde Poundcake und Dumbo beschützen, wenn er blieb?

Bevor Dumbo ging, sagte er: »Ich bin der Sanitäter.« Er hatte sich zusammengereimt, was Ben vorhatte. »Ich sollte es machen, Sarge.«

Ben schüttelte den Kopf. »Verschwinde von hier«, sagte er knapp.

Dann waren wir allein. Bens Blick kam einfach nicht zur Ruhe. Die Kakerlake in der Falle. Die in die Enge getriebene Ratte. Der vom Kliff stürzende Mensch ohne dürres Gestrüpp, an dem er sich festklammern könnte.

»Tja, ich nehme an, damit wäre das große Rätsel gelöst,

hm?«, sagte er. »Was ich nicht kapiere, ist, warum sie uns nicht einfach mit ein paar Hellfire-Raketen ausgelöscht haben. Sie wissen doch, dass wir hier sind.«

»Nicht ihr Stil«, sagte ich.

»Stil?«

»Ist dir denn noch nie aufgefallen, wie persönlich das Ganze ist – schon von Anfang an war? Uns zu töten macht sie irgendwie an.«

Ben betrachtete mich mit angewiderter Verwunderung. »Nun ja, ich verstehe schon, warum du einen von ihnen daten willst.« Eine unangebrachte Äußerung. Er wurde sich dessen sofort bewusst und ruderte schnell zurück. »Wem machen wir was vor, Cassie? Im Grunde genommen gibt es nichts zu entscheiden, außer wer es macht. Vielleicht sollten wir eine Münze werfen.«

»Vielleicht sollte es Dumbo machen. Hast du mir nicht erzählt, er hätte im Camp eine Ausbildung in Feldchirurgie bekommen?«

Er runzelte die Stirn. »Chirurgie? Das soll ein Witz sein, oder?«

»Na ja, wie sollen wir denn sonst …?« Dann verstand ich. Konnte es nicht akzeptieren, aber verstand. Ich hatte mich in Ben getäuscht. Er war tiefer als ich in diesen unvorstellbaren Ort eingetaucht. Er war fünftausend Klafter weiter unten.

Er las meinen Gesichtsausdruck und ließ das Kinn auf die Brust sinken. Sein Gesicht war gerötet. Weniger aus Verlegenheit, sondern vor Wut, erbitterter Wut, der Art von Wut, die sich nicht in Worte fassen lässt.

»Nein, Ben. Das können wir nicht machen.«

Er hob den Kopf wieder. Seine Augen glänzten. Seine Hände zitterten. »Ich schon.«

»Nein, kannst du nicht.« Ben Parish war am Ertrinken. Er befand sich so tief unten, dass ich mir nicht sicher war, ob ich ihn überhaupt zu fassen bekommen würde, ob ich die Kraft besaß, ihn wieder an die Oberfläche zu ziehen.

»Ich habe darum nicht gebeten«, sagte er. »Ich habe um nichts von alledem gebeten!«

»Sie auch nicht, Ben.«

Er beugte sich zu mir vor, und ich sah eine andere Art von Fieber in seinen Augen brennen. »Wegen ihr mache ich mir keine Sorgen. Vor einer Stunde hat sie noch gar nicht existiert. Verstanden? Sie war nichts, buchstäblich nichts. Ich hatte dich, und ich hatte deinen kleinen Bruder, und ich hatte Poundcake und Dumbo. Sie gehörte ihnen. Sie gehört *zu* ihnen. Ich habe sie nicht mitgenommen. Ich habe sie nicht mit einem Trick dazu gebracht, in einen Bus zu steigen, und ihr gesagt, sie wäre in Sicherheit, und ihr dann eine Bombe in den Hals gesteckt. Das ist nicht meine Schuld. Ich bin dafür nicht verantwortlich. Meine Aufgabe ist es, meinen Arsch und deinen Arsch so lange wie möglich zu retten, und wenn das heißt, dass dabei jemand anderer sterben muss, der mir nichts bedeutet, dann ist es vermutlich nun mal so.«

Ich hielt mich nicht besonders gut. Er war zu tief abgetaucht, und es herrschte zu großer Druck. Ich bekam keine Luft.

»So ist es«, sagte er verbittert. »Weine, Cassie. Weine um sie. Weine um alle Kinder. Sie hören dich nicht, und sie sehen dich nicht, und sie fühlen nicht, wie mies du dich fühlst, aber weine um sie. Eine Träne für jedes von ihnen. Fülle den Scheißozean, weine. Du weißt, dass ich recht habe. Du weißt, dass ich keine andere Wahl habe. Und du weißt, dass Ringer recht hatte. Es geht ums Risiko. Es ging schon immer nur ums Risiko. Und wenn ein kleines Mädchen sterben muss, damit sechs Menschen weiterleben können, dann ist das eben der Preis. Dann ist das der Preis.«

Er schob sich an mir vorbei und humpelte den Korridor entlang zu der kaputten Tür, und ich konnte mich nicht bewegen, konnte nicht sprechen. Ich rührte keinen Finger und brachte kein Argument vor, um ihn aufzuhalten. Ich war am Ende von Worten angelangt, und Gesten erschienen sinnlos.

Halte ihn auf, Evan. Bitte halte ihn auf, ich kann es nämlich nicht.

In dem unterirdischen Schutzraum, ihre Gesichter zu mir nach oben gerichtet, und mein stilles Gebet, mein hoffnungsloses Versprechen: *Klettert auf meine Schultern, klettert auf meine Schultern, klettert auf meine Schultern.*

Er würde sie nicht erschießen. Zu riskant. Er würde sie ersticken. Ihr ein Kissen übers Gesicht legen und so lange pressen, bis er nicht mehr pressen musste. Ihren Leichnam würde er nicht liegen lassen: das Risiko. Er würde ihn ins Freie tragen, ihn aber nicht begraben oder verbrennen: das Risiko. Er würde ihn weit in den Wald tragen und auf den gefrorenen Boden werfen wie so viel anderen Abfall für die Bussarde, Krähen und Insekten. Das Risiko.

Ich sank an der Wand zu Boden und zog die Knie an die Brust, senkte den Kopf und bedeckte ihn mit den Armen. Ich versperrte die Ohren. Ich schloss die Augen. Und da war Voschs Finger, der auf den Knopf hinuntersauste, Bens Hände, die das Kissen hielten, und mein Finger am Abzug. Sam, Megan. Der Kruzifix-Soldat. Und Ringers Stimme, die aus der stillen Dunkelheit ertönte: *Manchmal ist man zur falschen Zeit am falschen Ort, und was passiert, ist niemandes Schuld.*

Und wenn Ben herauskam, ganz zerrissen und leer, würde ich aufstehen, zu ihm gehen und ihn trösten. Ich würde die

Hand nehmen, die ein Kind ermordet hatte, und wir würden um uns selbst trauern und um die Entscheidungen, die wir getroffen hatten, die eigentlich gar keine Entscheidungen waren.

Ben kam heraus und setzte sich zehn Türen weiter an die Wand. Nach einer Weile stand ich auf und ging zu ihm. Er blickte nicht auf. Seine Unterarme ruhten auf seinen angezogenen Knien, und er hielt den Kopf gesenkt. Ich setzte mich neben ihn.

»Du täuschst dich«, sagte ich. Er machte eine Drehbewegung mit der Hand: *Egal.* »Sie hat zu uns gehört. Sie gehören alle zu uns.«

Sein Kopf fiel zurück an die Wand. »Hörst du sie? Diese gottverdammten Ratten.«

»Ben, ich glaube, du solltest los. Jetzt. Warte nicht bis morgen früh. Nimm Dumbo und Poundcake mit und geh so schnell wie möglich zu den Höhlen.« Vielleicht konnte Ringer ihm helfen. Er hörte auf sie, wirkte bei ihr immer ein wenig eingeschüchtert, wenn nicht sogar ehrfürchtig.

Er lachte tief aus dem Bauch heraus. »Ich bin gerade ziemlich erledigt. Kaputt. Ich bin kaputt, Sullivan.« Er sah mich an. »Und Walker ist auch nicht in der Verfassung dafür.«

»Nicht in der Verfassung wofür?«

»Um das verdammte Ding rauszuschneiden. Du bist hier die Einzige, die halbwegs eine Chance hat.«

»Du hast sie nicht …?«

»Ich konnte nicht.«

Er lachte abermals. Sein Kopf durchbrach die Wasseroberfläche, und er holte tief lebenserhaltende Luft.

»Ich konnte nicht.«

40. Kapitel

In dem Zimmer, in dem sie lag, war es kälter als in einem Kühlraum, und Evan hatte sich inzwischen aufgesetzt und sah mich an, als ich hereinkam. Ein Kissen lag auf dem Boden, wo Ben es hatte fallen lassen, und ich hob es auf und setzte mich ans Fußende von Evans Bett. Unser Atem gefror, und unsere Herzen schlugen, und die Stille zwischen uns verdichtete sich.

Bis ich fragte: »Warum?«

Und er sagte: »Um zu zersprengen, was noch übrig ist. Um die letzte, unzerbrechliche Verbindung zu brechen.«

Ich drückte das Kissen an meine Brust und schaukelte langsam vor und zurück. *Kalt. So kalt.*

»Man kann niemandem trauen«, sagte ich. »Nicht einmal einem Kind.« Die Kälte bohrte sich bis in meine Knochen und wand sich im Mark. »Was bist du, Evan Walker? *Was bist du?*«

Er weigerte sich, mich anzusehen. »Das habe ich dir doch erklärt.«

Ich nickte. »Ja, das hast du. Mr Weißer Hai. Ich bin allerdings keiner. Noch nicht. Wir werden sie nicht töten, Evan. Ich werde das Ding rausholen, und du wirst mir dabei helfen.«

Er protestierte nicht. Er wusste es besser.

Ben half mir, die Ausrüstung zusammenzusuchen, bevor er zu den anderen in das Restaurant auf der anderen Seite des Parkplatzes ging. Waschlappen. Handtücher. Eine Spraydose Lufterfrischer. Dumbos Sanitäterausrüstung. Wir verabschiedeten uns an der Tür zum Treppenhaus. Ich sagte ihm, er solle vorsichtig sein, da auf dem Weg nach unten einige glitschige Rattengedärme lagen.

»Mir sind vorhin die Sicherungen durchgebrannt«, sagte er, senkte den Blick und scharrte mit dem Fuß auf dem Teppichboden wie ein verlegener Schuljunge, der beim Lügen ertappt wurde. »Das war gar nicht cool.«

»Dein Geheimnis ist bei mir sicher aufgehoben.«

Er lächelte. »Sullivan … Cassie … falls du nicht … Ich wollte dir sagen …«

Ich wartete. Ich drängte ihn nicht.

»Die haben einen Riesenfehler gemacht«, platzte er heraus, »die dämlichen Mistkerle, dass sie nicht dich als Erstes getötet haben.«

»Benjamin Thomas Parish, das war das netteste und bizarrste Kompliment, das ich jemals bekommen habe.«

Ich küsste ihn auf die Wange. Er küsste mich auf den Mund.

»Weißt du«, flüsterte ich, »vor einem Jahr hätte ich dafür meine Seele verkauft.«

Er schüttelte den Kopf. »Das ist es nicht wert.« Und für eine Zehntausendstelsekunde fiel alles von mir ab, die Verzweiflung und die Trauer, die Wut, der Schmerz und der Hunger, und der alte Ben Parish erstand von den Toten auf. Die Augen, die aufspießten. Das Lächeln, das mordete. Im nächsten Moment würde er wieder verblassen und sich in den neuen Ben verwandeln, in denjenigen, der Zombie genannt wurde, und ich verstand etwas, das ich bislang nicht verstanden hatte: Er *war* tot, das Objekt meiner Schulmädchen-Sehnsüchte, genauso wie das Schulmädchen tot war, das sich nach ihm sehnte.

»Verschwinde von hier«, sagte ich zu ihm. »Und wenn du zulässt, dass meinem kleinen Bruder irgendwas zustößt, mache ich dich fertig.«

»Ich mag dämlich sein, aber so dämlich bin ich auch wieder nicht.«

Er verschwand in der völligen Finsternis des Treppenhauses.

Ich ging zurück zum Zimmer. Ich konnte das nicht tun. Ich musste das tun. Evan rutschte im Bett zurück, bis er mit dem Hinterteil das Kopfende berührte. Ich schob die Arme unter Megan, hob sie langsam hoch, drehte mich und ließ sie dann vorsichtig auf Evan hinunter, sodass ihr Kopf in seinem Schoß zu liegen kam. Ich nahm die Spraydose Lufterfrischer in die Hand (*Eine erlesene Mischung von Essenzen!*) und durchtränkte den Waschlappen. Meine Hände zitterten. Ich konnte das unmöglich tun. Ich konnte das unmöglich nicht tun.

»Ein fünfzackiger Haken«, sagte Evan leise. »Unter der rechten Mandel eingebettet. Versuch nicht, ihn rauszuziehen. Sieh zu, dass du den Draht gut zu fassen bekommst, mach den Schnitt so nahe am Haken wie möglich, dann entferne den Haken – langsam. Wenn sich der Draht von der Kapsel löst …«

Ich nickte ungeduldig. »*Peng*. Ich weiß. Das hast du mir bereits gesagt.«

Ich öffnete den Sanitätskasten und nahm eine Pinzette und eine chirurgische Schere heraus. Beide klein, doch sie kamen mir riesig vor. Ich schaltete die Stiftlampe ein und klemmte mir das hintere Ende zwischen die Zähne.

Ich reichte Evan den Waschlappen, der nach Kiefer stank. Er presste ihn Megan auf Nase und Mund. Ihr Körper zuckte, ihre Lider öffneten sich flatternd, ihre Augen rollten im Kopf zurück. Ihre Hände, sittsam im Schoß gefaltet, zitterten, dann waren sie wieder still. Evan ließ den Waschlappen auf ihre Brust fallen.

»Wenn sie aufwacht, während ich da drin bin …«, sagte ich um die Taschenlampe herum und klang dabei wie ein miserabler Bauchredner: *Enn chie auacht …*

Evan nickte. »Es gibt hundert Möglichkeiten, wie es schiefgehen kann, Cassie.«

Er neigte ihren Kopf nach hinten und öffnete ihr gewaltsam den Mund. Ich starrte in einen glänzenden roten Tunnel, der so breit war wie eine Rasierklinge dick und eine Meile lang. Pinzette in meiner linken Hand. Schere in meiner rechten. Beide Hände so groß wie Football-Bälle.

»Kannst du ihren Mund noch ein bisschen weiter aufhalten?«, fragte ich.

»Wenn ich ihn noch weiter aufmache, renke ich ihr den Kiefer aus.«

Tja, im Ganzen gesehen war ein ausgerenkter Kiefer besser, als dass jemand unsere Bestandteile mit dieser Pinzette aufsammeln konnte. Aber *egal.*

»Diese da?« Ich berührte die Mandel vorsichtig mit dem Ende der Pinzette.

»Ich sehe nichts.«

»Als du sagtest, die rechte Mandel, meintest du ihre rechte, nicht meine rechte, richtig?«

»Ihre rechte. Von dir aus gesehen die linke.«

»Okay«, hauchte ich. »Ich wollte nur auf Nummer sicher gehen.«

Ich sah nicht, was ich tat. Ich hatte die Pinzette in ihrem Hals, aber nicht die Schere, und wusste nicht, wie ich beides in den winzigen Mund des kleinen Mädchens stopfen sollte.

»Hak doch den Draht am Ende der Pinzette ein«, schlug Evan vor. »Und heb ihn dann ganz langsam an, damit du siehst, was du tust. Aber nicht ruckartig. Wenn sich der Draht von der Kapsel löst …«

»Gütiger Himmel, Walker, du brauchst mich nicht alle zwei Minuten davor zu warnen, was passiert, wenn sich der verdammte Draht von der verdammten Kapsel löst!« Ich spürte, wie die Spitze der Pinzette irgendwo hängen blieb. »Okay, ich glaube, ich hab ihn.«

»Er ist sehr dünn. Schwarz. Glänzend. Dein Licht sollte reflektiert …«

»Bitte sei still.« Oder, in Stiftlampen-Sprache: *Itte ei ill.*

Ich zitterte am ganzen Körper, doch meine Hände waren inzwischen wie durch ein Wunder vollkommen ruhig. Ich schob ihr mit Gewalt meine rechte Hand in den Mund, indem ich gegen die Innenseite ihrer Wange drückte, und brachte die Schere in Position. War er das? Hatte ich ihn tatsächlich erwischt? Der Draht – falls es sich bei dem, was in meinem Licht glänzte, um den Draht handelte – war so dünn wie ein menschliches Haar.

»Langsam, Cassie.«

»Sei. Still.«

»Wenn sie das Ding verschluckt …«

»Ich bringe dich um, Evan. Im Ernst.« Ich hielt den Draht jetzt mit der Pinzette gepackt. Als ich daran zog, sah ich den winzigen Haken, der in ihrem entzündeten Fleisch steckte. *Langsam, langsam, langsam. Pass auf, dass du den Draht am richtigen Ende abschneidest. Am Hakenende.*

»Du bist zu nah dran«, warnte er mich. »Hör auf zu sprechen und atme nicht direkt in ihren Mund …«

Okay. Also werde ich dir stattdessen direkt auf deinen schlagen.

Hundert Möglichkeiten, wie es schiefgehen kann, hatte er gesagt. Aber es gibt schlechte Möglichkeiten, ganz schlechte Möglichkeiten und ganz *ganz* schlechte Möglichkeiten. Als Megans Augen aufgingen und sie versuchte, mich abzuwerfen, hatten wir es mit einer ganz *ganz* schlechten zu tun.

»Sie ist wach!«, schrie ich überflüssigerweise.

»Lass den Draht nicht los!«, schrie Evan nicht überflüssigerweise zurück.

Ihre Zähne nahmen meine Hand fest in die Zange. Ihr Kopf flog hin und her. Meine Finger waren in ihrem Mund gefangen. Ich versuchte, die Pinzette stillzuhalten, doch ein festes Reißen, und die Kapsel würde sich lösen …

»Evan, *tu* was!«

Er tastete nach dem in Lufterfrischer getränkten Waschlappen.

Ich schrie: »Nein, halt sie fest, Idiot! Lass sie nicht …«

»Lass den Draht los«, keuchte er.

»*Was?* Du hast doch gerade gesagt, lass den Draht *nicht* …«

Er hielt ihr die Nase zu. Loslassen? Nicht loslassen? Wenn ich losließ, würde sich der Draht womöglich um die Pinzette wickeln und sich lösen. Wenn ich nicht losließ, würde das ganze Drehen, Winden und Zappeln ihn womöglich losreißen. Megans Augen rollten in ihren Kopf. Schmerz, Panik und Verwirrung, der stetige Mix, an dem es die Anderen niemals fehlen ließen. Sie riss den Mund auf, und ich rammte ihr die Schere in den Rachen.

»Ich hasse dich gerade«, raunte ich Evan zu. »Ich hasse dich mehr als irgendjemand anderen auf der Welt.« Ich hatte das Bedürfnis, ihn das wissen zu lassen, bevor ich die Klingen der Schere zusammenschnappen ließ. Für den Fall, dass wir in die Luft flogen.

»Hast du ihn?«, fragte er.

»Ich habe keinen blassen Schimmer, ob ich ihn habe!«

»Mach schon.« Dann lächelte er. Lächelte! »Schneid den Draht durch, Eintagsfliege«, sagte er.

Ich schnitt den Draht durch.

41. Kapitel

»Das ist ein Test«, erklärte Evan.

Das grüne Ding, das aussah wie eine Weichgelatinekapsel, lag sicher – hofften wir – auf dem Tisch, in einen durchsichtigen Plastikbeutel eingepackt, wie sie deine Mom in den längst vergangenen guten alten Tagen verwendete, um dein Sandwich und deine Chips bis zur Mittagspause frisch zu halten.

»Wie, sind menschliche Sprengsätze etwa noch in der Forschungs- und Entwicklungsphase?«, fragte Ben. Er lehnte zitternd am Fensterbrett des eingeschlagenen Fensters, doch der Parkplatz musste überwacht werden, und er ließ nicht zu, dass irgendjemand anders dieses Risiko einging. Zumindest hatte er das blutdurchtränkte, abscheuliche (und es war schon abscheulich gewesen, als es noch nicht blutdurchtränkt war) Kapuzensweatshirt ausgezogen und war stattdessen in ein schwarzes Sweatshirt geschlüpft, das ihn beinahe in seine »Wie aus dem Ei gepellt«-Phase vor der Ankunft zurückversetzte.

Vom Bett kicherte Sam zögerlich, da er sich nicht sicher war, ob sein geliebter Zombie-Anführer einen Scherz gemacht hatte. Ich bin keine Psychiaterin, aber ich nahm an, Sams hatte aufgrund ernsthafter ungelöster Daddy-Probleme eine gewisse Übertragung durchgemacht.

»Nicht die Bombe«, entgegnete Evan. »Wir.«

»Toll«, knurrte Ben. »Der erste Test seit drei Jahren, den ich bestanden habe.«

»Erzähl doch keinen Blödsinn, Parish«, sagte ich. Wer hatte das Gesetz verabschiedet, dass sich Sportskanonen dumm stellen müssen, um cool zu sein? »Ich weiß ganz sicher, dass du letztes Jahr ein Stipendium gewonnen hast.«

»Echt?« Dumbo spitzte die Ohren. Okay, ich sollte keine Bemerkungen über seine Ohren machen, aber er schien seinen Ohren kaum zu trauen.

»Ja, echt«, sagte Ben mit einem patentierten Parish-Lächeln. »Aber die Konkurrenz war in dem Jahr sehr schwach. Wegen der Invasion von Außerirdischen.« Er warf Evan einen Blick zu, und sein Lächeln erstarb, was sein Lächeln immer tat, wenn er Evan ansah. »*Was* testen sie denn bei uns?«

»Wissen.«

»Ja, das ist normalerweise der Sinn und Zweck eines Tests. Weißt du, was jetzt echt hilfreich wäre? Wenn du dein mysteriöses Außerirdischen-Gehabe sein lassen und dich verdammt noch mal normal benehmen würdest. Weil jede Sekunde, die verstreicht, ohne dass dieses Ding hochgeht« – er deutete mit einem Nicken auf den Beutel –, »eine Sekunde ist, die unser Risiko verdoppelt. Früher oder später, und ich tippe auf *früher*, werden sie zurückkommen und uns nach Dubuque schießen.«

»Dubuque?«, quiekte Dumbo. Er hatte die Anspielung nicht verstanden, und das machte ihm Angst. Was war verkehrt an Dubuque?

»Nur eine Stadt, Dumbo«, sagte Ben. »Eine x-beliebige Stadt.«

Evan nickte. Ich warf einen Blick auf Poundcake, der die Türöffnung ausfüllte. Sein Mund stand leicht offen, und sein großer Kopf bewegte sich hin und her, während er der Unterhaltung folgte.

»Sie werden zurückkommen«, sagte Evan. »Es sei denn, wir fallen bei dem Test durch, dann brauchen sie das nicht zu tun.«

»Durchfallen? Wir haben ihn doch bestanden, oder?« Ben drehte sich zu mir. »Ich habe das Gefühl, wir haben bestanden. Was ist mit dir?«

»Durchfallen bedeutet, wir haben sie aufgenommen, nichtsahnend und naiv«, erklärte ich, »und wurden dann nach Dubuque geschossen.«

»Dubuque«, echote Dumbo verwirrt.

»Das Ausbleiben einer Detonation kann nur eines von drei Dingen bedeuten«, sagte Evan. »Erstens: Die Vorrichtung hat nicht funktioniert. Zweitens: Die Vorrichtung war falsch kalibriert. Oder drittens …«

Ben hob die Hand. »Oder drittens: Jemand im Hotel weiß von den Bomben-Kindern und war in der Lage, die Vorrichtung zu entfernen, sie in einen Plastikbeutel zu stecken und ein Seminar darüber zu halten, wie man unter bescheuerten Menschen Panik und Paranoia sät. Der Test dient dazu herauszufinden, ob wir einen Silencer unter uns haben.«

»Haben wir!«, schrie Sam. Er deutete mit dem Finger auf Evan. »*Du* bist ein Silencer!«

»Etwas, dessen man sich ganz und gar nicht sicher sein kann, wenn man den ganzen Laden mit ein paar gut platzierten Hellfire-Raketen in Stücke schießt«, fügte Ben hinzu.

»Was die Frage aufwirft«, sagte Evan leise, »warum sollten sie diesen Verdacht haben?«

Im Zimmer kehrte Schweigen ein. Ben trommelte mit den Fingern auf seinem Unterarm. Poundcakes Mund klappte zu. Dumbo zog an einem Ohrläppchen. Ich schaukelte in meinem Stuhl vor und zurück und fummelte an Bärs Pfote herum. Ich wusste nicht, wie ich in den Besitz von Bär gelangt war. Vielleicht hatte ich ihn mir geschnappt, während Poundcake Megan ins Zimmer nebenan gebracht hatte. Ich erinnerte mich, dass er zu Boden gestoßen worden war, erinnerte mich aber nicht, ihn aufgehoben zu haben.

»Na ja, das liegt doch auf der Hand«, sagte Ben. »Sie haben

bestimmt eine Möglichkeit, um rauszufinden, dass du hier bist. Oder? Andernfalls läuft man Gefahr, seine eigenen Spieler auszuschalten.«

»Wenn sie wüssten, dass ich hier bin, wäre kein Test notwendig. Sie haben den *Verdacht,* dass ich hier bin.«

Dann begriff ich. Und zu begreifen spendete mir keinen Trost.

»Ringer.«

Bens Kopf fuhr zu mir herum. Schon der leiseste Lufthauch hätte ihn von seinem Platz auf dem Fensterbrett geholt.

»Sie wurde gefangen genommen«, sagte ich. »Oder Teacup. Oder beide.« Ich drehte mich zu Evan um, da Bens Gesichtsausdruck unerträglich war.

»Das ergibt am meisten Sinn«, stimmte mir Evan zu.

»Blödsinn! Ringer würde uns niemals verraten«, brüllte Ben ihn an.

»Nicht freiwillig«, erwiderte Evan.

»Wonderland«, raunte ich. »Sie haben ihre Erinnerungen runtergeladen …«

Ben rutschte in diesem Moment vom Fensterbrett, verlor das Gleichgewicht, taumelte nach vorn und stieß gegen die Ecke von Sammys Bett. Er zitterte, und zwar nicht vor Kälte. »Oh, nein. Nein, nein, nein. Ringer wurde *nicht* gefangen genommen. Sie ist in *Sicherheit,* und Teacup ist in Sicherheit, und wir gehen *nicht* dorthin …«

»Nein«, sagte Evan. »Wir sind bereits da.«

Ich erhob mich von meinem Stuhl und ging zu Ben. Einer jener Momente, in denen man weiß, dass man etwas unternehmen muss, aber keine Ahnung hat, was. »Ben, er hat recht. Der Grund, weshalb wir am Leben sind, ist derselbe Grund, weshalb sie Megan geschickt haben.«

»Was ist eigentlich mit dir los?«, wollte Ben wissen. »Du glaubst ihm alles, was er sagt, als wäre er Moses, der vom Berg heruntersteigt. Wenn sie denken, er ist hier, aus welchem Grund auch immer, dann wissen sie, dass er ein *Verräter* ist, und würden uns trotzdem nach Dubuque schicken.«

Alle sahen Dumbo an und warteten.

»Sie möchten mich nicht töten«, sagte Evan schließlich. Sein Gesichtsausdruck wirkte traurig und krank.

»Stimmt, das hatte ich vergessen«, erwiderte Ben. »Ich bin derjenige, der das möchte.« Er entfernte sich von mir, schlurfte zurück zum Fenster, stützte sich mit den Händen aufs Fensterbrett und betrachtete den nächtlichen Himmel. »Wenn wir hierbleiben, sind wir erledigt. Wenn wir abhauen, sind wir erledigt. Wir sind wie Fünfjährige, die mit Bobby Fischer Schach spielen.« Er drehte sich wieder zu Evan um. »Vielleicht hat dich eine Patrouille entdeckt und ist dir hierher gefolgt.« Er deutete auf den Plastikbeutel. »Das bedeutet nicht, dass sie Ringer oder Cup haben. Es bedeutet nur, dass wir keine Zeit mehr haben. Verstecken fällt aus, Abhauen fällt aus, also läuft es wieder auf die Frage hinaus, um die es sich schon immer gedreht hat: nicht *ob* wir sterben werden, sondern *wie*. Wie werden wir sterben? Dumbo, wie möchtest du sterben?«

Dumbo erstarrte. Er straffte die Schultern und hob das Kinn an. »Aufrecht, Sarge.«

Ben sah Poundcake an. »Cake, möchtest du auch aufrecht sterben?«

Poundcake stand ebenfalls still. Er nickte schnell.

Sam brauchte Ben nicht zu fragen. Mein kleiner Bruder stand einfach auf und salutierte seinem diensthabenden Officer ganz langsam und bedächtig.

42. Kapitel

Oh, Mann. *Jungs.*

Ich warf Bär auf den Tisch. »Ich kenne das aus eigener Erfahrung«, sagte ich der Macho-Brigade. »Weglaufen ist gleich Sterben. Bleiben ist gleich Sterben. Bevor wir also alle überreagieren, sollten wir die dritte Option in Erwägung ziehen. *Wir* sprengen den Schuppen in die Luft.«

Dieser Vorschlag saugte sämtliche Luft aus dem Zimmer. Evan begriff als Erster und nickte langsam, war von der Idee aber sichtlich nicht begeistert. Tausend Möglichkeiten, wie es schiefgehen kann, und nur eine Möglichkeit, wie es funktioniert.

Ben drang sofort zu den breiigen Eingeweiden des Problems vor: »Wie? Wer bekommt den Auftrag, das Ding anzuhauchen und sich in die Luft jagen zu lassen?«

»Das mache ich, Sarge«, sagte Dumbo. Seine Ohren waren rot angelaufen, als habe ihn sein Mut selbst in Verlegenheit gebracht. Er lächelte schüchtern. Letzten Endes hatte er es begriffen: »Ich wollte Dubuque schon immer mal sehen.«

»Menschlicher Atem ist nicht die einzige Quelle von Kohlendioxid«, erinnerte ich den Stipendium-Gewinner.

»Cola!«, schrie Dumbo beinahe.

»Viel Glück dabei, was davon zu finden«, sagte Ben. Er hatte recht. Neben allem Alkoholischen hatten Softdrinks zu den ersten Opfern der Invasion gehört.

»Eine Dose oder eine Flasche, ja«, sagte Evan. »Cassie, hast du mir nicht gesagt, nebenan wäre ein Restaurant?«

»Die Kohlensäurebehälter für die Getränkespender …«, setzte ich an.

»... sind wahrscheinlich noch da«, führte er zu Ende.

»Man befestigt die Bombe an dem Behälter ...«

»Manipuliert den Behälter, sodass CO_2 austritt ...«

»Ein kleines Leck ...«

»In einem engen Raum ...«

»Der Aufzug!«, sagten wir gleichzeitig.

»Wow«, raunte Ben. »Brillant. Mir ist allerdings nicht ganz klar, wie das unser Problem lösen soll.«

»Sie werden denken, wir sind tot, Zombie«, sagte Sam. Der Fünfjährige hatte verstanden, doch ihm fehlte Bens Last der Erfahrung darin, Vosch und Konsorten zu überlisten.

»Und dann sehen sie nach, finden keine Leichen und wissen Bescheid«, sagte Ben.

»Aber wir gewinnen damit Zeit«, erklärte Evan. »Und ich vermute, wenn ihnen klar wird, was Sache ist, ist es bereits zu spät.«

»Weil wir ganz offensichtlich einfach zu clever für sie sind?«, fragte Ben.

Evan lächelte grimmig. »Weil wir uns an den letzten Ort begeben, an dem sie nachsehen werden.«

43. Kapitel

Für weitere Diskussionen war keine Zeit; wir mussten bei der Operation »Vorzeitige Abreise« kurzen Prozess machen, bevor die Fünfte Welle kurzen Prozess mit uns machte. Ben und Poundcake zogen los, um einen Kohlensäurebehälter aus dem Restaurant zu holen. Dumbo übernahm die Korridor-Patrouille. Ich bat Sam, Megan im Auge zu behalten, da sie ein Kumpel von ihm aus alten Tagen im Schulbus sei. Er wollte die

Pistole wiederhaben. Ich erinnerte ihn daran, dass ihm die Pistole beim letzten Mal auch nicht besonders geholfen hatte: Er hatte das Magazin geleert, ohne seinem Ziel auch nur eine Schramme zu verpassen. Ich versuchte, ihm Bär zu geben. Er verdrehte die Augen. *Bär war so was von vor sechs Monaten.*

Dann waren Evan und ich allein. Nur er, ich und eine kleine grüne Bombe: Das machte drei.

»Raus damit«, befahl ich ihm.

»Raus womit?« Die Augen so groß und unschuldig wie die von Bär.

»Mit der Sprache, Walker. Du verschweigst mir was.«

»Warum denkst du …?«

»Weil das deine Art ist. Dein Modus Operandi. Wie ein Eisberg, der sich zu drei Vierteln unter der Wasseroberfläche befindet, aber ich lasse auf gar keinen Fall zu, dass du dieses Hotel in die *Titanic* verwandelst.«

Er seufzte und mied meinen wütenden Blick. »Stift und Papier?«

»Wozu? Ist es Zeit für ein zärtliches Liebesgedicht?« Das war ebenfalls seine Art: Jedes Mal, wenn ich mich zu nahe an etwas herantastete, lenkte er vom Thema ab, indem er mir sagte, wie sehr er mich liebe oder dass ich ihn gerettet hätte oder irgendeine andere schmachtende, pseudo-tiefsinnige Bemerkung über die Natur meiner Großartigkeit. Trotzdem nahm ich den Block und einen Stift vom Tisch und reichte ihm beides, denn wer hat schon etwas dagegen, ein zärtliches Liebesgedicht zu bekommen?

Stattdessen zeichnete er einen Lageplan.

»Eingeschossiges weißes – oder ehemals weißes – Holzhaus. An die Adresse erinnere ich mich nicht mehr, aber es liegt direkt am Highway 68. Neben einer Tankstelle. Vor der hängt eines von diesen alten Blechschildern – Havoline Oil oder so was.« Er riss das Blatt ab und drückte es mir in die Hand.

»Und warum ist das der letzte Ort, an dem sie nach uns suchen würden?« Ich fiel wieder auf die Ablenkungsstrategie herein – nicht dass Havoline Oil irgendetwas übermäßig Poetisches an sich gehabt hätte. »Und warum zeichnest du mir einen Lageplan, wenn du mit uns kommst?«

»Falls irgendwas passiert.«

»Dir. Und was ist, wenn uns beiden was zustößt?«

»Du hast recht. Ich mache noch fünf Zeichnungen.«

Er begann mit der nächsten. Ich sah ihm zwei Sekunden zu, dann riss ich ihm den Block aus der Hand und warf ihn Evan an den Kopf.

»Du Mistkerl. Ich weiß, was du tust.«

»Ich habe einen Lageplan gezeichnet, Cassie.«

»In *Mission: Impossible*-Manier aus einem Getränkespender einen Sprengzünder fabrizieren, ja? Während wir alle wie die Irren zu dem Havoline-Schild rennen, du voran mit deinem gebrochenen Knöchel und deiner Stichwunde am Bein und einundvierzig Grad Fieber …«

»Wenn ich einundvierzig Grad Fieber hätte, wäre ich bereits tot«, stellte er fest.

»Nein, und willst du wissen, warum nicht? *Weil Tote gar keine Körpertemperatur haben!*«

Er nickte nachdenklich. »Mein Gott, ich habe dich vermisst.«

»Da! Da ist es, genau da! Wie auf der Walker-Farm, wie in Camp Ashpit, wie in Voschs Vernichtungslager. Jedes Mal, wenn ich dich in die Enge treibe …«

»Du hattest mich schon in dem Moment in die Enge getrieben, als ich dich zum ersten Mal …«

»*Hör auf damit.*«

Er hörte auf. Ich setzte mich neben ihn aufs Bett. Vielleicht ging ich die Sache völlig verkehrt an. Mit Honig fängt man mehr Fliegen, sagte meine Großmutter immer. Das Problem war, dass weibliche List nicht zu meinem Repertoire gehörte. Ich nahm seine Hand. Ich sah ihm tief in die Augen. Ich zog in Erwägung, mein Hemd ein wenig aufzuknöpfen, kam jedoch zu dem Schluss, dass er diesen kleinen Trick womöglich durchschauen würde. Nicht dass meine Tricks *so* klein gewesen wären.

»Ich lasse dich nicht noch mal die Camp-Haven-Nummer abziehen«, sagte ich und legte ein Schnurren in meine Stimme, von dem ich hoffte, dass es verführerisch klang. »Das kommt nicht infrage. Du kommst mit uns mit. Poundcake und Dumbo können dich tragen.«

Er hob die andere Hand und berührte meine Wange. Ich kannte diese Berührung. Ich hatte sie vermisst. »Ich weiß«, sagte er. Der Ausdruck in seinen schokoladigen (*oje*) Augen war unermesslich traurig. Diesen Ausdruck kannte ich ebenfalls. Ich hatte ihn schon einmal gesehen, im Wald, als er mir gestand, wer er wirklich war. »Aber du weißt nicht alles. Du weißt nicht über Grace Bescheid.«

»Grace«, echote ich, schob seine Hand von meiner Wange und vergaß alles über Honig. Ich kam zu dem Schluss, dass ich seine Berührungen zu gerne mochte. Ich musste daran arbeiten, sie nicht mehr so gern zu mögen. Und daran, nicht zu mögen, dass er mich ansah, als wäre ich der letzte Mensch auf Erden, für den ich mich tatsächlich gehalten hatte, bevor er mich fand. Es ist schrecklich, jemandem eine solch fürchterliche Last aufzubürden. Man macht seine gesamte Existenz von einem anderen menschlichen Wesen abhängig und fordert damit Unannehmlichkeiten geradezu heraus. Man braucht nur an sämtliche tragischen Liebesgeschichten zu denken, die jemals geschrieben wurden. Ich wollte für niemandes Romeo Julia spielen – nicht, wenn es sich vermeiden ließ. Selbst wenn der einzige Kandidat, der zur Verfügung stand, bereit war, für mich zu sterben, und unmittelbar neben mir saß, meine Hand hielt und mir mit *»Jetzt nicht mehr so oje«*-Augen von der Farbe geschmolzener Schokolade tief in meine Augen blickte. Und zudem unter der Bettdecke praktisch nackt war und den Körper eines Models hatte … aber ich werde jetzt nicht ins Detail gehen.

»*Grace* schon wieder. Du hast immer wieder davon gesprochen, nachdem ich dich angeschossen hatte«, sagte ich zu ihm.

»Du kennst Grace nicht.«

Tja, das saß. Ich hatte gar nicht gewusst, dass er so religiös war – oder so voreingenommen. Die beiden Eigenschaften gehen gewöhnlich Hand in Hand, aber trotzdem …

»Cassie, ich muss dir etwas sagen.«

»Du bist Baptist?«

»An dem Tag auf dem Highway, nachdem ich … dich laufen ließ, hatte ich große Angst. Ich verstand nicht, was geschehen war, warum ich nicht in der Lage war … das zu tun, was ich vorgehabt hatte. Das zu tun, wofür ich geboren war. Für mich ergab das einfach keinen Sinn. Und in vieler Hinsicht ergibt es immer noch keinen Sinn. Man denkt, man kennt sich selbst. Man denkt, man kennt die Person, die man im Spiegel sieht. Ich habe dich gefunden, aber indem ich dich fand, habe ich mich selbst verloren. Nichts mehr war klar. Nichts mehr war einfach.«

Ich nickte. »Daran erinnere ich mich. Ich erinnere mich an ›einfach‹.«

»Nachdem ich dich zu mir nach Hause gebracht hatte, wusste

ich zunächst nicht, ob du es schaffen würdest. Und ich saß an deinem Bett und dachte mir: *Vielleicht sollte sie es nicht schaffen.*«

»Meine Güte, Evan. Das ist ja so romantisch.«

»Ich wusste, was kommen würde«, sagte er, und *das* war etwas Klares und Einfaches. Er nahm meine Hände und zog mich zu sich, und ich fiel tausend Meilen tief in diese verdammten Augen, weshalb die Honig-Methode einfach nicht zu mir passt: In seiner Gegenwart bin ich eher die Fliege. »Ich weiß, was kommt, Cassie, und bis jetzt dachte ich immer, die Toten wären die Glücklichen. Aber jetzt sehe ich es. Ich sehe es.«

»Was? Was siehst du, Evan?« Meine Stimme bebte. Er machte mir Angst. Vielleicht sprach das Fieber, doch Evan verhielt sich äußerst Evan-untypisch.

»Den Ausweg. Den Weg, um es zu beenden. Das Problem ist Grace. Grace ist zu viel für dich – für euch alle. Grace ist die Tür, und ich bin der Einzige, der hindurchgehen kann. Das kann ich dir geben. Und Zeit. Diese beiden Dinge, Grace und Zeit, und dann *kannst du es vollenden.*«

44. Kapitel

Dann streckte Dumbo mit perfektem Timing den Kopf ins Zimmer. »Sie sind zurück, Sullivan. Zombie hat gesagt …« Er hielt inne. Offensichtlich hatte er einen intimen Moment unterbrochen. Gott sei Dank hatte ich mein Hemd nicht aufgeknöpft. Ich zog meine Hände aus Evans Händen und stand auf.

»Haben sie einen Behälter gefunden?«

Dumbo nickte. »Sie bringen ihn gerade im Aufzug unter.« Er sah Evan an. »Zombie sagt, wann immer ihr bereit seid.«

Evan nickte langsam. »Okay.« Aber er bewegte sich nicht. Ich bewegte mich nicht.

Dumbo stand ein paar Sekunden lang da. »Okay«, sagte er. Evan sagte nichts. Ich sagte nichts. Dann sagte Dumbo: »Wir sehen uns später, Leute – in Dubuque! Ha, ha!« Er ging rückwärts aus dem Zimmer.

Ich fuhr zu Evan herum. »In Ordnung. Erinnerst du dich, was Ben über die seltsame außerirdische Sache gesagt hat?«

Dann tat Evan Walker etwas, das ich ihn noch nie hatte tun sehen – oder hatte sagen hören, um genau zu sein.

»Scheiße«, sagte er.

Dumbo stand wieder in der Türöffnung, mit hängender Kinnlade, roten Ohren und im Griff eines großen Mädchens mit honigblonder Haarmähne und den umwerfenden Gesichtszügen eines norwegischen Models, stechenden blauen Augen, vollen Kollagen-Schmolllippen und der gertenschlanken Figur einer durchgebrannten Modeprinzessin.

»Hallo, Evan«, sagte *Cosmo*-Girl. Und natürlich war ihre Stimme tief und ein wenig kratzig wie bei jeder verführerischen Schurkin, die Hollywood jemals erfunden hat.

»Hallo, Grace«, erwiderte Evan.

45. Kapitel

Grace: eine Person, nicht ein Gebet oder irgendetwas anderes, das etwas mit Gott zu tun hatte. Und bis an die Zähne bewaffnet: Außer dem mächtigen Scharfschützengewehr, das auf ihrem Rücken hing, hatte sie auch noch Dumbos M16. Sie stieß den Jungen ins Zimmer und blies mir dann mit ihrem Megawatt-Lächeln beinahe mein Augenlicht aus.

»Und du musst Cassiopeia sein, die Königin des Nachthimmels. Ich bin überrascht, Evan. Sie ist ganz anders, als ich sie mir vorgestellt habe. Beinahe ein Rotschopf. Ich wusste gar nicht, dass das dein Typ ist.«

Ich sah Evan an. »Wer zum Teufel ist diese Person?«

»Grace ist wie ich«, erwiderte Evan.

»Wir gehen weit zurück. Zehn Jahrhunderte, genau genommen. Apropos nehmen …« Grace deutete auf mein Gewehr. Ich warf es ihr vor die Füße. »Pistole ebenfalls. Und das Messer, das du dir unter deinem Kampfanzug um die Wade geschnallt hast.«

»Lass sie gehen, Grace«, sagte Evan. »Wir brauchen sie nicht.«

Grace ignorierte ihn. Sie verpasste meinem Gewehr einen kleinen Tritt und befahl mir, es zusammen mit der Pistole und dem Messer aus dem Fenster zu werfen. Evan nickte mir zu, als wollte er sagen: *Tu es lieber.* Also tat ich es. Mir wurde schwindlig. Ich konnte keinen einzigen klaren Gedanken fassen. Grace war ein Silencer wie Evan – diesen einen Gedanken konnte ich festhalten. Aber woher kannte sie meinen Namen, und warum war sie hier, und woher wusste Evan, dass sie kommen würde, und was meinte er mit *Grace ist die Tür?* Die Tür zu *was?*

»Ich wusste, dass sie ein Mensch ist.« Grace war wieder bei Evans Lieblingsthema angekommen. »Aber ich hätte nie gedacht, dass sie so *durch und durch* menschlich ist.«

Evan wusste, es würde kommen, versuchte aber trotzdem, es zu verhindern. »Cassie …«

»Du kannst mich mal kreuzweise, du beschissene außerirdische Schlampe.«

»Farbenfroh. Einfallsreich. Nett.« Grace gab mir mit Dumbos Gewehr ein Zeichen, dass ich mich setzen solle.

Evan warf mir abermals einen Blick zu: *Tu es, Cassie.* Also setzte ich mich auf das Bett neben seinem zu Dumbo, der durch den Mund atmete wie ein Asthmatiker. Grace blieb in der Türöffnung stehen, damit sie den Korridor im Auge behalten konnte. Vielleicht wusste sie nichts von Sam und Megan im Nebenzimmer und von Ben und Poundcake, die unten im Aufzug auf Evan warteten. Dann verstand ich plötzlich Evans Strategie: *Zeit schinden.* Wenn Ben und Poundcake nach oben kamen, um nachzusehen, was eigentlich los war, wäre das unsere Chance. Ich erinnerte mich, wie Evan im Stockdunkeln, waffentechnisch unterlegen und im Alleingang eine ganze Fünfte-Welle-Einheit ausgelöscht hatte, und dachte: *Nein, wenn die beiden auftauchen, ist das* ihre *Chance.*

Ich musterte sie, wie sie am Türpfosten lehnte, die Fußgelenke lässig überkreuzt, goldfarbene Locken über eine Schulter fließend, den Kopf leicht gedreht, um zu unserer Bewunderung ihr atemberaubendes nordisches Profil zur Schau zu stellen, und ich dachte: *Klar, das ergibt einen Sinn. Wenn man sich in jeden beliebigen menschlichen Körper downloaden kann, warum sollte man dann nicht einen makellosen wählen?* Für Evan galt dasselbe. In dieser Hinsicht war er nichts anderes als ein großer Scharlatan. Und das war das Merkwürdige: In seinem tiefsten Innern war der Typ, der mir weiche Knie bescherte, ein Bildnis, eine Maske auf einem gesichtslosen Gesicht, das vor zehntausend Jahren wahrscheinlich ausgesehen hatte wie ein Tintenfisch oder etwas Ähnliches.

»Tja, sie haben uns ja gesagt, dass es riskant ist, so lange als Menschen unter Menschen zu leben«, sagte Grace. »Verrate mir eins, Cassiopeia: Findest du nicht auch, dass er absolut *perfekt* ist im Bett?«

»Warum verrätst du mir das nicht«, schoss ich zurück, »du außerirdisches Flittchen?«

»Temperamentvoll«, sagte Grace mit einem Lächeln zu Evan. »Wie ihre Namenspatronin.«

»Sie haben nichts mit dem Ganzen zu tun«, sagte Evan. »Lass sie gehen, Grace.«

»Evan, ich bin mir nicht einmal sicher, ob ich verstehe, was *das Ganze* ist.« Sie verließ ihren Posten und schwebte – es gibt kein anderes Wort dafür – an sein Bett. »Und niemand geht irgendwohin, bevor ich es tue.« Sie beugte sich vor, nahm sein Gesicht in ihre Hände, küsste ihn lange und verweilte auf seinen Lippen. Er kämpfte dagegen an – das sah ich –, doch sie setzte ihn mit ihren überirdischen Listen außer Gefecht, von denen sie mehr als genug in *ihrem* Repertoire hatte. »Hast du es ihr erzählt, Evan?«, murmelte sie an seine Wange, wobei sie sicherstellte, dass ich es hörte. »Weiß sie, wie alles endet?«

»So«, sagte ich und stürzte mich auf sie, wie üblich mit dem Kopf voraus, wobei ich mit meinem harten Scheitel auf ihre weiche Schläfe zielte. Der Aufprall ließ sie seitwärts gegen die Schranktüren prallen. Ich landete ausgestreckt auf Evans Schoß. *Absolut perfekt,* dachte ich etwas zusammenhangslos.

Ich drückte mich hoch, und Evan schlang seine Arme um meine Taille und riss mich wieder runter. »*Nein, Cassie.*«

Aber er war schwach, und ich war kräftig und riss mich mit Leichtigkeit los und sprang vom Bett auf ihren Rücken. Das erwies sich als großer Fehler: Sie packte meinen Arm und schleuderte mich durchs Zimmer. Ich prallte neben dem Fenster gegen die Wand und plumpste geradewegs auf meinen Hintern, was einen heißen, stechenden Schmerz meinen Rücken hinaufschickte. Als ich im Korridor eine Tür auffliegen hörte, schrie ich: »Bleib draußen, Sam! Hol Zombie! Bleib …«

Sie war verschwunden, bevor ich das zweite *Draußen* über die Lippen brachte. Das letzte Mal, dass ich gesehen hatte, wie sich jemand mit einem solchen Tempo bewegte, war in Camp Ashpit gewesen, als die falschen Soldaten aus Wright-Patterson mich in meinem Versteck im Wald entdeckt hatten. Mit einem zeichentrickartigen Tempo, was womöglich amüsant gewesen wäre, wenn sie aus einem anderen Grund losgerannt wäre.

Oh, nein, du Miststück. Nicht meinen kleinen Bruder.

Ich rannte an Dumbo vorbei, an Evan vorbei, der die Decke abgeworfen hatte und damit kämpfte, seinen schwer verwundeten Körper aus dem Bett zu wuchten, in den Korridor, in dem sich niemand befand, was kein gutes Zeichen war, ganz und gar kein gutes, dann zwei Schritte auf Sams Zimmer zu, und als meine Finger die Klinke berührten, traf eine Abrisskugel meinen Hinterkopf, und meine Nase prallte gegen das hölzerne Türblatt. Etwas machte *knirsch,* und es handelte sich dabei nicht um das Holz. Ich trat einen Schritt zurück. Blut lief mir übers Gesicht. Ich schmeckte mein Blut, und irgendwie war es der Geschmack, der mich auf den Beinen hielt – bis dahin hatte ich nicht gewusst, dass Wut einen Geschmack hatte und dass es wie das eigene Blut schmeckte.

Kalte Finger schlossen sich um meinen Hals, und ich beobachtete durch einen roten Regenschauer hindurch, wie meine Füße den Boden verließen. Dann segelte ich den ganzen Korridor entlang, landete hart auf der Schulter und rollte noch ein Stuck, bis ich einen knappen halben Meter vor dem Fenster am anderen Ende zum Liegen kam.

Grace: »*Bleib da.*«

Sie stand vor Sammys Tür, ein schlanker Schatten in einem schwach beleuchteten Tunnel, und schimmerte auf der anderen Seite der Tränen, die unkontrolliert hervorsprudelten und an meinen Wangen hinunterströmten, um sich mit Blut zu vermischen.

»Lass. Meinen. Bruder. In. Ruhe.«

»Diesen reizenden kleinen Jungen? Er ist dein Bruder? Tut mir leid, Cassiopeia, das wusste ich nicht.« Sie schüttelte den Kopf mit vorgetäuschter Traurigkeit. So wie sie jede anständige menschliche Regung vortäuschten.

»Er ist bereits tot.«

— 46. Kapitel —

Dann passierten drei Dinge gleichzeitig. Vier, wenn man mitzählte, dass mir das Herz brach.

Ich rannte – nicht *weg*, sondern *hin* –, um ihr Titelblatt-Model-Gesicht zu zerfetzen. Um ihr pseudomenschliches Herz zwischen ihren perfekt geformten menschlichen Brüsten herauszureißen. Um sie mit den Fingernägeln zu öffnen.

Das war das Erste.

Das Zweite war, dass die Treppenhaustür aufflog und Poundcake den Korridor ganz und gar nicht in I-Aah-Manier betrat und mich mit einem Arm zurückschob, während er mit dem anderen sein Gewehr auf Grace richtete. Durchaus kein einfacher Schuss, doch Ben zufolge war Poundcake nach Ringer der beste Schütze der Einheit.

Das Dritte war ein hemdloser Evan Walker in Boxershorts, der hinter Grace aus dem Zimmer kroch. Meisterschütze oder nicht, wenn Poundcake vorbeischoss … oder Grace im letzten Moment wegtauchte …

Also erledigte ich das Tauchen selbst und schlang die Arme

um die Fußgelenke des Jungen. Er kippte nach vorn, sein Gewehr entlud sich, und dann hörte ich abermals die Treppenhaustür aufgehen und Ben schreien: »*Keine Bewegung!*«, genau wie früher in Filmen, doch niemand hielt sich daran, weder ich noch Poundcake noch Evan und schon gar nicht Grace, die verschwunden war. Sie war eben noch da gewesen, und dann war sie plötzlich nicht mehr da. Ben sprang über mich und Poundcake und humpelte den Korridor entlang zu dem Zimmer gegenüber von Sams.

Sam.

Ich sprang auf und rannte durch den Korridor. Ben gab Poundcake per Handzeichen zu verstehen: *Sie ist da drin.*

Ich riss an der Türklinke. Abgesperrt. *Vielen Dank, Gott!* Ich hämmerte gegen die Tür. »Sam! Sam, mach auf! Ich bin's!«

Und von der anderen Seite eine Stimme, nicht lauter als das Quieken einer Maus: »Das ist ein Trick! Du willst mich austricksen!«

Ich kriegte die Krise. Presste eine blutige Wange gegen die Tür und hatte einen guten, soliden und überaus befriedigenden Mini-Nervenzusammenbruch. Ich hatte meine Deckung vernachlässigt. Ich hatte vergessen, wie grausam die Anderen sein konnten. Mir mit einer Kugel ein Loch ins Herz zu schießen genügte nicht. Nein, man musste es zuerst mit Fäusten bearbeiten und darauf herumtrampeln und es in den Händen zerquetschen, bis das Gewebe zwischen den Fingern hervorquoll wie Plastilin.

»Okay, okay, okay«, wimmerte ich. »Bleib drin, okay? Ganz egal, was passiert, Sam. Geh nicht raus, bis ich wieder zurück bin.«

Poundcake stand neben der Tür auf der anderen Seite des Korridors. Ben half Evan auf die Beine – oder versuchte es.

Jedes Mal, wenn er seinen Griff lockerte, knickten Evans Knie ein. Schließlich beschloss Ben, ihn gegen die Wand zu lehnen, wo Evan hin und her schwankte und nach Luft schnappte. Seine Haut hatte die Farbe der Asche in dem Camp, in dem mein Vater starb.

Evan sah zu mir herüber und hatte kaum genug Luft für die Worte: »Verschwinde aus dem Korridor. *Sofort.*«

Die Trockenbauwand vor Poundcake zerbarst in einem Regen von feinem weißem Staub und Fetzen verschimmelter Tapete. Er taumelte rückwärts. Dabei glitt ihm sein Gewehr aus den schlaffen Fingern. Er rempelte Ben an, der ihn an der Schulter packte und ihn zu Dumbo ins Zimmer schubste. Als Nächstes streckte Ben die Hand nach mir aus, doch ich stieß sie weg und sagte ihm, er solle Evan halten, ehe ich Poundcakes Gewehr aufhob und das Feuer auf die Tür eröffnete, hinter der sich Grace befand. Der Lärm in dem schmalen Korridor war ohrenbetäubend. Ich leerte das Magazin, bevor Ben mich zu fassen bekam und zurückzog.

»Sei keine Idiotin!«, schrie er mich an. Er drückte mir ein volles Magazin in die Hand und befahl mir, die Tür im Auge zu behalten, aber *ruhig zu bleiben.*

Die Szene spielte sich ab wie eine Fernsehshow in einem anderen Raum: nur Stimmen. Ich lag flach auf dem Bauch, den Oberkörper auf die Ellbogen gestützt, das Gewehr genau auf die Tür gegenüber von mir gerichtet. *Komm schon, Icemaiden. Ich habe eine Kleinigkeit für dich.* Ich leckte mir über die blutigen Lippen, hasste den Geschmack, liebte den Geschmack. *Komm schon, du unheimliche Schwedin.*

Ben: Dumbo, wie sieht's aus? Dumbo!

Dumbo: Schlimm, Sarge.

Ben: Wie schlimm?

Dumbo: Ziemlich schlimm …

Ben: Meine Güte. Ich sehe doch, dass es schlimm ist, Dumbo!

Evan: Ben – hör mir zu – du musst mir zuhören – wir müssen von hier verschwinden. Sofort.

Ben: Warum? Wir halten sie doch in …

Evan: Nicht mehr lange.

Ben: Sullivan wird schon mit ihr fertig. Wer zum Teufel ist sie überhaupt?

Evan: (*unverständlich*)

Ben: Na ja, klar. Je mehr, desto besser. Ich nehme an, wir haben längst auf Plan B umgeschwenkt. Ich gehe mit dir, Walker. Dumbo, du kümmerst dich um Poundcake. Sullivan nimmt die Kinder.

Ben ging neben mir in die Hocke, legte mir die Hand auf den Rücken. Er deutete mit einem Nicken auf die Tür.

»Wir können nicht abhauen, bevor die Bedrohung aus der Welt geschafft ist«, flüsterte er. »Hey, was ist denn mit deiner Nase passiert?«

Ich zuckte mit den Schultern. *Schleck, schleck,* machte die Zunge. »Wie?« Ich klang, als hätte ich starken Schnupfen.

»Ganz einfach. Jemand übernimmt die Tür, einer tief, einer hoch, einer rechts, einer links. Der schlimmste Teil sind die ersten zweieinhalb Sekunden.«

»Und was ist der beste Teil?«

»Die letzten zweieinhalb Sekunden. Bereit?«

»Cassie, warte.« Evan, hinter uns auf den Knien wie ein Pilger vor dem Altar. »Ben weiß nicht, womit er es zu tun hat – aber du weißt es. Sag es ihm. Sag ihm, wozu sie imstan…«

»Halt den Mund, Freundchen«, knurrte Ben. Er zog an meinem Hemd. »Los geht's.«

»Sie ist nicht mal mehr da drin – das garantiere ich euch«, sagte Evan dieses Mal lauter.

»Was? Sie ist gesprungen?« Ben lachte. »Das ist ja super. Dann hat sie sich die Beine gebrochen, und ich knalle sie ab, wenn ich unten bin.«

»Sie ist wahrscheinlich gesprungen – aber gebrochen hat sie sich nichts. Grace ist wie ich.« Evan sprach mit uns beiden, sah aber mich verzweifelt an. »Wie ich, Cassie.«

»Aber du bist doch ein Mensch – ich meine, dein Körper ist der eines Menschen«, sagte Ben. »Und kein menschlicher Körper könnte …«

»*Ihr* Körper schon. Meiner nicht mehr. Meiner ist … abgestürzt.«

»Kapierst du das alles?«, wollte Ben von mir wissen. »Für mich klingt das nämlich schon wieder nach Schwachsinn, was Mr E.T. da erzählt.«

»Was sollen wir denn deiner Meinung nach tun, Evan?« Obwohl ich jede Menge schmackhaftes Blut im Mund hatte, wich die Wut aus mir und wurde von dem sehr unangenehmen und inzwischen sehr vertrauten Gefühl abgelöst, fünftausend Klafter tief drinzustecken.

»Verschwindet jetzt. Sofort. Sie hat es nicht auf euch abgesehen.«

»Das Opferlamm«, sagte Ben mit einem fiesen Lächeln. »Das gefällt mir.«

»Sie wird uns einfach gehen lassen?«, sagte ich mit einem Kopfschütteln. Hatte Ben womöglich recht? Was dachte ich mir dabei, Evan Walker mein Leben und das Leben meines Bruders anzuvertrauen? Irgendetwas war hier faul. Irgendetwas stimmte nicht. »Einfach so?«

»Ich weiß nicht«, erwiderte Evan, was ein Punkt zu seinen

Gunsten war. Er hätte auch sagen können: *Klar, sie ist echt in Ordnung, wenn man von ihrem klitzekleinen Sadismus-Problem absieht.* »Aber ich weiß, was passieren wird, wenn ihr bleibt.«

»Mir genügt das«, verkündete Ben. Er ging rückwärts in das Zimmer. »Planänderung, Jungs. Ich kümmere mich um Poundcake. Dumbo, du bist für Megan zuständig. Sullivan nimmt ihren Bruder ins Schlepptau. Kommt in die Pötte und schnappt euch eure Sachen, wir verlassen diese Party!«

»Cassie.« Evan rutschte zu mir. Er drehte mein Gesicht zu seinem, strich mir mit dem Daumen über meine blutige Wange. »Es ist die einzige Möglichkeit.«

»Ich trenne mich nicht von dir, Evan. Und ich lasse nicht zu, dass du dich von mir trennst. Nicht noch mal.«

»Und Sam? Ihm hast du ebenfalls ein Versprechen gegeben. Du kannst nicht beide halten. Grace ist mein Problem. Sie … sie gehört zu mir. Nicht auf dieselbe Weise, wie Sam zu dir gehört – so habe ich das nicht gemeint …«

»Ach ja? Das überrascht mich, Evan. Du drückst dich doch sonst immer so klar aus.«

Ich setzte mich auf, holte tief Luft und verpasste seinem wunderschönen Gesicht eine Ohrfeige. Ich hätte ihn auch erschießen können, beschloss jedoch, ihn noch einmal davonkommen zu lassen.

Und dann hörten wir es, als wäre die Ohrfeige das Signal gewesen, auf das es gewartet hatte: das Geräusch eines Kampfhubschraubers, der sich schnell näherte.

47. Kapitel

Als Nächstes schlug der Suchscheinwerfer zu: Gleißend helles Licht flutete den Korridor, strömte in jedes Zimmer, warf scharfkantige Schatten an die Wände und auf den Fußboden. Ben kam angerannt und zog mich mit einem Ruck auf die Beine; ich packte Evan am Arm und zerrte. Er riss sich wieder los, schüttelte den Kopf.

»Lasst mir nur eine Pistole da.«

»Bekommst du, Kumpel«, entgegnete Ben und reichte ihm seine Pistole. »Sullivan, hol deinen Bruder.«

»Was ist denn eigentlich los mit euch?«, fragte ich. Ich konnte es kaum glauben. »Wir können doch nicht jetzt abhauen.«

»Was ist denn *dein* Plan?«, schrie Ben. Er musste schreien. Das Rattern des Helikopters mähte jedes weichere Geräusch nieder. Nach dem Winkel des Lichts und dem Lärm zu urteilen, befand er sich jetzt genau über dem Hotel.

Evan legte die Finger um den zersplitterten Türpfosten und hievte sich selbst auf die Füße – oder vielmehr auf einen Fuß; den anderen konnte er nicht belasten. Ich schrie ihm ins Ohr: »Sag mir nur eines und sei ein einziges Mal in deinem zehntausendjährigen Leben ehrlich. Du hattest nie vor, eine Bombe zu basteln und mit uns das Weite zu suchen. Du wusstest, dass Grace kommen würde, und du hattest den Plan, euch beide in die Luft …«

In diesem Moment kam Sammy aus seinem Zimmer geschossen. Er hielt Megan am Handgelenk gepackt. Irgendwann war Bär in den Besitz des kleinen Mädchens gelangt. Wahrscheinlich hatte Sammy ihn ihr gegeben – er gab seinen Teddybären immer an Bedürftige weiter. »Cassie!« Er raste auf mich zu und rammte mir den Kopf fest in den Bauch. Ich hievte ihn mir auf die Hüfte, schwankte, *Mein Gott, er wird immer schwerer,* und packte Megan an der Hand.

Durch das zersplitterte Fenster fegte ein Strudel eisigen Winds, und ich hörte Dumbo schreien: »Sie landen auf dem Dach!«

Ich hörte ihn, weil er bei dem Versuch, in den Korridor zu gelangen, praktisch in meine Gesäßtasche kletterte. Ben befand sich unmittelbar hinter ihm, und Poundcake lehnte sich seitlich gegen ihn, wobei der korpulente Junge einen Arm um seine Schultern gelegt hatte.

»Sullivan!«, schrie Ben. »Bewegung!«

Evan packte mich am Ellbogen. »*Warte.*« Er richtete den Blick zur Decke. Seine Lippen bewegten sich geräuschlos, oder vielleicht sagte er auch etwas, was ich nicht hören konnte.

»Warten?«, brüllte ich. Das unbestimmte Panikgefühl war inzwischen ziemlich konkret. »*Worauf* warten?«

Den Blick noch immer himmelwärts gerichtet, sagte er: »Grace.«

Das Rattern der Rotoren wurde von einem fürchterlichen Heulen übertönt, dessen Lautstärke und Tonhöhe zunahmen, bis es zu einem markerschütternden, gespenstischen Kreischen wurde. Das ganze Gebäude erbebte. An der Decke raste ein Riss entlang. Die schrecklichen Hoteldrucke in ihren billigen Rahmen fielen von den Wänden. Der Suchscheinwerfer erlosch, einen Moment später die Explosion, und ein überhitzter Luftstoß quoll ins Zimmer.

»Sie hat den Piloten erwischt«, stellte Evan mit einem Nicken fest. Er zog mich, Sams und Megan in den Korridor und sagte über die Schulter zu Ben: »*Jetzt* könnt ihr gehen.« Dann zu mir: »Das Haus auf dem Lageplan gehört momentan noch

Grace, aber nicht mehr nach heute Abend. Verlasst es nicht. Es gibt dort Nahrungsmittel und Wasser und genug Vorräte für den ganzen Winter.« Er sprach jetzt sehr schnell, da fast keine Zeit mehr war – die Fünfte Welle kam womöglich nicht, aber Grace kam. »Dort seid ihr in Sicherheit. Am Äquinoktium …«

Ben, Dumbo und Poundcake waren bereits an der Treppe angekommen. Ben winkte uns wie wild: *Kommt schon!*

»Cassie! Hörst du mir zu? Am Äquinoktium wird das Mutterschiff eine Raumkapsel schicken, um Grace aus dem sicheren Haus zu holen …«

»Sullivan! Sofort!«, brüllte Ben.

»Wenn du es schaffst, sie in Betrieb zu nehmen …« Er drückte mir etwas gegen den Bauch, doch ich hatte beide Hände voll. Ich sah mit großen Augen zu, wie sich mein kleiner Bruder den Plastikbeutel mit der Bombe aus Evans Hand schnappte.

Dann nahm Evan Walker mein Gesicht in die Hände und küsste mich fest auf den Mund.

»Du kannst es beenden, Cassie. Du. Und so sollte es auch sein. Du solltest diejenige sein. *Du.*«

Er küsste mich erneut, und mein Blut bemalte sein Gesicht, seine Tränen bemalten meines.

»Ich kann dir diesmal nichts versprechen«, fuhr er hastig fort. »Aber du kannst mir etwas versprechen. Versprich es mir, Cassie. Versprich mir, dass du es beenden wirst.«

Ich nickte. »Ich werde es beenden.« Und das Versprechen war eine weitergereichte Verurteilung, eine zuschlagende Zellentür, ein Stein um meinen Hals, der mich zum Grund eines unendlichen Meeres ziehen würde.

48. Kapitel

Ich hielt an der Tür zum Treppenhaus eine halbe Sekunde lang inne, da mir bewusst war, dass ich ihn womöglich zum letzten Mal sehen würde oder, genauer gesagt, zum *zweiten* letzten Mal. Dann der Sprung in die völlige Finsternis, ganz ähnlich wie beim *ersten* letzten Mal, und die geflüsterte Warnung an Megan, auf Rattengedärme aufzupassen, und dann in die Lobby, wo die Jungs, die mich auf diese Party mitgenommen hatten, an der Eingangstür herumhingen, wobei sich ihre Körper als Silhouetten gegen das orangefarbene Licht des brennenden Helikopters abzeichneten. Durch den Haupteingang zu flüchten war ein brillanter Schachzug gegen jede Intuition, dachte ich. Grace nahm vermutlich an, dass wir uns in einem der oberen Zimmer verbarrikadiert hatten, und würde in *Matrix*-Manier an der Außenwand zu dem zersplitterten Fenster auf der anderen Seite des Gebäudes hinaufhüpfen.

»Cassie«, sagte Sam in mein Ohr. »Deine Nase ist richtig *groß*.«

»Das liegt daran, dass sie gebrochen ist.« *Wie mein Herz, Kleiner. Die beiden sind ein Set.*

Poundcake lehnte sich nicht mehr an Ben an und legte ihm den Arm um die Schulter – inzwischen war sein ganzer massiger *Körper* auf Ben drapiert, der ihn wie ein Feuerwehrmann trug. Und Ben sah nicht so aus, als würde ihm das Spaß machen.

»Das wird nicht funktionieren, weißt du«, informierte ich ihn. »So kommst du keine hundert Meter weit.«

Ben ignorierte mich. »Dumbo, du hast Megan-Dienst. Sam,

du musst runterklettern; deine Schwester übernimmt die Führung. Ich bin das Schlusslicht.«

»Ich brauche eine Pistole!«, sagte Sammy.

Ben ignorierte ihn ebenfalls. »*Etappen.* Erste Etappe: die Überführung. Zweite Etappe: die Bäume auf der anderen Seite der Überführung. Dritte Etappe …«

»Nach Osten«, sagte ich. Ich setzte Sammy auf dem Fußboden ab und zog den verknitterten Lageplan aus der Hosentasche. Ben sah mich an, als hätte ich den Verstand verloren. »Wir gehen da hin.« Ich deutete auf das winzige Quadrat, das Grace' Haus darstellte.

»Nein, Sullivan. Wir gehen zu den Höhlen und treffen uns mit Ringer und Teacup.«

»Mir ist egal, wohin wir gehen, solange es nicht Dubuque ist!«, rief Dumbo.

Ben schüttelte den Kopf. »Es ist nicht mehr lustig, Dumbo. Einfach nicht mehr lustig. Okay, also gehen wir.«

Wir setzten uns in Bewegung. Es schneite leicht, und die winzigen, vom orangefarbenen Licht erleuchteten Kristalle drehten sich. Man konnte den öligen Gestank des brennenden Treibstoffs riechen und die drückende Hitze spüren. Ich übernahm die Führung, wie Ben vorgeschlagen oder vielmehr befohlen hatte, Sammy an einer Gürtelschlaufe eingehakt. Unmittelbar hinter uns Dumbo mit Megan, die noch kein Wort gesagt hatte, und wer konnte ihr das schon verübeln? Sie stand vermutlich unter Schock. Auf halbem Weg über den Parkplatz, als wir uns dem Streifen Erde näherten, der ihn von der Highway-Auffahrt abgrenzte, warf ich gerade noch rechtzeitig einen Blick zurück, um Ben unter seiner Last zusammenbrechen zu sehen. Ich schob Sammy zu Dumbo und schlitterte über den glatten Asphalt zu Ben. Auf dem Dach des Hotels sah ich die verstümmelten stählernen Überreste des Black-Hawk-Helikopters.

»Ich habe dir doch gesagt, dass das nicht funktioniert«, schrie ich ihn im Flüsterton an.

»Ich lasse ihn nicht zurück …« Ben befand sich auf allen vieren, keuchte, würgte. Seine Lippen leuchteten im Licht des Feuers purpurrot; er hustete Blut.

Dann stand Dumbo plötzlich neben mir. »Sarge. Hey, Sarge …?«

Irgendetwas in Dumbos Stimme erregte Bens Aufmerksamkeit. Er blickte zu Dumbo auf, der langsam den Kopf schüttelte: *Er wird es nicht schaffen.*

Und Ben Parish rammte den Handteller auf den gefrorenen Boden, und ich dachte: *Oh Gott, oh Gott, das ist nicht der Zeitpunkt für eine Existenzkrise. Wenn ihm die Sicherungen durchbrennen, sind wir erledigt. Dann sind wir so was von erledigt.*

Ich kniete mich neben Ben hin. Sein Gesicht war verzerrt vor Schmerz, Angst und Wut, wobei sein Zorn in der unveränderlichen, stets präsenten Vergangenheit verwurzelt war, in der seine Schwester ihn zu Hilfe gerufen und er sie hatte sterben lassen. Er hatte sie im Stich gelassen, doch sie ließ ihn nicht mehr los. Sie würde bis zu seinem letzten Atemzug bei ihm bleiben. Sie war auch jetzt bei ihm, verblutete in unmittelbarer Nahe, und er konnte nichts tun, um sie zu retten.

»Ben«, sagte ich und strich ihm mit den Fingern über den Hinterkopf. Sein mit Schneekristallen übersätes Haar glänzte. »Es ist vorbei.«

Ein Schatten huschte an uns vorüber, raste auf das Hotel zu. Ich sprang auf und lief ihm hinterher, da der Schatten mit meinem kleinen Bruder verbunden war und sich im Eiltempo in Richtung Eingang bewegte. Ich erwischte ihn und riss ihn vom Boden hoch, und er fing an, um sich zu treten und sich zu winden und völlig auszurasten, und ich war mir sicher, Dumbo würden als Nächstem die Sicherungen durchbrennen, und drei Wahnsinnige konnte niemand alleine handhaben.

Ich machte mir allerdings grundlos Sorgen. Dumbo hatte Ben wieder auf die Beine gestellt und hielt Megan an der Hand. Er bugsierte beide in Richtung Straße und hatte dabei weniger Probleme als ich mit Sammy, der mit dem Gesicht nach unten unter meinem Arm hing, wild um sich schlug und trat und schrie: »Wir müssen zurück, Cassie! Wir müssen zurück!«

Über die Auffahrt, den steilen Hügel hinunter zu der Überführung, die erste Etappe geschafft, und dann setzte ich Sammy auf dem Boden ab, verpasste ihm einen festen Klaps auf den Po und befahl ihm aufzuhören, weil er uns sonst noch alle damit umbringen würde.

»Was ist eigentlich mit dir los?«, fragte ich.

»Ich habe versucht, es dir zu *sagen*!«, schluchzte er. »Aber du hast mir nicht zugehört. Du hörst mir *nie* zu! Ich habe ihn fallen lassen!«

»Du hast was fallen lassen?«

»Den Beutel, Cassie. Beim Rausrennen habe ich … habe ich ihn fallen lassen!«

Ich sah hinüber zu Ben. Nach vorne gebeugt, den Kopf gesenkt, die Unterarme auf den angezogenen Knien ruhend. Ich sah zu Dumbo. Hängende Schultern, weit aufgerissene Augen, Megans Hand in seiner.

»Ich habe ein ungutes Gefühl bei der Sache«, flüsterte er.

Der Welt ging der Atem aus. Selbst der Schnee schien regungslos in der Luft zu hängen.

Das Hotel flog in einem blendend neongrünen Feuerball in

die Luft. Der Boden erbebte. Luft strömte in das Vakuum und riss uns fünf von den Füßen. Dann donnerten die Trümmer auf uns zu, und ich warf mich über Sammy. Eine Welle aus Beton, Glas, Holz und Metallteilen (und – ja – Stücke von Bens verhassten Ratten), nicht größer als Sandkörner, kam den Hügel heruntergerollt, eine graue brodelnde Masse, die uns überflutete.

Willkommen in Dubuque.

VI. TEIL
DER AUSLÖSER

49. Kapitel

Er mochte es nicht, im Camp die kleinsten Kinder um sich zu haben. Sie erinnerten ihn an seinen kleinen Bruder, den er verloren hatte. An denjenigen, der da war, als er sich an jenem Morgen auf die Suche nach etwas Essbarem machte, und der verschwunden war, als er zurückkam. An denjenigen, den er nie wiederfand. Wenn er im Camp nicht gerade trainierte oder aß oder schlief oder die Kaserne putzte oder seine Stiefel polierte oder sein Gewehr reinigte oder Küchendienst schob oder im Abfertigungs- und Entsorgungshangar arbeitete, meldete er sich freiwillig zur Unterbringung der Kinder oder zum Entladen der Busse nach deren Eintreffen. Er hielt sich nicht gerne in der Nähe der kleinen Kinder auf, tat es aber trotzdem, da er nie die Hoffnung verlor, dass er doch eines Tages seinen kleinen Bruder finden würde. Dass er eines Tages den Aufnahmehangar betreten und ihn in einem der großen roten, auf den Boden gemalten Kreise würde sitzen sehen oder ihn in dem alten Reifen, der auf dem provisorischen Spielplatz neben dem Paradeplatz an einem Baum hing, würde schaukeln sehen.

Doch er sah ihn nie wieder.

Als er im Hotel erfuhr, dass der Feind Kindern Bomben einpflanzte, fragte er sich, ob es das war, was seinem Bruder zugestoßen war. Ob sie ihn aufgelesen und mitgenommen hatten, ihn eine grüne Kapsel hatten schlucken lassen und ihn dann wieder ausgesetzt hatten, damit ihn jemand anders fand. Wahrscheinlich nicht. Die meisten Kinder waren tot. Nur eine Handvoll wurde gerettet und ins Camp gebracht. Vermutlich hatte sein Bruder nicht lange überlebt, nachdem er verschwunden war.

Vielleicht war er aber doch aufgelesen worden. Vielleicht war er doch gezwungen worden, eine grüne Kapsel zu schlucken. Vielleicht war er doch wieder in die Welt ausgesetzt worden, wo er umhergelaufen und auf eine Gruppe von Überlebenden gestoßen war, die ihn aufgenommen und gefüttert und den Raum mit ihrem Atem gefüllt hatten. Vielleicht war es so gewesen.

Was macht dir zu schaffen?, wollte Zombie wissen. Sie waren über den Parkplatz gegangen, um in dem alten Restaurant einen Kohlensäurebehälter zu suchen. Zombie hatte es aufgegeben, ihn anzusprechen, es sei denn, er erteilte ihm einen Befehl, und er hatte es aufgegeben zu versuchen, ihn zum Sprechen zu bewegen. Als Zombie ihm die Frage stellte, rechnete er vermutlich nicht mit einer Antwort.

Ich sehe immer, wenn dir was zu schaffen macht. Dann siehst du aus, als hättest du Verstopfung. Als würdest du versuchen, einen Ziegelstein zu kacken.

Der Behälter war nicht besonders schwer, aber Zombie war verletzt und ging auf dem Rückweg voran. Er war nervös, zuckte bei jedem Schatten zusammen und sagte ständig, dass irgendetwas nicht stimmen würde. Dass irgendetwas mit diesem Evan Walker nicht stimmen würde und irgendetwas an der ganzen Situation nicht stimmen würde. Zombie glaubte, sie würden reingelegt werden.

Wieder im Hotel angekommen, schickte Zombie Dumbo nach oben, damit er Evan Bescheid sagte. Dann warteten sie im Aufzug, dass Evan herunterkam.

Weißt du, Cake, das ist es, worüber ich mich schon immer gewundert habe, genau das. Elektromagnetische Impulse und Tsunamis und Seuchen und getarnte Außerirdische und gehirngewaschene Kinder, denen Bomben implantiert wurden. Warum machen sie es so verdammt kompliziert? Es hat fast den Anschein, als *wollten* sie kämpfen. Oder als wollten sie, dass der Kampf interessant ist. Hey. Vielleicht ist es das. Vielleicht erreicht man in der Evolution einen bestimmten Punkt, an dem Langeweile die größte Bedrohung für das eigene Überleben darstellt. Vielleicht handelt es sich hier gar nicht um eine planetarische Übernahme, sondern um ein *Spiel*. Wie wenn ein Kind Fliegen die Flügel ausreißt.

Je mehr Zeit verstrich, desto nervöser wurde Zombie.

Was ist denn jetzt? Wo bleibt er, verdammt? Oh, Mann, du glaubst doch nicht etwa …? Geh besser mal nach oben, Poundcake. Wenn es sein muss, dann wirf ihn dir über die Schulter und trag ihn hier runter.

Auf halbem Weg die Treppe hinauf hörte er über sich ein lautes Poltern, dann ein zweites, leiseres, und dann hörte er jemanden schreien. Er kam gerade rechtzeitig bei der Tür an, um Cassie vorbeifliegen und auf dem Fußboden aufschlagen zu sehen. Als er ihrer Flugbahn in die entgegengesetzte Richtung folgte, sah er das große Mädchen vor dem Zimmer mit der kaputten Tür stehen. Und er zögerte nicht, er stürmte in den Korridor und wusste, das große Mädchen würde nicht überleben. Er war ein guter Schütze, der beste seiner Einheit, bis Ringer auftauchte, und er wusste, er würde sein Ziel nicht verfehlen.

Nur dass Cassie ihn attackierte und das große Mädchen aus seinem Fadenkreuz verschwand. Wäre Cassie nicht gewesen, hätte er sie getötet. Daran bestand für ihn kein Zweifel.

Dann schoss das große Mädchen durch die Wand auf ihn.

Dumbo riss sein Hemd auf und presste ein zusammengeknülltes Laken auf die Wunde. Er sagte ihm, es wäre nicht weiter schlimm, er würde es überleben, doch er wusste, dass das nicht stimmte. Er hatte zu viel Tod gesehen. Er wusste, wie er roch, wie er schmeckte, wie er sich anfühlte. Er trug den Tod in sich in den Erinnerungen an seine Mutter und an die drei Meter hohen Scheiterhaufen und an die Knochen neben der Straße und an das Förderband, das hunderte zu dem Hochofen des Kraftwerks im Camp transportierte, die Toten, die verbrannt wurden, um ihre Kasernen zu beleuchten und ihr Wasser zu erhitzen und sie warm zu halten. Zu sterben machte ihm nicht zu schaffen. Zu sterben, ohne zu wissen, was seinem Bruder zugestoßen war, machte ihm zu schaffen.

Sterbend wurde er nach unten gebracht. Sterbend wurde er Zombie über die Schulter geworfen. Und auf dem Parkplatz fiel Zombie dann hin, und die anderen scharten sich um sie, und Zombie schlug so lange auf den gefrorenen Asphalt ein, bis die Haut an seinen Handflächen aufplatzte.

Anschließend ließen sie ihn zurück. Er war nicht wütend. Er hatte Verständnis. Schließlich lag er im Sterben.

Und dann stand er auf.

Nicht sofort. Zuerst kroch er.

Das große Mädchen stand in der Lobby, als er sich in das Gebäude schleppte. Sie stand neben der Tür, die zum Treppenhaus führte, hielt mit beiden Händen eine Pistole und neigte den Kopf, als lausche sie.

In diesem Moment richtete er sich auf.

Das große Mädchen versteifte sich. Sie drehte sich um. Sie hob die Pistole an, dann ließ sie sie wieder sinken, als sie sah, dass er im Sterben lag. Sie lächelte und sagte hallo. Da er sich neben der Eingangstür befand und sie ihn beobachtete, sah sie weder den Aufzug noch Evan, der durch die Ausstiegsluke in die Aufzugskabine sprang. Als Evan ihn sah, erstarrte er, als wisse er nicht, was er tun sollte.

Ich kenne dich. Das große Mädchen ging auf ihn zu. Wenn sie sich jetzt umdrehte, wenn sie jetzt einen Blick über die Schulter warf, würde sie Evan sehen, deshalb zog er seine Pistole, um sie abzulenken, doch die Pistole rutschte ihm aus der Hand und landete auf dem Boden. Er hatte eine Menge Blut verloren. Sein Blutdruck sank. Sein Herz pumpte nicht mehr fest genug, und er verlor das Gefühl in seinen Händen und Füßen.

Er fiel auf die Knie und streckte die Finger nach der Pistole aus. Sie schoss ihm in die Hand. Er kippte auf sein Hinterteil und steckte die verwundete Hand in die Hosentasche, als würde sie das schützen.

Donnerwetter, du bist aber ein großer, kräftiger Junge. Wie alt bist du denn?

Sie wartete auf seine Antwort.

Was ist los? Hat es dir die Sprache verschlagen?

Sie schoss ihm ins Bein. Dann wartete sie darauf, dass er schrie oder weinte oder irgendetwas sagte. Als er nichts davon tat, schoss sie ihm ins andere Bein.

Hinter ihr legte sich Evan auf den Bauch und kroch auf die beiden zu. Er sah Evan an und schüttelte den Kopf, während er nach Luft schnappte. Er fühlte sich am ganzen Körper taub. Schmerzen hatte er keine, aber vor seinen Augen war ein grauer Vorhang zugezogen worden.

Das große Mädchen kam näher. Sie befand sich jetzt auf halbem Weg zwischen ihm und Evan und zielte mit ihrer Pistole in die Mitte seiner Stirn.

Sag was, oder ich blase dir das Hirn weg. Wo ist Evan?

Sie drehte sich langsam um. Womöglich hatte sie Evan auf sie zukriechen hören. Also richtete er sich ein vorletztes Mal auf, um sie abzulenken. Er kam nicht schnell auf die Beine. Es dauerte über eine Minute, wobei seine Stiefel immer wieder auf den von geschmolzenem Schnee nassen Fliesen wegrutschten. Er rappelte sich hoch, fiel wieder hin, und die Tatsache, dass er seine Hand dabei in der Tasche ließ, machte das Ganze doppelt schwierig. Das große Mädchen lächelte und kicherte, grinste höhnisch wie früher die anderen Kinder in der Schule. Er war fett. Er war unbeholfen. Er war dumm. Er war ein Stück Schweinefett. Als er sich schließlich auf die Beine gekämpft hatte, schoss sie abermals auf ihn.

Bitte beeil dich. Ich verschwende Munition.

Das Plastik der Kuchenverpackung war steif und zerknittert gewesen und hatte immer Geräusche gemacht, wenn er damit in der Hosentasche spielte. Daher hatte seine Mom an dem Tag, an dem sein Bruder verschwunden war, davon gewusst. Daher hatten die Soldaten im Bus ebenfalls davon gewusst. Und der Drill-Ausbilder hatte ihn Poundcake genannt, weil ihm die Geschichte von dem übergewichtigen Jungen gefiel, der nur mit den Klamotten, die er am Leib hatte, und einer Verpackung voller alter Kuchenkrümel in der Hosentasche ins Camp gekommen war.

Der Plastik-Sandwichbeutel, den er unmittelbar vor dem Hoteleingang gefunden hatte, knisterte nicht. Er war viel weicher. Als er ihn aus seiner Hosentasche hervorholte, war kein Geräusch zu hören. Der Beutel glitt still heraus, genauso still, wie er es war, nachdem ihm gesagt worden war: Halt den Mund, halt den Mund, halt den MUND.

Das Lächeln des großen Mädchens verschwand.

Und Poundcake bewegte sich wieder. Nicht zu ihr und nicht zum Aufzug, sondern zu der Seitentür am Ende des Korridors.

Hey, was hast du denn da, Dickerchen? Hm? Was ist das? Ich nehme an, das ist keine Schmerzmittel-Kapsel.

Das Lächeln des großen Mädchens kehrte zurück. Allerdings handelte es sich um ein anderes Lächeln. Ein nettes Lächeln. Sie war sehr hübsch, wenn sie so lächelte. Wahrscheinlich war sie das hübscheste Mädchen, das er jemals gesehen hatte.

Damit musst du sehr vorsichtig sein. Hast du verstanden? Hey. Hey, weißt du was? Wir machen einen Deal. Ich lege meine Pistole weg, wenn du das da weglegst, okay? Wie klingt das?

Und dann tat sie es. Sie legte ihre Pistole auf den Fußboden. Dann nahm sie ihr Gewehr von der Schulter und legte es ebenfalls auf den Boden. Anschließend hielt sie die Hände hoch.

Ich kann dir helfen. Leg das hin, und ich helfe dir. Du musst nicht sterben. Ich weiß, wie man dich wieder hinbekommt. Ich bin … ich bin nicht wie du. Ich bin ganz bestimmt nicht so tapfer und so stark wie du, so viel ist sicher. Ich kann nicht glauben, dass du immer noch stehst.

Sie würde abwarten. Sie würde abwarten, bis er ohnmächtig wurde oder tot umfiel. Sie brauchte nicht mehr zu tun, als weiter zu reden und zu lächeln und vorzutäuschen, dass sie ihn mochte.

Er öffnete den Verschluss des Beutels.

Inzwischen lächelte das große Mädchen nicht mehr, sondern rannte auf ihn zu, so schnell, wie er noch nie in seinem Leben jemanden hatte laufen sehen. Der graue Vorhang schimmerte, als sie sich näherte. Als sie fast bei ihm angekommen war, verließen ihre Füße den Boden, und sie rammte ihn genau an der Stelle, wo ihn die erste Kugel getroffen hatte. Er wurde nach hinten geschleudert und prallte gegen die metallene Türzarge. Der Beutel entglitt seinen tauben Fingern und schlitterte wie ein Eishockeypuck über den Fliesenboden. Für einen Moment verfärbte sich der graue Vorhang schwarz. Das große Mädchen drehte sich graziös wie eine Ballerina zu dem Beutel. Er hakte sein Bein an ihrem Fußgelenk ein und brachte sie zu Fall.

Sie war zu schnell, und er war zu schwer verletzt. Sie würde vor ihm dort angelangen. Deshalb hob er die Pistole auf, die er hatte fallen lassen, und schoss ihr in den Rücken.

Dann stand er ein letztes Mal auf. Er warf die Pistole weg und stieg über ihren zappelnden Körper, weiter kam er nicht, ehe er ein letztes Mal hinfiel.

Er kroch auf den Beutel zu. Sie kroch hinter ihm her. Sie war nicht in der Lage aufzustehen. Die Kugel hatte ihr Rückenmark zertrümmert. Sie war von der Taille abwärts gelähmt. Doch sie war kräftiger als er und hatte weniger Blut verloren.

Er hob den Plastikbeutel vom Boden auf. Ihre Hand fiel auf seinen Arm und riss ihn zu ihr, als wöge er gar nichts. Sie würde ihm mit einem einzigen Schlag in sein sterbendes Herz den Garaus machen.

Doch er brauchte nicht mehr zu tun, als zu atmen.

Er stülpte sich die Öffnung des Beutels über den Mund.

Und atmete.

ZWEITES BUCH

VII. TEIL
DIE SUMME ALLER DINGE

50. Kapitel

Ich sitze allein in einem fensterlosen Klassenzimmer. Blauer Teppich, weiße Wände, lange weiße Tische. Weiße Computermonitore mit weißen Tastaturen. Ich trage den weißen Overall für neue Rekruten. Anderes Camp, gleicher Drill, bis hin zum Implantat in meinem Hals und dem Trip ins Wonderland. Für diesen Trip bezahle ich noch immer. Man fühlt sich nicht leer, nachdem einem sämtliche Erinnerungen entnommen wurden. Man hat am ganzen Körper Schmerzen. Auch Muskeln bewahren Erinnerungen. Deshalb müssen sie einen während des Trips festschnallen.

Die Tür geht auf, und Commander Alexander Vosch betritt den Raum. Er trägt eine Holzschachtel, die er vor mir auf dem Tisch abstellt.

»Du siehst gut aus, Marika«, sagt er. »Viel besser, als ich erwartet hatte.«

»Mein Name ist Ringer.«

Er nickt. Er versteht genau, was ich meine. Mehr als einmal habe ich mich gefragt, ob die von Wonderland gesammelten Informationen in beide Richtungen fließen. Wenn man menschliche Erfahrungen downloaden kann, warum sollte man sie dann nicht auch uploaden können? Möglicherweise besitzt die Person, die mich gerade anlächelt, die Erinnerungen jedes einzelnen Menschen, der das Programm durchlaufen hat. Er mag zwar kein Mensch sein – was das betrifft, habe ich meine Zweifel –, aber er könnte die Summe aller Menschen sein, die durch das Tor von Wonderland gegangen sind.

»Ja. Marika ist tot.« Er setzt sich mir gegenüber. »Und jetzt bist du hier und erhebst dich wie Phönix aus der Asche.«

Er weiß, was ich als Nächstes sagen werde. Das sehe ich an dem Funkeln in seinen babyblauen Augen. Warum sagt er es mir nicht einfach? Warum muss ich fragen?

»Ist Teacup am Leben?«

»Welcher Antwort wirst du eher Glauben schenken? *Ja* oder *nein?*«

Denk nach, bevor du antwortest. Das lernt man beim Schachspielen. »*Nein.*«

»Warum?«

»*Ja* könnte eine Lüge sein, um mich zu manipulieren.«

Er nickt anerkennend. »Um dir falsche Hoffnungen zu machen.«

»Um sich ein Druckmittel zu verschaffen.«

Er neigt den Kopf und blickt an seiner langen Nase entlang auf mich herab. »Warum sollte jemand wie ich gegenüber jemandem wie dir ein Druckmittel brauchen?«

»Keine Ahnung. Irgendwas muss es geben, das Sie haben wollen.«

»Sonst …?«

»Sonst wäre ich schon tot.«

Er schweigt einen langen Moment. Sein Blick bohrt sich bis in meine Knochen. Er deutet auf die Holzschachtel.

»Ich habe dir was mitgebracht. Mach sie auf.«

Ich betrachte die Schachtel. Sehe wieder ihn an. »Das werde ich nicht tun.«

»Es ist nur eine Schachtel.«

»Ganz egal, was Sie von mir wollen, ich werde es nicht tun. Sie verschwenden Ihre Zeit.«

»Und Zeit ist die einzige Währung, die wir noch haben, nicht wahr? Zeit – und Versprechen.« Er tippt auf den Deckel der Schachtel. »Ich habe eine Menge von dem ersten wertvollen Gut verwendet, um eins zu finden.« Er stößt die Schachtel zu mir hin. *»Mach sie auf.«*

Ich mache sie auf.

Er fährt fort: »Ben wollte nicht mit dir spielen. Genauso wenig die kleine Allison – ich meine Teacup; Allison ist ebenfalls tot. Du hast seit dem Tod deines Vaters keine Partie Schach mehr gespielt.«

Ich schüttle den Kopf. Nicht als Antwort auf seine Frage. Ich schüttle den Kopf, weil ich es nicht verstehe. Der Chefarchitekt des Völkermords möchte mit mir Schach spielen?

Ich zittere in dem hauchdünnen Overall. Im Zimmer ist es sehr kalt. Vosch beobachtet mich lächelnd. Nein. Er beobachtet mich nicht nur. *Das ist etwas anderes als Wonderland. Er kennt nicht nur deine Erinnerungen. Er weiß auch, was du gerade denkst.* Wonderland ist ein Apparat. Er zeichnet auf, Vosch dagegen *liest.*

»Sie sind weg«, platze ich heraus. »Sie sind nicht mehr in dem Hotel. Und Sie wissen nicht, wo sie sich befinden.« Das muss es sein. Mir fällt kein anderer Grund ein, warum er mich noch nicht getötet hat. Ein ziemlich mieser Grund allerdings. Bei diesem Wetter und ohne Ressourcen, wie schwierig konnte es da sein, sie zu finden? Ich klemme meine kalten Hände zwischen die Knie und zwinge mich, langsam und tief zu atmen.

Er öffnet den Deckel, packt das Spielbrett aus und nimmt die weiße Dame heraus. »Weiß? Du bevorzugst weiß.«

Lange, geschickte Finger stellen die Figuren auf. Die Finger eines Musikers, eines Bildhauers, eines Malers. Dann stützt er die Ellbogen auf den Tisch und verschränkt diese Finger, um eine Ablage für sein Kinn zu schaffen, wie mein Vater es jedes Mal tat, wenn *er* spielte.

»Was wollen Sie?«, frage ich.

Er zieht eine Augenbraue hoch. »Ich möchte eine Partie Schach spielen.«

Er starrt mich schweigend an. Aus fünf Sekunden werden zehn. Aus zehn werden zwanzig. Nach dreißig Sekunden ist eine Ewigkeit vergangen. Ich glaube, ich weiß, was er tut: Er spielt ein Spiel im Spiel. Ich verstehe nur nicht, weshalb.

Ich eröffne spanisch. Nicht die originellste Eröffnung in der Geschichte des Spiels; ich bin ein bisschen gestresst. Während wir spielen, summt er leise und unmelodiös, und ich weiß, er macht sich absichtlich über meinen Vater lustig. Mir dreht sich vor Abscheu der Magen um. Um zu überleben, habe ich Mauern errichtet, eine emotionale Festung, die mich in einer inzwischen gefährlich irrsinnigen Welt geschützt und bei gesundem Verstand gehalten hat, doch selbst der offenste Mensch hat einen privaten, heiligen Ort, an den sich niemand anders begeben sollte.

Ich verstehe jetzt das Spiel im Spiel: Es gibt nichts Privates, nichts Heiliges. Ihm bleibt kein Teil von mir verborgen. Mir dreht sich vor Ekel der Magen um. Er hat mehr als nur meine Erinnerungen geschändet. Er missbraucht meine Seele.

Die Maus und die Tastatur zu meiner Rechten sind kabellos. Aber der Monitor neben ihm nicht. Ein Hechtsprung über den Tisch, ein harter Aufwärtshaken gegen seinen Kopf und das Kabel um seinen Hals. Ausgeführt in vier Sekunden, vorbei in vier Minuten. Es sei denn, wir werden beobachtet, und das werden wir wahrscheinlich. Vosch wird leben, Teacup und ich werden sterben. Und selbst wenn es mir gelingt, ihn zuerst zu töten, wird es sich um einen Pyrrhussieg handeln, angenommen, Evan Walkers Behauptung ist wahr. Im Hotel habe ich Sullivan darauf hingewiesen, als sie sagte, Evan hätte sich geopfert, um die Basis in die Luft zu sprengen: Wenn sie sich in menschliche Körper downloaden können, sind sie auch in der Lage, Kopien von sich zu machen. Die Menge an »Evans« und »Voschs« wäre unendlich. Evan könnte sich umbringen. Ich könnte Vosch töten. Völlig egal. Die Wesen in ihnen sind per definitionem unsterblich.

Du musst genau aufpassen, was ich dir sage, forderte mich Sullivan mit übertriebener Geduld auf. *Es gibt den Menschen Evan, der mit einem außerirdischen Bewusstsein* verflochten *ist. Er ist nicht der eine oder das andere, er ist beides. Also* kann *er sterben.*

Aber nicht der entscheidende Teil.

Stimmt, fauchte sie. *Nur der unbedeutende menschliche Teil.*

Vosch beugt sich über das Spielbrett. Sein Atem riecht nach Apfel. Ich presse die Hände in den Schoß. Er zieht eine Augenbraue hoch. *Problem?*

»Ich werde verlieren«, sage ich.

Er täuscht Überraschung vor. »Wie kommst du darauf?«

»Sie kennen meine Züge, bevor ich sie mache.«

»Du spielst auf das Wonderland-Programm an. Aber du vergisst dabei, dass wir mehr sind als die Summe unserer Erfahrungen. Menschliche Wesen können wunderbar unvorhersehbar sein. Dass du Ben Parish während des Falls von Camp Haven gerettet hast, zum Beispiel, hat jeder Logik getrotzt und das wichtigste Privileg aller Lebewesen ignoriert: weiterzuleben. Oder deine gestrige Entscheidung, dich zu stellen, als dir bewusst wurde, dass eine Gefangennahme die einzige Überlebenschance für das kleine Mädchen ist.«

»Hat sie überlebt?«

»Die Antwort auf diese Frage kennst du bereits.« Ungeduldig, wie ein strenger Lehrer mit einem vielversprechenden Schüler. Er deutet auf das Brett: *Spiel weiter.*

Ich umfasse meine Faust mit der anderen Hand und drücke zu, so fest ich kann. Stelle mir vor, meine Faust ist sein Hals. Vier Minuten, um jegliches Leben aus ihm zu pressen. Nur vier Minuten.

»Teacup ist am Leben«, sage ich zu ihm. »Wissen Sie, die Drohung, mir das Hirn zu verschmoren, wird nicht dafür sorgen, dass ich tue, was Sie wollen. Aber ich werde es für Teacup tun.«

»Ihr gehört jetzt zueinander, nicht wahr? Wie mit einem Silberfaden verknüpft.« Ein Lächeln. »Abgesehen von den schweren Verletzungen, von denen sie sich womöglich nicht erholen wird, hast du ihr das unschätzbar wertvolle Geschenk von Zeit gemacht. Es gibt ein lateinisches Sprichwort: *Vincit qui patitur.* Weißt du, was das bedeutet?«

Ich bin mehr als kalt. Ich bin am absoluten Nullpunkt angekommen. »Sie wissen doch, dass ich es nicht weiß.«

»›Es siegt, wer erdulden kann.‹ Denk an die Ratten der armen Teacup. Was können wir von ihnen lernen? Als du zu mir gekommen bist, habe ich dir ganz am Anfang gesagt: Es geht weniger darum, euch kampfunfähig zu machen, sondern vielmehr darum, euren Kampfeswillen zu brechen.«

Schon wieder die Ratten. »Eine Ratte ohne Hoffnung ist eine tote Ratte.«

»Ratten kennen keine Hoffnung. Und keinen Glauben. Und keine Liebe. Du hattest recht, was diese Dinge anbelangt, Gefreite Ringer. Sie werden die Menschheit nicht durch den Sturm bringen. Du hast dich allerdings getäuscht, was Wut betrifft. Wut ist auch nicht die Antwort.«

»Was ist dann die Antwort?« Ich möchte nicht fragen, möchte ihm nicht die Genugtuung geben, kann es mir aber nicht verkneifen.

»Du bist nah dran«, sagt er. »Ich denke, du wärst wahrscheinlich überrascht, wie nah du dran bist.«

»Wo nah dran?« Meine Stimme klingt so klein wie die einer Ratte.

Er schüttelt den Kopf, ist wieder ungeduldig. »Spiel weiter.«

»Es hat keinen Sinn.«

»Eine Welt, in der Schach keine Rolle spielt, ist keine Welt, in der ich leben will.«

»Hören Sie auf damit. Hören Sie auf, sich über meinen Vater lustig zu machen.«

»Dein Vater war ein guter Mensch, der im Bann einer schrecklichen Krankheit stand. Du solltest nicht so hart mit ihm ins Gericht gehen. Und auch nicht mit dir selbst, weil du ihn im Stich gelassen hast.«

Bitte geh nicht. Verlass mich nicht, Marika.

Lange geschickte Finger, die sich in meinem Hemd verkrallen, die Finger eines Künstlers. Das Gesicht geformt vom erbarmungslosen Messer des Hungers, die roten Augen schwarz umrandet.

Ich komme wieder zurück. Das verspreche ich dir. Ohne mich wirst du sterben. Ich verspreche dir, ich komme wieder zurück.

Vosch lächelt seelenlos, das Lächeln eines Hais oder das Grinsen eines Totenkopfs, und wenn Wut nicht die Antwort ist, was dann? Ich quetsche meine Faust so fest, dass sich die Fingernägel in die Handfläche graben. *So hat Evan es beschrie-*

ben, sagte Sullivan und umschloss ihre Faust mit der anderen Hand. *Das ist Evan. Das ist das Wesen in ihm.* Meine Hand ist die Wut, aber was ist meine Faust? Worum handelt es sich bei dem Ding, das in Wut gehüllt ist?

»Ein Zug von schachmatt entfernt«, sagt Vosch leise. »Warum machst du ihn nicht?«

Meine Lippen bewegen sich kaum. »Ich verliere nicht gern.«

Er holt ein silberfarbenes Gerät von der Größe eines Mobiltelefons aus der Brusttasche. Ich habe schon einmal eines gesehen. Ich weiß, was es anrichtet. Die Haut um das winzige Heftpflaster, das die Einsatzstelle an meinem Nacken verschließt, beginnt zu jucken.

»Über dieses Stadium sind wir schon ein Stück hinaus«, sagt er.

»Drücken Sie doch den Knopf. Ist mir scheißegal.«

Er nickt zustimmend. »Jetzt bist du ganz nah an der Antwort dran. Aber es ist nicht *dein* Implantat, das mit diesem Sender verbunden ist. Möchtest du trotzdem, dass ich den Knopf drücke?«

Teacup. Ich senke den Blick auf das Spielbrett. *Ein Zug von schachmatt entfernt.* Die Partie war bereits vorbei, bevor sie überhaupt begonnen hatte. Wie vermeidet man, ein abgekartetes Spiel zu verlieren?

Eine Siebenjährige kannte die Antwort auf diese Frage. Ich schiebe eine Hand unter das Brett und schleudere es in Richtung seines Kopfes. *Ich nehme an, das bedeutet schachmatt, du Schlampe!*

Er sieht es kommen und hat keine Schwierigkeiten, sich rechtzeitig zu ducken. Figuren fallen klappernd auf den Tisch, rollen träge auf der Tischplatte, ehe sie über die Kante stürzen. Er hätte mir nicht sagen sollen, dass das Gerät mit Teacup verbunden ist: Wenn er den Knopf drückt, verliert er sein Druckmittel gegen mich.

Vosch drückt den Knopf.

51. Kapitel

Meine Reaktion ist seit Monaten im Entstehen. Und unmittelbar. Ich springe über den Tisch, ramme ihm mein Knie fest in die Brust und stoße ihn nach hinten auf den Fußboden. Ich lande auf ihm und schlage ihm mit dem Ballen meiner blutigen Hand auf seine aristokratische Nase, wobei ich die Schultern in Schlagrichtung drehe, um die Wucht zu maximieren, in Lehrbuch-Perfektion, genau wie es mir meine Ausbilder in Camp Haven beigebracht haben. Drill um Drill um Drill, bis keine Notwendigkeit mehr besteht nachzudenken: Auch Muskeln bewahren Erinnerungen. Seine Nase bricht mit einem befriedigenden Knirschen. Das ist der Moment, haben mir die Ausbilder beigebracht, in dem sich ein kluger Soldat zurückzieht. Nahkampf ist unberechenbar, und mit jeder Sekunde, die man involviert ist, steigt das Risiko. *Vom X ablassen,* hieß es. *Vincit qui patitur.*

Doch von diesem speziellen X kann man nicht ablassen. Die Uhr ist bis zum letzten Ticken abgelaufen; mir bleibt keine Zeit mehr. Die Tür fliegt auf, und Soldaten strömen in den Raum. Ich werde schnell und grob außer Gefecht gesetzt, von Vosch heruntergerissen und mit dem Gesicht voran auf den Fußboden geworfen, und ein Schienbein wird mir gegen den Hals gedrückt. Ich rieche Blut. Seines, nicht meines.

»Du enttäuschst mich«, flüstert er mir ins Ohr. »Ich habe dir doch gesagt, Wut ist nicht die Antwort.«

Sie zerren mich auf die Füße. Die untere Hälfte von Voschs Gesicht ist blutüberströmt. Es bedeckt seine Wangen wie eine Kriegsbemalung. Seine Augen schwellen bereits zu, was ihm ein merkwürdiges, schweineartiges Aussehen verleiht.

Er dreht sich zu dem Gruppenführer, der neben ihm steht, einem schlanken, hellhäutigen Rekruten mit blondem Haar und ausdrucksstarken dunklen Augen.

»Bereitet sie vor.«

—— 52. Kapitel ——

Korridor: niedrige Decken, flackerndes Neonlicht, Betonsteinwände. Der Druck anderer Körper um mich, einer vor mir, einer hinter mir, zwei links und rechts, die mich an den Armen festhalten. Das Quietschen von Gummisohlen auf dem grauen Betonboden, der leichte Schweißgestank und der bittersüße Geruch wiederaufbereiteter Luft. Treppenhaus: Metallgeländer, grau gestrichen wie der Fußboden, Spinnweben, die in Ecken zittern, vergitterte und verstaubte gelbe Glühbirnen, Abstieg in wärmere, modrigere Luft. Ein weiterer Gang: nicht gekennzeichnete Türen und breite rote Streifen, die an jeder grauen Wand entlangführen, und Schilder, auf denen steht: KEIN ZUTRITT und NUR FÜR BEFUGTES PERSONAL. Raum: klein, fensterlos. Schränke an einer Wand, in der Mitte ein Krankenhausbett, daneben ein Vitalparameter-Monitor, sein Bildschirm dunkel. Zwei Personen in weißen Kitteln, auf jeder Seite des Betts eine. Ein Mann mittleren Alters, eine jüngere Frau, die sich beide ein Lächeln abringen.

Die Tür schlägt zu. Ich bin mit den Weißkitteln allein, abgesehen von dem blonden Rekruten, der hinter mir an der Tür steht.

»Einfach oder schwierig«, sagt der Mann im weißen Kittel. »Du hast die Wahl.«

»Schwierig«, erwidere ich. Ich wirble herum und bringe den Rekruten mit einem Schlag gegen den Hals zu Fall. Seine Pistole fällt klappernd auf den Fliesenboden. Ich hebe sie auf und drehe mich wieder zu den Weißkitteln um.

»Es gibt kein Entkommen«, sagt der Mann ruhig. »Das weißt du.«

Das weiß ich. Aber ich brauche die Pistole nicht, um zu entkommen. Zumindest nicht, um in dem Sinn zu entkommen, wie er es meint. Ich werde keine Geiseln nehmen, und ich werde niemanden töten. Menschliche Wesen zu töten ist das Ziel des Feindes. Hinter mir krümmt sich der Junge auf dem Boden und gibt röchelnde Laute von sich. Möglicherweise habe ich ihm den Kehlkopf zertrümmert.

Ich werfe einen flüchtigen Blick nach oben auf die Kamera in der gegenüberliegenden Ecke des Raums. Sieht er zu? Dank Wonderland kennt er mich besser als irgendjemand anderer auf der Welt. Er weiß bestimmt, weshalb ich die Pistole an mich genommen habe:

Ich bin mattgesetzt. Und es ist zu spät, um aus der Partie auszusteigen.

Ich presse mir die kalte Mündung an die Schläfe. Der Mund der Frau öffnet sich. Sie geht einen Schritt auf mich zu.

»Marika.« Freundliche Augen. Sanfte Stimme. »Sie ist am Leben, weil du es auch bist. Wenn du es nicht mehr bist, wird sie es auch nicht mehr sein.«

Dann macht es plötzlich *klick*. Er hat mir gesagt, Wut wäre nicht die Antwort, und Wut ist die einzige Erklärung, weshalb er den Todesknopf gedrückt hat, als ich das Spielbrett umgedreht habe. Zumindest habe ich das zu diesem Zeitpunkt geglaubt. Mir kam nie in den Sinn, dass er geblufft haben könnte.

Und es hätte mir in den Sinn kommen sollen. Er würde sein Druckmittel niemals aufgeben. Warum habe ich das nicht gesehen? Ich bin blind vor Wut, nicht er.

Mir ist schwindlig; der Raum will sich einfach nicht stillhalten. Bluffs in Bluffs, Finten in Gegenfinten. Ich bin in ein Spiel geraten, bei dem ich weder die Regeln noch das Ziel kenne. Teacup ist am Leben, weil ich am Leben bin. Ich bin am Leben, weil sie am Leben ist.

»Bringen Sie mich zu ihr«, sage ich zu der Frau. Ich möchte den Beweis dafür, dass diese eine fundamentale Annahme wahr ist.

»Kommt nicht infrage«, sagt der Mann. »Und was jetzt?«

Gute Frage. Ich muss die beiden unter Druck setzen, und zwar richtig, und presse mir die Pistole fest gegen die Schläfe. »Bringen Sie mich zu ihr, oder ich schwöre bei Gott, ich tue es.«

»Das kannst du nicht«, sagt die junge Frau. Sanfte Stimme. Freundliche Augen. Ausgestreckte Hand.

Sie hat recht. Ich kann nicht. Es könnte eine Lüge sein; Teacup könnte tot sein. Doch es besteht eine gewisse Chance, dass sie noch lebt, und wenn ich tot bin, haben sie keinen Grund mehr, sie leben zu lassen. Das Risiko ist inakzeptabel.

Das ist die Fessel. Das ist die Falle. Das ist die Stelle, an der die Straße unmöglicher Versprechen in der Sackgasse endet. Das ist das einzig mögliche Ergebnis des antiquierten Glaubens, dass das unbedeutende Leben eines siebenjährigen Kindes noch eine Rolle spielt.

Tut mir leid, Teacup. Ich hätte das Ganze schon im Wald beenden sollen.

Ich lasse die Pistole sinken.

53. Kapitel

Der Monitor erwacht flackernd zum Leben. Puls, Blutdruck, Atmung, Körpertemperatur. Der Junge, den ich niedergestreckt habe, ist wieder auf den Beinen und lehnt an der Tür. Mit einer Hand massiert er sich den Hals, in der anderen hält er seine Pistole. Er sieht mich finster an, während ich im Bett liege.

»Das wird dir helfen, dich zu entspannen«, murmelt die Frau mit der sanften Stimme und den freundlichen Augen. »Nur ein kleiner Pieks.«

Der Stich einer Nadel. Die Wände verschwinden in einem farblosen Nichts. Tausend Jahre vergehen. Ich werde unter dem Absatz der Zeit zu Staub zertreten. Ihre Stimmen stolpern, ihre Gesichter dehnen sich aus. Der dünne Schaum unter mir löst sich auf. Ich treibe durch ein unendliches Meer von Weiß.

Aus dem Nebel ertönt eine körperlose Stimme. »Und jetzt kehren wir zum Rattenproblem zurück, einverstanden?«

Vosch. Ich sehe ihn nicht. Seine Stimme hat keinen Ursprung. Sie kommt von überall und nirgendwo, als befände er sich in mir.

»Du hast dein Zuhause verloren. Und der entzückende – der *einzige* – Ersatz, den du gefunden hast, ist von Ungeziefer befallen. Was kannst du dagegen tun? Welche Auswahlmöglichkeiten hast du? Dich damit abfinden und in Frieden mit den destruktiven Schädlingen leben oder sie ausrotten, bevor sie dein neues Zuhause zerstören? Sagst du dir: ›Ratten sind widerwärtige Kreaturen, aber trotzdem Lebewesen mit denselben Rechten wie ich‹? Oder sagst du dir: ›Wir sind inkompatibel, diese Ratten und ich. Wenn ich hier wohnen soll, muss dieses Ungeziefer sterben‹?«

Aus tausend Meilen Entfernung höre ich den Monitor im Rhythmus meines Herzschlags piepsen. Das Meer wogt. Ich hebe und senke mich mit jeder Wellenbewegung der Oberfläche.

»Aber es geht eigentlich gar nicht um die Ratten.« Seine Stimme hämmert, laut, mächtig wie Donner. »Darum ging es noch nie. Die Notwendigkeit, sie auszurotten, ist unbestreitbar. Was dich beunruhigt, ist die Art und Weise, wie. Das wirkliche Problem, das fundamentale Problem, sind Felsbrocken.«

Der weiße Vorhang schält sich weg. Ich treibe noch immer, doch jetzt befinde ich mich weit über der Erde in einer schwarzen, sternendurchfluteten Leere, und die Sonne, die den Horizont küsst, hüllt die Oberfläche des Planeten unter mir in ein schimmerndes Gold. Der Monitor piepst wie wild, und eine Stimme sagt: »Oh, Mist«, und dann Voschs Stimme: »Atme, Marika. Du bist vollkommen in Sicherheit.«

Vollkommen in Sicherheit. Deshalb haben sie mich also sediert. Wenn sie es nicht getan hätten, wäre mein Herz wegen des Schocks wahrscheinlich stehen geblieben. Der Effekt ist dreidimensional, von der Realität nicht zu unterscheiden, nur dass ich im All nicht atmen würde. Und an einem Ort, an dem Klang nicht existiert, auch Voschs Stimme nicht hören würde.

»So sah die Erde vor sechsundsechzig Millionen Jahren aus. Wunderschön, nicht wahr? Paradiesisch. Unberührt. Die Atmosphäre, bevor ihr sie vergiftet habt. Das Wasser, bevor ihr es verschmutzt habt. Das Land voller Leben, bevor ihr – ihr Nagetiere, die ihr nun einmal seid – es zerfetzt habt, um euren Heißhunger zu stillen und eure schmutzigen Nester zu bauen. Die Erde hätte weitere sechsundsechzig Millionen Jahre makellos bleiben können, unbefleckt von eurer Säugetier-Völlerei, wäre es nicht zu einer zufälligen Begegnung mit einem außerirdischen Besucher von einem Viertel der Größe von Manhattan gekommen.«

Der Asteroid zischt an mir vorbei, pockennarbig und zerklüftet, und löscht die Sterne aus, als er auf den Planeten zurast. Als er in die Atmosphäre eintritt, beginnt seine untere Hälfte zu glühen. Hellgelb, dann weiß.

»Und so wird über das Schicksal der Welt entschieden. Von einem Felsbrocken.«

Jetzt stehe ich am Ufer eines riesigen seichten Meeres und sehe dem Asteroiden zu, wie er fällt, ein winziger Punkt, ein Kieselstein, unbedeutend.

»Wenn sich der Staub nach dem Aufprall gelegt hat, werden drei Viertel sämtlichen Lebens auf der Erde verschwunden sein. Die Welt endet. Die Welt beginnt aufs Neue. Die Menschheit hat ihre Existenz einer kosmischen Laune zu verdanken. Einem Felsbrocken. Das ist wirklich erstaunlich, wenn man es sich überlegt.«

Der Boden bebt. In der Ferne ein Donnern, gefolgt von unheimlicher Stille.

»Und darin besteht das Rätsel, die Aufgabe, vor der du dich immer gedrückt hast, denn die Konfrontation mit dem Problem rüttelt an den Grundfesten, nicht wahr? Es widersetzt sich jeder Erklärung. Es lässt alles, was geschehen ist, völlig widersprüchlich, absurd, unsinnig erscheinen.«

Das Meer brodelt; Dampf peitscht und wirbelt. Das Wasser

verkocht. Eine gewaltige Wand aus Staub und pulverisiertem Stein rast auf mich zu, löscht den Himmel aus. Die Luft ist mit schrillem Kreischen gefüllt, das wie die Schreie eines sterbenden Tieres klingt.

»Das Offensichtliche muss ich nicht aussprechen, oder? Die Frage bereitet dir schon seit sehr langer Zeit Kopfzerbrechen.«

Ich kann mich nicht bewegen. Mir ist klar, dass ich es mir nur einbilde, aber meine Panik gleicht der Wand aus Dampf und Staub, die sich rasend schnell nähert. Eine Million Jahre Evolution haben mich gelehrt, auf meine Sinne zu vertrauen, und der primitive Teil meines Gehirns hört nicht auf den rationalen Teil, der schrill schreit wie ein sterbendes Tier: *Nicht echt, nicht echt, nicht echt, nicht echt.*

»Elektromagnetische Impulse. Riesige Metallstangen, die vom Himmel regnen. Eine virale Seuche …« Seine Stimme steigt mit jedem Wort an, und die Worte gleichen Donnerschlägen oder dem Absatz eines Stiefels, der heruntersaust. »Schläfer, in menschliche Körper implantiert. Ganze Armeen gehirngewaschener Kinder. Was *ist* das? Das ist die zentrale Frage. Die einzige, die wirklich eine Rolle spielt: Warum sich mit irgendetwas davon abmühen, wenn man nur einen sehr, sehr großen *Felsbrocken* braucht?«

Die Welle überrollt mich, und ich ertrinke.

54. Kapitel

Ich bin jahrtausendelang begraben.

Meilen über mir erwacht die Welt. In den kühlen Schatten, die sich auf dem Regenwaldboden ansammeln, gräbt eine rattenähnliche Kreatur nach zarten Wurzeln. Ihre Nachfahren werden Feuer zähmen, das Rad erfinden, die Mathematik entdecken, Poesie erschaffen, Flüsse umleiten, Wälder dem Erdboden gleichmachen, Städte erbauen, die Tiefen des Alls erforschen. Fürs Erste besteht die einzig wichtige Aufgabe jedoch darin, Nahrung zu finden und lange genug zu überleben, um mehr rattenähnliche Kreaturen hervorzubringen.

Von Feuer und Staub vernichtet, wird die Welt in einem hungrigen Nagetier wiedergeboren, das im Erdreich gräbt.

Die Uhr tickt. Die Kreatur schnuppert nervös die warme, feuchte Luft. Das metronomische Ticken der Uhr beschleunigt sich, und ich steige zur Oberfläche auf. Als ich aus dem Staub auftauche, hat sich die Kreatur verwandelt: Sie sitzt auf einem Stuhl neben meinem Bett und trägt schmutzstarrende Jeans und ein zerrissenes T-Shirt. Hängeschultriger, unrasierter, hohläugiger Erfinder des Rads, Erbe, Verwalter, Verschwender.

Mein Vater.

Das *Piep-Piep* des Monitors. Die tropfende Infusion und die steife Bettwäsche und das harte Kopfkissen und die Schläuche, die sich von meinen Armen wegschlängeln. Und der Mann, der an meinem Bett sitzt, bleich und verschwitzt, schmutzverschmiert, ruhelos, nervös an seinem Hemd zupfend, mit blutunterlaufenen Augen und feuchten, geschwollenen Lippen.

»Marika.«

Ich schließe die Augen. *Es ist nicht er. Es ist die Droge, mit der Vosch dich vollgepumpt hat.*

Wieder: »Marika.«

»Sei still. Du bist nicht echt.«

»Marika, es gibt da etwas, das ich dir sagen möchte. Etwas, das du wissen solltest.«

»Ich verstehe nicht, warum Sie mir das antun«, sage ich zu Vosch. Ich weiß, er sieht zu.

»Ich vergebe dir«, sagt mein Vater.

Ich komme nicht zu Atem. In meiner Brust spüre ich einen stechenden Schmerz, als würde ein Messer tief eindringen.

»Bitte«, flehe ich Vosch an. »Bitte tun Sie das nicht.«

»Du musstest gehen«, sagt mein Vater. »Du hattest keine Wahl, und was geschah, ist ohnehin meine eigene verdammte Schuld. Du hast mich nicht zum Trinker gemacht.«

Ich halte mir instinktiv die Ohren zu. Doch seine Stimme ist nicht im Raum; sie ist in mir.

»Nachdem du gegangen bist, habe ich nicht lange durchgehalten«, versucht mein Vater mich zu beruhigen. »Nur ein paar Stunden.«

Wir kamen bis Cincinnati. Knapp über hundert Meilen. Dann ging ihm sein Vorrat aus. Er flehte mich an, ihn nicht zu verlassen, doch ich wusste, wenn ich nicht schnell Alkohol fand, würde er sterben. Ich fand tatsächlich welchen – eine Flasche Wodka, die unter einer Matratze versteckt war –, nachdem ich in sechzehn Häuser eingebrochen war, falls man es Einbrechen nennen konnte, da sämtliche Häuser verlassen waren und ich nur durch zersplitterte Fenster zu steigen brauchte. Ich war so froh, diese Flasche zu finden, dass ich sie tatsächlich küsste.

Doch es war zu spät. Als ich zu unserem Lager zurückkehrte, war er bereits tot.

»Ich weiß, dass du dir deshalb Vorwürfe machst, aber ich wäre so oder so gestorben, Marika. So oder so. Du hast getan, was du glaubtest tun zu müssen.«

Man kann sich vor seiner Stimme nicht verstecken. Vor ihr davonlaufen kann man ebenso wenig. Ich mache die Augen auf und blicke geradewegs in seine. »Ich weiß, das ist eine Lüge. Du bist nicht echt.«

Er lächelt. Dasselbe Lächeln, das er mir schenkte, wenn ich

in einer Partie einen besonders guten Zug gemacht hatte. Der erfreute Lehrer.

»Ich bin hier, um dir genau das zu sagen!« Er reibt seine langen Finger an seinen Oberschenkeln, und ich sehe seine schmutzverkrusteten Nägel. »Das ist die Lektion, Marika. Das ist es, von dem sie möchten, dass du es verstehst.«

Warme Hand an kühler Haut: Er berührt mich am Arm. Das letzte Mal habe ich seine Hand an meiner Wange gespürt, in Form von harten, stechenden Ohrfeigen, während er mich mit der anderen Hand festhielt. *Miststück! Lass mich nicht im Stich. Lass mich bloß nie im Stich, Miststück!* Jedes *Miststück* mit einer Ohrfeige unterstrichen. Er hatte den Verstand verloren. Sah in der tiefen Dunkelheit, die jeden Abend hereinbrach, Dinge, die nicht da waren. Hörte Dinge in der fürchterlichen Stille, die einen jeden Tag zu erdrücken drohte. In der Nacht, in der er starb, wachte er schreiend auf und kratzte an seinen Augen. Er spürte Insekten in ihnen krabbeln.

Dieselben verquollenen Augen starren mich jetzt an. Und die Kratzspuren darunter sind noch frisch. Ein weiterer Kreis, ein weiterer Silberfaden: Jetzt bin ich diejenige, die Dinge sieht, Dinge hört, Dinge spürt, die in der fürchterlichen Stille gar nicht da sind.

»Zuerst haben sie uns gelehrt, ihnen nicht zu trauen«, flüstert er. »Dann haben sie uns gelehrt, einander nicht zu trauen. Jetzt lehren sie uns, dass wir nicht einmal uns selbst trauen können.«

Und ich flüstere zurück: »Das verstehe ich nicht.«

Er verblasst. Als ich tiefer in die lichtlose Tiefe falle, verblasst mein Vater zu tiefenlosem Licht. Er küsst mich auf die Stirn. Ein Segen. Ein Fluch.

»Du gehörst jetzt zu ihnen.«

55. Kapitel

Der Stuhl ist wieder leer. Ich bin allein. Dann rufe ich mir in Erinnerung, dass ich auch allein war, als der Stuhl nicht leer war. Ich warte darauf, dass sich mein Herzklopfen legt. Ich zwinge mich, ruhig zu bleiben, meine Atmung zu kontrollieren. Die Droge wird sich den Weg durch meinen Körper bahnen, und es wird mir gut gehen. *Du bist in Sicherheit,* rede ich mir ein. *Vollkommen in Sicherheit.*

Der blonde Rekrut, dem ich einen Schlag gegen den Hals verpasst habe, kommt herein. Er trägt ein Tablett mit Essen: eine Scheibe Fleisch unbekannter Herkunft, Kartoffeln, ein breiiger Haufen Bohnen und ein großes Glas Orangensaft. Er stellt das Tablett neben dem Bett ab, drückt einen Knopf, um mich in Sitzposition hochzufahren, dreht mir das Tablett hin, dann bleibt er mit verschränkten Armen vor mir stehen.

»Lass mich wissen, wie es schmeckt«, flüstert er heiser. »Ich kann drei Wochen lang keine feste Nahrung zu mir nehmen.«

Er hat helle Haut, die seine braunen, tief liegenden Augen noch dunkler erscheinen lässt. Er ist nicht wuchtig, weder muskulös wie Zombie noch korpulent wie Poundcake. Er ist groß und schlank, hat den Körperbau eines Schwimmers. Er hat eine stille Intensität an sich – in der Art und Weise, wie er sich bewegt, aber vor allem in seinem Blick, eine gewissenhaft kontrollierte Kraft, die sich wie eine gespannte Feder unmittelbar unter der Oberfläche befindet.

Ich bin mir nicht sicher, welche Antwort er von mir erwartet. »Tut mir leid.«

»War ein Überraschungsschlag.« Er trommelt mit den Fingern auf seinem Unterarm. »Willst du nichts essen?«

Ich schüttle den Kopf. »Keinen Hunger.«

Ist das Essen echt? Ist der Junge, der mir das Essen gebracht hat, echt? Die Ungewissheit meiner eigenen Erfahrung ist niederschmetternd. Ich ertrinke in einem unendlichen Meer. Sinke langsam, wobei mich das Gewicht der lichtlosen Tiefen nach unten zieht, mir die Luft aus der Lunge presst, mir das Blut aus dem Herzen quetscht.

»Trink den Saft«, fordert er mich auf. »Sie haben gesagt, du sollst wenigstens den Saft trinken.«

»Warum?«, würge ich mit Mühe heraus. »Was ist denn in dem Saft drin?«

»Ein bisschen paranoid?«

»Ein bisschen.«

»Sie haben dir gerade ungefähr einen halben Liter Blut abgenommen. Deshalb haben sie gesagt, ich soll mich vergewissern, dass du den Saft trinkst.«

Ich kann mich nicht daran erinnern, dass mir Blut abgenommen wurde. War das passiert, während ich mich mit meinem Vater »unterhielt«? »Wozu nehmen sie mir Blut ab?«

Ausdrucksloses Starren. »Mal sehen, ob ich mich erinnern kann. Sie sagen mir nämlich alles.«

»Was haben sie dir denn gesagt? Warum bin ich hier?«

»Ich habe die Anweisung, nicht mit dir zu sprechen«, entgegnet er. Dann: »Sie haben uns gesagt, du wärst ein VIP – ein *Very Important Prisoner.*« Er schüttelt den Kopf. »Ich verstehe das nicht. In den guten alten Tagen sind Dorothys einfach … verschwunden.«

»Ich bin keine Dorothy.«

Er zuckt mit den Schultern. »Ich stelle keine Fragen.«

Aber er muss mir einige beantworten. »Weißt du, was mit Teacup passiert ist?«

»Ist mit dem Löffel abgehauen, habe ich mir sagen lassen.«

»Tut das in dem Kinderlied nicht der Teller?«

»Ich habe einen Witz gemacht.«

»Verstehe ich nicht.«

»Tja. Du kannst mich mal.«

»Das kleine Mädchen, das mit mir im Hubschrauber gekommen ist. Schwer verletzt. Ich muss wissen, ob sie noch am Leben ist.«

Er nickt ernst. »Darauf komme ich gleich zu sprechen.«

Ich gehe die Sache falsch an. Im Umgang mit anderen Menschen war ich noch nie gut. Mein Spitzname in der Unterstufe war »Ihre Majestät Marika« und ein Dutzend Varianten davon. Vielleicht sollte ich eine Beziehung aufbauen, die über *Du kannst mich mal* hinausgeht. »Ich heiße Ringer.«

»Das ist ja großartig. Du bist damit sicher sehr zufrieden.«

»Du kommst mir irgendwie bekannt vor. Warst du in Camp Haven?«

Er macht den Mund auf, um etwas zu sagen. Beißt sich auf die Zunge. »Ich habe die Anweisung, nicht mit dir zu sprechen.«

Ich sage beinahe: *Und warum tust du es dann?,* verkneife es mir aber. »Wahrscheinlich eine gute Idee. Sie möchten nicht, dass du erfährst, was ich weiß.«

»Ich weiß, was du weißt: Alles ist eine Lüge, wir wurden vom Feind reingelegt, sie benutzen uns, damit wir Überlebende auslöschen, bla, bla, bla. Typischer Dorothy-Schwachsinn.«

»Das dachte ich früher auch«, gebe ich zu. »Jetzt bin ich mir nicht mehr so sicher.«

»Du kommst schon noch drauf.«

»Bestimmt.« Felsbrocken und Ratten und Lebensformen, die so weit entwickelt sind, dass sie keinen Körper mehr brauchen. Ich werde schon noch darauf kommen, aber wahrscheinlich zu spät; wahrscheinlich ist es jetzt schon zu spät. Wozu haben sie mir Blut abgenommen? Warum hält mich Vosch am Leben? Was habe ich, das er braucht? Wozu brauchen sie mich, diesen blonden Jungen oder irgendwelche anderen Menschen? Wenn sie gentechnisch ein Virus entwickeln konnten, das neun von zehn Menschen tötet, warum haben sie dann keines entwickelt, das zehn von zehn tötet? Oder, wie Vosch es formuliert hat, warum sich mit irgendetwas davon abmühen, wenn man nur einen sehr großen Felsbrocken braucht?

Ich habe Kopfschmerzen. Mir ist schwindlig. Übel. Ich vermisse es, klar denken zu können. Das war früher meine absolute Lieblingsbeschäftigung.

»Trink deinen verdammten Saft, damit ich wieder gehen kann«, verlangt er.

»Sag mir deinen Namen, und ich trinke ihn.«

Er zögert, dann: »Razor.«

Ich trinke den Saft. Er nimmt das Tablett und geht. Wenigstens habe ich seinen Namen. Immerhin ein kleiner Erfolg.

—— 56. Kapitel ——

Die Frau im weißen Laborkittel lässt sich blicken. Sie sagt, ihr Name sei Dr. Claire. Dunkles, gewelltes, nach hinten gebundenes Haar. Augen von der Farbe eines Herbsthimmels. Sie riecht nach Bittermandeln, so wie auch Zyankali riecht.

»Warum haben Sie mir Blut abgenommen?«

Sie lächelt. »Weil Ringer so süß ist, dass wir beschlossen haben, sie hundert Mal zu klonen.« Aus ihrer Stimme ist keine

Spur von Sarkasmus herauszuhören. Sie trennt die Infusion und tritt schnell zurück, als habe sie Angst, ich könnte aus dem Bett springen und sie erdrosseln. Ich spielte tatsächlich kurz mit dem Gedanken, sie zu erdrosseln, würde sie aber lieber mit einem Taschenmesser erstechen. Keine Ahnung, wie oft ich zustechen müsste. Sehr oft wahrscheinlich.

»Da ist noch eine Sache, die keinen Sinn ergibt«, sage ich zu ihr. »Warum downloaden Sie Ihr Bewusstsein in einen menschlichen Körper, wenn Sie in Ihrem Mutterschiff so viele klonen können, wie Sie möchten? Null Risiko.« Vor allem, da jederzeit einer Ihrer Downloads einen auf Evan Walker machen und sich in ein Menschenmädchen verlieben könnte.

»Das ist eine gute Frage.« Ernstes Nicken. »Das werde ich bei der nächsten Planungsbesprechung zur Sprache bringen. Vielleicht müssen wir die ganze Feindliche-Übernahme-Sache noch mal überdenken.« Sie deutet auf die Tür. »Setz dich in Bewegung.«

»Wohin denn?«

»Das findest du schon raus. Keine Sorge.« Claire fügt hinzu: »Es wird dir gefallen.«

Wir gehen nicht weit. Zwei Türen weiter. Das Zimmer ist spartanisch. Ein Waschbecken und ein Schrank, eine Toilette und eine Duschkabine.

»Wann hast du das letzte Mal anständig geduscht?«, erkundigt sie sich.

»In Camp Haven. An dem Abend, bevor ich meinem Drill-Ausbilder ins Herz geschossen habe.«

»Hast du?«, fragt sie beiläufig, als hätte ich ihr erzählt, dass ich früher in San Francisco gewohnt habe. »Handtuch, hier. Zahnbürste, Kamm, Deo im Schrank. Ich bin gleich auf der anderen Seite der Tür. Klopf, wenn du was brauchst.«

Als ich allein bin, öffne ich den Schrank. Deoroller. Ein Kamm. Eine Tube Zahnpasta in Reisegröße. Eine in Plastikfolie eingeschweißte Zahnbürste. Keine Zahnseide. Ich hatte gehofft, es wäre Zahnseide da. Ich verschwende ein paar Minuten damit zu überlegen, wie lange es dauern würde, das Ende der Zahnbürste zu schärfen, um ein richtiges Schneideinstrument zu erhalten. Dann schlüpfe ich aus dem Overall und steige in die Duschkabine, und ich denke an Zombie – nicht weil ich nackt unter der Dusche stehe, sondern weil ich mich daran erinnere, wie er von Facebook und Drive-in-Schaltern und dem zweiten Gong und der endlosen Liste aller verlorenen Dinge wie fettigen Pommes, muffigen Buchhandlungen und heißen Duschen gesprochen hatte. Ich drehe die Temperatur so hoch, wie ich es ertragen kann, und lasse das Wasser auf mich regnen, bis meine Fingerspitzen faltig werden. Lavendel-Seife. Fruchtiges Shampoo. Die harte Beule, unter der sich der winzige Sender befindet, rollt unter meinen Fingern. *Du gehörst jetzt zu ihnen.*

Ich schleudere die Shampoo-Flasche gegen die Wand der Duschkabine. Schlage immer und immer wieder mit der Faust gegen die Fliesen, bis die Haut auf meinen Fingerknöcheln aufplatzt. Meine Wut ist größer als die Summe aller verlorenen Dinge.

Vosch wartet auf mich in dem anderen Raum zwei Türen weiter. Er sagt nichts, während Claire mir die Hand verbindet, schweigt, bis wir alleine sind.

»Was hast du damit erreicht?«, fragt er.

»Ich musste mir was beweisen.«

»Ist Schmerz der einzig wahre Beweis für Leben?«

Ich schüttle den Kopf. »Ich weiß, dass ich lebe.«

Er nickt nachdenklich. »Möchtest du sie sehen?«

»Teacup ist tot.«

»Warum glaubst du das?«

»Weil es keinen Grund gibt, sie leben zu lassen.«

»Das ist korrekt, wenn wir von der Annahme ausgehen, dass der einzige Grund, sie leben zu lassen, der ist, dich zu manipulieren. Ungeheuerlich, der Narzissmus der Jugend von heute!«

Er drückt einen Knopf an der Wand. Ein Bildschirm senkt sich von der Decke herab.

»Sie können mich nicht zwingen, Ihnen zu helfen.« Ich kämpfe gegen ein Gefühl von Panik an, das in mir aufsteigt, ein Gefühl, die Kontrolle über etwas zu verlieren, das ich nie unter Kontrolle hatte.

Vosch streckt die Hand aus. Auf seiner Handfläche liegt ein glänzender grüner Gegenstand von der Größe und Form einer großen Gelkapsel. An einem Ende ragt ein hauchdünner Draht heraus. »Das ist die Botschaft.«

Das Licht verdunkelt sich. Der Bildschirm erwacht flackernd zum Leben. Die Kamera schwebt über einem vom Winter abgetöteten Weizenfeld. In der Ferne ein Farmhaus mit einigen Nebengebäuden, ein verrostetes Silo. Eine winzige Gestalt kommt aus einer Baumgruppe gestolpert und taumelt durch die vertrockneten und abgebrochenen Halme auf die Ansammlung von Gebäuden zu.

»Das ist der Bote.«

Aus dieser Höhe kann ich nicht erkennen, ob es sich um einen Jungen oder um ein Mädchen handelt. Ich sehe nur, dass es ein kleines Kind ist. In Nuggets Alter? Jünger?

»Mitten in Kansas«, fährt Vosch fort. »Gestern gegen dreizehn Uhr.«

Auf den Stufen der Veranda taucht eine Person auf. Kurz danach kommt noch jemand aus dem Haus. Das Kind läuft auf die beiden zu.

»Das ist nicht Teacup«, flüstere ich.

»Nein.«

Das Kind bahnt sich den Weg durch die trockene Spreu zu den Erwachsenen, die regungslos zuschauen. Einer der beiden hat eine Waffe in der Hand, und es gibt keinen Ton, was das Ganze irgendwie noch schrecklicher macht.

»Das ist ein Urinstinkt: Hüte dich in Zeiten großer Gefahr vor Fremden. Trau niemandem außerhalb deines Kreises.«

Mein Körper spannt sich an. Ich weiß, wie das Ganze endet; ich habe es gelebt. Der Mann mit der Waffe: ich. Das Kind, das auf ihn zuläuft: Teacup.

Das Kind stürzt. Steht auf. Läuft weiter. Stürzt wieder.

»Aber es gibt noch einen Instinkt, einen noch älteren, so alt wie das Leben selbst, vom menschlichen Verstand praktisch nicht außer Kraft zu setzen: Beschütze die Jungen um jeden Preis. Bewahre die Zukunft.«

Das Kind kommt aus dem Weizenfeld in den Garten gestürmt und fällt ein letztes Mal hin. Der Mann lässt seine Waffe nicht sinken, doch seine Begleiterin läuft zu dem gestürzten Kind und hebt es vom gefrorenen Boden auf. Der bewaffnete Mann versperrt den beiden den Weg ins Haus. Die Szene wird für ein paar Sekunden angehalten.

»Alles dreht sich ums Risiko«, stellt Vosch fest. »Das ist dir schon lange bewusst. Also weißt du natürlich auch, wer die Auseinandersetzung gewinnen wird. Denn welches Risiko stellt schon ein kleines Kind dar? *Beschütze die Jungen. Bewahre die Zukunft.*«

Die Frau, die das Kind tragt, weicht dem Mann aus und eilt die Stufen zum Haus hinauf. Der bewaffnete Mann senkt den

Kopf, als bete er, dann hebt er den Kopf, als flehe er. Anschließend dreht er sich um und geht ebenfalls ins Haus. Die Minuten ziehen sich in die Länge.

Neben mir murmelt Vosch: »Die Welt ist eine Uhr.«

Das Farmhaus, die Nebengebäude, das Silo, die braunen Felder und die verschwommenen Ziffern auf der Zeitanzeige am unteren Rand des Bildschirms, auf der die Hundertstelsekunden ablaufen. Ich weiß, was kommt, zucke aber trotzdem zusammen, als der geräuschlose Blitz alles in Weiß taucht. Dann umherwirbelnder Staub, Trümmer und Rauchschwaden: Der Weizen brennt, wird binnen Sekunden verschlungen, zartes Futter für das Feuer, und wo zuvor die Gebäude standen, ist nun ein Krater, ein in die Erde gebohrtes schwarzes Loch. Das Bild wird schwarz. Der Bildschirm wird eingefahren. Das Licht bleibt gedämpft.

»Ich möchte, dass du verstehst«, sagt Vosch in sanftem Tonfall. »Du hast dich gefragt, wozu wir die Kleinen behalten haben, diejenigen, die noch zu jung sind, um zu kämpfen.«

»Ich verstehe nicht.« Winzige Gestalt auf riesiger brauner Fläche, bekleidet mit einem Jeans-Overall, barfuß, rennt durch den Weizen.

Er missversteht meine Verwirrung. »Die Vorrichtung im Körper des Kindes ist so kalibriert, dass sie minimale Schwankungen von Kohlendioxid wahrnimmt, dem Hauptbestandteil menschlichen Atems. Sobald der CO_2-Gehalt einen bestimmten Wert überschreitet, was auf die Anwesenheit mehrerer Zielpersonen hindeutet, detoniert die Vorrichtung.«

»Nein«, flüstere ich. Sie brachten ihn ins Haus, wickelten ihn in eine warme Decke, brachten ihm Wasser, wuschen ihm das Gesicht. Die Gruppe scharte sich um ihn, badete ihn in ihrem Atem. »Sie wären genauso tot, wenn Sie eine Bombe auf sie abgeworfen hätten.«

»Es geht nicht um die Toten«, fährt er mich ungeduldig an. »Um sie ging es noch nie.«

Das Licht wird wieder heller, die Tür geht auf, und Claire kommt herein, die einen Metallwagen schiebt, gefolgt von ihrem Weißkittel-Kumpel und Razor, der mich ansieht und dann wieder wegsieht. Das geht mir mehr an die Nieren als der Wagen mit seinem Arsenal von Spritzen: Er konnte sich nicht überwinden, mich anzusehen.

»Das ändert gar nichts.« Meine Stimme wird lauter. »Mir ist egal, was Sie tun. Inzwischen ist mir sogar Teacup egal. Ich bringe mich lieber um, bevor ich Ihnen helfe.«

Er schüttelt den Kopf. »Du hilfst mir nicht.«

57. Kapitel

Claire bindet mir ein Gummiband um den Arm und klopft meine Armbeuge ab, um eine Vene zum Vorschein zu bringen. Razor steht auf der anderen Seite des Betts. Der Mann im weißen Kittel – ich habe seinen Namen nie erfahren – steht am Monitor und hält eine Stoppuhr in der Hand. Vosch lehnt am Waschbecken und beobachtet mich mit hellen, hartherzigen Augen, die funkeln wie die der Krähe im Wald an dem Tag, an dem ich auf Teacup schoss, neugierig, aber seltsam gleichgültig, und dann wird mir klar, dass er recht hat: Wut ist nicht die Antwort auf ihre Ankunft. Die Antwort ist das Gegenteil von Wut. Die einzig mögliche Antwort ist das Gegenteil von allem, wie der Krater, wo früher das Farmhaus stand: schlichtweg nichts. Nicht Hass, nicht Wut, nicht Angst, nicht irgendetwas anderes. Leerer Raum. Die seelenlose Gleichgültigkeit in den Augen des Hais.

»Zu hoch«, murmelt Mr Weißkittel, während er den Monitor betrachtet.

»Zuerst etwas, damit du dich entspannst.« Claire sticht mir die Nadel in den Arm. Ich sehe Razor an. Er sieht weg.

»Besser«, sagt Weißkittel.

»Mir ist egal, was Sie mit mir machen«, sage ich zu Vosch. Meine Zunge fühlt sich aufgedunsen an, schwerfällig.

»Spielt keine Rolle.« Er nickt Claire zu, die zur zweiten Spritze greift.

»Die Zentrale auf mein Zeichen einsetzen«, sagt sie.

Die Zentrale?

»Oh-oh«, sagt Weißkittel. »Vorsichtig.« Er betrachtet den Monitor, als mein Puls einen Zahn zulegt.

»Keine Angst«, sagt Vosch. »Es wird dir nicht schaden.« Claire wirft ihm einen bestürzten Blick zu. Er zuckt mit den Schultern. »Na ja, wir haben Tests durchgeführt.« Er schnippt mit den Fingern: *Weitermachen.*

Ich wiege eine Million Tonnen. Meine Knochen sind aus Eisen; der Rest besteht aus Stein. Ich spüre nicht, als die Nadel in meinen Arm sticht. Claire sagt: *»Los«*, und Weißkittel drückt auf die Stoppuhr. Die Welt ist eine Uhr.

»Die Toten haben ihre Belohnung bekommen«, sagt Vosch. »Die Lebenden – du und ich – sind es, die noch Arbeit zu erledigen haben. Nenn es, wie du möchtest: Schicksal, Glück, Vorsehung. Du bist mir überantwortet worden, um mein Instrument zu sein.«

»An der Großhirnrinde befestigen.« Von Claire. Ihre Stimme klingt gedämpft, als wären meine Ohren mit Watte gefüllt. Ich drehe den Kopf zu ihr. Tausend Jahre vergehen.

»Du hast schon einmal eine gesehen«, sagt Vosch aus tausend Meilen Entfernung. »Im Prüfraum in Camp Haven am

Tag deiner Ankunft. Wir haben dir gesagt, es würde sich um eine außerirdische, mit dem menschlichen Gehirn verbundene Lebensform handeln. Das war eine Lüge.«

Ich höre Razor atmen, laut, wie einen Taucher durch seinen Lungenautomaten.

»In Wirklichkeit handelt es sich um eine mikroskopisch kleine Kommandozentrale, die am Frontallappen deines Gehirns befestigt wird«, sagt Vosch. »Ein Hauptprozessor, wenn man so will.«

»Wird hochgefahren«, sagt Claire. »Sieht gut aus.«

»Nicht, um *dich* zu kontrollieren …«, sagt Vosch.

»Einführung der ersten Matrix.« Die Nadel funkelt im fluoreszierenden Licht. Schwarze Flecken hängen in bernsteinfarbener Flüssigkeit. Ich spüre nichts, als Claire sie mir in die Vene injiziert.

»… sondern um die etwa vierzigtausend mechanisierten Gäste zu koordinieren, deren Gastgeber du spielen wirst.«

»Temperatur: siebenunddreißig fünf.«

Neben mir atmet Razor.

»Die prähistorischen Ratten brauchten Millionen Jahre und tausende Generationen, um die gegenwärtige Stufe der menschlichen Evolution zu erreichen«, sagt Vosch. »Du wirst nur Tage brauchen, um die nächste zu erreichen.«

»Verknüpfung mit der ersten Matrix vollständig«, sagt Claire und beugt sich wieder über mich. Bittermandelatem. »Einführung der zweiten Matrix.«

Im Zimmer ist es heiß wie in einem Hochofen. Ich bin schweißgebadet. Weißkittel verkündet, dass meine Körpertemperatur achtunddreißig neun beträgt.

»Die Evolution ist eine schmutzige Angelegenheit«, sagt Vosch. »Viele Fehlstarts und Sackgassen. Manche Kandidaten sind keine geeigneten Wirte. Ihr Immunsystem bricht zusammen, oder sie leiden auf Dauer an kognitiver Dissonanz. Allgemeinverständlich formuliert: Sie werden verrückt.«

Ich brenne. Meine Adern sind mit Feuer gefüllt. Wasser fließt aus meinen Augen, rinnt an meinen Schläfen nach hinten, sammelt sich in meinen Ohren. Ich sehe, wie sich Voschs Gesicht über die Oberfläche des wogenden Meeres meiner Tränen beugt.

»Aber ich habe Vertrauen in dich, Marika. Du bist nicht durch Feuer und Blut gegangen, um jetzt zu fallen. Du wirst die Brücke sein, die das Bisherige mit dem Zukünftigen verbindet.«

»Wir verlieren sie«, ruft Weißkittel mit bebender Stimme.

»Nein«, murmelt Vosch, seine kühle Hand an meiner feuchten Wange. »Wir haben sie gerettet.«

58. Kapitel

Tag und Nacht gibt es nicht mehr, nur noch das sterile Leuchten der Neonröhren, die niemals ausgehen. Ich messe die Stunden anhand von Razors Besuchen, der dreimal täglich kommt, um mir Mahlzeiten zu bringen, die ich nicht bei mir behalten kann.

Sie kriegen mein Fieber nicht unter Kontrolle. Können meinen Blutdruck nicht stabilisieren. Bekommen meine Übelkeit nicht in den Griff. Mein Körper stößt die elf Matrizen ab, die eigentlich darauf ausgelegt sind, jedes meiner biologischen Systeme zu verbessern. Jede Matrix besteht aus viertausend Einheiten, womit insgesamt vierundvierzigtausend mikroskopisch kleine roboterartige Eindringlinge durch meinen Blutkreislauf strömen.

Ich fühle mich total beschissen.

Jedes Mal nach dem Frühstück kommt Claire herein, um mich zu untersuchen, an meiner Medikamentengabe herumzubasteln und kryptische Bemerkungen zu machen, wie zum Beispiel: *Du solltest lieber anfangen, dich besser zu fühlen. Das Zeitfenster schließt sich langsam.* Oder abfällige wie: *Langsam glaube ich, die Idee mit dem sehr großen Felsbrocken war der richtige Weg.* Sie scheint es mir übel zu nehmen, dass ich schlecht reagiert habe, nachdem sie mich mit vierzigtausend außerirdischen Mechanismen vollgepumpt hat.

»Du kannst sowieso nichts dagegen tun«, sagte sie mir einmal. »Der Eingriff lässt sich nicht rückgängig machen.«

»Eine Sache ist da aber …«

»Was? Oh. Sicher. Ringer, die Unersetzliche.« Sie holte das Gerät mit dem Tötungsschalter aus der Tasche ihres Laborkittels und hielt es hoch. »Ich habe dich einprogrammiert. Ich werde den Knopf drücken. Nur zu. Sag mir, dass ich den Knopf drücken soll.« Grinsen.

»Drücken Sie den Knopf.«

Sie lachte leise. »Schon erstaunlich. Jedes Mal, wenn ich mich frage, was er in dir sieht, sagst du so was.«

»Wer? Vosch?«

Ihr Lächeln verschwand. Ihre Augen wurden leer wie die eines Hais. »Wenn du nicht in der Lage bist, dich anzupassen, werden wir das Upgrade abbrechen.«

Das Upgrade abbrechen

Sie schälte den Verband von meinen Fingerknöcheln. Kein Schorf, keine Blutergüsse, keine Narben. Als wäre es nie passiert. Als hätte ich nie mit der Faust gegen die Wand geschlagen, bis die Haut bis zum Knochen aufplatzte. Ich dachte daran, wie Vosch vollständig genesen in meinem Zimmer auftauchte, nur wenige Tage nachdem ich ihm die Nase gebrochen und zwei blaue Augen verpasst hatte. Und an Sullivan, als sie die Geschichte erzählte, wie Evan Walker von Granatsplittern zerfetzt worden war und es trotzdem wenige Stunden später irgendwie geschafft hatte, in eine militärische Einrichtung einzudringen und sie im Alleingang vollständig zu zerstören.

Zuerst nahmen sie Marika und machten Ringer aus ihr. Jetzt nehmen sie Ringer und »upgraden« sie zu etwas völlig anderem. Zu jemandem, der so ist, wie sie es sind.

Oder zu *etwas.*

Tag und Nacht gibt es nicht mehr, nur noch ein stetiges steriles Leuchten.

59. Kapitel

»Was haben sie mit mir gemacht?«, frage ich Razor eines Tages, als er wieder einmal eine ungenießbare Mahlzeit ankarrt. Ich rechne nicht mit einer Antwort, doch er rechnet damit, von mir diese Frage gestellt zu bekommen. Es muss ihm seltsam erscheinen, dass ich es bislang noch nicht getan habe.

Er zuckt mit den Schultern, meidet meinen Blick. »Mal sehen, was heute auf der Speisekarte steht. Oh. Hackbraten! Du Glückspilz.«

»Ich muss mich übergeben.«

Er macht große Augen. »Echt?« Er blickt sich verzweifelt nach der Kunststoff-Brechschale um.

»Bitte nimm das Tablett weg. Ich bringe nichts runter.«

Er runzelt die Stirn. »Die werden dir den Hahn abdrehen, wenn du dich nicht am Riemen reißt.«

»Sie hätten das doch mit jedem machen können«, sage ich. »Warum haben sie es ausgerechnet mit mir gemacht?«

»Vielleicht bist du ja was Besonderes.«

Ich schüttle den Kopf und antworte, als wäre seine Bemerkung ernst gemeint gewesen. »Nein. Ich glaube, jemand anderer ist es. Spielst du Schach?«

Erschrocken: »Spiele ich was?«

»Vielleicht könnten wir miteinander spielen. Wenn ich mich besser fühle.«

»Ich bin eher der Baseball-Typ.«

»Tatsächlich? Ich hätte auf Schwimmen getippt. Oder Tennis.«

Er neigt den Kopf. Seine Augenbrauen ziehen sich zusammen. »Dir muss es echt schlecht gehen. Du betreibst Kommunikation, als wärst du zur Hälfte Mensch.«

»Ich *bin* zur Hälfte Mensch. Die andere Hälfte ...« Ich zucke mit den Schultern. Das entlockt ihm ein Lächeln.

»Oh, das Zwölfte System ist definitiv von ihnen«, sagt er.

Das Zwölfte System? Was genau hat das gleich wieder zu bedeuten? Ich bin mir nicht sicher, vermute jedoch, dass es sich dabei um eine Anspielung auf die elf normalen Systeme des menschlichen Körpers handelt.

»Wir haben eine Möglichkeit gefunden, sie aus den Körpern von Teds zu entnehmen und ...« Razor verstummt, wirft der Überwachungskamera einen verlegenen Blick zu. »Auf jeden Fall musst du essen. Ich habe sie schon von einer Magensonde reden hören.«

»Das ist also die offizielle Version? Wie Wonderland: Wir verwenden ihre Technologie gegen sie. Und du glaubst das?«

Er lehnt sich gegen die Wand, verschränkt die Arme vor der Brust und summt »Follow the Yellow Brick Road«. Ich schüttle den Kopf. Erstaunlich. Es liegt nicht daran, dass die Lügen zu schön sind, als dass man ihnen widerstehen könnte. Es liegt daran, dass die Wahrheit zu hässlich ist, als dass man ihr ins Gesicht sehen könnte.

»Commander Vosch implantiert Kindern Bomben. Er verwandelt Kinder in Sprengsätze«, erkläre ich ihm. Er summt lauter. »Kleinkindern. Zweijährigen. Sie werden aussortiert, wenn sie ankommen, nicht wahr? So war es zumindest in Camp Haven. Alle unter fünf werden weggekarrt, und man sieht sie nie wieder. Hast du welche gesehen? Wo sind die Kinder, Razor? Wo sind sie?«

Er hört lange genug auf zu summen, um zu sagen: »Halt die Klappe, Dorothy.«

»Und ergibt das einen Sinn: eine Dorothy mit überlegener außerirdischer Technologie vollzustopfen? Wenn der Führungsstab beschließen würde, Menschen für den Krieg ›aufzuwerten‹, glaubst du wirklich, sie würden dazu die Verrückten auswählen?«

»Keine Ahnung. Dich haben sie ausgewählt, oder nicht?« Er nimmt das Tablett mit dem unberührten Essen und geht in Richtung Tür.

»Geh nicht.«

Er dreht sich überrascht um. Mein Gesicht ist heiß. Mein Fieber steigt offenbar stark an. Das muss der Grund sein.

»Warum?«, fragt er.

»Du bist die einzige ehrliche Person, die ich noch habe, um mich zu unterhalten.«

Er lacht. Ein gutes Lachen, authentisch, ungezwungen; es gefällt mir, aber ich habe Fieber. »Wer sagt, dass ich ehrlich bin?«, fragt er. »Wir sind doch alle getarnte Feinde, oder?«

»Mein Vater hat mir immer die Geschichte von sechs Blinden und einem Elefanten erzählt. Einer von ihnen berührte das Bein des Elefanten und sagte, ein Elefant müsse aussehen wie eine Säule. Ein anderer berührte seinen Rüssel und sagte, ein Elefant müsse aussehen wie ein Ast. Der dritte Blinde fasste den Schwanz an und sagte, ein Elefant sei wie ein Seil. Der vierte Blinde berührte den Bauch: Eine Elefant ist wie eine Mauer. Der fünfte ein Ohr: Ein Elefant hat die Form eines Fächers. Der sechste Blinde fasste einen Stoßzahn an und sagte, ein Elefant müsse aussehen wie ein Rohr.«

Razor starrt mich lange mit versteinerter Miene an, dann lächelt er. Ein gutes Lächeln; es gefällt mir ebenfalls.

»Das ist eine wunderschöne Geschichte. Du solltest sie auf Partys erzählen.«

»Der Punkt ist«, sage ich zu ihm, »seit ihr Schiff aufgetaucht ist, sind wir alle Blinde, die einen Elefanten tätscheln.«

60. Kapitel

In dem stetigen sterilen Leuchten messe ich die Tage anhand der ungegessenen Mahlzeiten, die er mir bringt. Drei Mahlzeiten, ein Tag. Sechs, zwei Tage. Als er am zehnten Tag das Tablett vor mir abstellt, frage ich ihn: »Warum machst du dir eigentlich die Mühe?« Meine Stimme klingt jetzt wie seine, wie ein kehliges Krächzen. Ich bin schweißgebadet, habe hohes Fieber, mein Kopf pocht, mein Herz rast. Er antwortet nicht. Razor spricht seit siebzehn Mahlzeiten nicht mehr mit mir. Er wirkt nervös, abwesend, sogar wütend. Claire hüllt sich inzwischen ebenfalls in Schweigen. Sie kommt zweimal täglich, um meinen Infusionsbeutel zu wechseln, mir mit einem Otoskop in die Augen zu schauen, meine Reflexe zu testen, den Katheterbeutel zu wechseln und die Bettpfanne zu leeren. Nach jeder sechsten Mahlzeit werde ich mit dem Schwamm gewaschen. Eines Tages bringt sie ein Maßband mit und wickelt es mir um den Bizeps, ich nehme an, um zu kontrollieren, wie viel Muskelmasse ich verloren habe. Sonst bekomme ich niemanden zu Gesicht. Keinen Mr Weißkittel. Keinen Vosch und keine toten Väter, die mir von Vosch in den Kopf gepumpt wurden. Ich stehe nicht so sehr neben mir, dass ich nicht weiß, was sie tun: Wache halten und abwarten, ob mich die »Aufwertung« umbringt.

Als Claire eines Morgens die Bettpfanne ausspült, kommt Razor mit meinem Frühstück herein und wartet geduldig, bis sie fertig ist, dann höre ich ihn flüstern: »Stirbt sie?«

Claire schüttelt den Kopf. Ambivalent: könnte *nein* heißen, könnte *Das weiß ich genauso wenig wie du* heißen. Ich warte, bis sie gegangen ist, dann sage ich: »Du verschwendest deine Zeit.«

Er wirft einen Blick auf die an der Decke montierte Überwachungskamera. »Ich tue nur, was sie mir sagen.«

Ich nehme das Tablett und schleudere es auf den Fußboden. Seine Lippen werden schmal, er sagt jedoch nichts. Wortlos putzt er die Sauerei auf, während ich keuchend daliege, erschöpft von der Anstrengung, und mir der Schweiß ausbricht.

»Ja, heb das auf. Mach dich nützlich.«

Wenn mein Fieber hochschnellt, lockert sich irgendetwas in meinem Kopf, und ich bilde mir ein, spüren zu können, wie die vierundvierzigtausend Mikroroboter in meinen Blutkreislauf und in die Zentrale mit ihrem zarten Geflecht von Ranken ausschwärmen, die in jedem Hirnlappen verankert sind, und mir wird bewusst, was mein Vater in den letzten Stunden vor seinem Tod empfunden haben muss, als er sich selbst zerkratzte, um die imaginären Insekten zu bezwingen, die unter seiner Haut krabbelten.

»*Mistkerl*«, keuche ich. Razor blickt erschrocken vom Fußboden zu mir auf. »Lass mich allein, Mistkerl.«

»Kein Problem«, murmelt er. Auf Händen und Knien, mit einem feuchten Lappen, um die Schweinerei aufzuwischen, und der herbe Geruch von Desinfektionsmittel steigt mir in die Nase. »So schnell ich kann.«

Er richtet sich auf. Seine elfenbeinfarbenen Wangen sind gerötet. Im Delirium denke ich, dass die Farbe die rotbraunen Strähnen in seinem Haar zur Geltung bringt. »Das wird nicht funktionieren«, sagt er zu mir. »Dich zu Tode zu hungern. Also solltest du dir lieber was anderes einfallen lassen.«

Ich habe es versucht. Aber es gibt keine Alternative. Ich kann kaum den Kopf heben. *Du gehörst jetzt zu ihnen.* Vosch, der Bildhauer, mein Körper, der Lehm, aber nicht meine Seele, niemals meine Seele. Unbesiegt. Unversehrt. Ungezähmt.

Ich bin nicht gefesselt; sie sind es. Verwelke, stirb oder genese, das Spiel ist vorbei, der Großmeister Vosch mattgesetzt.

»Mein Vater hatte ein Lieblingssprichwort«, sage ich zu Razor. »*Wir nennen Schach das Spiel der Könige, weil Schach uns lehrt, über Könige zu herrschen.*«

»Schon wieder Schach.«

Er wirft den schmutzigen Lappen ins Waschbecken, geht aus dem Zimmer und schlägt die Tür hinter sich zu. Als er mit der nächsten Mahlzeit zurückkommt, steht neben dem Tablett eine vertraute Holzschachtel. Wortlos nimmt Razor das Essen und kippt es in den Abfalleimer, dann wirft er das Metalltablett ins Waschbecken, wo es mit einem lauten Scheppern landet. Das Bett summt, bringt meinen Körper in eine sitzende Position, und er schiebt die Schachtel vor mich.

»Du hast doch gesagt, du spielst nicht.«

»Bring es mir bei.«

Ich schüttle den Kopf und sage zu der Kamera hinter ihm: »Netter Versuch. Aber steckt euch das in den Arsch.«

Razor lacht. »Nicht ihre Idee. Aber apropos Ärsche, du kannst deinen drauf verwetten, dass ich mir zuerst die Erlaubnis eingeholt habe.«

Er öffnet die Schachtel, nimmt das Brett heraus, hantiert mit den Figuren. »Man hat Damen und Könige und Bauern und diese wachturmartigen Dinger. Warum sind alle Figuren Lebewesen bis auf die?«

»Du stellst sie falsch auf.«

»Das könnte daran liegen, dass ich das verdammte Spiel nicht kenne. Stell du sie doch auf.«

»Ich habe keine Lust.«

»Dann gibst du dich also geschlagen?«

»Ich verzichte. Das nennt man verzichten.«

»Gut zu wissen. Ich habe das Gefühl, das wird sich noch als nützlich erweisen.« Ein Lächeln. Kein Zombie-mäßiges Hochspannungslächeln. Schwächer, subtiler, ironischer. Er setzt sich neben mein Bett, und ich rieche einen Hauch Kaugummi. »Weiß oder schwarz?«

»Razor, ich bin zu schwach, um auch nur die Figuren ...«

»Dann deutest du einfach dahin, wohin du möchtest, und ich mache den Zug für dich.«

Er gibt nicht auf. Eigentlich habe ich damit auch nicht gerechnet. Schwätzer und Weicheier wurden längst ausgesiebt. Es sind keine Waschlappen mehr übrig. Ich sage ihm, wo er die Figuren hinstellen soll und wie sich jede von ihnen bewegt. Erkläre ihm die wichtigsten Regeln. Jede Menge Kopfnicken und zustimmende Laute, aber ich habe das Gefühl, dass er nur so tut, als könne er mir folgen. Dann spielen wir, und ich vernichte ihn in vier Zügen. Bei der nächsten Partie fängt er an zu nörgeln und sich querzustellen: *Das darfst du nicht! Sag mir, dass das nicht die bescheuertste Spielregel aller Zeiten ist.* Partie Nummer drei, und ich bin mir sicher, er bereut das Ganze. Meine Laune hebt sich, und seine geht total in den Keller.

»Das ist das dämlichste Spiel, das jemals erfunden wurde«, schmollt er.

»Schach wurde nicht erfunden. Es wurde entdeckt.«

»Wie Amerika?«

»Wie die Mathematik.«

»In der Schule gab es genau solche Mädchen wie dich.« Er lässt das so stehen und stellt die Figuren wieder auf.

»Es genügt, Razor. Ich bin müde.«

»Morgen bringe ich ein Damespiel mit.« Gesprochen wie eine Drohung.

Er tut es allerdings nicht. Tablett, Schachtel, Brett. Dieses Mal stellt er die Figuren in einer seltsamen Anordnung auf: der schwarze König in der Mitte, ihm zugewendet. Die schwarze Dame am Rand, dem König zugewendet, drei Bauern hinter dem König, auf zehn, zwölf und zwei Uhr, ein Springer zur Rechten des Königs, ein zweiter zu seiner Linken, ein Läufer unmittelbar hinter ihm und neben dem Läufer ein weiterer Bauer. Dann sieht mich Razor mit einem verzückten Grinsen an.

»Okay.« Ich nicke, ohne zu wissen, warum.

»Ich habe ein Spiel erfunden. Bist du bereit? Es heißt …« Er klopft gegen das Bettgeländer, um einen Trommelwirbel zu erzeugen. »Chaseball!«

»Chaseball?«

»Schach, *chess,* und Baseball: Chaseball. Kapiert?« Er lässt eine Münze neben das Spielbrett plumpsen.

»Was ist das?«, frage ich.

»Das ist ein Vierteldollar.«

»Ich weiß, dass das ein Vierteldollar ist.«

»Für Spielzwecke ist er der Ball. Na ja, nicht wirklich der Ball, aber er *repräsentiert* den Ball. Oder, was *mit* dem Ball passiert. Wenn du mal einen Moment still wärst, könnte ich dir alle Regeln erklären.«

»Ich habe nicht geredet.«

»Gut. Ich bekomme nämlich Kopfschmerzen, wenn du redest. Beschimpfungen und Yoda-Zitate über Schach und kryptische Elefantengeschichten. Möchtest du spielen oder nicht?«

Er wartet nicht auf eine Antwort, sondern stellt einen weißen Bauern genau vor die schwarze Dame und sagt, das sei er, der Schlagmann.

»Du solltest mit deiner Dame beginnen. Sie ist die stärkste Figur.«

»Deshalb schlägt sie Cleanup.« Er schüttelt den Kopf. Meine Unwissenheit ist erstaunlich. »Ganz simpel: Verteidigung, das bist du, wirft zuerst. Kopf ist ein Strike. Zahl ist ein Ball.«

»Mit einer Münze funktioniert das nicht«, stelle ich fest. »Es gibt drei Möglichkeiten: Strike, Ball oder Hit.«

»Genau genommen gibt es sogar *vier,* wenn man Fouls mitzählt. Du bleibst bei Schach; ich kümmere mich um Baseball.«

»Chaseball«, korrigiere ich ihn.

»*Egal.* Wenn du einen Ball wirfst, dann ist es ein Ball, und du wirfst noch mal. Wenn allerdings die Zahl oben liegt, dann bekomme ich die Münze. Damit habe ich nämlich die Chance, einen Hit zu erzielen. Bei Kopf treffe ich, bei Zahl schlage ich daneben. Wenn ich danebenschlage, Strike eins. Und so weiter.«

»Ich verstehe schon. Und wenn du Kopf wirfst, bekomme ich die Münze zurück und versuche, ob ich fielden kann. Bei Kopf werfe ich dich aus …«

»Falsch! Völlig falsch! Nein. Zuerst werfe *ich,* und zwar dreimal. Viermal, wenn ich einen ZZ habe.«

»ZZ?«

»Zweimal Zahl. Das ist ein Triple. Mit einem ZZ darf man noch mal die Münze werfen: Kopf ist ein Homerun; Zahl ist nur ein Triple. Kopf-Kopf ist ein Single; Kopf-Zahl ist ein Double.«

»Vielleicht sollten wir einfach anfangen zu spielen, dann kannst du ja …«

»*Dann* bekommst du die Münze zurück und kannst versuchen, ob du meinen *möglichen* Single, Double, Triple oder Homer fielden kannst. Kopf, und ich bin out. Zahl, und ich bin auf der Base.« Er holt tief Luft. »Es sei denn, natürlich, es ist ein Homerun.«

»Natürlich.«

»Machst du dich über mich lustig? Weil ich nicht weiß …«

»Ich versuche nur, mir zu merken …«

»Irgendwie klingt es aber so. Du hast ja keine Ahnung, wie lange ich gebraucht habe, um mir das auszudenken. Es ist ziemlich kompliziert. Ich meine, nicht so kompliziert wie das Spiel der Könige, aber du weißt ja, wie Baseball auch genannt wird, oder? Baseball wird als *national pastime* bezeichnet, als ›Nationalsport‹, denn wenn man Baseball spielt, lernt man, mit der Zeit umzugehen, *time.* Oder mit der Vergangenheit, *past.* Eines von beiden.«

»Jetzt bist du derjenige, der sich über mich lustig macht.«

»Genau genommen bin ich im Moment der *Einzige,* der sich über dich lustig macht.« Er wartet. Ich weiß, worauf er wartet. »Du lächelst nie.«

»Spielt das eine Rolle?«

»Als Kind musste ich mal so heftig lachen, dass ich mir in die Hose gepinkelt habe. Wir waren im Freizeitpark. Auf dem Riesenrad.«

»Worüber musstest du denn lachen?«

»Daran kann ich mich nicht mehr erinnern.« Er schiebt seine Hand unter mein Handgelenk und hebt meinen Arm an, um mir den Vierteldollar auf meine nach oben gedrehte Handfläche zu legen. »Wirf die verdammte Münze, damit wir endlich spielen können.«

Ich möchte seine Gefühle nicht verletzen, aber das Spiel ist nicht allzu kompliziert. Bei seinem ersten Hit gerät er in helle Aufregung und ballt die Hand triumphierend zur Faust, dann schiebt er die schwarzen Figuren auf dem Brett umher, während er die heisere, schrille Stimme eines Sportreporters imitiert und das Spiel kommentiert wie ein Kind, das mit Actionfiguren spielt.

»Ein Deep Drive ins Center Field!« Der Center-Field-Bauer rutscht zur zweiten Base, der Zweite-Baseman-Läufer und der Shortstop-Bauer fallen zurück, und der Left-Field-Bauer läuft vor und biegt dann zum Center Field ab. Das alles erledigt eine Hand, während die andere den Vierteldollar steuert, ihn in den Fingern dreht wie einen Ball, der im Flug rotiert, und ihn wie in Zeitlupe im Center-Left Field landen lässt. Das Ganze ist so lächerlich und kindisch, dass ich lächeln würde, wenn ich noch lächeln würde.

»Er ist *safe*!«, schreit Razor.

Nein. Nicht kindisch. Kindlich. Die Augen fiebrig leuchtend, die Stimme vor Aufregung ansteigend, er ist wieder zehn. Nicht alles ist verloren, nicht das wirklich Wichtige.

Sein nächster Hit geht in die Hose und landet zwischen der

ersten Base und dem Right Field. Er inszeniert eine dramatische Kollision zwischen meinem Feldspieler und meinem Baseman, erste Base rutscht zurück, Right Field rutscht vor, dann *peng!* Razor kichert bei dem Aufprall.

»Wäre das nicht ein Fehler?«, frage ich. »Das war doch ein fangbarer Ball.«

»Ein fangbarer Ball? Ringer, das ist nur ein bescheuertes Spiel mit ein paar Schachfiguren und einem Vierteldollar, das ich in fünf Minuten erfunden habe.«

Noch zwei Hits; nach der ersten Hälfte des ersten Inning führt er mit drei Runs. Bei Glücksspielen war ich schon immer schlecht. Habe sie aus diesem Grund immer gehasst. Razor merkt offenbar, dass meine Begeisterung schwindet. Er dreht die Lautstärke des Kommentars hoch, während er die Figuren umherschubst (obwohl ich ihn darauf hinweise, dass es sich um *meine* Figuren handelt, da ich in der Verteidigung bin). Ein weiterer Deep Drive ins Center-Left Field. Ein weiterer Floater hinter die erste Base. Ein weiterer Zusammenstoß zwischen erstem Baseman und Outfielder. Ich weiß nicht, ob er sich wiederholt, weil er es für witzig hält oder weil er unter einem ernsthaften Phantasiedefizit leidet. Ein Teil von mir hat das Gefühl, ich sollte im Namen von Schachspielern in aller Welt zutiefst beleidigt sein.

Beim dritten Inning bin ich erschöpft.

»Lass uns heute Abend weiterspielen«, schlage ich vor. »Oder morgen. Morgen wäre besser.«

»Was? Es gefällt dir nicht?«

»Doch. Es macht Spaß. Ich bin nur müde. Total müde.«

Er zuckt mit den Schultern, als würde es keine Rolle spielen, doch es spielt eine Rolle, sonst würde er nicht mit den Schultern zucken. Er steckt den Vierteldollar wieder in die Hosentasche und packt die Schachtel zusammen, wobei er vor sich hin murmelt. Ich schnappe das Wort *Schach* auf.

»Was hast du gesagt?«

»Nichts.« Er wendet den Blick ab.

»Irgendwas über Schach.«

»Schach, Schach, Schach. Alles dreht sich nur um Schach. Tut mir leid, dass Chaseball in der Kategorie Spannung nicht gegen Schach anstinken kann.«

Er klemmt sich die Schachtel unter den Arm und stapft zur Tür. »Ich dachte, ich könnte dich vielleicht ein bisschen aufheitern, das ist alles. Danke. Wir müssen nicht mehr spielen.«

»Bist du sauer auf mich?«

»Ich habe Schach eine Chance gegeben, oder etwa nicht? Du hast mich nicht rumzicken sehen.«

»Das hast du nicht. Und das hast du. Und wie.«

»Denk einfach mal drüber nach.«

»Worüber soll ich nachdenken?«

Er brüllt quer durchs Zimmer: »*Denk* einfach drüber nach!«

Dann schlägt er die Tür zu. Ich bin außer Atem und zittere und habe keine Ahnung, warum.

61. Kapitel

Ich habe eine Entschuldigung parat, als sich am Abend die Tür öffnet. Je länger ich mit meinem fiebrigen Verstand darüber nachdenke, desto mehr komme ich mir vor wie der Rüpel am Strand, der die Sandburg eines kleinen Kindes zertrampelt.

»Hey, Razor, tut mir …«

Mir fällt die Kinnlade runter. Ein Fremder trägt das Tablett, ein Junge von etwa zwölf oder dreizehn Jahren.

»Wo ist Razor?«, frage ich. Na ja, es klingt eher wie eine Forderung.

»Ich weiß nicht«, quiekt der Junge. »Sie haben mir das Tablett in die Hand gedrückt und gesagt, nimm es.«

»Nimm es«, wiederhole ich dümmlich.

»Ja. Nimm es. Nimm das Tablett.«

Sie haben Razor vom Ringer-Dienst abgezogen. Vielleicht verstößt Chaseball gegen die Vorschriften. Vielleicht ist Vosch sauer, weil sich zwei Kinder ein paar Stunden lang wie Kinder benommen haben. Verzweiflung macht süchtig, sowohl denjenigen, der sie erlebt, als auch denjenigen, der dabei zusieht.

Vielleicht ist aber auch Razor derjenige, der sauer ist. Vielleicht hat er darum gebeten, anders eingeteilt zu werden, hat sein Chaseball-Spiel genommen und ist nach Hause gegangen.

Ich schlafe nicht gut in dieser Nacht, wenn man bei dem stetigen sterilen Leuchten überhaupt von Nacht sprechen kann. Mein Fieber schießt auf neununddreißig fünf, als mein Immunsystem einen letzten verzweifelten Angriff auf die Matrizen startet. Ich sehe die verschwommenen grünen Ziffern auf dem Monitor ganz langsam ansteigen, dann falle ich in einen deliriösen Halbschlaf.

Miststück! Lass mich allein. Du weißt doch, warum man es Baseball nennt, oder? Das ist ein Deep Drive ins Center Field! Ich bin fertig. Kümmere dich um dich selbst.

Das schmutzige Silber, das sich in Razors Fingern dreht. *Das ist ein Deep Drive. Ein Deep Drive.* Er nähert sich dem Brett in Zeitlupe, wo die Feldspieler nach vorn kommen, zweiter Baseman und Shortstop gehen zurück, links geht nach rechts. *Ein Rohrkrepierer auf der ersten Baseline!* Ein Feldspieler kommt angelaufen, Baseman zurück, *bumm.* Feldspieler vor, Innenfeldspieler zurück, saust nach rechts. Erster Baseman zurück,

Right Fielder vor, *bumm.* Vor, zurück, Schlag. Zurück, vor. *Bumm.*

Immer und immer wieder, *Sehen wir uns das im Videobeweis an,* vor, zurück, Schlag. Zurück, vor.

Bumm.

Jetzt bin ich hellwach und starre an die Decke. Nein. Kann sie nicht so gut sehen. Besser mit geschlossenen Augen.

Center und Left Fielder sausen nach unten. Left Fielder quert:

H

Right Fielder tritt an. Erster Baseman läuft zurück:

I

Ach, komm schon. Lächerlich. *Du hast Wahnvorstellungen.*

Als ich an jenem Abend mit dem Wodka in unser Camp kam, fand ich meinen toten Vater in Embryonalstellung zusammengerollt, das Gesicht blutüberströmt, weil er die in seiner Einbildung geborenen Insekten hatte wegkratzen wollen. *Miststück* hatte er mich genannt, bevor ich losgegangen war, um nach dem Gift zu suchen, das ihn retten würde. Er hatte mich auch noch anders genannt, und zwar so wie die Frau, die uns verließ, als ich drei war. Er hielt mich für meine Mutter, was ironisch war. Seit ich vierzehn wurde, war ich eher *seine* Mutter, fütterte ihn, wusch seine Kleidung, kümmerte mich ums Haus, sorgte dafür, dass er sich nicht irgendetwas fürchterlich Dummes antat. Und ich ging jeden Tag in meiner perfekt gebügelten Uniform zur Schule, wo sie mich »Ihre Majestät Marika« nannten und sagten, ich würde mich für etwas Besseres als alle anderen halten, weil mein Vater ein einigermaßen bekannter Künstler von der Sorte zurückgezogen lebendes Genie war, während er in Wirklichkeit an den meisten Tagen nicht wusste, auf welchem Planeten er sich befand. Wenn ich von der

Schule nach Hause kam, hatte er immer schon Wahnvorstellungen. Und ich ließ auch den Leuten draußen ihre Wahnvorstellungen. Ich ließ sie in dem Glauben, ich hielte mich für etwas Besseres – genauso wie ich Sullivan in dem Glauben ließ, sie würde mich richtig einschätzen. Ich nährte diese Wahnvorstellungen nicht nur. Ich lebte sie. Selbst als die Welt um uns in Trümmern lag, klammerte ich mich noch an sie. Doch nach seinem Tod sagte ich mir, jetzt ist Schluss. Keine tapfere Fassade mehr, keine falschen Hoffnungen und kein Vortäuschen, dass alles in Ordnung wäre, wenn dem nicht so ist. Ich hielt mich für zäh, indem ich es vortäuschte, nannte es optimistisch, tapfer, sich nicht unterkriegen lassen oder welcher Schwachsinn gerade passend schien. Das hat nichts mit zäh zu tun. Das ist geradezu die Definition von weich. Ich schämte mich für seine Sucht und war wütend auf ihn, doch ich war selbst genauso schuldig. Ich spielte den Lügen bis ganz zum Ende genau in die Hände: Als er mich beim Namen meiner Mutter nannte, korrigierte ich ihn nicht.

Wahnhaft.

Aus der Ecke starrt mich das leere, seelenlose Auge der Überwachungskamera an.

Was hat Razor gesagt? *Denk einfach mal drüber nach!*

Das ist nicht alles, was du gesagt hast, oder?, frage ich ihn und den leeren Blick des leeren schwarzen Auges. *Das ist nicht alles.*

62. Kapitel

Als am nächsten Morgen die Tür aufgeht, halte ich den Atem an.

Ich habe die ganze Nacht zwischen Glauben und Zweifel geschwankt und mich in jedem Aspekt der neuen Realität gewälzt.

Erste Möglichkeit: Razor hat Chaseball genauso wenig erfunden, wie ich Schach erfunden habe. Das Spiel ist aus irgendwelchen Gründen, die zu undurchsichtig sind, als dass man sie klar erkennen könnte, Voschs Schöpfung.

Zweite Möglichkeit: Razor hat aus Gründen, die nur Razor klar sind, den Entschluss gefasst, heftig in meinem Kopf herumzupfuschen. Nicht nur die Hartherzigen und die Unverwüstlichen haben überlebt, als die Menschheit von der Spreu gereinigt wurde. Eine Menge sadistische Arschlöcher haben sich ebenfalls gehalten. So ist es bei jeder humanitären Katastrophe: Der Mistkerl als solcher erweist sich als nahezu unzerstörbar.

Dritte Möglichkeit: Das Ganze spielt sich ausschließlich in meinem Kopf ab. Chaseball ist ein albernes Spiel, das sich ein Junge hat einfallen lassen, um mich von der Tatsache abzulenken, dass ich womöglich sterben werde. Etwas anderes steckt nicht dahinter, keine geheimen Botschaften, die auf einem Schachbrett aufgezeichnet werden. Dass ich Buchstaben sehe, wo keine Buchstaben sind, liegt an der Neigung des menschlichen Gehirns, Muster zu erkennen, wo keine Muster sind.

Und ich halte noch aus einem anderen Grund den Atem an: Was ist, wenn es wieder der Junge mit der Quiekstimme ist? Was ist, wenn Razor nicht wiederkommt, wenn er *nie mehr* wiederkommt? Es besteht durchaus die Möglichkeit, dass Razor tot ist. Falls er tatsächlich versucht hat, heimlich mit mir zu kommunizieren, und Vosch ihm auf die Schliche gekommen ist, hatte Vosch darauf bestimmt nur eine einzige Antwort.

Ich atme langsam und gleichmäßig aus, als er das Zimmer betritt. Das Piepsen des Monitors legt einen Zahn zu.

»Was ist?«, fragt Razor und sieht mich mit zusammengekniffenen Augen an. Er merkt sofort, dass etwas im Busch ist.

Ich sage es. »Hi.«

Sein Blick schwenkt nach rechts, dann nach links. »Hi.« Er zieht das winzige Wort in die Länge, als wäre er sich nicht sicher, ob er es mit einer Geisteskranken zu tun hat. »Hunger?«

Ich schüttle den Kopf. »Nicht besonders.«

»Du solltest versuchen, das zu essen. Du siehst aus wie meine Cousine Stacey. Sie war Meth-süchtig. Ich meine damit nicht, dass du *buchstäblich* wie eine Meth-Süchtige aussiehst. Nur …« Sein Gesicht läuft rot an. »Als würde dich irgendwas von innen auffressen.«

Er drückt auf den Knopf neben dem Bett. Ich werde hochgefahren. Er sagt: »Weißt du, wonach ich süchtig bin? Saure Gummibärchen. Himbeere. Auf Zitrone bin ich nicht so scharf. Ich habe einen Vorrat. Wenn du möchtest, bringe ich dir welche mit.«

Er stellt das Tablett vor mir ab. Kaltes Rührei, Bratkartoffeln, ein geschwärztes, verkrustetes Etwas, das Speck sein könnte oder auch nicht. Mein Magen zieht sich zusammen. Ich sehe ihn an.

»Probier wenigstens die Eier«, schlägt er vor. »Die sind frisch. Aus Freilandhaltung, Bio, ohne Chemikalien. Wir züchten sie hier im Camp. Die Hühner, nicht die Eier.«

Dunkle, gefühlvolle Augen und dieses leichte, mysteriöse, glückselige Lächeln. Was hatte seine Reaktion auf mein »Hi«

zu bedeuten? Hat es ihn erschreckt, dass ich ihn mit einer halbwegs menschlichen Begrüßung bedacht habe, oder hat es ihn erschreckt, dass ich den wahren Zweck von Chaseball herausgefunden habe? Oder hat ihn gar nichts erschreckt, und ich empfange Signale, die gar nicht ausgesendet werden?

»Ich sehe die Schachtel nicht.«

»Welche Schachtel? Oh. Das war ein ziemlich blödes Spiel.« Er wendet den Blick ab und sagt leise zu sich selbst: »Ich vermisse Baseball.«

Die nächsten paar Minuten schweigt er, während ich die kalten Eier auf dem Teller herumschiebe. *Ich vermisse Baseball.* Ein Universum des Verlusts in drei Worten.

»Nein, ich mochte es«, sage ich zu ihm. »Es hat Spaß gemacht.«

»Echt?« Ein Blick: *Ist das dein Ernst?* Er weiß nicht, dass 99,99999 Prozent von dem, was ich sage, mein Ernst ist. »Du schienst nicht gerade begeistert davon zu sein.«

»Das liegt vermutlich daran, dass ich mich in letzter Zeit einfach nicht wohlfühle.«

Er lacht und wirkt dann selbst überrascht von seiner Reaktion. »Okay. Tja, ich habe es in meiner Unterkunft liegen lassen. Ich bringe es irgendwann wieder mit, wenn es bis dahin keiner klaut.«

Die Unterhaltung schweift von dem Spiel ab. Ich erfahre, dass Razor das jüngste von fünf Kindern war, in Ann Arbor aufwuchs, wo sein Dad als Elektriker arbeitete und seine Mom als Bibliothekarin an einer Mittelschule, Baseball und Fußball spielte und Michigan-Football liebte. Bis er zwölf war, war sein großer Traum, Quarterback in der Anfangsaufstellung der Wolverines zu sein. Doch er wuchs in die Länge und nicht in die Breite, und Baseball wurde seine Leidenschaft.

»Mom wollte, dass ich Arzt oder Anwalt werde, aber mein Dad hat gemeint, ich wäre dafür nicht schlau genug …«

»Moment. Dein Dad hat dich nicht für schlau gehalten?«

»Nicht schlau *genug*. Das ist ein Unterschied.« Er verteidigte seinen Vater selbst noch nach dessen Tod. Menschen sterben; Liebe dauert an. »Er wollte, dass ich Elektriker werde wie er. Dad war mit Leib und Seele Gewerkschafter, Vorsitzender seiner Zweigstelle und so. Das war der wahre Grund, warum er nicht wollte, dass ich Anwalt werde. *Schlipsträger* hat er sie genannt.«

»Wahrscheinlich hatte er einfach ein Problem mit Obrigkeit.«

Razor zuckt mit den Schultern. »›Sei dein eigener Herr‹, hat er immer gesagt. ›Sei kein Handlanger.‹« Er tritt von einem Fuß auf den anderen, verlegen, als hätte er zu viel preisgegeben. »Was ist mit deinem Dad?«

»Er war Künstler.«

»Cool.«

»Und er war Alkoholiker. Hat mehr getrunken als gemalt.« Allerdings nicht immer. Vergilbte Fotos von Ausstellungen, die schief in staubigen Rahmen hingen; Studenten, die in seinem Atelier umherschwirrten und nervös ihre Pinsel reinigten; ehrfürchtige Stille, wenn er einen überfüllten Raum betrat.

»Was für Zeugs hat er denn so gemalt?«, will Razor wissen.

»Vor allem das: Zeugs.« Allerdings nicht immer. Nicht, als er noch jünger war und ich ein kleines Mädchen und als die Hand, die meine hielt, mit den Farben des Regenbogens befleckt war.

Er lacht. »Wie du Scherze machst. Als wüsstest du gar nicht, dass es sich um Scherze handelt, und dabei sind es deine eigenen Scherze.«

Ich schüttle den Kopf. »Ich habe keinen Scherz gemacht.«
Er nickt. »Vielleicht weißt du es deshalb nicht.«

63. Kapitel

Nach der Abendmahlzeit, die ich nicht esse, und dem gezwungenen Gerede und den kurzen peinlichen Pausen, die sich zwischen unseren Sätzen einschleichen, und nachdem das Spielbrett aus der Holzschachtel hervorgeholt wird und er die Figuren aufgestellt hat und wir eine Münze werfen, um zu entscheiden, wer von uns die Heimmannschaft stellt, und er gewinnt, sage ich ihm, dass ich glaube, ich kann mein Team selbst auf den Platz schicken, worauf er grinst, *Ja, okay, los geht's, Mädchen,* nachdem er sich zu mir auf die Bettkante gesetzt hat und nachdem ich seit Wochen lerne, meine Wut loszulassen und die heulende Leere anzunehmen, und nachdem ich seit Jahren Festungsmauern um Schmerz und Verlust und das Gefühl errichtet habe, nie mehr etwas fühlen zu können, nachdem ich meinen Vater verloren habe und Teacup verloren habe und Zombie verloren habe und alles verloren habe, außer der heulenden Leere, und die ist nichts, überhaupt nichts, sage ich leise das Wort:

HI

Razor nickt. »Ja.« Er klopft mit dem Finger auf die Bettdecke. Ich spüre sein Klopfen am Oberschenkel. »Ja.« Klopf. »Nicht schlecht, aber es ist cooler, wenn du es in Zeitlupe machst.« Er demonstriert es mir. »Verstanden?«

»Wenn du drauf bestehst …« Ich seufze. »Ja.« Ich klopfe mit dem Finger gegen das Bettgeländer. »Tja, um ehrlich zu sein, ist mir der Sinn der Sache nicht ganz klar.«

»Nein?« Klopf, klopf auf die Bettdecke.

»Nein.« Klopf, klopf auf das Bettgeländer.

Beim nächsten Wort brauche ich über zwanzig Minuten, um es ausfindig zu machen:

HLF

Klopf. »Habe ich dir schon von meinem Sommerjob erzählt, bevor es keine Sommerjobs mehr gab?«, fragt er. »Fellpflege bei Hunden. Das Schlimmste an dem Job? Die Analdrüsen auspressen …«

Er hat einen Lauf. Vier Runs und kein einziges Out.

WIE

Vierzig Minuten lang bekomme ich keine Antwort. Ich bin ein bisschen müde und mehr als ein bisschen frustriert. Es ist, als würde man mit jemandem korrespondieren, der tausend Meilen weit weg ist, und dazu einbeinige Boten benutzen. Die Zeit verlangsamt sich; die Ereignisse beschleunigen.

PLN

Ich habe keine Ahnung, was das heißen soll. Ich sehe ihn an, doch er hat den Blick aufs Spielbrett gerichtet, bringt die Figuren wieder in Position, spricht, füllt die kurzen peinlichen Pausen, die sich einschleichen, stopft die Leere mit Geschwätz aus.

»So wurde es tatsächlich genannt: *auspressen*«, sagt er. Er ist noch immer bei den Hunden. »Spülen, waschen, spülen, auspressen, wiederholen. So verdammt langweilig.«

Und das schwarze, seelenlose, ungerührte Auge der Kamera starrt herab.

»Das letzte Spiel habe ich nicht verstanden«, sage ich zu ihm.

»Chaseball ist kein Lahmarsch-Spiel wie Schach«, erwidert er geduldig. »Es gibt Feinheiten. *Feinheiten.* Um zu gewinnen, braucht man einen *Plan.*«

»Und das bist du, nehme ich an. Der Mann mit dem Plan.«
»Ja, das bin ich.«
Klopf.

64. Kapitel

Ich habe Vosch seit Tagen nicht mehr zu Gesicht bekommen. Das ändert sich am nächsten Morgen.

»Schießen Sie los«, fordert er Claire auf, die neben Mr Weißkittel steht und wie eine Mittelstufenschülerin aussieht, die ins Büro des Direktors gezerrt wurde, weil sie das dürre Kind schikaniert hat.

»Sie hat knapp acht Pfund abgenommen und zwanzig Prozent ihrer Muskelmasse verloren. Sie bekommt Valsartan gegen Bluthochdruck, Promethazin gegen die Übelkeit und Amoxicillin und Streptomycin zur Beruhigung ihres lymphatischen Systems, aber das Fieber macht uns immer noch zu schaffen«, berichtet Claire.

»›Das Fieber macht uns zu schaffen‹?«

Claire wendet den Blick ab. »Das Positive ist, dass ihre Leber und ihre Nieren nach wie vor normal arbeiten. In ihrer Lunge ist ein bisschen Flüssigkeit, aber wir …«

Vosch schneidet ihr mit einer Handbewegung das Wort ab und tritt an mein Bett. Seine hellen Vogelaugen funkeln.

»Möchtest du weiterleben?«

Ich antworte, ohne zu zögern. »Ja.«

»Warum?«

Die Frage erwischt mich aus irgendeinem Grund unvorbereitet. »Ich verstehe nicht ganz …«

»Du kannst uns nicht bezwingen. Niemand kann das. Ihr

hättet es nicht einmal dann geschafft, wenn ihr am Anfang sieben mal sieben Milliarden gewesen wärt. Die Welt ist eine Uhr, und diese Uhr ist bis zur letzten Sekunde abgelaufen. Warum möchtest du da weiterleben?«

»Ich möchte nicht die Welt retten«, sage ich zu ihm. »Ich hoffe nur, dass ich die Gelegenheit bekomme, Sie zu töten.«

Sein Gesichtsausdruck verändert sich nicht, doch seine Augen glitzern und tanzen. *Ich kenne dich,* sagen seine Augen. *Ich kenne dich.*

»Hoffnung«, flüstert er. »Ja.« Ein Nicken: Er ist mit mir zufrieden. »Hoffnung, Marika. Klammere dich an deine Hoffnung.« Er dreht sich zu Claire und Mr Weißkittel um. »Setzen Sie die Medikamente ab.«

Mr Weißkittels Gesicht nimmt die Farbe seines Kittels an. Claire macht den Mund auf, um etwas zu sagen, dann wendet sie den Blick ab. Vosch dreht sich wieder zu mir.

»Wie lautet die Antwort?«, will er von mir wissen. »Wut ist nicht die Antwort. Was dann?«

»Gleichgültigkeit?«

»Versuch es noch einmal.«

»Distanziertheit?«

»Noch einmal.«

»Hoffnung. Verzweiflung. Liebe. Hass. Groll. Trauer.« Ich zittere; offenbar schießt mein Fieber in die Höhe. »Ich weiß nicht. Ich weiß nicht. Ich weiß nicht.«

»Schon besser«, sagt er.

65. Kapitel

Am Abend wird es so schlimm, dass ich nur mit Mühe vier Innings Chaseball durchstehe.

EXMED

»Ich habe das Gerücht gehört, dass sie deine Medikamente abgesetzt haben«, sagt Razor, während er den Vierteldollar in der geschlossenen Faust schüttelt. »Ist das wahr?«

»Das Einzige, was sich noch in meinem Infusionsbeutel befindet, ist eine Kochsalzlösung, damit meine Nieren nicht den Dienst quittieren.«

Er wirft einen Blick auf meine Vitalparameter auf dem Monitor. Runzelt die Stirn. Wenn Razor die Stirn runzelt, erinnert er mich an einen kleinen Jungen, der sich den Zeh angestoßen hat, aber denkt, er wäre schon zu groß, um zu weinen.

»Dann geht es dir also langsam besser.«

»Sieht so aus.« Klopf, klopf auf dem Bettgeländer.

»Okay«, raunt er. »Meine Dame schlägt. Pass auf.«

Mein Rücken versteift sich. Vor meinen Augen verschwimmt alles. Ich beuge mich zur Seite und entleere meinen Magen – das wenige, was sich in meinem Magen befindet – auf den weißen Fliesenboden. Razor springt mit einem angewiderten Schrei auf und kippt dabei das Spielbrett um.

»Hey!«, schreit er. Nicht an mich gerichtet. An das schwarze Auge über uns gerichtet. »Hey, ich brauche hier ein bisschen Hilfe!«

Es kommt keine Hilfe. Er wirft einen Blick auf den Monitor, sieht mich an und sagt: »Ich weiß nicht, was ich machen soll.«

»Schon okay.«

»Klar. Dir geht's gut, richtig gut!« Er geht zum Waschbecken, feuchtet ein sauberes Handtuch an und legt es mir auf die Stirn. »Gut, von wegen! Warum haben sie deine Medikamente abgesetzt, verdammt?«

»Warum nicht?« Ich kämpfe gegen das Bedürfnis an, noch einmal zu kotzen.

»Oh, keine Ahnung. Vielleicht, weil du ohne sie *sterben* wirst. Er starrt die Überwachungskamera wütend an.

»Vielleicht solltest du mir den Behälter da drüben geben.«

Er tupft ab, was mir am Kinn hängt, faltet das Handtuch anders, nimmt den Behälter und stellt ihn mir auf den Schoß.

»Razor?«

»Ja?«

»Bitte leg mir das nicht mehr aufs Gesicht.«

»Hm? Oh. Scheiße. Ja. Warte.« Er nimmt ein frisches Handtuch und hält es unter das fließende Wasser. Seine Hände zittern. »Weißt du, warum? Ich weiß, warum. Warum bin ich nicht gleich drauf gekommen? Warum bist *du* nicht drauf gekommen? Die Medikamente beeinträchtigen anscheinend das System.«

»Welches System?«

»Das Zwölfte System. Dasjenige, das sie dir injiziert haben, Sherlock. Die Zentrale mit ihren vierzigtausend kleinen Freunden, die die anderen elf auf Vordermann bringen soll.« Er legt mir das kühle Handtuch auf die Stirn. »Du frierst. Soll ich noch eine Decke suchen?«

»Nein, ich verbrenne.«

»Es herrscht Krieg«, sagt er und klopft sich auf die Brust. »Hier drin. Du musst Waffenstillstand erklären, Ringer.«

Ich schüttle den Kopf. »Kein Frieden.«

Er nickt und drückt durch die dünne Decke hindurch mein

Handgelenk. Geht auf dem Fußboden in die Hocke, um die hinuntergefallenen Schachfiguren einzusammeln. Flucht, als er den Vierteldollar nicht findet. Beschließt, dass er das Erbrochene nicht einfach liegen lassen kann. Schnappt sich das schmutzige Handtuch, mit dem er mir das Kinn abgewischt hat, und wischt auf allen vieren den Fußboden. Als die Tür aufgeht und Claire das Zimmer betritt, flucht er noch immer.

»Gutes Timing!«, bellt Razor sie an. »Hey, können Sie ihr wenigstens das Serum gegen Kotzen geben?«

Claire nickt in Richtung Tür. »Raus mit dir.« Sie deutet auf die Schachtel. »Und nimm die mit.«

Razor blickt sie finster an, folgt aber ihrer Aufforderung. Ich erkenne erneut die explosive Energie, die sich hinter seinen engelsgleichen Zügen verbirgt. *Vorsicht, Razor. Das ist nicht die Antwort.*

Dann sind wir allein, und Claire betrachtet für einen langen stillen Moment den Monitor.

»Hast du heute Morgen die Wahrheit gesagt?«, erkundigt sie sich. »Möchtest du tatsächlich überleben, damit du Commander Vosch töten kannst? So dumm bist du doch nicht.« Im Tonfall einer Mutter, die ein sehr junges Kind schimpft.

»Da haben Sie recht«, erwidere ich. »Diese Gelegenheit werde ich nie bekommen. Aber ich werde die Gelegenheit bekommen, Sie zu töten.«

Sie wirkt geschockt. »Mich töten? Warum willst du mich töten?« Als ich ihr keine Antwort gebe, sagt sie: »Ich glaube nicht, dass du diese Nacht überleben wirst.«

Ich nicke. »Und Sie werden diesen Monat nicht überleben.«

Sie lacht. Der Klang ihres Lachens sorgt dafür, dass mir Gallenflüssigkeit in den Rachen steigt. Ich verbrenne. Ich verbrenne.

»Was willst du denn tun?«, fragt sie leise. Sie reißt mir das Handtuch von der Stirn. »Mich damit ersticken?«

»Nein. Ich werde den Wachposten überwältigen, indem ich ihm mit einem schweren Gegenstand den Schädel einschlage, und dann nehme ich seine Waffe und schieße Ihnen damit ins Gesicht.«

Sie lacht die ganze Zeit, während ich spreche. »Tja, dann viel Glück dabei.«

»Das hat mit Glück nichts zu tun.«

66. Kapitel

Wie sich herausstellt, lag Claire falsch damit, dass ich die Nacht nicht überleben würde.

Fast ein Monat ist nach meiner Rechnung mit drei Mahlzeiten am Tag vergangen, und ich bin immer noch hier.

An viel erinnere ich mich nicht. Irgendwann wurde ich von der Infusion und dem Monitor getrennt, und die Stille, die nach dem ständigen Piepsen über mich hereinbrach, war laut genug, um Berge bersten zu lassen. Die einzige Person, die ich während dieser Zeit zu Gesicht bekam, war Razor. Er ist jetzt mein Vollzeitbetreuer. Füttert mich, leert meine Bettpfanne, wäscht mir das Gesicht und die Hände, dreht mich um, damit ich mich nicht wund liege, spielt mit mir Chaseball in den Stunden, in denen ich mich nicht im Delirium befinde, und quasselt ununterbrochen. Er spricht über alles, was anders formuliert heißt, er spricht über nichts: über seine verstorbenen Angehörigen, seine verstorbenen Freunde, seine Kumpels aus seiner Einheit, die Schufterei im Winterlager, die aus Langeweile, Erschöpfung und Angst (vor allem aus Angst) geborenen Streitereien, die Gerüchte, dass die Teds eine Großoffensive starten werden, wenn der Frühling kommt, ein letzter verzweifelter Versuch, die Welt von menschlichem Lärm zu säubern, zu dem Razor überaus aktiv beiträgt. Er redet und redet und redet. Er hatte eine Freundin namens Olivia, und ihre Haut war dunkel wie ein verschlammter Fluss, und sie spielte Klarinette in der Schulband und wollte Ärztin werden und hasste Razors Dad, weil er der Meinung war, Razor hätte nicht das Zeug dazu, Arzt zu werden. Er verrät mir, dass er eigentlich Alex wie der Baseballer Alex »A-Rod« Rodriguez heißt und dass sein Drill-Ausbilder ihm den Spitznamen Razor nicht deshalb gegeben hat, weil er so schlank ist, sondern weil er sich eines Morgens beim Rasieren geschnitten hat. *Ich habe sehr empfindliche Haut.* Seine Sätze enthalten keine Punkte und keine Kommata und sind nicht durch Absätze voneinander getrennt, oder genauer gesagt, handelt es sich um einen einzigen langen Absatz ohne Seitenränder.

Nur einmal nach fast einem Monat verbalem Durchfall hält er den Mund. Er ist gerade dabei, davon zu erzählen, wie er beim Naturwissenschaftswettbewerb in der fünften Klasse mit seinem Projekt, wie sich aus einer Kartoffel eine Batterie herstellen lässt, den ersten Platz gewonnen hat, als er plötzlich mitten im Satz verstummt. Sein Schweigen ist schrill wie die Stille, die herrscht, nachdem ein Gebäude in sich zusammengestürzt ist.

»Was soll das?«, fragt er, während er mir konzentriert ins Gesicht starrt, und niemand starrt konzentrierter als Razor, nicht einmal Vosch.

»Nichts.« Ich drehe den Kopf von ihm weg.

»Weinst du, Ringer?«

»Meine Augen nässen.«

»Nein.«

»Sag nicht nein, Razor. Ich weine nicht.«

»Blödsinn.« Ein Klopfen auf die Bettdecke.

Klopf, klopf auf das Bettgeländer. »Hat sie funktioniert?«, frage ich und drehe mich zu ihm zurück. Welche Rolle spielt es schon, wenn er mich weinen sieht? »Die Kartoffelbatterie.«

»Klar hat sie funktioniert. Das ist *Naturwissenschaft.* Da besteht nie ein Zweifel daran, dass etwas funktioniert. Man plant alles im Voraus, folgt den Schritten, und es kann gar nicht schiefgehen.« Er drückt durch die Decke hindurch meine Hand: *Hab keine Angst. Alles ist vorbereitet. Ich lasse dich nicht im Stich.*

Für einen Rückzieher ist es jetzt ohnehin zu spät. Sein Blick wandert zu dem Essenstablett neben dem Bett. »Du hast heute Abend den ganzen Pudding aufgegessen. Weißt du, wie sie ohne Schokolade Schokoladenpudding machen? Das möchtest du lieber nicht wissen.«

»Lass mich raten. Ex-Lax.«

»Was ist denn Ex-Lax?«

»Im Ernst? Das weißt du nicht?«

»Oh, tut mir schrecklich leid, dass ich nicht weiß, was Ex-Lax-Scheißegal ist.«

»Ein Abführmittel mit Schokoladengeschmack.«

Er zieht eine Grimasse. »Das ist ja krank.«

»Das ist genau der Punkt.«

»Der Punkt? Oh, Gott, hast du etwa gerade einen *Scherz* gemacht?«

»Woher soll ich das denn wissen? Versprich mir nur, dass mir niemand Abführmittel in meinen Pudding getan hat.«

»Versprochen.« *Klopf.*

Nachdem er gegangen ist, halte ich noch ein paar Stunden

durch, bis in allen anderen Bereichen des Camps längst das Licht ausgegangen ist, bis tief in die Winternacht hinein, ehe der Druck unerträglich wird, und dann, als ich es nicht mehr aushalte, rufe ich um Hilfe und winke in Richtung Kamera, dann drehe ich mich, um die Brust gegen das kalte Metall-Bettgeländer zu pressen, wobei ich aus Frust und vor Wut mit der Faust ins Kopfkissen schlage, bis die Tür auffliegt und Claire hereinstürmt, dicht gefolgt von einem großen Bären von einem Rekruten, dessen Hand sofort nach oben schnellt, um seine Nase abzudecken.

»Was ist passiert?«, fragt Claire, obwohl ihr der Gestank eigentlich alles verraten sollte, was sie wissen muss.

»Ach du Scheiße!«, gurgelt der Rekrut hinter seiner Hand.

»Ganz genau«, keuche ich.

»Toll. Ganz toll«, sagt Claire. Sie wirft die Bettdecke und das Leintuch auf den Boden und signalisiert dem Rekruten, dass er ihr helfen soll. »Saubere Arbeit, Fräulein. Ich hoffe, du bist stolz auf dich.«

»Noch nicht«, wimmere ich.

»Was machst du denn da?«, schreit Claire den Rekruten an. Die sanfte Stimme ist Geschichte. Die freundlichen Augen waren gestern. »Hilf mir hier.«

»Wobei soll ich Ihnen denn helfen, Madam?« Er hat eine flachgedrückte Nase und sehr kleine Augen, und seine Stirn wölbt sich in der Mitte. Sein Bauch hängt ihm über den Gürtel, und seine Hose ist ein paar Zentimeter zu kurz. Er ist riesig; er wiegt mindestens einen Zentner mehr als ich.

Das spielt aber keine Rolle.

»Steh auf«, faucht mich Claire an. »Los. Sieh zu, dass du auf die Beine kommst.« Sie nimmt einen meiner Arme, und Jumbo-Rekrut nimmt den anderen, und sie zerren mich mit vereinten Kräften aus dem Bett. Jumbos eingedrücktes Gesicht ist vor Ekel verzerrt.

»Oh, Gott. Es ist überall!«, klagt er leise.

»Ich glaube nicht, dass ich gehen kann«, sage ich zu Claire.

»Dann lasse ich dich kriechen«, knurrt sie. »Ich sollte dich einfach so liegen lassen. Das wäre perfekt metaphorisch.«

Die beiden schleppen mich zwei Türen weiter und in den Duschraum. Jumbo-Rekrut hustet und würgt, und Claire meckert herum, und ich entschuldige mich, während sie mir den Overall auszieht, ihn Jumbo-Rekrut zuwirft und ihm befiehlt, draußen zu warten. »Lehn dich nicht an *mich*. Lehn dich an der *Wand* an«, fordert sie mich barsch auf. Meine Knie knicken ein. Ich klammere mich an den Duschvorhang, um mich aufrecht zu halten; ich habe meine Beine seit einem Monat nicht mehr benutzt.

Claire packt mich mit einer Hand am linken Arm und schiebt mich unter die Dusche, wobei sie den Oberkörper beugt, um nicht nass zu werden. Der Wasserstrahl ist eiskalt. Sie hat sich nicht die Mühe gemacht, die Temperatur einzustellen. Der Aufprall des kalten Wassers auf meinem Körper ist wie ein Alarm, der mich aus einem langen Winterschlaf reißt, und ich greife nach oben und packe das Rohr, das aus der Wand ragt und zum Duschkopf führt, und sage Claire, dass ich glaube, ich habe alles im Griff; dass ich glaube, ich kann stehen; sie kann loslassen.

»Bist du sicher?«, fragt sie, ohne mich loszulassen.

»Ziemlich sicher.«

Dann reiße ich das Rohr mit aller Kraft nach unten. Es bricht mit einem metallischen Kreischen an der Verbindungsstelle ab, und das kalte Wasser sprudelt in einem wilden Wirrwarr aus der Wand. Ich recke den linken Arm nach oben, der durch Claires Finger rutscht, dann packe ich sie am Handgelenk und werfe ihr meinen Körper entgegen, wobei ich mich in der Hüfte drehe, um die Wucht zu maximieren, und ramme ihr das gezackte Ende des abgebrochenen Rohrs in den Hals.

Ich war mir nicht ganz sicher, ob ich das Stahlrohr mit bloßen Händen würde abbrechen können, aber ich war mir ziemlich sicher.

Schließlich wurde ich aufgewertet.

—— 67. Kapitel ——

Claire weicht taumelnd zurück, und aus der fünf Zentimeter breiten Stichwunde an ihrem Hals strömt Blut. Die Tatsache, dass ich sie nicht zu Boden geschickt habe, überrascht mich nicht: Ich war davon ausgegangen, dass sie ebenfalls aufgewertet worden war, hatte allerdings gehofft, dass ich ihr mit etwas Glück die Halsschlagader durchtrennen würde. Sie tastet in der Tasche ihres Laborkittels nach dem Tötungsschalter. Damit habe ich gerechnet. Ich werfe das abgebrochene Rohr weg, packe die festgeschraubte Duschvorhangstange, reiße sie aus ihren Halterungen und ramme ihr ein Ende seitlich gegen den Kopf.

Der Stoß bringt sie kaum ins Wanken. Binnen einer Millisekunde, schneller, als meine Augen der Bewegung folgen können, hat sie das Ende der Vorhangstange gepackt. Ich lasse die Stange binnen einer halben Millisekunde los, sodass nichts das andere Ende hält, als sie an der Stange reißt, und sie taumelt rückwärts und prallt mit genug Wucht gegen die Wand, dass die Fliesen springen. Ich stürme auf sie zu. Sie schwingt die Stange in die Richtung meines Kopfes, doch auch damit habe ich gerechnet – oder sogar darauf gezählt, als ich das Ganze in den tausend Stunden unter dem stetigen Leuchten einstudiert habe.

Ich packe das andere Ende der Stange, als es sich mir in einem Bogen nähert, zuerst mit der rechten Hand, dann mit der linken, die Hände schulterbreit auseinander, und presse ihr die Stange gegen den Hals, wobei ich mich breitbeinig hinstelle, um die Balance und den Hebel zu haben, die nötig sind, um ihr die Luftröhre zu zerquetschen.

Unsere Gesichter sind nur wenige Zentimeter voneinander entfernt. Ich bin ihr nahe genug, um den Zyankali-Atem zu riechen, der zwischen ihren leicht geöffneten Lippen heraussickert.

Ihre Hände befinden sich jeweils außerhalb von meinen und drücken zurück, während ich nach vorne drücke. Der Boden ist rutschig; ich bin barfuß, sie nicht; ich werde meinen Vorteil einbüßen, bevor sie das Bewusstsein verliert. Ich muss sie zu Boden schicken, und zwar schnell.

Ich schiebe einen Fuß zwischen ihre Füße und trete ihr gegen den Knöchel. Perfekt: Sie fällt hin, und ich folge ihr nach unten.

Sie landet auf dem Rücken. Ich lande auf ihrem Bauch. Ich nehme sie mit den Knien in die Zange und drücke die Vorhangstange fest nach unten gegen ihren Hals.

Dann fliegt die Tür hinter uns auf, und Jumbo-Rekrut kommt mit gezückter Pistole hereingetrampelt und schreit zusammenhangloses Zeug. Drei Minuten sind verstrichen, und das Licht in Claires Augen erlischt langsam, aber es ist noch nicht ganz ausgegangen, und ich weiß, dass ich ein Risiko eingehen muss. Ich mag Risiken nicht, mochte sie noch nie, habe aber gelernt, sie zu akzeptieren. Manches kann man sich aussuchen und manches nicht, wie Sullivans Kruzifix-Soldaten, wie Teacup, wie für Zombie und Nugget zurückzukehren, weil nicht zurückzukehren bedeutet hätte, dass nichts mehr einen Wert hat, weder das Leben noch Zeit noch Versprechen.

Und ich muss ein Versprechen halten.

Jumbos Pistole: Das Zwölfte System nimmt sie ins Visier, und zigtausend mikroskopisch kleine Droiden machen sich an die Arbeit, verstärken Muskeln, Sehnen und Nerven in meinen Händen, meinen Augen und meinem Gehirn, um die Bedrohung zu neutralisieren. Binnen einer Mikrosekunde wird das Angriffsziel identifiziert, die Information verarbeitet, die Methode festgelegt.

Jumbo hat nicht den Hauch einer Chance.

Der Angriff passiert schneller, als sein nicht aufgewertetes Gehirn ihn verarbeiten kann. Ich bezweifle, dass er überhaupt die Vorhangstange auf seine Hand herabsausen sieht. Die Pistole fliegt durch den Raum. Er geht in die eine Richtung – zur Pistole –, während ich in die andere gehe – zur Toilette.

Der Deckel des Spülkastens ist aus massiver Keramik. Und schwer. Ich könnte ihn damit töten; ich tue es nicht. Aber ich schlage ihm fest genug auf den Hinterkopf, um ihn für eine lange Zeit auszuschalten.

Jumbo geht zu Boden. Claire erhebt sich wieder. Ich schleudere den Deckel in Richtung ihres Kopfes. Ihr Arm geht nach oben, um das Projektil abzublocken. Mein verbessertes Gehör schnappt bei der Kollision das Geräusch eines brechenden Knochens auf. Das silberfarbene Gerät in ihrer Hand landet klirrend auf dem Boden. Sie hechtet danach, als ich einen Schritt nach vorn mache. Ich lasse einen Fuß auf ihre ausgestreckte Hand hinabsausen, und mit dem anderen kicke ich das Gerät auf die andere Seite des Raums.

Erledigt.

Und sie ist sich dessen bewusst. Sie blickt am Lauf der Pistole vorbei, die auf sie gerichtet ist – vorbei an dem winzigen Loch, gefüllt mit immensem Nichts –, in meine Augen, und ihre Augen sind wieder freundlich, und ihre Stimme ist wieder sanft, das Miststück.

»Marika …«

Nein. Marika war langsam, schwach, sentimental, dämlich. Marika war ein kleines Mädchen, das sich an regenbogenfarbenen Fingern festklammerte und hilflos zusah, wie die Zeit ablief, das auf dem Rand des Abgrunds schwankte und hinter Marikas Festungsmauern von Versprechen, die sie nicht halten konnte, schutzlos ausgeliefert war. Aber ich werde ihr letztes Versprechen an Claire halten, das Scheusal, das sie nackt ausgezogen und in dem kalten Wasser getauft hat, das noch immer aus der kaputten Dusche sprudelt. Ich werde Marikas Versprechen halten. Marika ist tot, und ich werde ihr Versprechen halten.

»Ich heiße Ringer.«

Ich drücke ab.

68. Kapitel

Jumbo trägt ein Messer bei sich. Standardvorschrift für alle Rekruten. Ich knie mich neben seinen bewusstlosen Körper, ziehe es aus der Scheide und schneide vorsichtig die Kapsel heraus, die neben seinem Rückenmark an der Schädelbasis eingebettet ist. Ich schiebe sie mir zwischen Wange und Zahnfleisch.

Jetzt meine eigene. Kein Schmerz, als ich sie herausschneide, und nur ein Rinnsal Blut tritt aus dem Einschnitt aus. Winzige Roboter, die Empfindungen betäuben. Winzige Roboter, die Schäden reparieren. Deshalb starb Claire nicht, als ich ihr das abgebrochene Rohr in den Hals rammte, und deshalb hörte die Blutung nach dem anfänglichen Schwall schnell auf.

Und deshalb bin ich, nachdem ich sechs Wochen flach auf dem Rücken gelegen, kaum etwas gegessen und gerade eine intensive körperliche Anstrengung hinter mir habe, nicht einmal außer Atem.

Ich setze Jumbo die winzige Kapsel aus meinem Nacken in seinen ein. *Jetzt verfolg meine Spur, Commander Arschloch.*

Frischer Overall von dem Stapel unter dem Waschbecken. Schuhe: Claires Füße sind zu klein, Jumbos viel zu groß. Um Schuhe kümmere ich mich später. Die Lederjacke des korpulenten Jungen könnte sich allerdings als nützlich erweisen. Die Jacke hängt an mir wie eine Decke, aber ich mag die geräumigen Ärmel.

Irgendetwas habe ich vergessen. Ich blicke mich im Raum um. Den Tötungsschalter, das ist es. Das Display hat in dem Handgemenge einen Sprung abbekommen, aber das Gerät funktioniert noch. Über dem blinkenden grünen Knopf leuchtet eine Nummer. Meine Nummer. Ich wische mit dem Daumen über das Display, das sich daraufhin mit Nummern füllt, mit hunderten Zahlenfolgen, die sämtliche Rekruten der Basis repräsentieren. Ich wische noch einmal mit dem Daumen darüber, um zu meiner Nummer zurückzukehren, tippe sie an, und es öffnet sich ein Lageplan, der die genaue Position meines Implantats zeigt. Dann verkleinere ich die Ansicht, und das Display füllt sich mit winzigen, leuchtend grünen Punkten: den Positionen sämtlicher implantierter Soldaten auf der gesamten Basis. Volltreffer.

Und schachmatt. Mit einem Daumenwischen und einem Fingertippen kann ich jede beliebige Nummer markieren. Daraufhin leuchtet der Knopf unten an dem Gerät auf. Ein letztes Tippen, und der betreffende Rekrut wäre neutralisiert, ausgelöscht. Ich könnte ungehindert hinausspazieren.

Ich könnte – wenn ich bereit wäre, dabei über die Leichen von mehreren hundert unschuldigen Menschen zu steigen, von Kindern und Jugendlichen, die nicht weniger Opfer sind, als ich es bin, deren einziges Verbrechen die Sünde ist, Hoffnung zu hegen. Wenn der Lohn für diese Sünde der Tod ist, dann ist Tugend jetzt ein Laster: Einem wehrlosen, Hunger leidenden Kind, das sich in einem Weizenfeld verirrt hat, wird Zuflucht gewährt. Ein verwundeter Soldat hinter einer Reihe von Bierkühlregalen ruft um Hilfe. Ein kleines Mädchen, das versehentlich angeschossen wurde, wird ihren Feinden übergeben, damit sie es retten.

Und ich weiß nicht, was unmenschlicher ist: die außerirdischen Wesen, die diese neue Welt erschaffen haben, oder das menschliche Wesen, das in Erwägung zieht – wenn auch nur für einen Augenblick –, den grünen Knopf zu drücken.

Auf der rechten Seite des Displays schweben drei große Ansammlungen unbeweglicher Punkte: die Schlafenden. Ein Dutzend abgeschiedene Individuen in der Peripherie: Wachposten. Zwei in der Mitte: meine Kapsel in Jumbos Nacken, seine in meinem Mund. Weitere drei oder vier ganz in der Nähe, auf derselben Etage: die Kranken und Verletzten. Eine Etage tiefer: die Intensivstation, wo nur ein grüner Punkt leuchtet. Also: Kasernen, Beobachtungsposten, Krankenhaus. Zwei von den Wachposten-Punkten bemannen das Magazingebäude. Ich werde nicht spekulieren müssen, welche beiden. In ein paar Minuten werde ich es wissen.

Los, Razor, gehen wir. Ich muss noch ein letztes Versprechen einlösen.

Ich sehe zu, wie das Wasser aus dem abgebrochenen Rohr sprudelt.

69. Kapitel

»Betest du?«, fragte mich Razor nach einer anstrengenden Chaseball-Nacht, während er das Spielbrett und die Figuren zusammenpackte.

Ich schüttelte den Kopf. »Betest du?«

»Und ob ich das tue.« Energisches Nicken. »In Schützenlöchern gibt es keine Atheisten.«

»Mein Vater war einer.«

»Ein Schütze?«

»Ein Atheist.«

»Das weiß ich, Ringer.«

»Woher wusstest du, dass mein Vater ein Atheist war?«

»Das wusste ich nicht.«

»Warum hast du mich dann gefragt, ob er ein Schütze war?«

»Das habe ich nicht. Es war ein verdammter …« Er lächelte. »Oh, verstehe. Ich weiß, was du tust. Das Beunruhigende für mich ist, *warum*. Als würdest du nicht versuchen, witzig zu sein, sondern versuchen, unter Beweis zu stellen, wie überlegen du bist. Oder zu sein glaubst. Du bist keines von beiden. Weder witzig *noch* überlegen. Warum betest du nicht?«

»Ich bringe Gott nicht gern in Verlegenheit.«

Er hob die Dame hoch und betrachtete ihr Gesicht. »Hast du sie dir schon mal angeschaut? Das ist vielleicht ein gruseliges Mannweib.«

»Ich finde, sie sieht majestätisch aus.«

»Sie sieht aus wie eine Lehrerin von mir in der dritten Klasse, viel von Ersterem, wenig von Letzterem.«

»Was?«

»Du weißt schon: eine Menge *Mann* und nur wenig *Weib.*«

»Sie hat einfach nur etwas Wildes. Wie eine Kriegerin.«

»Meine Lehrerin aus der dritten Klasse?« Er studierte mein Gesicht. Wartete. Wartete. »Tut mir leid, ich habe den Scherz schon mal ausprobiert. Totale Pleite.« Er legte die Figur in die Schachtel. »Meine Grandma gehörte einem Gebetskreis an. Weißt du, was ein Gebetskreis ist?«

»Ja.«

»Tatsächlich? Ich dachte, du wärst Atheistin.«

»Mein Vater war Atheist. Und warum sollte ein Atheist nicht wissen, was ein Gebetskreis ist? Religiöse Menschen wissen schließlich auch, was es mit der Evolution auf sich hat.«

»Ich weiß, was es ist. Ich habe verstanden«, sagte er nachdenklich, während seine dunklen, eindringlichen Augen nach wie vor auf mein Gesicht gerichtet sind. »Du warst fünf oder sechs, und ein Verwandter hat eine sehr positive Bemerkung darüber gemacht, was für ein *ernsthaftes* kleines Mädchen du wärst, und von da an dachtest du, Ernsthaftigkeit wäre attraktiv.«

»Was ist denn in dem Gebetskreis passiert?« Mein Versuch, ihn wieder auf Kurs zu bringen.

»Ha! Also weißt du doch nicht, was man darunter versteht!« Er stellte die Schachtel ab und rutschte weiter aufs Bett. Sein Hintern berührte jetzt meinen Oberschenkel. Ich zog das Bein vorsichtig weg. Fast unmerklich, hoffte ich. »Ich werde dir erzählen, was passiert ist. Der Hund meiner Großmutter wurde krank. Einer von diesen Handtaschenhunden, die jeden beißen und dabei ungefähr fünfundzwanzig Jahre alt werden. In ihrem Bittgesuch ging es also darum, dass Gott den bösartigen kleinen Köter retten soll, damit er *noch* mehr Leute beißen kann. Und eine Hälfte der alten Damen in ihrer Gruppe war einverstanden, die andere Hälfte nicht, keine Ahnung, warum nicht, schließlich wäre ein Gott, der Hunde nicht mag, kein Gott. Auf jeden Fall gab es eine Riesendiskussion über vergeudete Gebete, die zu einer Debatte darüber wurde, ob es überhaupt so was wie ein vergeudetes Gebet gibt, aus der ein Streit über den Holocaust entstand. Also kamen sie innerhalb von fünf Minuten von einem bissigen alten Handtaschenhund zum Holocaust.«

»Und was ist passiert? Haben sie für den Hund gebetet?«

»Nein, sie haben für die Seelen der Opfer des Holocaust gebetet. Am nächsten Tag ist der Hund dann gestorben.« Jetzt nickte er nachdenklich. »Grandma hat für ihn gebetet. Hat jeden Abend für ihn gebetet. Uns Enkelkindern hat sie auch gesagt, dass wir alle beten sollen. Also habe ich für einen Hund gebetet, der mich terrorisiert und gehasst und mir das da verpasst hat.« Er schwang ein Bein aufs Bett und zog die Hose hoch, um seine Wade zu entblößen. »Siehst du die Narbe?«

Ich schüttelte den Kopf. »Nein.«

»Tja, aber sie ist da.« Er schob das Hosenbein wieder nach unten, ließ den Fuß aber auf dem Bett. »Nachdem er gestorben war, sagte ich zu Grandma: ›Ich habe ganz fest gebetet, aber Flubby ist trotzdem gestorben. Hasst mich Gott?‹«

»Und was hat sie gesagt?«

»Irgendeinen Schwachsinn, dass Gott Flubby im Himmel haben wollte, was mein Sechsjährigen-Gehirn unmöglich verarbeiten konnte. Im Himmel gibt es bissige alte Handtaschenhunde? Das machte mir lange Zeit zu schaffen. Jeden Abend, während ich mein Gebet sagte, fragte ich mich, ob ich überhaupt in den Himmel *will,* um die Ewigkeit mit Flubby zu verbringen. Also bin ich zu dem Schluss gekommen, dass er in der Hölle sein muss. Andernfalls würde die Theologie keinen Sinn ergeben.«

Er umschlang mit seinen langen Armen sein angezogenes Knie, stützte das Kinn darauf und starrte ins Leere. Er befand sich wieder in einer Zeit, als die Fragen eines kleinen Jungen über Gott und den Himmel und Gebete noch eine Rolle spielten.

»Irgendwann habe ich mal eine Tasse kaputtgemacht«, fuhr er fort. »Als ich in Moms Porzellanvitrine herumgespielt habe. Sie gehörte zu Moms Hochzeitsgeschirr, eine kleine zierliche Tasse aus einem Teeservice. Ich habe sie nicht ganz zerbrochen. Sie ist auf den Fußboden gefallen, und anschließend war ein Sprung drin.«

»Im Fußboden?«

»Nein, nicht im Fußboden. In der Ta…« Seine Augen weiteten sich geschockt. »Hast du gerade noch mal denselben [illegible]?«

Ich schüttelte den Kopf.

Er deutete mit dem Finger auf mich. »Doch, ich habe dich erwischt! Ein Moment fröhlicher Unbeschwertheit von Ringer, der Kriegerin!«

»Ich mache die ganze Zeit Witze.«

»Genau. Aber die sind so subtil, dass nur *schlaue* Leute sie verstehen.«

»Die Tasse«, spornte ich ihn an.

»Also habe ich Moms wertvolle Porzellantasse kaputtgemacht. Ich habe sie wieder in die Vitrine gestellt und die Seite mit dem Sprung nach hinten gedreht, damit es ihr vielleicht nicht auffällt, obwohl mir klar war, dass es nur eine Frage der

Zeit ist, bis sie es bemerkt und ich geliefert bin. Weißt du, wen ich um Hilfe gebeten habe?«

Ich brauchte mir nicht den Kopf zu zerbrechen. Ich wusste, wohin die Geschichte führte. »Gott.«

»Gott. Ich habe gebetet, dass Gott Mom von der Tasse fernhält. Sozusagen für den Rest ihres Lebens. Oder zumindest bis ich wegzog, um aufs College zu gehen. Dann betete ich, dass er die Tasse wieder in Ordnung bringt. Er ist schließlich Gott, oder? Er kann Menschen heilen – was ist dagegen schon eine verdammte kleine, in China hergestellte Tasse? Das war die optimale Lösung, und genau darum geht es doch bei ihm: um optimale Lösungen.«

»Sie hat die Tasse gefunden.«

»Du kannst deinen Arsch drauf verwetten, dass sie die Tasse gefunden hat.«

»Mich überrascht, dass du immer noch betest. Nach Flubby und der Tasse.«

Er schüttelte den Kopf. »Das ist nicht die Pointe.«

»Es gibt eine Pointe?«

»Wenn du mich die Geschichte zu Ende erzählen lassen würdest – ja, es gibt eine Pointe. Hier ist sie: *Nachdem* sie die Tasse fand und *bevor* ich davon erfuhr, ersetzte sie sie. Sie bestellte eine neue Tasse und warf die alte weg. Eines Samstagmorgens – ich nehme an, ich betete zu diesem Zeitpunkt seit etwa einem Monat – ging ich zu der Vitrine, um den Gebetskreis zu widerlegen, was vergeudete Gebete angeht, und dann sah ich sie.«

»Die neue Tasse«, sagte ich. Razor nickte. »Aber du wusstest nicht, dass deine Mom sie ersetzt hatte.«

Er warf die Hände in die Luft. »Ein verdammtes Wunder! Was angeknackst war, wurde entknackst! Das Kaputte wurde wieder ganz gemacht! Gott existiert! Ich hätte mir fast in die Hose gemacht.«

»Die Tasse wurde geheilt«, sagte ich langsam.

Seine dunklen Augen bohrten sich tief in meine. Seine Hand fiel auf mein Knie. Ein Drücken. Dann ein Klopfen.

Ja.

70. Kapitel

Im Bad wird das Sprudeln zu einem Fließen, das Fließen zu einem Plätschern, das Plätschern zu einem kraftlosen Tröpfeln. Das Wasser verlangsamt sich, und mein Herz schlägt schneller. Meine Paranoia gewann die Oberhand über mich. Ein Jahrzehnt verstrich, während ich darauf wartete, dass das Wasser abgedreht wurde: das Startsignal von Razor.

Draußen im Flur ist keine Menschenseele zu sehen. Dank Claires Peilsender weiß ich das bereits. Außerdem weiß ich genau, wohin ich gehe.

Treppe. Eine Etage tiefer. Ein letztes Versprechen. Ich bleibe kurz auf dem Treppenabsatz stehen, um Jumbos Pistole in meine Jackentasche zu stecken.

Dann stürme ich durch die Tür und renne den Korridor entlang. Genau vor mir befindet sich das Schwesternzimmer. Ich sprinte geradewegs darauf zu. Die Schwester springt von ihrem Stuhl auf.

»Gehen Sie in Deckung!«, schreie ich. »Es gibt gleich eine Explosion!«

Ich mache einen Schlenker um die Theke und renne auf die Schwingtüren zu, die in die Station führen.

»Hey!«, schreit sie. »Du darfst da nicht rein!«

Es kann losgehen, Razor.

Sie drückt auf den Abriegelungsknopf auf ihrem Tisch. Egal. Ich stürme mit voller Geschwindigkeit durch die Schwingtüren und reiße dabei beide aus den Scharnieren.

»*Keine Bewegung!*«, schreit sie.

Die gesamte Länge des Korridors noch vor mir; ich werde es nicht schaffen. Ich bin zwar aufgewertet worden, kann aber nicht vor einer Kugel davonlaufen. Ich komme schlitternd zum Stehen.

Razor, ich meine es ernst. Jetzt wäre ein äußerst günstiger Zeitpunkt.

»Hände an den Kopf! *Sofort.*« Sie hat Mühe, wieder zu Atem zu kommen. »Gut so. Und jetzt komm zu mir her, *rückwärts.* Langsam. Ganz langsam, oder ich schwöre bei Gott, ich werde dich erschießen.«

Ich gehorche und schlurfe in die Richtung, aus der ihre Stimme ertönt. Sie befiehlt mir stehen zu bleiben. Ich erstarre, aber die Mechanismen in mir arbeiten weiter. Ihre Position ist unverändert: Ich brauche sie nicht zu sehen, um genau zu wissen, wo sie steht. Die Zentrale hat die Manager meiner Muskulatur und meines Nervensystems ausgesandt, damit sie die Anweisungen ausführen, wenn sie dazu aufgerufen werden. Wenn es so weit ist, werde ich nicht nachzudenken brauchen. Die Zentrale wird übernehmen.

Aber ich werde mein Leben nicht ausschließlich dem Zwölften System zu verdanken haben: Dass ich mir Jumbos Jacke geschnappt habe, war meine Idee.

Und das erinnert mich daran:

»Schuhe«, murmle ich.

»Was hast du gesagt?« Ihre Stimme bebt.

»Ich brauche Schuhe. Welche Größe haben Sie?«

»Hm?«

Die Zentrale feuert mit Lichtgeschwindigkeit Signale ab. Mein Körper bewegt sich nicht ganz so schnell, vermutlich aber trotzdem doppelt so schnell wie nötig.

Meine rechte Hand schlüpft in Jumbos weiten Ärmel, in den ich das Fünfundzwanzig-Zentimeter-Messer gesteckt habe, ich drehe mich nach links, dann werfe ich.

Und sie geht zu Boden.

Ich ziehe die Klinge aus ihrem Hals, schiebe das blutige Messer wieder in den linken Ärmel der Jacke und probiere ihre Schuhe an. Weiße Krankenschwesternschuhe mit dicken Sohlen. Eine halbe Nummer zu groß, aber sie werden ihren Zweck erfüllen.

Am Ende des Korridors betrete ich das letzte Zimmer auf der rechten Seite. Es ist dunkel, aber mein Sehvermögen wurde aufgewertet: Ich kann sie deutlich in ihrem Bett erkennen, tief schlafend. Oder betäubt. Ich muss herausfinden, was davon zutrifft.

»Teacup? Ich bin's. Ringer.«

Die dichten dunklen Wimpern flattern. Ich bin inzwischen so auf Hochtouren, dass ich schwören könnte, ich höre, wie die winzigen Härchen durch die Luft surren.

Sie flüstert etwas, ohne die Augen zu öffnen. Für Unaufgewertete zu leise, um es zu hören, doch die auditorischen Roboter übermitteln die Information an die Zentrale, die diese an den unteren Bindearm weitergibt, das Hörzentrum in meinem Gehirn.

»Du bist doch tot.«

»Nicht mehr. Und du genauso wenig.«

71. Kapitel

Das Fenster neben dem Bett wackelt in seinem Rahmen. Der Fußboden bebt. Grelles orangefarbenes Licht flutet das Zimmer, erlischt, dann ertönt ein ohrenbetäubendes Donnern, und von der Decke regnet feiner Putz herab. Die Abfolge wiederholt sich. Dann noch einmal. Dann noch einmal.

Razor hat das Magazingebäude getroffen.

»Teacup, wir müssen los.« Ich schiebe eine Hand unter ihren Kopf und hebe sie vorsichtig an.

»Wohin denn?«

»So weit weg wie möglich.«

Während ich ihren Hinterkopf in einer Hand halte, schlage ich ihr mit dem Handballen der anderen gegen die Stirn. Genau das richtige Maß an Kraft, nicht mehr, nicht weniger. Ihr Körper wird schlaff. Ich hieve sie aus dem Bett. Wieder eine Explosion, als weiteres Wehrmaterial im Magazin detoniert. Ich trete die Fensterscheibe ein. Bitterkalte Luft strömt ins Zimmer. Ich setze mich dem Bett zugewandt aufs Fensterbrett, Teacup an meine Brust gedrückt. Mein Vorhaben alarmiert die Zentrale: Ich befinde mich zwei Etagen über dem Erdboden. Verstärkung eilt in die Knochen und Sehnen in meinen Füßen, Fußgelenken, Schienbeinen, Knien und in meinem Becken.

Wir springen ab.

Im Fallen drehe ich mich wie eine Katze, die von der Küchenarbeitsplatte fällt, mit dem Unterschied, dass Teacups Kopf beim Aufprall nach oben gerissen wird und mich hart von unten am Kinn trifft. Vor uns das Krankenhaus. Hinter uns das lichterloh brennende Munitionslager. Und zu unserer

Rechten, genau dort, wo er Razor zufolge stehen sollte, der schwarze Dodge M882.

Ich reiße die Tür auf, schiebe Teacup auf den Beifahrersitz, springe hinters Lenkrad und fahre über den Parkplatz, wobei ich scharf nach links lenke, um nach Norden zum Flugplatz zu kommen. Eine Sirene kreischt. Flutlichtlampen blenden. Im Rückspiegel rasen Rettungsfahrzeuge auf das brennende Magazin zu. Die Feuerwehr wird es schwer haben, da *irgendjemand* die Pumpstation abgeschaltet hat.

Noch eine scharfe Linkskurve, und jetzt sind genau vor uns die schwerfälligen Rümpfe der Black-Hawk-Helikopter zu sehen, die im grellen Flutlicht wie schwarze Käfer funkeln. Ich halte das Lenkrad fest gepackt und hole tief Luft. Jetzt kommt der komplizierteste Teil. Wenn es Razor nicht gelungen ist, einen Piloten zu kidnappen, sind wir alle geliefert.

Hundert Meter entfernt sehe ich jemanden aus dem Frachtraum eines der Helikopter springen. Er trägt einen schweren Parka und ist mit einem Sturmgewehr bewaffnet.

Sein Gesicht wird von der Kapuze zum Teil verdeckt, aber ich würde dieses Lächeln überall erkennen.

Ich hüpfe aus dem M882.

Und Razor sagt: »Hi.«

»Wo ist der Pilot?«, frage ich.

Er deutet mit einem Nicken auf das Cockpit. »Ich habe meinen. Wo ist deiner?«

Ich ziehe Teacup aus dem Pick-up und springe mit ihr in den Helikopter. Ein Typ, der nur mit einem graugrünen T-Shirt und passenden Boxershorts bekleidet ist, sitzt hinter dem Steuerknüppel. Razor schlüpft auf den Copilotensitz neben ihm.

»Werfen Sie ihn an, Lieutenant Bob.« Razor grinst den Piloten an. »Oh, meine Manieren. Ringer, Lieutenant Bob. Lieutenant Bob, Ringer.«

»Das wird niemals funktionieren«, sagt Lieutenant Bob. »Sie werden uns verfolgen.«

»Ja? Was ist das denn?« Razor hält ein Knäuel verhedderter Elektrokabel hoch.

Der Pilot schüttelt den Kopf. Ihm ist so kalt, dass seine Lippen blau anlaufen. »Weiß ich nicht.«

»Ich auch nicht, aber ich vermute mal, die sind ziemlich wichtig für das einwandfreie Funktionieren eines Hubschraubers.«

»Du verstehst nicht …«

Razor beugt sich zu ihm, und seine Verspieltheit ist mit einem Mal verschwunden. Seine tief liegenden Augen glühen, als wären sie von hinten beleuchtet, und die explosive Energie, die ich von Anfang an erahnt habe, wird auf so brachiale Art und Weise freigesetzt, dass ich tatsächlich zusammenzucke.

»Jetzt hören Sie mir mal gut zu, Sie außerirdischer Scheißkerl, Sie schmeißen diese gottverdammte Kiste jetzt sofort an, oder ich …«

Der Pilot klemmt die Hände zwischen die Oberschenkel und starrt nach vorn. Meine größte Sorge war, den Piloten dazu zu bringen zu kooperieren, nachdem wir ihn unentdeckt ins Cockpit geschafft hatten. Ich beuge mich vor, packe Bob am Handgelenk und biege ihm den kleinen Finger nach hinten.

»Ich werde ihn brechen«, verspreche ich ihm.

»Nur zu!«

Ich breche ihn. Er beißt sich auf die Unterlippe. Seine Beine zucken. Seine Augen werden tränenfeucht. Das dürfte eigentlich nicht sein. Ich taste seinen Nacken ab, dann drehe ich mich zu Razor.

»Er ist implantiert. Er ist keiner von ihnen.«

»Ja, und wer zum Teufel seid *ihr?*«, kreischt der Pilot.

Ich hole den Peilsender aus der Tasche. Das Krankenhaus und das Magazin sind von einem ganzen Schwarm grüner Punkte umgeben. Auf der Rollbahn leuchten drei grüne Punkte.

»Du hast deine Kapsel rausgeschnitten«, sage ich zu Razor.

Er nickt. »Und sie unter mein Kopfkissen gelegt. Das war doch der Plan. Oder war das nicht der Plan? Scheiße, Ringer, war das etwa nicht der Plan?« Leicht panisch.

Ich lasse das Messer in meine Hand rutschen. »Halt ihn fest.«

Razor begreift sofort. Er packt Lieutenant Bob und nimmt ihn in den Schwitzkasten. Bob leistet kaum Widerstand. Ich mache mir Sorgen, dass er womöglich einen Schock erleidet. Wenn ja, ist es gelaufen.

Es herrscht nicht viel Licht, und Razor kann ihn nicht ganz ruhig halten, deshalb sage ich Bob, er soll sich entspannen, weil ich sonst womöglich sein Rückenmark verletze und ihm zusätzlich zu seinem gebrochenen Finger noch eine Querschnittslähmung verpasse. Ich pule die Kapsel heraus, werfe sie auf die Rollbahn, reiße Bob den Kopf nach hinten und flüstere ihm ins Ohr: »Ich gehöre nicht zum Feind und habe nicht die Dorothy gemacht. Ich bin genau wie Sie …«

»Nur besser«, fügt Razor hinzu. Er wirft einen Blick zum Fenster hinaus und sagt: »Ähm, Ringer …«

Ich sehe es: das Leuchten von Scheinwerfern, das sich ausdehnt wie zwei Sterne, die zu Supernovas werden. »Sie kommen, und wenn sie hier sind, werden sie uns töten«, erkläre ich Bob. »Sie werden Ihnen nicht glauben und Sie ebenfalls töten.«

Bob starrt mich an, während ihm vor Schmerz Tränen übers Gesicht laufen.

»Sie müssen mir vertrauen«, sage ich.

»Oder sie bricht Ihnen noch einen Finger«, fügt Razor hinzu.

Er holt tief Luft, wobei er unkontrolliert zittert und sich seine kaputte Hand hält. Blut läuft ihm am Nacken hinunter und durchtränkt den Halsausschnitt seines T-Shirts. »Es ist aussichtslos«, flüstert er. »Sie werden uns einfach abschießen.«

Aus einem Impuls heraus strecke ich die Hand aus und presse sie gegen seine Wange. Er zuckt nicht zurück und hält sich plötzlich ganz still. Mir ist nicht klar, wie ich auf die Idee gekommen bin, ihn zu berühren, und was jetzt passiert, während ich es tue, doch ich spüre, wie sich etwas in mir öffnet wie eine Knospe, die ihre zarten Blütenblätter zur Sonne hin ausbreitet. Mir ist bitterkalt. Mein Nacken brennt. Und der kleine Finger meiner rechten Hand pocht im Rhythmus meines Herzschlags. Der Schmerz treibt mir Tränen in die Augen. *Sein* Schmerz.

»Ringer!«, bellt Razor. »Was *soll* das, verdammt?«

Ich lasse meine Wärme in den Mann strömen, den ich berühre. Ich lösche das Feuer. Ich streichle den Schmerz. Ich lindere seine Angst. Sein Atem wird gleichmäßiger. Sein Körper entspannt sich.

»Bob, wir müssen wirklich los«, sage ich zu ihm.

Und zwei Minuten später sind wir unterwegs.

—— 72. Kapitel ——

Als wir uns in die Lüfte erheben, bleibt der Pick-up mit quietschenden Reifen stehen, und ein großer Mann steigt aus, sein Gesicht eine Studie in dunklen Schatten, die das Flutlicht wirft, doch mit meinen aufgewerteten Augen sehe ich seine Augen, funkelnd und hart wie die der Krähen im Wald, glänzend blau, während die der Krähen schwarz waren, und bei dem schmalen Lächeln, das er auf den Lippen zu haben scheint, muss es sich um einen Trick von Licht und Schatten handeln.

»Fliegen Sie tief«, befehle ich Bob.

»In welche Richtung?«

»Nach Süden.«

Der Hubschrauber neigt sich zur Seite; der Boden rast auf uns zu. Ich sehe das brennende Magazin, das Blinklicht der Löschfahrzeuge und Rekruten, die umherschwärmen wie Ameisen. Wir überfliegen einen Fluss, dessen schwarzes Wasser in den Ausläufern des Flutlichts funkelt. Das Camp, das inzwischen hinter uns liegt, ist eine Oase des Lichts in einer Wüste winterlicher Dunkelheit. Wir tauchen in diese Dunkelheit ein und fliegen anderthalb Meter über den Baumwipfeln dahin.

Ich rutsche auf den Sitz neben Teacup, lehne sie gegen meine Brust und streiche ihr Haar auf eine Seite. Ich hoffe, es ist das letzte Mal, dass ich das tun muss. Als ich fertig bin, zerdrücke ich das Implantat mit dem Messergriff.

Razors Stimme kreischt in meinem Headset: »Wie geht's ihr?«

»Ganz okay, glaube ich.«

»Und wie geht's *dir*?«

»Gut.«

»Blessuren?«

»Nicht der Rede wert. Du?«

»Glatt wie ein Babypopo.«

Ich setze Teacup wieder vorsichtig auf ihren Sitz, stehe auf und öffne verschiedene Fächer, bis ich die Fallschirme finde. Razor quasselt weiter, während ich die Schirme kontrolliere.

»Gibt's irgendwas, das du mir sagen möchtest? Wie, keine

Ahnung: *Danke, Razor, dass du meinen Arsch vor lebenslanger Außerirdischen-Knechtschaft gerettet hast, nachdem ich dir gegen den Hals geschlagen und mich auch sonst wie ein Kotzbrocken benommen habe?* Irgendwas in dieser Richtung? Weißt du, es war nicht gerade ein Spaziergang, Geheimcodes in erfundene Spiele einzubauen, heimlich Abführmittel in Pudding zu mischen, Sprengsätze zusammenzubasteln, Pickups zu stehlen und Piloten zu entführen, damit du ihnen die Finger brechen kannst. Vielleicht: *Hey, Razor, ohne dich hätte ich das nicht geschafft.* So was in der Art. Muss nicht wortwörtlich dasselbe sein, nur irgendwas, das die allgemeine Stimmung einfängt.«

»Warum hast du es getan?«, frage ich. »Was hat dich dazu bewegt, mir zu vertrauen?«

»Was du mir über Kinder erzählt hast – dass sie Kinder in Bomben verwandeln. Ich habe ein bisschen rumgefragt. Ehe ich michs versehe, sitze ich im Wonderland-Stuhl, und als Nächstes schleppen sie mich zum Commander, und er macht mich zur Schnecke wegen irgendwas, das *du* gesagt hast, und er verbietet mir, mit dir zu sprechen, weil er mir nicht verbieten kann, dir *zuzuhören,* und je mehr ich drüber nachdenke, desto mehr stinkt die ganze Sache. Sie bilden uns dazu aus, Teds zu eliminieren, und dann pflanzen sie Kleinkindern außerirdisches Wehrmaterial ein? Wer sind eigentlich die Guten? Und dann frage ich mich: Wer bin *ich* eigentlich? Das Ganze wurde richtig beängstigend, wurde zur echten Existenzkrise. Was für mich allerdings den Ausschlag gegeben hat, war die Mathematik.«

»Mathematik?«

»Ja, Mathematik. Seid ihr Asiaten nicht alle gut in Mathe?«

»Sei kein Rassist. Und ich bin nur zu drei Vierteln Asiatin.«

»›Drei Viertel.‹ Siehst du? *Mathe.* Letzten Endes ist alles simple Addition. Wie in ›die Rechnung geht nicht auf‹. Okay, vielleicht haben wir Glück und nehmen ihnen ihr Wonderland-Programm weg. Selbst über-überlegene Außerirdische können es vermasseln. Niemand ist perfekt. Aber wir schnappen uns nicht nur Wonderland. Wir haben ihre Bomben, wir haben ihre Tötungs-Peilsender-Implantate, ihr super ausgeklügeltes Nanorobotersystem – Scheiße, wir verfügen sogar über Technologie, mit der wir in der Lage sind, *sie* aufzuspüren. Was zum Teufel? Wir haben mehr von ihren Waffen als sie selbst! Aber den Ausschlag hat der Tag gegeben, an dem sie dich mit Drogen vollgepumpt haben. Als Vosch sagte, sie hätten gelogen, was den mit dem menschlichen Gehirn verbundenen Organismus betrifft. Unglaublich!«

»Denn wenn das eine Lüge ist …«

»Dann ist alles eine Lüge.«

Über der Landschaft unter uns liegt eine weiße Decke. Der Horizont ist in der Dunkelheit nicht zu erkennen, verloren. *Alles ist eine Lüge.* Ich denke darüber nach, wie mir mein verstorbener Vater sagte, ich würde jetzt zu ihnen gehören. Instinktiv nehme ich Teacups kleine Hand in meine: *Wahrheit.*

Ich höre Bob in meinem Headset sagen: »Ich bin verwirrt.«

»Entspannen Sie sich, Bob«, sagt Razor. »Hey, *Bob.* Hieß der Major in Camp Haven nicht auch so? Was hat es mit Officers und dem Namen ›Bob‹ auf sich?«

Ein Alarm ertönt. Ich lege Teacups Hand wieder in ihren Schoß und schlurfe nach vorn. »Was ist los?«

»Gesellschaft«, sagt Bob. »Auf sechs Uhr.«

»Hubschrauber?«

»Negativ. F-15-Kampfflugzeuge. Drei Stück.«

»Wie lange noch, bis sie in Schussweite sind?«

Er schüttelt den Kopf. Sein Shirt ist trotz der Kälte schweißdurchtränkt. »Nicht sehr lange.«

»Gehen Sie höher«, fordere ich ihn auf. »Maximale Flughöhe.«

Ich schnappe mir zwei Fallschirme und lasse einen davon in Razors Schoß fallen.

»Wir springen ab?«, fragt er.

»Wir können sie nicht angreifen, und wir können ihnen nicht entkommen. Du nimmst Teacup mit. Tandemsprung.«

»Ich nehme Teacup mit? Wen nimmst du mit?«

Bob wirft einen Blick auf den anderen Fallschirm in meiner Hand. »Ich springe nicht ab«, sagt er. Und dann, für den Fall, dass ich ihn nicht gehört habe oder ihn nicht verstehe: »Ich. Springe. Nicht. Ab.«

Kein Plan ist perfekt. Ich hatte einen Silencer-Bob eingeplant, den ich vor unserem Absprung aus dem Helikopter getötet hätte. Jetzt ist die Sache komplizierter. Ich habe Jumbo aus demselben Grund nicht getötet, aus dem ich Bob nicht töten will. Wenn man genug Jumbos tötet und genug Bobs ermordet, ist man genauso tief gefallen wie diejenigen, die einem Kleinkind eine Bombe in den Rachen stecken.

Ich zucke mit den Schultern, um meine Unsicherheit zu verbergen. Werfe ihm den Schirm in den Schoß. »Dann werden Sie vermutlich eingeäschert.«

Wir befinden uns in einer Höhe von fünftausend Fuß. Dunkler Himmel, dunkle Erdoberfläche, kein Horizont, überall Finsternis. Der Grund des lichtlosen Meeres. Razor betrachtet den Radarschirm, sagt aber zu mir: »Wo ist dein Fallschirm, Ringer?«

Ich ignoriere die Frage. »Können Sie mir, eine Minute bevor sie in Schussweite sind, Bescheid sagen?«, frage ich Bob. Er nickt. Razor wiederholt seine Frage. »Alles Mathematik«, erwidere ich. »Worin ich zu drei Vierteln richtig gut bin. Wenn wir zu viert sind und sie zwei Schirme sehen, heißt das, dass mindestens noch einer von uns an Bord ist. Ein oder vielleicht zwei von ihnen werden beim Hubschrauber bleiben, zumindest so lange, bis sie ihn abschießen können. Dadurch gewinnen wir Zeit.«

»Warum glaubst du, dass sie beim Hubschrauber bleiben werden?«

Ich zucke mit den Schultern. »Das würde ich tun.«

»Das beantwortet aber immer noch nicht meine Frage, wo dein Fallschirm ist.«

»Sie rufen uns«, verkündet Bob. »Befehlen uns zu landen.«

»Sagen Sie ihnen, dass sie uns mal können«, sagt Razor. Er schiebt sich einen Kaugummi in den Mund. Tippt an sein Ohr. »Krasser Druck auf den Ohren.« Stopft das Kaugummipapier in die Hosentasche. Bemerkt, dass ich ihn beobachte, und lächelt. »Mir fällt der ganze Müll auf der Welt erst auf, seit niemand mehr da ist, der ihn aufsammelt«, erklärt er. »Die Erde ist mein Schützling.«

Dann ruft Bob: »Sechzig Sekunden!«

Ich ziehe an Razors Parka. *Jetzt.*

Er blickt zu mir auf und sagt langsam und deutlich: »Wo ist dein verdammter Fallschirm?«

Ich ziehe ihn mit einer Hand aus seinem Sitz. Er gibt einen überraschten Laut von sich, stolpert in Richtung Heck. Ich folge ihm und gehe vor Teacup in die Hocke, um ihren Gurt zu lösen

»Vierzig Sekunden!«

»Wie finden wir dich?«, brüllt Razor, der unmittelbar neben mir steht.

»Orientier dich an dem Feuer.«

»Welchem Feuer?«

»Dreißig Sekunden!«

Ich öffne die Einstiegsluke. Der Luftstoß, der in den Frachtraum schlägt, reißt Razor die Kapuze vom Kopf. Ich hebe Teacup hoch und drücke sie ihm an die Brust. »Lass sie nicht sterben.«

Er nickt.

»Versprich es.«

Er nickt erneut. »Versprochen.«

»Danke, Razor«, sage ich. »Für alles.«

Er beugt sich vor und küsst mich fest auf den Mund.

»Tu das nie wieder«, sage ich zu ihm.

»Warum? Weil es dir gefallen hat oder weil es dir nicht gefallen hat?«

»Beides.«

»Fünfzehn Sekunden!«

Razor hievt Teacup über seine Schulter, nimmt das Sicherungsseil in die Hand und schlurft rückwärts, bis seine Absätze die Absprungrampe berühren. Als Silhouette vor der Öffnung: der Junge und das Kind über der Schulter des Jungen. Und fünftausend Fuß unter den beiden die grenzenlose Finsternis. *Die Erde ist mein Schützling.*

Razor lässt das Seil los. Er scheint nicht zu fallen. Er wird nach draußen in die gefräßige Leere gesaugt.

73. Kapitel

Ich gehe zurück ins Cockpit, wo ich die Pilotentür entriegelt vorfinde, den Sitz leer und keinen Bob.

Ich habe mich gefragt, weshalb der Countdown aufgehört hat; jetzt weiß ich es: Er hat es sich anders überlegt, was den Absprung anbelangt.

Wir müssen uns inzwischen in Schussweite befinden, was bedeutet, dass sie nicht die Absicht haben, uns abzuschießen. Sie haben die Stelle markiert, an der Razor abgesprungen ist, und werden bei dem Helikopter bleiben, bis ich ebenfalls abspringe oder der Treibstoff zu Ende geht und ich gezwungen bin abzuspringen. Inzwischen ist Vosch dahintergekommen, warum sich Jumbos Implantat in diesem Luftfahrzeug befindet, während sein Besitzer wegen starker Kopfschmerzen auf der Krankenstation behandelt wird.

Ich schiebe die Kapsel mit der Zungenspitze aus dem Mund auf meine Handfläche.

Möchtest du weiterleben?

Ja, und Sie möchten das auch, sage ich zu Vosch. *Ich weiß nicht, warum, und werde es hoffentlich auch nie erfahren.*

Ich schnippe die Kapsel von meiner Hand.

Die Reaktion der Zentrale erfolgt sofort. Meine Absicht hat den Prozessor alarmiert, der eine überwältigend hohe Wahrscheinlichkeit fatalen Systemversagens berechnet hat und sämtliche Funktionen meiner Muskulatur bis auf die absolut notwendigen abschaltet. Das Zwölfte System hat dieselbe Anweisung wie die, die ich Razor gegeben habe: *Lass sie nicht sterben.* Das Leben des Systems hängt wie das eines Parasiten von der Fortsetzung meines Lebens ab.

In dem Augenblick, in dem sich meine Absicht ändert – *Okay, gut, dann springe ich eben ab* –, wird mich die Zentrale freigeben. Dann und wirklich erst dann. Ich kann sie nicht anlügen oder mit ihr feilschen. Kann sie nicht überreden. Kann sie zu nichts zwingen. Sie kann mich nicht gehen lassen, es sei denn, ich überlege es mir anders. Ich kann es mir nicht anders überlegen, es sei denn, sie lässt mich gehen.

Herz in Flammen. Körper aus Stein.

Es gibt allerdings nichts, was die Zentrale gegen meine wachsende Panik unternehmen kann. Sie kann auf Emotionen reagieren, kann sie aber nicht kontrollieren. Endorphine werden ausgeschüttet. Neuronen und Mastozyten schicken Serotonin in meinen Blutkreislauf. Abgesehen von diesen physiologischen Anpassungen ist sie genauso gelähmt wie ich.

Es muss eine Antwort geben. Es muss eine Antwort geben. Es muss eine Antwort geben. Wie lautet die Antwort? Und ich sehe Voschs glänzende, vogelartige helle Augen, deren Blick sich in meine bohrt. *Wie lautet die Antwort? Nicht Wut, nicht Hoffnung, nicht Glaube, nicht Liebe, nicht Distanziertheit, nicht Festhalten, nicht Loslassen, nicht Kämpfen, nicht Weglaufen, nicht Verstecken, nicht Resignieren, nicht Kapitulieren, nicht, nicht, nicht, nichts, nichts, nichts.*

Nichts.

Wie lautet die Antwort?, fragte er.

Und ich antwortete: *Nichts.*

74. Kapitel

Ich kann mich immer noch nicht bewegen – nicht einmal meine Augen –, aber ich habe ziemlich gute Sicht auf die Instrumente, einschließlich des Höhenmessers und der Treibstoffanzeige. Wir fliegen in einer Höhe von fünftausend Fuß, und der Treibstoff wird nicht ewig reichen. Eine Lähmung herbeizuführen mag mich davon abhalten zu springen, wird mich aber nicht daran hindern zu fallen. Die Wahrscheinlichkeit eines fatalen Systemversagens ist unter diesen Umständen absolut.

Die Zentrale hat keine andere Option: Sie gibt mich frei, und das fühlt sich an, als würde ich über ein ganzes Football-Spielfeld geschleudert. Ich werde zurück in meinen Körper *gestoßen*, und zwar fest.

Okay, Ringer 2.0. Mal sehen, wie gut du bist.

Ich packe den Griff der Pilotentür und schalte die Motoren aus.

Ein Alarm ertönt, den ich ebenfalls ausschalte. Jetzt ist der Wind zu hören und nur noch der Wind.

Ein paar Sekunden lang hält der Schwung den Helikopter waagrecht, dann beginnt der freie Fall.

Ich werde innen ans Dach geschleudert, und mein Kopf prallt gegen die Frontscheibe. Vor meinen Augen explodieren weiße Sterne. Der Helikopter beginnt sich im Fall zu drehen, und der Türgriff entgleitet mir. Ich werde herumgewirbelt wie ein Würfel in einem Kniffel-Becher, greife auf der Suche nach Halt ins Leere. Der Helikopter dreht sich mit der Nase nach oben, und ich werde vier Meter weit Richtung Heck geschleudert, dann wieder zurück, als er sich abermals überschlägt, und pralle mit der Brust gegen die Rückenlehne des Pilotensitzes. Ein heißes Messer fährt an meiner Seite entlang: Ich habe mir eine Rippe gebrochen. Der lose Nylon-Pilotengurt schlägt mir ins Gesicht, und ich packe ihn, bevor ich wieder herumgeschleudert werde. Ein weiterer Überschlag, und die Zentrifugalkraft peitscht mich zurück ins Cockpit, wo ich gegen die Tür pralle, die daraufhin auffliegt. Ich stemme mich mit meinem weiß besohlten Krankenschwesternschuh gegen den Sitz, um einen besseren Hebel zu haben, und hieve mich halb hinaus. Lasse den Gurt los, umklammere den Griff und drücke fest.

Drehung, Rolle, Überschlag, graue, schwarze und funkelnd weiße Lichtblitze. Ich halte mich am Griff fest, als sich der Helikopter plötzlich mit der Pilotenseite nach oben dreht und die Tür auf mein Handgelenk schlägt, wobei ein Knochen bricht und meine Finger vom Griff abrutschen. Mein Körper wird an der Unterseite des Black-Hawk-Helikopters nach hinten gewirbelt, bis er mit dem Hinterrad kollidiert, und senkrecht nach oben geschleudert, und als das Heck himmelwärts rotiert, werde ich Richtung Horizont geschossen wie ein Stein aus einer Steinschleuder.

Ich spüre nicht, dass ich falle. Ich werde vom wärmeren Aufwind getragen, der gegen die kältere Luft drückt, und segle wie ein Falke mit ausgebreiteten Flügeln über den Nachthimmel, während hinter und unter mir der fallende Helikopter Gefangener der Schwerkraft ist, der ich mich widersetze. Ich höre keine Explosion, als er abstürzt, höre nur den Wind und mein Blut in den Ohren rauschen und spüre keinen Schmerz, nachdem ich in dem Helikopter herumgeschleudert wurde. Ich fühle mich berauschend, beglückend leer. Ich bin nichts. Der Wind hat mehr Substanz als meine Knochen.

Die Erde rast auf mich zu. Ich habe keine Angst. Ich habe meine Versprechen gehalten. Ich habe die Zeit wettgemacht.

Ich strecke die Arme aus. Ich spreize die Finger. Ich hebe das Gesicht zu der Linie, wo sich Himmel und Erde treffen.

Mein Zuhause. Mein Schützling.

75. Kapitel

Ich falle mit Endgeschwindigkeit auf eine konturlose weiße Landschaft zu, ein unermessliches Nichts, das alles verschlingt, was sich ihm in den Weg stellt, und in alle Richtungen bis zum Horizont explodiert.

Ein See. Ein riesengroßer See.

Ein zugefrorener, riesengroßer See.

Mit den Füßen voraus zu landen ist meine einzige Option. Wenn das Eis dicker als dreißig Zentimeter ist, bin ich erledigt. Kein Maß an außerirdischer Aufwertung kann mich dann noch schützen. Die Knochen in meinen Beinen werden zersplittern. Meine Milz wird reißen. Meine Lunge wird kollabieren.

Ich habe Vertrauen in dich, Marika. Du bist nicht durch Feuer und Blut gegangen, um jetzt zu fallen.

Doch, genau das tue ich, Commander.

Die weiße Welt unter mir funkelt wie Perlen, ist eine leere Leinwand, ein alabasterner Abgrund. Eine kreischende Windwand drückt gegen meine Beine, als ich die Knie an die Brust ziehe, um die Drehung einzuleiten. Ich muss im rechten Winkel aufkommen. Wenn ich mich zu früh strecke, wird mich der Wind aus dem Lot bringen. Zu spät, und ich werde mit dem Hinterteil oder mit der Brust aufschlagen.

Ich schließe die Augen; ich brauche sie nicht. Bislang hat die Zentrale perfekte Arbeit geleistet: Es wird Zeit, dass ich ihr mein ganzes Vertrauen schenke.

Ich verscheuche alle Gedanken: leere Leinwand, alabasterner Abgrund. Ich bin das Schiff, die Zentrale der Lotse.

Was ist die Antwort?

Und ich sagte: *Nichts. Nichts ist die Antwort.*

Beide Beine strecken sich abrupt durch. Mein Körper schwenkt in eine aufrechte Position. Meine Arme heben sich und verschränken sich vor meiner Brust. Mein Kopf fällt nach hinten, mein Gesicht richtet sich zum Himmel. Mein Mund öffnet sich. Tief Luft holen, ausatmen. Tief Luft holen, *anhalten.*

In vertikaler Position, vom Wind freigegeben, falle ich jetzt schneller. Ich treffe im rechten Winkel aufs Eis, mit den Füßen voran und einer Geschwindigkeit von hundert Meilen in der Stunde.

Ich spüre den Aufprall nicht.

Und genauso wenig das kalte Wasser, das mich verschluckt.

Und auch nicht den Druck dieses Wassers, als ich in die pechschwarze Finsternis sinke.

Ich spüre nichts. Meine Nerven wurden stillgelegt oder die Schmerzrezeptoren in meinem Gehirn abgeschaltet.

Dutzende Meter über mir ein winziger Lichtpunkt, ein Nadelstich, undeutlich wie der am weitesten entfernte Stern: die Eintrittsstelle. Und auch die Ausstiegsstelle. Ich strample auf den Stern zu. Mein Körper ist taub. Mein Kopf ist leer. Ich habe mich dem Zwölften System voll und ganz ergeben. Es ist kein Teil mehr von mir. Ich *bin* das Zwölfte System. Wir sind eins.

Ich bin Mensch. Und ich bin keiner. Als ich zu dem Stern aufsteige, der in die eisverkrustete Gruft scheint, wie ein Protogott, der aus der primordialen Tiefe aufsteigt, ganz Mensch, ganz Außerirdischer, begreife ich es; ich kenne jetzt die Antwort auf das unmögliche Rätsel von Evan Walker.

Ich schieße ins Herz des Sterns und wuchte mich über die Kante auf die Eisdecke. Ein paar gebrochene Rippen, ein gebrochenes Handgelenk, eine tiefe, klaffende Wunde an der Stirn vom Gurt des Piloten, total benommen, völlig außer Atem, leer, ganz, bewusst.

Lebendig.

76. Kapitel

In der Morgendämmerung erreiche ich das schwelende Wrack des Helikopters. Die Absturzstelle war nicht schwer zu finden: Der Black Hawk war bei leichtem Schneefall mitten auf einem freien Feld aufgeschlagen, und der Schein des Feuers war meilenweit zu sehen.

Ich nähere mich langsam von Süden. Zu meiner Rechten durchbricht die Sonne den Horizont, und Licht schießt über die Winterlandschaft und löst ein kristallenes Inferno aus, als wären eine Milliarde Diamanten vom Himmel gefallen.

Meine durchnässte Bekleidung ist gefroren, knistert wie Anzündholz, wenn ich mich bewege, und meine Sinneswahrnehmung ist zurückgekehrt. Das Zwölfte System lässt mich fortbestehen, um selbst fortzubestehen. Es schreit nach Rast, Essen, Hilfe beim Heilungsprozess; das ist der Grund dafür, weshalb mir mein Schmerz zurückgegeben wurde.

Nein. Keine Pause, bis ich sie gefunden habe.

Der Himmel ist leer. Es ist windstill. Rauchkringel von den verstümmelten Überresten des Helikopters, schwarz und grau, wie der Rauch über Camp Haven, der die eingeäscherten Überreste der Niedergemetzelten davontrug.

Wo bist du, Razor?

Die Sonne klettert höher, und das grelle Licht, das vom Schnee zurückgeworfen wird, blendet immer stärker. Die visuelle Matrix passt meine Augen an: Ein dunkler Filter ohne erkennbaren Unterschied zum Effekt einer Sonnenbrille legt sich über mein Blickfeld, und dann entdecke ich etwa eine Meile westlich einen Fleck in der weißen Vollkommenheit. Ich lege mich flach auf den Bauch und schaufle mit einer Brustschwimmbewegung einen kleinen Schützengraben. Als sich der dunkle Fleck nähert, nimmt er menschliche Umrisse an. Groß und schlank, mit einem schweren Parka bekleidet und mit einem Gewehr bewaffnet, kämpft er sich langsam durch den knöcheltiefen Schnee. Dreißig Minuten verstreichen in Zeitlupe. Als er noch etwa hundert Meter entfernt ist, erhebe ich mich. Er geht zu Boden, als wäre er erschossen worden. Ich rufe seinen Namen, allerdings nicht laut; in winterlicher Luft tragen Geräusche weiter.

Seine Stimme schwebt zu mir zurück, grell vor Angst. »Heilige Scheiße!«

Er schleppt sich noch ein paar Schritte dahin, dann rennt er los, wobei er die Knie nach oben reißt und mit den Armen pumpt wie ein Herz-Kreislauf-Fanatiker auf dem Laufband. Er bleibt eine Armlänge entfernt vor mir stehen, und aus seinem geöffneten Mund explodiert warmer Atem.

»Du bist am Leben«, flüstert er. Ich sehe es in seinen Augen: *Unmöglich.*

»Wo ist Teacup?«

Er deutet mit einem Nicken hinter sich. »Mit ihr ist alles in Ordnung. Na ja, ich glaube, sie hat sich das Bein gebrochen …«

Ich gehe um ihn herum und marschiere in die Richtung los, aus der er gekommen ist. Er trottet hinter mir her und jammert, dass ich langsamer gehen soll.

»Ich war drauf und dran, dich abzuschreiben«, keucht er. »Kein Fallschirm! Was, kannst du jetzt etwa fliegen? Was ist mit deinem Kopf passiert?«

»Ich habe ihn mir angeschlagen.«

»Oh. Tja, du siehst aus wie eine Apachin. Du weißt schon, Kriegsbemalung.«

»Das ist das andere Viertel: Apache.«

»Im Ernst?«

»Was soll das heißen, du glaubst, sie hat sich das Bein gebrochen?«

»Na ja, das soll heißen, ich glaube, sie hat sich möglicherweise das Bein gebrochen. Mithilfe deines Röntgenblicks kannst du ja vielleicht eine eindeutige Diagnose …«

»Seltsam.« Ich suche im Gehen den Himmel ab. »Wo sind unsere Verfolger? Sie kennen doch bestimmt unsere Position.«

»Ich habe *nichts* gesehen. Als hätten sie einfach aufgegeben.«

Ich schüttle den Kopf. »Die geben nicht auf. Wie weit noch, Razor?«

»Noch eine Meile? Keine Sorge, ich habe sie sicher versteckt.«

»Warum hast du sie allein gelassen?«

Er sieht mich scharf an, ist einen Moment lang sprachlos. Aber nur einen Moment lang. Razor verschlägt es nie lange die Sprache. »Um nach dir zu suchen. Du hast mir doch gesagt, wir treffen uns beim Feuer. Sozusagen als exemplarische Wegbeschreibung. Du hättest auch sagen können: ›Triff mich an der Stelle, wo der Hubschrauber abstürzt. Bei *diesem* Feuer.‹«

Wir marschieren ein paar Minuten schweigend weiter. Razor ist außer Atem. Ich nicht. Die Matrizen werden mich unterstützen, bis ich bei ihr bin, aber ich habe den Verdacht, dass mein Absturz hart werden wird.

»Und was jetzt?«, fragt er.

»Wir ruhen uns ein paar Tage aus – oder so lange wir können.«

»Und dann?«

»Nach Süden.«

»Nach Süden. Das ist der Plan. *Nach Süden.* Ziemlich ausgeklügelt, oder?«

»Wir müssen zurück nach Ohio.«

Er bleibt stehen, als wäre er gegen eine unsichtbare Wand geprallt. Ich stapfe ein paar Schritte weiter, dann drehe ich mich um. Razor sieht mich kopfschüttelnd an.

»Ringer, hast du irgendeine Ahnung, wo du dich befindest?«

Ich nicke. »Etwa zwanzig Meilen nördlich von einem der Großen Seen. Ich vermute vom Eriesee.«

»Was glaubst du … Wie sollen wir … Ist dir bewusst, dass Ohio mehr als hundert Meilen von hier entfernt ist?«, ereifert er sich.

»Bis zu unserem Ziel sind es eher zweihundert. Vogelfluglinie.«

»›Vogelflug …‹ Tja, zu dumm, dass wir keine Vögel sind! Was ist denn in Ohio?«

»Meine Freunde.«

Ich gehe weiter und folge seinen Schuhabdrücken im Schnee.

»Ringer, ich möchte ja nicht desillusionieren, aber …«

»Du möchtest mich nicht desodorieren?«

»Das klang verdächtig nach einem Scherz.«

»Mir ist klar, dass sie wahrscheinlich tot sind. Und mir ist klar, dass ich wahrscheinlich lange tot sein werde, bevor ich bei ihnen ankomme, falls sie es nicht sind. Aber ich habe ein Versprechen gegeben, Razor. Damals dachte ich nicht, dass es sich dabei um ein Versprechen handelt. Ich habe mir gesagt, es wäre keins. Habe *ihm* gesagt, dass es keins ist. Aber es gibt Dinge, die wir uns über die Wahrheit sagen, und es gibt Dinge, die die Wahrheit über uns verrät.«

»Was du gerade gesagt hast, ergibt keinen Sinn. Das ist dir bewusst, oder? Muss an der Kopfverletzung liegen. Normalerweise ergibt es nämlich eine Menge.«

»Kopfverletzungen?«

»Das war aber jetzt *definitiv* ein Scherz!« Er runzelt die Stirn. »Wem hast du denn ein Versprechen gegeben?«

»Einem naiven, sturköpfigen Sportfanatiker, der sich für ein Geschenk Gottes an die Welt hält, wenn er die Welt nicht gerade für ein Geschenk Gottes an ihn hält.«

»Aha. Okay.« Für ein paar schlurfende Schritte sagt er nichts, dann: »Und wie lange bist du schon mit diesem naiven, sturköpfigen Sportfanatiker zusammen?«

Ich bleibe stehen. Drehe mich um. Nehme sein Gesicht in beide Hände und küsse ihn fest auf den Mund. Seine Augen sind weit aufgerissen und von etwas erfüllt, das stark an Panik erinnert.

»Wofür war das?«

Ich küsse ihn noch einmal. Unsere Körper sind eng aneinandergepresst. Sein kaltes Gesicht liegt in meinen noch kälteren Händen. Ich rieche Kaugummi in seinem Atem. *Die Erde ist mein Schützling.* Wir sind zwei Säulen, die sich aus einem wogenden Meer von Weiß erheben. Unendlich. Ohne Grenzen, grenzenlos.

Er hat mich aus dem Grab geholt. Er hat mich von den Toten

erweckt. Er hat sein Leben aufs Spiel gesetzt, damit ich meines behalten darf. Leichter, den Blick abzuwenden. Leichter, mich gehen zu lassen. Leichter, die wunderschöne Lüge zu glauben als die hässliche Wahrheit. Nach dem Tod meines Vaters habe ich eine Festung errichtet, sicher und stark genug, um tausend Jahre zu überdauern. Ein mächtiges Bollwerk, das ein Kuss zum Bröckeln bringt.

»Jetzt sind wir quitt«, flüstere ich.

»Nicht ganz«, erwidert er heiser. »Ich habe dich nur einmal geküsst.«

77. Kapitel

Als wir uns nähern, scheint sich der Komplex wie ein Leviathan aus der Tiefe zu erheben. Silos, Förderbänder, Tonnen, Mischmaschinen, Lager- und Bürogebäude, eine riesige Lagerhalle, doppelt so groß wie ein Flugzeughangar, alles umgeben von einem verrosteten Maschendrahtzaun. Es erscheint auf unheimliche Weise symbolisch und irgendwie passend, dass alles in einem Betonwerk endet. Beton ist die allgegenwärtige Signatur des Menschen, unser wichtigstes künstlerisches Medium auf der leeren Leinwand der Welt: Wohin auch immer wir gingen, verschwand die Erde langsam darunter.

Razor hebt ein Stück von dem verfallenen Zaun hoch, damit ich darunter durchschlüpfen kann. Farbe weit oben an seinen Wangen, die Nase von der Kälte leuchtend rot, weiche, ausdrucksstarke Augen, die hin und her huschen. Vielleicht fühlt er sich im Freien genauso ungeschützt wie ich, kommt sich zwergenhaft vor neben den hoch aufragenden Silos und der gewaltigen Maschinerie, unter dem hellen, wolkenlosen Himmel.

Vielleicht, wobei ich es bezweifle.

»Gib mir dein Gewehr«, fordere ich ihn auf.

»Hm?« Er drückt sich die Waffe an die Brust, wobei sein Finger nervös auf den Abzug tippt.

»Ich kann besser schießen.«

»Ringer, ich habe alles kontrolliert. Hier ist niemand. Es ist absolut …«

»Sicher«, vollende ich für ihn. »Genau.« Ich strecke die Hand aus.

»Komm schon, sie ist gleich da drüben in der Lagerhalle …«

Ich rühre mich nicht von der Stelle. Er verdreht die Augen, legt den Kopf in den Nacken, um den leeren Himmel zu studieren, sieht mich wieder an.

»Du weißt, wir wären längst tot, wenn sie hier wären.«

»Das Gewehr.«

»*Gut.*« Er hält es mir ruckartig hin. Ich nehme es ihm aus den Händen und schlage ihm mit dem Kolben seitlich gegen den Kopf. Er fällt auf die Knie, den Blick auf mein Gesicht gerichtet, doch seine Augen sind leer, vollkommen leer.

»*Lass dich fallen*«, fordere ich ihn auf. Er kippt nach vorn und bleibt regungslos liegen.

Ich glaube nicht, dass sie sich in der Lagerhalle befindet. Es gibt einen Grund, warum er mich dort hineinlocken wollte, aber ich glaube nicht, dass dieser Grund irgendetwas mit Teacup zu tun hatte. Ich bezweifle, dass sie sich im Umkreis von hundert Meilen von hier aufhält. Ich habe allerdings keine andere Wahl. Ein kleiner Vorteil durch das Gewehr, Razor außer Gefecht gesetzt, und das ist alles.

Er öffnete sich mir, als ich ihn kusste. Ich weiß nicht, wie die Aufwertung einen empathischen Pfad in ein anderes menschliches Wesen öffnet. Vielleicht verwandelt es den Träger in eine Art menschlichen Lügendetektor, sammelt und vergleicht Daten aus einer Vielzahl sensorischer Eingaben und leitet diese dann zur Interpretation und Analyse durch die Zentrale. Wie auch immer es funktionieren mag, ich habe die Leerstelle in Razor gespürt, eine Nichtigkeit, einen verborgenen Raum, und mir war klar, dass irgendetwas fürchterlich falsch ist.

Lügen in Lügen in Lügen. Finten und Gegenfinten. Wie eine Fata Morgana in der Wüste: Ganz egal, wie schnell man auf sie zuläuft, sie bleibt für immer in der Ferne. Die Wahrheit zu finden ist, als würde man den Horizont verfolgen.

Als ich den Schatten des Gebäudes betrete, löst sich irgendetwas in mir. Meine Knie beginnen zu zittern. Meine Brust schmerzt, als wäre ich von einem Rammbock getroffen worden. Ich komme nicht zu Atem. Das Zwölfte System kann mich unterstützen und stärken, kann meine Reflexe beschleunigen, kann meine Sinneswahrnehmung verzehnfachen, kann mich heilen und vor jeder physischen Gefahr schützen, doch es gibt nichts, was meine vierzigtausend ungeladenen Gäste gegen ein gebrochenes Herz tun können.

Darf nicht, darf nicht. Darf jetzt nicht weich werden. Was geschieht, wenn wir weich werden? Was geschieht?

Ich darf nicht hineingehen. Ich muss hineingehen.

Ich lehne mich gegen die kalte Blechwand der Lagerhalle, neben dem offenen Tor, wo Dunkelheit wohnt, tief wie ein Grab.

78. Kapitel

Saure Milch.

Der Gestank der Seuche ist so intensiv, als ich eintrete, dass ich würgen muss. Die olfaktorische Matrix unterdrückt sofort meinen Geruchssinn. Mein Magen beruhigt sich. Ich kann wieder klar sehen. Die Lagerhalle hat die Größe von zwei Football-Spielfeldern und ist in drei aufsteigende Ebenen unterteilt. Die unterste Ebene, auf der ich stehe, wurde zu einem Feldlazarett umgebaut. Hunderte Feldbetten, Haufen zusammengeknüllter Bettwäsche und umgekippte Rollwagen mit medizinischem Bedarfsmaterial. Überall Blut, das in dem Licht glitzert, das durch Löcher im teilweise eingestürzten Dach drei Etagen über meinem Kopf strömt. Gefrorene Blutlachen auf dem Fußboden. Blutverschmierte Wände. Blutdurchtränkte Bettlaken und Kopfkissen. Überall Blut, Blut, Blut, aber keine Leichen.

Ich erklimme die Treppe zur zweiten Ebene. Vorratshaltung: Säcke mit Mehl und anderem Trockengut, aufgerissen, ihr Inhalt von Ratten und anderen Plünderern verstreut. Stapelweise Konservendosen, Wasserkanister, Kerosinfässer. Gehortet in Erwartung des Winters, doch der Rote Tsunami erwischte sie zuerst und ertränkte sie in ihrem eigenen Blut.

Ich erklimme die zweite Treppe zur dritten Ebene. Sonnenlicht bohrt sich wie ein Scheinwerfer durch die staubige Luft. Ich habe das Ende erreicht. Die letzte Ebene. Die Plattform ist übersät mit Leichen, von denen an manchen Stellen sechs übereinandergestapelt sind, die unteren sorgfältig in Laken gewickelt, die oberen hastig hingeworfen, ein unharmonisches Durcheinander von Armen und Beinen, eine verhedderte Masse von Knochen, vertrockneter Haut und skelettartigen Fingern, die unnütz nach leerer Luft greifen.

Der mittlere Bereich der Ebene wurde frei geräumt. In der Mitte einer Lichtsäule steht ein Holztisch. Und auf dem Tisch eine hölzerne Schachtel und neben der hölzernen Schachtel ein Schachbrett, die Figuren aufgestellt in einem Endspiel, das ich sofort wiedererkenne.

Und dann seine Stimme, die von überall her und nirgendwoher kommt wie das Flüstern von Donner in der Ferne, das sich örtlich nicht einordnen lässt.

»Wir haben unsere Partie nie zu Ende gespielt.«

Ich strecke die Hand aus und werfe den weißen König um. Daraufhin höre ich ein Seufzen wie das von starkem Wind im Wald.

»Warum bist du hier, Marika?«

»Es war ein Test«, flüstere ich. Der weiße König liegt auf dem Rücken und starrt mich mit leerem Blick an, seine Augen ein alabasterner Abgrund. »Sie mussten das Zwölfte System testen, ohne dass ich wusste, dass es sich um einen Test handelt. Ich musste glauben, es wäre real. Das war die einzige Möglichkeit, wie Sie mich dazu bringen konnten zu kooperieren.«

»Und, hast du ihn bestanden?«

»Ja. Ich habe ihn bestanden.«

Ich drehe dem Licht den Rücken zu. Er steht am oberen Ende der Treppe, allein, das Gesicht im Schatten, wenngleich ich schwören könnte, dass ich seine hellblauen, vogelartigen Augen im Dunkel der Leichenhalle funkeln sehe.

»Noch nicht ganz«, sagt er.

Ich ziele mit dem Gewehr zwischen diese funkelnden Augen und drücke ab. Das Klicken hallt aus der leeren Kammer wider: *klick, klick, klick, klick, klick, klick.*

»Du bist so weit gekommen, Marika. Enttäusche mich jetzt nicht«, sagt Vosch. »Du musst doch gewusst haben, dass es nicht geladen ist.«

Ich lasse das Gewehr fallen und schlurfe rückwärts, bis ich gegen den Tisch stoße, und stütze mich mit den Händen auf der Tischplatte ab, um das Gleichgewicht zurückzuerlangen.

»Stell die Frage«, befiehlt er mir.

»Was meinten Sie mit: ›Noch nicht ganz‹?«

»Du kennst die Antwort darauf.«

Ich hebe den Tisch hoch und schleudere ihn auf Vosch. Er schlägt ihn mit einem Arm beiseite, und zu diesem Zeitpunkt habe ich ihn bereits erreicht, nachdem ich mich aus knapp zwei Metern Entfernung auf ihn gestürzt habe, ramme ich ihm meine Schulter in die Brust und umklammere ihn in einer wilden Umarmung. Wir stürzen von der dritten Ebene und landen hart auf der zweiten. Die Bretter unter uns geben ein lautes Krachen von sich. Beim Aufprall löst sich mein Griff. Er packt mich mit den langen Fingern einer Hand am Hals und schleudert mich mehr als fünf Meter weit in einen Turm Konservendosen. Ich bin in weniger als einer Sekunde wieder auf den Beinen, doch er kommt mir trotzdem zuvor, indem er sich so schnell bewegt, dass ich nur als Nachbild sehe, wie er aufsteht.

»Der arme Rekrut im Duschraum«, sagt er. »Die Krankenschwester vor der Intensivstation, der Pilot, Razor – sogar Claire, die arme Claire, die von Anfang an deutlich im Nachteil war. Nicht genug, nicht genug. Um wirklich zu bestehen, musst du etwas überwinden, was nicht überwunden werden kann.« Er breitet die Arme aus. Eine Einladung. »Du wolltest eine Gelegenheit, Marika. Nun. *Hier ist sie.*«

79. Kapitel

Zwischen dem, was als Nächstes passiert, und unserer Schachpartie besteht nur wenig Unterschied. Er weiß, wie ich denke. Er kennt meine Stärken, meine Schwächen. Kennt jeden Zug, bevor ich ihn ausführe. Besonderes Augenmerk legt er auf meine Verletzungen: mein Handgelenk, meine Rippen, mein Gesicht. Blut strömt aus der erneut aufgebrochenen Wunde an meiner Stirn, dampft in der unter null Grad kalten Luft, läuft mir in den Mund, in die Augen; die Welt verfärbt sich hinter einem blutigen Vorhang purpurrot. Nachdem ich zum dritten Mal zu Boden gehe, sagt er: »Genug. Bleib unten, Marika.«

Ich stehe auf. Er schickt mich ein viertes Mal zu Boden.

»Du überlastest das System«, warnt er mich. Ich befinde mich auf allen vieren und sehe stumm zu, wie Blut aus meinem Gesicht auf den Fußboden spritzt, ein Blutregen. »Es könnte abstürzen. Wenn es dazu kommt, werden dich deine Verletzungen womöglich töten.«

Ich schreie. Ergieße mich ganz vom Boden meiner Seele: die Todesschreie von sieben Milliarden abgeschlachteten Menschen. Mein Heulen wird von dem riesigen Raum zurückgeworfen.

Dann richte ich mich ein letztes Mal auf. Selbst aufgewertet können meine Augen seinen Fäusten nicht folgen. Wie Quantenteilchen sind sie weder hier noch dort, lassen sich unmöglich einordnen, lassen sich unmöglich vorhersagen. Er schleudert meinen schlaffen Körper von der Plattform auf den Betonboden darunter, durch den ich unendlich lang zu fallen scheine, in eine Dunkelheit, die dichter ist als diejenige, die das Universum vor Anbeginn der Zeit umhüllte. Ich rolle auf den Bauch und drücke mich hoch. Sein Stiefel rammt sich in meinen Nacken und drückt mich wieder nach unten.

»Wie lautet die Antwort, Marika?«

Er braucht nichts zu erklären. Endlich verstehe ich die Frage. Endlich begreife ich das Rätsel: Er fragt nicht nach *unserer* Antwort auf unser Problem mit ihnen. Danach hat er noch nie gefragt. Er fragt nach *ihrer* Antwort auf ihr Problem mit uns.

Also sage ich: »Nichts. Nichts ist die Antwort. Sie sind nicht hier. Sie waren nie hier.«

»Wer? Wer ist nicht hier?«

Mein Mund ist voller Blut. Ich schlucke. »Das Risiko …«

»Ja. Sehr gut. Das Risiko ist der Schlüssel.«

»Sie sind nicht hier. Es gibt keine Wesen, die in menschliche Körper heruntergeladen werden. Kein außerirdisches Bewusstsein in irgendjemandem. Wegen des Risikos. Das Risiko ist inakzeptabel. Es ist … ein Programm, ein wahnhaftes Konstrukt. Vor ihrer Geburt in ihr Gehirn eingepflanzt, eingeschaltet, sobald sie in die Pubertät kommen – eine Lüge, es ist eine Lüge. Sie sind Menschen. Aufgewertet wie ich, aber Menschen … Menschen wie ich.«

»Und ich? Wenn du ein Mensch bist, was bin dann ich?«

»Ich weiß nicht …«

Der Stiefel drückt nach unten, presst meinen Hals auf den Beton.

»Was bin ich?«

»Ich weiß nicht. Der Aufseher. Der Direktor. Ich weiß nicht. Derjenige, der auserwählt wurde, um … Ich weiß nicht, ich weiß nicht.«

»Bin ich ein Mensch?«

»Ich weiß nicht!« Und ich weiß es tatsächlich nicht. Wir sind an dem Ort angelangt, an den ich nicht gehen konnte. An dem Ort, von dem ich nicht zurückkehren kann. Über mir: der Stiefel. Unter mir: der Abgrund. »Aber wenn Sie ein Mensch sind …«

»Ja. Sprich zu Ende. Wenn ich ein Mensch bin … was dann?«

Ich ertrinke in Blut. Nicht in meinem eigenen. Im Blut der

Milliarden, die vor mir gestorben sind, in einem unendlichen Meer von Blut, das mich verschluckt und auf seinen lichtlosen Grund drückt.

»Wenn Sie ein Mensch sind, gibt es keine Hoffnung.«

—— 80. Kapitel ——

Er hebt mich vom Boden hoch, trägt mich zu einem der Feldbetten und legt mich vorsichtig ab. »Du bist verbogen, aber nicht gebrochen. Der Stahl muss geschmolzen werden, ehe das Schwert geschmiedet werden kann. Du bist das Schwert, Marika. Ich bin der Schmied, und du bist das Schwert.«

Er nimmt mein Gesicht in die Hände. Aus seinen Augen leuchtet der Eifer eines religiösen Fanatikers, der Blick eines geisteskranken Straßenpredigers, nur dass dieser Geisteskranke das Schicksal der Welt in seinen Händen hält.

Er streicht mir mit dem Daumen über meine blutige Wange. »Ruh dich jetzt aus, Marika. Du bist hier sicher. Vollkommen sicher. Ich lasse ihn hier, damit er auf dich aufpasst.«

Razor. Das verkrafte ich nicht. Ich schüttle den Kopf. »Bitte. Nein. Bitte.«

»Und in ein oder zwei Wochen bist du bereit.«

Er wartet auf die Frage. Ist überaus zufrieden mit sich. Oder mit mir. Oder stolz auf das, was er in mir erreicht hat. Ich frage jedoch nicht.

Und dann ist er weg.

Später höre ich den Helikopter, der ihn abholt. Danach taucht Razor auf. Er sieht aus, als hätte ihm jemand einen Apfel unter die Haut an seiner Wange geschoben. Er sagt nichts. Ich sage nichts. Er wäscht mir mit warmem, seifigem Wasser das Gesicht. Er verbindet meine Wunden. Er bandagiert meine gebrochenen Rippen. Er schient mein gebrochenes Handgelenk. Er macht sich nicht die Mühe, mir Wasser anzubieten, obwohl ihm sicher bewusst ist, dass ich Durst habe. Er sticht mir eine Infusionsnadel in den Arm und hängt einen Infusionsbeutel mit Kochsalzlösung auf. Dann lässt er mich allein und setzt sich an der offenen Tür auf einen Klappstuhl, eingehüllt in seinen schweren Parka, das Gewehr quer auf dem Schoß. Als die Sonne untergeht, zündet er eine Kerosinlampe an und stellt sie neben sich auf den Fußboden. Licht strömt nach oben und badet sein Gesicht, doch seine Augen sind vor mir verborgen.

»Wo ist Teacup?« Meine Stimme hallt in dem riesigen Raum wider.

Er antwortet nicht.

»Ich habe eine Theorie«, sage ich zu ihm. »Es geht dabei um Ratten. Möchtest du sie hören?«

Schweigen.

»Eine Ratte zu töten ist einfach. Man braucht nicht mehr als ein Stück alten Käse und eine Schnappfalle. Aber tausend Ratten zu töten, eine Million Ratten, eine Milliarde – oder sieben Milliarden –, das ist ein bisschen schwieriger. Dazu braucht man Köder. Gift. Man braucht nicht alle sieben Milliarden von ihnen zu vergiften, nur einen bestimmten Prozentsatz, der das Gift in die Kolonie einschleppen wird.«

Er bewegt sich nicht. Ich habe keine Ahnung, ob er mir zuhört oder überhaupt wach ist.

»Wir sind die Ratten. Das Programm, das in menschliche Föten downgeloaded wird, ist der Köder. Was ist der Unterschied zwischen einem Menschen, der ein außerirdisches Bewusstsein in sich trägt, und einem Menschen, der *glaubt*, er würde eines in sich tragen? Es gibt keinen Unterschied außer einem: Risiko. Risiko ist der Unterschied. Nicht unser Risiko. Ihres. Warum sollten sie sich einem solchen Risiko aussetzen? Die Antwort lautet: *Sie haben es nicht getan.* Sie sind nicht hier, Razor. Sie waren es nie. Es sind nur wir. Es waren immer nur wir.«

Er beugt sich ganz langsam und bedächtig vor und löscht das Licht.

Ich seufze. »Aber wie alle Theorien hat auch diese Lücken. Sie lässt sich nicht mit großen Felsbrocken in Einklang bringen. Warum haben sie sich all die Mühe gemacht, wenn es genügt hätte, einen sehr großen Felsbrocken zu werfen?«

Jetzt sehr leise, so leise, dass ich ihn ohne meine Aufwertung gar nicht hören würde: »Halt den Mund.«

»Warum hast du es getan, Alex?« Falls Alex wirklich sein Name ist. Seine gesamte Geschichte könnte eine Lüge sein, entworfen von Vosch, um mich zu manipulieren. Aller Wahrscheinlichkeit nach ist sie das.

»Ich bin Soldat.«

»Du hast nur Befehle ausgeführt.«

»Ich bin Soldat.«

»Es ist nicht deine Aufgabe zu überlegen, warum.«

»Ich. Bin. SOLDAT!«

Ich schließe die Augen. »Chaseball. War das auch Voschs Idee? Entschuldige. Blöde Frage.«

Schweigen.

»Es geht um Walker«, sage ich, und meine Augen öffnen sich abrupt. »Das muss es sein. Das ist das Einzige, was einen Sinn ergibt. Es geht um Evan, oder, Razor? Er will Evan, und ich bin der einzige Weg, der zu ihm führt.«

Schweigen.

Die Implosion von Camp Haven und die manövrierunfähigen Drohnen, die vom Himmel regneten. Wozu brauchten sie Drohnen? Diese Frage beschäftigt mich schon lange. Wie schwierig konnte es sein, Inseln von Überlebenden zu finden, wenn es nur so wenige Überlebende gab und man im Besitz jeder Menge menschlicher Technologien war, um sie ausfindig zu machen? Überlebende bildeten Gruppen. Sie scharten sich zusammen wie Bienen in einem Bienenstock. Die Drohnen wurden nicht benutzt, um *unsere* Spur zu verfolgen. Sie wurden benutzt, um *ihre* Spur zu verfolgen, die von Menschen wie Evan Walker, allein und gefährlich aufgewertet, über alle Kontinente verstreut, bewaffnet mit Wissen, welches das gesamte Gebäude zum Einsturz bringen könnte, wenn das heruntergeladene Programm versagte – was in seinem Fall zweifellos passiert war.

Evan ist vom Radar verschwunden. Vosch weiß nicht, wo er ist und ob er überhaupt noch am Leben ist. Wenn Evan noch lebt, braucht Vosch einen Insider, jemanden, dem Evan vertrauen würde.

Ich bin der Schmied.

Du bist das Schwert.

81. Kapitel

Eine Woche lang ist er meine einzige Gesellschaft. Betreuer, Kindermädchen, Wachmann. Wenn ich Hunger habe, bringt er mir etwas zu essen. Wenn ich Schmerzen habe, lindert er sie. Wenn ich schmutzig bin, badet er mich. Er ist beständig. Er ist gewissenhaft. Er ist da, wenn ich aufwache, und er ist da, wenn ich einschlafe. Ich ertappe ihn nie dabei, dass er schläft. Er ist beständig, aber mein Schlaf ist das nicht; ich wache jede Nacht mehrmals auf, und er beobachtet mich immer von seinem Posten an der Tür. Er ist schweigsam und mürrisch und seltsam nervös, dieser Typ, der mich mühelos dazu gebracht hat, ihm zu glauben und *an* ihn zu glauben. Als würde ich womöglich versuchen zu fliehen, obwohl er weiß, ich könnte, werde aber nicht, obwohl er weiß, ich werde von einem Versprechen gefangen gehalten, das mich stärker fesselt als tausend Ketten.

Am Nachmittag des sechsten Tages bindet sich Razor ein Tuch über Nase und Mund, trampelt die Treppe zur dritten Ebene hinauf und kommt mit einer Leiche wieder herunter, die er ins Freie trägt. Dann wieder die Treppe hinauf, seine Schritte mit leeren Händen genauso laut wie mit einer Leiche beladen, und ein weiterer Toter kommt herunter. Bei hundertdreiundzwanzig höre ich auf zu zählen. Er befreit die Lagerhalle von den Toten, stapelt sie im Hof, und in der Abenddämmerung steckt er den Haufen in Brand. Die Leichen sind bereits mumifiziert, sodass sie schnell Feuer fangen und lichterloh und sehr heiß brennen. Der Scheiterhaufen ist meilenweit zu sehen, falls irgendwo Augen sind, die ihn wahrnehmen. Sein Licht erleuchtet die Türöffnung, schwappt über den Fußboden, verwandelt den Beton in einen wogenden goldfarbenen Meeresgrund. Razor lehnt in der Türöffnung und betrachtet das Feuer, ein schlanker Schatten, nimbiert wie eine Mondfinsternis. Er streift seine Jacke ab, zieht sein Hemd aus, krempelt einen Ärmel seines Unterhemds hoch, um seine Schulter zu entblößen. Die Klinge seines Messers schimmert in dem gelben Schein, als er sich mit der Spitze etwas in die Haut ritzt.

Die Nacht schreitet voran; das Feuer schrumpft; der Wind dreht, und mein Herz schmerzt vor Nostalgie: Sommer-Ferienlager und Leuchtkäfer-Fangen und sternenübersäte Augusthimmel. Wie die Wüste riecht, und das lange, wehmütige

Seufzen des Windes, der aus den Bergen herabweht, wenn die Sonne hinter dem Horizont versinkt.

Razor zündet die Kerosinlampe an und kommt zu mir. Er riecht nach Rauch und, ganz leicht, nach den Toten.

»Warum hast du das gemacht?«

Über dem Tuch sind seine Augen voller Tränen. Ich weiß nicht, ob das am Rauch liegt oder an irgendetwas anderem. »Anweisung«, sagt er.

Er zieht mir die Infusionsnadel aus dem Arm und hängt den zusammengerollten Schlauch an dem Haken am Ständer auf.

»Das glaube ich dir nicht«, sage ich.

»Tja, da bin ich aber geschockt.«

Seit Vosch weg ist, hat er noch nie so viel gesprochen. Es überrascht mich, dass ich erleichtert bin, seine Stimme zu hören. Er untersucht die Wunde an meiner Stirn, das Gesicht wegen des schwachen Lichts ganz nah an meinem.

»Teacup«, flüstere ich.

»Was glaubst du denn?«, sagt er barsch.

»Dass sie am Leben ist. Sie ist sein einziges Druckmittel.«

»Also gut. Dann ist sie am Leben.«

Er verteilt eine antibakterielle Salbe auf der Wunde. Ein unaufgewertetes menschliches Wesen hätte mit mehreren Stichen genäht werden müssen, mir dagegen wird in ein paar Tagen niemand mehr ansehen, dass ich verletzt war.

»Ich könnte es drauf ankommen lassen«, sage ich. »Wie kann er sie jetzt töten?«

Razor zuckt mit den Schultern. »Weil ihm ein kleines Kind scheißegal ist, wenn das Schicksal der ganzen Welt auf dem Spiel steht? Nur eine Vermutung.«

»Nach allem, was geschehen ist, nach allem, was du gehört und gesehen hast, glaubst du ihm noch immer.«

Er blickt mit einem Gesichtsausdruck auf mich herab, der stark an Mitleid erinnert. »Ich *muss* ihm glauben, Ringer. Wenn ich das aufgebe, bin ich erledigt. Dann bin ich wie *sie.*« Er deutet mit einem Nicken auf den Hof, wo die geschwärzten Gebeine schwelen.

Er setzt sich auf das Feldbett neben meinem und streift die provisorische Maske ab. Die Lampe zwischen seinen Füßen und das Licht, das über sein Gesicht fließt, und die Schatten, die sich in seinen tief liegenden Augen sammeln.

»Dafür ist es zu spät«, sage ich zu ihm.

»Genau. Wir sind bereits alle tot. Also gibt es auch kein Druckmittel, oder? Töte mich, Ringer. Töte mich jetzt auf der Stelle und lauf weg. *Lauf.*«

Ich könnte aus dem Bett sein, bevor er auch nur blinzeln kann. Ein einziger Schlag gegen die Brust, und die Wucht würde ihm eine gebrochene Rippe ins Herz schieben. Und dann könnte ich hinausgehen, weggehen, in die Wildnis gehen, wo ich mich jahrelang, jahrzehntelang verstecken könnte, bis ich alt und selbst das Zwölfte System nicht mehr in der Lage sein würde, mich aufrechtzuerhalten. Womöglich würde ich alle anderen überleben. Womöglich würde ich eines Tages als letzter Mensch auf Erden erwachen.

Und dann. Und dann.

Er friert bestimmt, da er nur mit einem T-Shirt bekleidet dasitzt. An seinem Bizeps sehe ich eine getrocknete Blutspur.

»Was hast du mit deinem Arm gemacht?«, frage ich.

Er schiebt den Ärmel hoch. Die Buchstaben sind grob geformt, groß, klotzig und zittrig, als hätte sie ein kleines Kind gekritzelt, das gerade schreiben lernt:

VQP

»Lateinisch«, flüstert er. »*Vincit qui patitur.* Das bedeutet …«

»Ich weiß, was es bedeutet«, flüstere ich zurück.

Er schüttelt den Kopf. »Ich glaube wirklich nicht, dass du das weißt.« Er klingt nicht verärgert. Er klingt traurig.

Alex dreht den Kopf zur Türöffnung, hinter der die Toten in den gleichgültigen Himmel getragen werden. *Alex.*

»Heißt du wirklich Alex?«, frage ich.

Er sieht mich wieder an, und ich erblicke das verspielte, ironische Lächeln. Wie zuvor bei seiner Stimme überrascht es mich, dass ich es vermisst habe. »Was solche Dinge anbelangt, habe ich nie gelogen. Nur bei den wichtigen Sachen.«

»Hatte deine Großmutter tatsächlich einen Hund namens Flubby?«

Er lacht leise. »Ja.«

»Das ist gut.«

»Warum ist das gut?«

»Ich habe mir gewünscht, dass die Geschichte wahr ist.«

»Weil du bösartige, bissige kleine Handtaschenhunde magst?«

»Weil ich es mag, dass es irgendwann mal bösartige, bissige kleine Handtaschenhunde namens Flubby gab. Das ist gut. Das ist was, bei dem es sich lohnt, dass man sich daran erinnert.«

Er ist vom Bett herunter, bevor ich blinzeln kann, und er küsst mich, und ich tauche in ihn ein, wo nichts verborgen ist. Er hat sich mir jetzt geöffnet – derjenige, der mich unterstützt hat, und derjenige, der mich hintergangen hat, derjenige, der mich ins Leben zurückgeholt hat, und derjenige, der mich wieder dem Tod ausgehändigt hat. Wut ist nicht die Antwort, nein, und auch nicht Hass. Schicht um Schicht fällt ab, was uns voneinander trennt, bis ich den Kern erreiche, die namenlose Region, die wehrlose Festung, einen alterslosen, bodenlosen Schmerz, die einsame Einzigartigkeit seiner Seele, unberührt von der Zeit oder von Erfahrungen, jenseits von Gedanken, unendlich.

Und ich bin mit ihm dort – ich bin *bereits* dort. In der Einzigartigkeit bin ich bereits dort.

»Das kann nicht wahr sein«, flüstere ich. Im Zentrum von allem, wo sich nichts befindet, habe ich ihn gefunden, der mich hält.

»Ich glaube nicht jeden Blödsinn, den du erzählst«, murmelt er, »aber in einer Hinsicht hast du recht: Manche Dinge, bis hin zu den kleinsten Dingen, sind die Summe aller Dinge wert.«

Draußen brennt die bittere Ernte. Drinnen zieht er die Laken nach unten, und das sind die Hände, die mich gehalten haben, die Hände, die mich gebadet, gefüttert und gehoben haben, als ich mich nicht selbst erheben konnte. Er hat mich dem Tod ausgehändigt; er holt mich ins Leben. Deshalb hat er die Toten von der obersten Ebene entfernt. Er hat sie verbannt, hat sie dem Feuer übergeben: nicht, um sie zu entweihen, sondern um uns zu weihen.

Der Schatten, der mit dem Licht ringt. Die Kälte, die mit dem Feuer kämpft. *Es ist ein Krieg,* sagte er mir einmal, und wir sind die Eroberer des unentdeckten Landes, einer Insel des Lebens inmitten eines grenzenlosen Meeres von Blut.

Die beißende Kälte. Die sengende Hitze. Seine Lippen, die über meinen Hals streichen, und meine Finger, die seine zerschmetterte Wange befühlen, die Wunde, die ich ihm zugefügt habe, und die Wunden an seinem Arm – *VQP* –, die er sich selbst zugefügt hat, und dann meine Hände, die seinen Rücken hinuntergleiten. *Verlass mich nicht. Bitte verlass mich nicht. Der Geruch von Kaugummi und der Geruch von Rauch und der Geruch seines Bluts und die Art und Weise, wie sich sein Körper auf meinen schiebt, und die Art und Weise, wie seine*

Seele in meine schneidet: Razor. Das Schlagen unserer Herzen, der Rhythmus unseres Atems und die sich drehenden Sterne, die wir nicht sehen konnten: All das misst die schrumpfende Zeitspanne bis zu unserem Ende, seinem und meinem und dem von allem anderen.

Die Welt ist eine Uhr, und diese Uhr läuft ab, und das hat nichts mit ihrer Ankunft zu tun. Die Welt war schon immer eine Uhr. Selbst die Sterne werden einer nach dem anderen verlöschen, und es wird kein Licht und keine Wärme mehr geben. Das ist der Krieg, der endlose, vergebliche Krieg gegen die lichtlose, herzlose Leere, die auf uns zurast.

Er verschränkt die Finger hinter meinem Rücken und zieht mich fest an sich. Kein Raum mehr zwischen uns. Keine Stelle, an der er endet und ich beginne. Die Leere gefüllt. Dem Nichts getrotzt.

82. Kapitel

Er bleibt neben mir liegen, bis unser Atem sich beruhigt und unser Herzschlag sich wieder verlangsamt, streicht mir mit den Fingern durchs Haar, starrt mir konzentriert ins Gesicht, als könne er nicht gehen, bevor er sich jedes Detail eingeprägt hat. Er berührt meine Lippen, meine Wangen, meine Augenlider. Fährt mit der Fingerspitze an meinem Nasenrücken entlang, um die Wölbung meines Ohrs herum. Sein Gesicht mehr im Schatten, meines mehr im Licht.

»Lauf weg«, flüstert er.

Ich schüttle den Kopf. »Ich kann nicht.«

Er erhebt sich von dem Feldbett und zieht sich rasch an. Ich kann seinen Gesichtsausdruck nicht deuten. Razor hat sich vor mir verschlossen. Ich bin wieder in der Leere gefesselt. Das ertrage ich nicht. Sie wird mich erdrücken, die Abwesenheit, mit der ich so lange gelebt habe, dass sie mir kaum aufgefallen ist. Unbemerkt bis zu diesem Augenblick: Er hat mir gezeigt, wie gewaltig die Leere war, indem er sie gefüllt hat.

»Sie werden dich schon nicht erwischen«, drängt er mich. »Wie sollten sie *dich* jemals erwischen?«

»Er weiß, dass ich nicht weglaufen werde, solange er sie hat.«

»Mein Gott. Was bedeutet sie dir schon? Ist sie dein Leben wert? Wie kann ein Mensch dein ganzes Leben wert sein?« Das ist eine Frage, auf die er die Antwort bereits kennt. »Gut. Mach, was du willst. Als würde es mich interessieren. Als würde es eine Rolle spielen.«

»Das ist die Lektion, die sie uns beigebracht haben, Razor. Was eine Rolle spielt und was nicht. Die eine Wahrheit im Zentrum all der Lügen.«

Er nimmt sein Gewehr und schwingt es sich über die Schulter. Er küsst mich auf die Stirn. Eine Segnung. Eine Weihe. Dann hebt er die Lampe auf und geht schwankend zur Türöffnung, der Wachmann, der Betreuer, derjenige, der nicht rastet oder müde wird oder strauchelt. Er lehnt sich gegen die offene Tür, der Nacht zugewandt, und der Himmel über ihm leuchtet im kalten Licht von zehntausend Scheiterhaufen, an denen sich ablesen lässt, wie die Zeit abläuft.

»Lauf weg«, höre ich ihn sagen. Ich glaube nicht, dass er mit mir spricht. »Lauf weg.«

83. Kapitel

Am achten Tag kehrt der Helikopter zurück, um uns zu holen. Ich lasse mir von Razor beim Anziehen helfen, doch abgesehen von ein paar schmerzenden Rippen und zwei schwachen Beinen sind die zwölf Matrizen, die zusammen unter dem Namen Ringer bekannt sind, voll funktionsfähig. Mein Gesicht ist vollständig verheilt; nicht einmal eine Narbe ist zu sehen. Auf dem Rückflug zur Basis sitzt mir Razor gegenüber, studiert den Boden und blickt nur einmal zu mir auf. *Lauf weg*, sagt er mir in Lippensprache. *Lauf.*

Weiße Landschaft, dunkler Fluss. Der Helikopter geht scharf in Querlage und fliegt, als er zur Landung ansetzt, in einem Bogen um den Kontrollturm herum, nahe genug, dass ich eine große, einsame Gestalt hinter den getönten Scheiben stehen sehe. Wir setzen an derselben Stelle auf, von der wir abgeflogen sind, ein weiterer vollendeter Kreis, und Razor legt mir seine Hand auf den Ellbogen, um mich in den Tower zu führen. Bei der Aufzugfahrt nach oben umschließt seine Hand kurz die meine.

»Ich weiß, was eine Rolle spielt«, sagt er.

Vosch steht am anderen Ende des Raums und kehrt uns den Rücken zu, doch ich sehe die dunkle Reflexion seines Gesichts im Glas. Neben ihm steht ein korpulenter Rekrut, der mit der Verzweiflung von jemandem, der an einem Schnürsenkel über einer zehn Meilen tiefen Schlucht hängt, ein Gewehr an seine Brust drückt. Neben dem Rekruten, bekleidet mit einem weißen Standard-Overall, sitzt der Grund, weshalb ich hier bin, mein Opfer, mein Kreuz, mein Schützling.

Als Teacup mich sieht, macht sie Anstalten aufzustehen. Der

korpulente Rekrut legt ihr seine Hand auf die Schulter und drückt sie wieder nach unten. Ich schüttle den Kopf und sage in Lippensprache zu ihr: *Nein.*

Im Raum herrscht Stille. Razor befindet sich zu meiner Rechten und steht ein Stück hinter mir. Ich sehe ihn zwar nicht, aber er ist nahe genug, dass ich ihn atmen hören kann.

»Also.« Vosch zieht das Wort in die Länge. »Hast du das Rätsel mit den Felsbrocken gelöst?«

»Ja.«

Ich sehe ihn in dem dunklen Glas lächeln. »Und?«

»Einen sehr großen Felsbrocken zu werfen würde den Zweck verfehlen.«

»Und was ist der Zweck?«

»Für manche zu leben.«

»Das geht an der eigentlichen Frage vorbei. Du kannst das besser.«

»Sie hätten uns alle töten können. Aber Sie haben es nicht getan. Sie verbrennen das Dorf, um es zu retten.«

»Ein Heiland. Ist es das, was ich bin?« Er dreht sich zu mir um. »Verfeinere deine Antwort. Muss es unbedingt alles oder nichts sein? Wenn es das Ziel ist, das Dorf vor den Dorfbewohnern zu retten, hätte ein kleinerer Felsbrocken das gleiche Ergebnis erreicht. Warum eine ganze Reihe von Angriffen? Warum die Tricks und Täuschungen? Warum technisch aufgewertete, wahnhafte Marionetten wie Evan Walker? Ein Felsbrocken ist doch viel einfacher und geradliniger.«

»Ich bin mir nicht sicher«, gestehe ich. »Aber ich glaube, es hat etwas mit Glück zu tun.«

Er starrt mich einen langen Moment an. Dann nickt er. Er scheint zufrieden zu sein. »Was geschieht jetzt, Marika?«

»Sie bringen mich zu seinem letzten Aufenthaltsort«, antworte ich. »Sie setzen mich aus, damit ich ihn aufspüre. Er ist eine Anomalie, eine Schwachstelle im System, die nicht toleriert werden kann.«

»Tatsächlich? Und wie sollte eine armselige menschliche Schachfigur auch nur die geringste Gefahr darstellen?«

»Er hat sich verliebt, und Liebe ist die einzige Schwachstelle.«

»Warum?«

Neben mir Razors Atem. Vor mir Teacups nach oben gerichtetes Gesicht.

»Weil Liebe irrational ist«, sage ich zu Vosch. »Sie hält sich nicht an Regeln. Nicht einmal an ihre eigenen Regeln. Liebe ist das Einzige im Universum, was vollkommen unvorhersehbar ist.«

Er kommt ganz nahe, baut sich vor mir auf, ein Koloss aus Fleisch und Knochen, mit Augen so klar wie ein Gebirgssee, die sich bis zum Boden meiner Seele bohren.

»Warum sollte ich dich dazu brauchen, ihn oder irgendjemand anderen aufzuspüren?«

»Sie haben die Drohnen verloren, die ihn überwachen und all die anderen, die so sind wie er. Er kennt zwar nicht die Wahrheit, aber er weiß genug, um großen Schaden anzurichten, wenn er nicht aufgehalten wird.«

Vosch hebt die Hand. Ich zucke zusammen, doch er legt mir seine Hand auf die Schulter und drückt diese fest, wobei sein Gesicht vor Zufriedenheit leuchtet. »Sehr gut, Marika. Sehr, sehr gut.«

Und neben mir flüstert Razor: »Lauf.«

Seine Pistole explodiert neben meinem Ohr. Vosch weicht zum Fenster zurück, doch er wurde nicht getroffen. Der korpulente Rekrut geht auf die Knie, wobei er sich das Rückstoßpolster seines Gewehrs gegen die Schulter rammt, doch auch er wurde nicht getroffen.

Razors Ziel war das kleinste Ding, das die Summe aller Dinge ist, und seine Kugel das Schwert, das die Kette durchtrennt, mit der ich gefesselt war.

Die Wucht schleudert Teacup nach hinten. Ihr Kopf prallt gegen die Theke hinter ihr; ihre spindeldürren Arme fliegen in die Luft. Ich wirble nach rechts herum, zu Razor, und sehe gerade noch, wie seine Brust von der Patrone des knienden Rekruten zerrissen wird.

Er kippt nach vorn, und ich hebe instinktiv die Arme, doch er fällt zu schnell. Ich kann ihn nicht auffangen.

Und seine weichen, ausdrucksstarken Augen blicken nach oben in meine, am Ende einer Flugbahn, die Vosch nicht vorhersagen konnte.

»Du bist frei«, flüstert Alex. »*Lauf.*«

Der Rekrut schwenkt sein Gewehr auf mich. Vosch tritt mit einem wütenden Schrei zwischen uns.

Die Zentrale lässt die Muskulatur-Matrix aufleuchten, als ich geradewegs zu dem Fenster sprinte, das auf den Landeplatz hinausführt, zwei Meter davor abspringe und meine rechte Schulter zur Scheibe drehe.

Und dann befinde ich mich unter freiem Himmel und falle, falle, falle.

Du bist frei.

Falle.

– VIII. TEIL –
DUBUQUE

84. Kapitel

Mit Asche und Staub bedeckt, bevölkern in der Morgendämmerung fünf graue Gespenster den Wald.

Megan und Sam schlafen endlich ein, wobei es sich eher um Ohnmächtigwerden als um Einschlafen handelt. Sie drückt Bär an ihre Brust. *Wo auch immer jemand in Not ist,* sagte Bär zu mir, *helfe ich.*

Ben betrachtet den Sonnenaufgang mit seinem Gewehr auf dem Schoß, schweigend, fest in Wut und Trauer gehüllt, vor allem in Trauer. Dumbo, der Praktiker, durchwühlt seinen Rucksack nach etwas Essbarem. Und ich, ebenfalls fest in Wut und Trauer gehüllt, vor allem in Wut. Hallo, leb wohl. Hallo, leb wohl. Wie oft muss ich diesen Kreislauf noch durchleben? Was geschehen ist, war nicht schwer zu rekonstruieren; es war nur unbegreiflich. Evan fand den Plastikbeutel, den Sam hatte fallen lassen, und pustete (buchstäblich) Grace und sich selbst weg. Diesen Plan hatte Evan von Anfang an gehabt, dieses aufopferungsvolle, idealistische, außerirdisch-menschliche Hybrid-Arschloch.

Dumbo kam zu mir und fragte mich, ob er sich meine Nase ansehen solle. Ich fragte ihn, wie er sie übersehen könne. Er lachte. »Kümmere dich um Ben«, sagte ich zu ihm.

»Er lässt mich nicht«, entgegnete er.

»Tja«, sagte ich, »gegen die wirkliche Verletzung kommst du mit deinem medizinischen Hokuspokus nicht an, Dumbo.«

Dumbo hörte es als Erster (wegen der großen Ohren vielleicht?), hob den Kopf und blickte über meine Schulter in den Wald: das Knacken und Knirschen des gefrorenen Bodens und das Knistern von Laub. Ich stand auf und schwenkte mein Gewehr auf das Geräusch. Zwischen den dunklen Schatten bewegte sich ein hellerer Schatten. Ein Überlebender des Absturzes, der uns hierher gefolgt war? Ein weiterer Evan oder eine weitere Grace, ein Silencer, der uns in seinem Revier aufgespürt hatte? Nein. Unmöglich. Kein Silencer würde sich dabei erwischen lassen, dass er mit der Heimlichkeit eines Elefanten im Porzellanladen durch den Wald trampelte – oder er würde dabei erwischt werden.

Der Schatten hob die Arme hoch in die Luft, und ich wusste – wusste, bevor ich meinen Namen hörte –, dass er mich wiedergefunden hatte, der Einlöser des Versprechens, das er nicht geben konnte, derjenige, den ich mit meinem Blut markiert hatte und der mich mit seinen Tränen markiert hatte, doch ein Silencer, *mein* Silencer, der im unglaublich reinen Licht des spätwinterlichen, Frühling verheißenden Morgens auf mich zustolperte.

Ich drückte Dumbo mein Gewehr in die Hand und ließ ihn stehen. Das goldfarbene Licht und die Bäume, auf denen Eis funkelte, und die Art und Weise, wie die Luft an einem kalten Morgen riecht. Die Dinge, die wir hinter uns lassen, und die Dinge, die uns nie verlassen. Die Welt hat schon einmal geendet. Sie wird wieder enden. Die Welt endet, die Welt kommt zurück. Die Welt kommt immer zurück.

Ich blieb ein paar Schritte vor ihm stehen. Er blieb ebenfalls stehen, und wir betrachteten einander über eine Weite hinweg, die ausladender war als das Universum, und sich in einem Raum befand, der dünner war als eine Rasierklinge.

»Ich habe mir die Nase gebrochen«, sagte ich. Verdammter Dumbo. Hat mich befangen gemacht.

»Ich habe mir den Knöchel gebrochen«, sagte er.

»Dann komme ich zu dir.«

Danksagung

Zu Beginn war ich mir nicht ganz darüber im Klaren, welchen Tribut dieses Projekt womöglich fordern würde. Eine meiner Schwächen als Schriftsteller (eine von vielen, weiß Gott) ist die, dass ich dazu neige, zu tief in das Innenleben meiner Figuren einzutauchen. Ich ignoriere den klugen Rat, mich nicht ins Getümmel zu stürzen und gegenüber dem Leid in meiner Schöpfung so gleichgültig zu sein wie die Götter. Wenn man eine lange Geschichte schreibt, die sich über drei Bände erstreckt und die das Ende der Welt erzählt, wie wir sie kennen, tut man vermutlich gut daran, sie nicht allzu ernst zu nehmen. Ansonsten stehen einem einige dunkle Nächte der Seele bevor sowie Erschöpfung, Unwohlsein, unerfreuliche Stimmungsschwankungen, Hypochondrie, Weinanfälle und kindische Wutausbrüche. Man sagt sich (und den Menschen in seinem Umfeld), es sei völlig normal, sich zu benehmen wie ein Vierjähriger, der zu Weihnachten nicht das bekommt, was er sich gewünscht hat, doch tief in seinem Inneren weiß man, dass man unaufrichtig ist. Tief in seinem Inneren weiß man, dass man anderen, wenn die Uhr abgelaufen und die Zeit um ist, nicht nur Dank schuldet, sondern auch eine Entschuldigung.

Den guten Menschen bei Putnam, vor allem Don Weisberg, Jennifer Besser und Ari Lewin: Vergebt mir, dass ich mich im Dickicht verirrt habe, dass ich mich und meine Bücher zu wichtig genommen habe, dass ich anderen die Schuld für meine eigenen Unzulänglichkeiten gegeben habe, dass ich mich im Morast meiner selbst geschaffenen Dilemmas festgefahren habe. Ihr wart großzügig und geduldig und eine unglaubliche Stütze.

Meinem Agenten Brian DeFiore: Vor zehn Jahren hattest du keine Ahnung, worauf du dich einlässt. Ich, um ehrlich zu sein, auch nicht, aber danke, dass du durchgehalten hast. Schön zu wissen, dass es jemanden gibt, den ich jederzeit anrufen und grundlos anschreien kann.

Meinem Sohn Jake: Danke, dass du immer meine SMS beantwortet hast und nicht ausgeflippt bist, wenn ich es bin. Danke, dass du meine Stimmungen erkannt und sie mir verziehen hast, auch wenn du sie nicht nachvollziehen konntest. Danke, dass du mich inspiriert und angespornt und immer gegen böse Menschen verteidigt hast. Und danke, dass dir die lästige Angewohnheit deines Vaters, seine Sprache mit obskuren Zitaten aus Büchern, die du nicht gelesen hast, und Filmen, die du nicht gesehen hast, zu würzen, nicht allzu viel ausmacht.

Zu guter Letzt Sandy, seit fast zwanzig Jahren meine Frau, die in ihrem Mann einen unerfüllten Traum erkannt hat und es besser verstand als er, diesen Traum zu verwirklichen: Mein Liebling, du hast mich gelehrt, trotz erdrückender Aussichten und unkalkulierbarer Verluste Mut zu haben. Du hast mir gezeigt, trotz Verzweiflung Vertrauen zu haben, in Stunden lichtloser Verwirrung Tapferkeit zu zeigen und im Schatten drohender Panik wegen verlorener Zeit und vergeudeter Mühe Geduld zu besitzen. Vergib mir mein stundenlanges Schweigen, das du ertragen musstest, meine unverständliche Wut und Hoffnungslosigkeit, meine unerklärlichen Anflüge von Euphorie (»Ich bin ein Genie!«) bis Niedergeschlagenheit (»Ich bin ein Versager!«). Ich bin der einzige Narr, den ich dich bereitwillig habe ertragen sehen. Verpatzte Urlaube, vergessene Verpflichtungen, überhörte Fragen. Nichts ist schmerzhafter als die Einsamkeit, die man empfindet, wenn man mit jemandem zusammen ist, der nie ganz da ist. Ich habe eine Schuld auf mich geladen, bei der keine Hoffnung besteht, dass ich sie jemals wiedergutmachen kann, wenngleich ich verspreche, es zumindest zu versuchen. Denn ohne Liebe ist letzten Endes alle unsere Mühe vergeudet, all unser Handeln vergebens.

Vincit qui patitur.

Der Autor

Rick Yancey ist ein preisgekrönter Autor, der mit seiner Trilogie »Die Fünfte Welle« die internationalen Bestsellerlisten stürmte. Wenn er nicht gerade schreibt, darüber nachdenkt, was er schreiben könnte, oder das Land bereist, um übers Schreiben zu reden, verbringt er seine Zeit am liebsten mit seiner Familie in seiner Heimat Florida.
Weitere Informationen auf
www.rickyancey.com und www.the5thwaveiscoming.com.